ARTEMİS YAYINLARI

YAYIN NO: 644

KENDİ AYAKLARI ÜSTÜNDE
BİR GENÇ KIZIN GİZLİ DEFTERİ 3
İpek Ongun

Editör: Alev Zeynep Şimşek
Kapak İllüstrasyonları: Betül Sayın
Grafik: Asmin Ayşe Gündoğdu, Murat Yıldırım

64-65. Basım, Aralık 2019
32. Basım, Temmuz 2012

Önceki Baskılar
Epsilon Yayınevi: 14-31. Baskılar
Altın Kitaplar: 1-13. Baskılar

ISBN: 978 - 605 - 4560 - 86 - 8
Sertifika No: 43949



**ARTEMİS YAYINLARI**
Ticarethane Sokak No: 15 Cağaloğlu / İstanbul
Tel: (212) 513 34 20-21 Faks: (212) 512 33 76
e-posta: editor@artemisyayinlari.com – www.artemisyayinlari.com

**Baskı ve Cilt: Melisa Matbaacılık**
Çiftehavuzlar Yolu Acar Sitesi No: 4 Bayrampaşa / İstanbul
Tel: (212) 674 97 23 Faks: (212) 674 97 29 Sertifika No: 45099

**Artemis Yayınları, Alfa Yayın Grubu'nun tescilli markasıdır.**

İPEK ONGUN

# Kendi Ayakları Üstünde

Bir Genç Kızın Gizli Defteri

3

*Çocuğunuz evinize girer ve yıllarca o*
*kadar gürültü eder ki zor dayanırsınız.*
*Yuvadan ayrıldığındaysa, ardında öylesine bir*
*sessizlik bırakır ki, bu kez de deli olmak*
*işten değildir.*

*Nilgün'le Brad ve Defne'ye*

*24 Haziran, Çarşamba*

Sonunda iple çektiğim yaz tatiline ve İzmir'e kavuştum ama bir aile faciasının da tam göbeğine düştüm! Yine lafa sonundan başladım galiba.

Efendicağızıma söyleyeyim, okullar tatil oldu ve biz cümbür cemaat; yani anneannem, dedem, annem ve ben İzmir'e, Defne Teyzem güzel.)

Malum aile muhabbetlerinden sonra bizim "süslü," yani sevgili kuzinim Sırma anlamlı bakışlar atarak sessiz bir el işaretiyle beni odasına çağırdı.

"Ne var, Sırma? Ne bu gizlilik?"

"Gel, gel," diye fısıldayarak kolumdan tutup beni içeri çekti ve oda kapısını sıkıca kapadı. Sonra da, "Otur karşıma," diye buyurdu, kâküllerini eliyle geriye atarak.

Yatağının üstünde karşılıklı oturduk. Neler söyleyecek diye merakla bekliyordum. Yastıkları oraya buraya iterek, kuluçkaya yatan tavuklar gibi yerine iyice yerleşti. Eyvah, bu uzun süreceğe benzer, diye geçirdim içimden ama bir şey demedim tabii.

"Sana bomba gibi bir haberim var."

"Patlat öyleyse..."

"Hem de kiminle ilgili biliyor musun?"

Sırma her zaman olduğu gibi işin tadını çıkarıyordu.

"Kiminle?"

"Ama bak söz vereceksin, kimseye söylemek yok."

"İlk işim buradan çıkıp kapı kapı dolaşarak senin anlattıklarını yaymak olacak. Yani sen de..."

"Tamam, tamam ama yine de söz ver, kimseye, hele de ailedekilere tek söz etmek yok."

"Üff Sırma, seni duyan da beni ağzı gevşek biri sanacak."

"Söz ver."

"Pekâlâ, söz."

"Konu, Zeynep'le ilgili."

Bu kez gerçekten meraklanmıştım. Ne olabilirdi Zeynep'le ilgili bu büyük sır? "Artık şunu anlatsan," dedim sabırsızlanarak.

"Aslında tam olarak Zeynep'le ilgili değil. Onun bir ablası var. Adı, Nilgün. Şu sıralar Amerika'da eğitim görüyor. Onunla ilgili."

Azıcık da olsa düş kırıklığına uğramadım desem yalan olur. Bana ne Zeynep'in hiç tanımadığım ablası Nilgün'den. Sırma ise keyifli keyifli anlatmaya koyuldu.

"Nilgün Abla'dan bir mektup gelmiş. Ve bu mektup bir bomba gibi düşmüş ailenin ortasına, çünküüüü Nilgün Abla orada bir Amerikalıya âşık olduğunu, birbirlerini sevdiklerini veee evlenmeyi düşündüklerini yazıyormuş."

"Vay be..."

"Yaaa..." Sırma benden aldığı tepkiden pek bir mutlu olmuştu; devam etti gözlerini süzerek. "Çok büyük bir aşk anlayacağın."

Zaten oldum olası aşk hikâyelerine bayılır.

Bir an sessizce birbirimize baktık. Ben duyduklarımı sindirmeye çalışıyordum. "Peki," dedim. "Ailesi ne demiş?"

Sırma bir parça daha yerine yerleşerek sözlerini sürdürdü. Mest olur bu kız böyle şeylere, mest. "Aile ikiye bölünmüş vaziyette. Nilgün Abla'nın bir yabancıyla evlenmesine kesinlikle karşı olanlar ve dur bakalım, kızımız gelsin, onunla bir konuşalım, diyenler şeklinde..."

Öyle bir anlatışı vardı ki, dayanamayıp sordum. "Bütün bunları sen nerden biliyorsun?"

"Zeynep'ten tabii ki," diyerek omzunu silkti ve devam etti. "Şu anda Zeyneplerin evinde sanki cadı kazanları kaynıyor. Ne kadar akraba varsa gelen gelene... Zeynep'in yaşlı bir halası var. O, 'Ben size demedim mi, oralara kızı yollamayın, olacağı buydu,' diye Zeynep'in annesine çıkışıp duruyormuş. Bir de büyük teyze var, o da gelip gidip, 'Kızı kendi haline bırakırsan ya davulcuya varır, ya zurnacıya,' diye söyleniyormuş. Babaannesiyse, 'Gördün mü başımıza gelen felaketi,' diye oturduğu yerde dizini dövüp iki yana sallanıyormuş. Zeynep, 'Evimizin tadı tuzu kaçtı,' diyor."

"Gerçekten de müthiş bir haber bu, Sırma."

"Akıllım, ben bir şeye boşuna bomba demem," diye böbürlendi hemen.

Yine bir süre birbirimize bakarak oturduk.

"Tam bir aile faciası desene."

"Hem de ne biçim."

"Peki, Zeynep'in annesiyle babası ne diyorlarmış?"

Elini havaya kaldırarak, "Aaa bak, onlar olaya daha başka yaklaşıyorlar. 'Bizim kızımızın aklına güvenimiz var; gelsin, anlatsın, oturalım konuşalım, öyle karar veririz,' diyorlarmış."

"Bu daha akılcı bir tutum gibi geldi bana."

"Sana öyle geldi ama ailenin büyükleri bu tür sözleri duyunca daha da ifrit oluyorlarmış."

"Zavallı Nilgün Abla. Desene gelince çekeceği var."

"Geldi bile."

"Ne?"

"Tabii ya," dedi Sırma yine o bilmiş haliyle.

"Ne zaman?"

"Önceki gece geldi."

"Peki, ne olmuş? Konuşmuşlar mı?"

"Bilmiyorum. Dün aileden hiç kimse evden çıkmadı. Tam sessizlik anlayacağın. Tabii durum böyle olunca, Zeynep'i de göremedim." Sonra da, "Ay öyle merak ediyorum ki..." diyerek kıkırdadı Sırma.

"Tabii, senin tuzun kuru. Zavallı Nilgün Abla kim bilir ne durumda."

"Sen onu tanımıyorsun bile," dedi Sırma hemen Nilgün Ablayı sahiplenerek.

"Ben de tanıyorum demedim ki zaten. Ama tanısam da tanımasam da güç durumda olan birine acıyorum. Yasak mı?"

"Aman! Hemen de kızar."

Yine bir sessizlik. Sırma bana hınzır bir bakış atarak, "Acaba Zeynep'i arasam mı?" dedi. Bir şeyler öğrenmek için ölüyor besbelli, Bayan Merak.

"Bence arama. Aptal değil ya, neden aradığını hemen anlar."

"Ama çok merak ediyorum yaa..." dedi alt dudağını sarkıtarak.

Ben, "Fazla merak sağlığa iyi değildir," deyince elinin altındaki yastığı kaptığı gibi kafama indirdi. Ben de öteki yastığı yakalayıp savunmaya geçtim. Tam birbirimize girmiş, boğuşuyorduk ki, odanın kapısı açıldı. Gelen Defne Teyzem'di.

"Sizi anlamıyorum! Bu yaşa geldiniz, artık zarif birer genç kız gibi davranmanız gerekirken, şu halinize bir bakın. Haşarı oğlan çocukları gibi alt alta, üst üste boğuşuyorsunuz."

İkimizin de saçı başı dağılmıştı. Nefes nefeseydik.

"Tümay'la Cüneyt aşağıda. Serra'ya hoş geldin demek için gelmişler. Kendinize bir çekidüzen verin de, konuklarınızla ilgilenin."

Teyzem gider gitmez, ikimiz de aynanın karşısına koştuk. Hey Yarabbim... Onca zaman sonra Cüneyt'le ilk kez karşılaşacağım ve üstümde eski bir kot, saçlarımsa rezalet... Oysa şöyle rahat rahat süslenip giyinip buluşmayı düşlemiştim... Zaten benim düşlerim ne zaman gerçekleşti ki şimdi gerçekleşsin diye düşünerek umutsuzca aynaya bakıyordum.

"Ay Sırma, dökülüyorum. Nasıl çıkarım onun karşısına. Sen benim için bir bahane uydursana..."

"Saçmalama, Serra. Ne varmış halinde? Sadece saçlarını şöyle bir tara, yeter."

Söyleyene bak...

Neyse, öyle ya da böyle aşağı indik. Tümay'la Cüneyt'i bizimkiler esir almışlardı. Beni görünce, Tümay koşup boynuma sarıldı.

"Hoş geldin, Serra. Ay, geleceğini duyunca nasıl sevindim bilemezsin," diyor, bir yandan da bana sarılıp duruyordu. Böyle karşılanmak ne güzel. Hoş, ben de onun boynuna asılıp duruyordum. Tümay'la birbirimizden ayrıldıktan sonra ayakta, huzursuz bir biçimde sırıtarak bekleyen Cüneyt'e döndüm.

"Merhaba, Serra," dedi garibim, onca insanın gözleri önünde.

Ben de, "Merhaba," dedim ve uzanıp onu da iki yanağından hafifçe öptüm. Tabii bu arada annem, teyzem, anneannem ve dedem bizleri aynen seyretmekte... Kendimi sahnede rol yapan bir oyuncu gibi hissettim. Cüneyt'in de benden aşağı kalır yanı yoktu.

Annem Sırma'ya dönerek, "Gezi programında bir değişiklik var mı?" diye sordu.

"Hayır, teyzeciğim, haftaya bugün hareket ediyoruz. Antalya'ya kadar gidip döneceğiz. Hepsi hepsi on gün sürecek."

"Gezin, görün," dedi dedem. "Gençken, zevk alırken, gezebildiğiniz kadar gezin."

Saatler kadar uzun gelen bu ayakta dikilmeye Sırma, "Hadi bahçeye çıkalım," diyerek son verdi de, hepimiz rahat bir nefes aldık.

Bahçede Cüneyt'le ilk kez doğru dürüst göz göze geldik. Onca insanın arasında ona bakarsam sanki duygularım yüzümde kocaman harfler şeklinde yanıp sönmeye başlayacak gibi geliyordu. Cüneyt bana gülümsedi, ben de ona. Öylece, hiçbir şey söylemeden birbirimize gülümsüyorduk ki, Sırma, "Hop, aile var," demez mi... Sulu, n'olacak. Neyse ki, Tümay bir kahkaha patlattı da, bu zor durum kaynadı gitti. Hepimiz gülüşmeye başladık. Anlaşılan artık ilişkimizi biliyorlar. Aman bilirlerse bilsinler. Hem onlar benim can arkadaşlarım.

Cüneyt tam bana bir şey söylemek için ağzını açmıştı ki, bu kez Tümay, "Bakın kim geliyor," diye bağırdı. Koşarak gelen, Zeynep'ti. Hadi bu kez onunla sarmaş dolaş olduk.

"Aslanım benim," diyerek sırtıma vurup duruyordu Zeynep. "Meğer seni ne çok özlemişim."

"Ben de seni," gibisinden duygusal konuşmalar yapıyorduk ki, bizim Bayan Merak, "Zeynep, yeni gelişmeler var mı? Ablan ne yapıyor?" diye hemen konuya girdi.

Zeynep duvarın üstüne zıplayıp oturdu ve, "Üff, evdeki bunalım havasından daral geldi," diye yakındı. Bizlerse onun etrafını çevirmiş, anlatacaklarını bekliyorduk.

"Hani sırdı?" diye fısıldadım Sırma'ya.

"Arkadaşların dışında yine de sır," dedi kulağıma, sonra Zeynep'e dönüp, "hadi, anlat anlat," diye kolunu çekiştirdi.

"Bizim evde olup bitenlerden haberin var mı, Serra?"

"Sırma ağzımı sıkı tutmam konusunda benden söz alıp bir şeyler anlattı," diye diplomatik bir cevap verdim.

"Öyleyse durumu sana bir de ben özetleyeyim. Bundan aşağı yukarı yirmi gün önce ablamdan bir mektup geldi. Mektup şöyle başlıyordu. 'Sevgili anneciğim ve babacığım, umarım bu mektubu okurken oturuyorsunuzdur.' Annem, 'Gerçekten de iyi ki oturuyormuşum, çünkü daha bu satırları okurken dizlerimin bağı çözüldü,' dedi." Annesinden söz ederken Zeynep kendini tutamayıp güldü. Bizler de gülmekten kendimizi alamadık.

"Ve işte ablam, orada üniversitede doktorasını yapan biriyle tanıştığını, onu çok beğendiğini, bir süre arkadaşlık ettikten sonra hem kafaca anlaştıklarını hem de birbirlerini sevdiklerini anlayınca, eğer bizimkiler izin verirse, evlenmeyi düşündüklerini anlatıyordu."

"Ah, ne kadar hoş," diyerek içini çekti Sırma.

Zeynep ona aldırmadan devam etti. "Adı Bradley Kamp'mış."

"Neymiş neymiş?" diye sordu Tümay.

"Bradley. Kısaca Brad de diyorlarmış, adı İngilizce 'bred' diye okunan ekmek sözcüğüne benziyormuş," şeklinde Tümay'ı cevapladıktan sonra devam etti Zeynep. "Aklı başında, efendi biri, diye yazıyordu Nilgün. Kültürlüymüş, ailesi de çok tatlıymış. Nilgün'ü onlarla tanıştırmış."

"Ohoo, desene işler ciddi," dedi benim Cüneytçiğim.

Sırma hemen atıldı. "Günaydın! Burada kaç saattir boşuna mı konuşuyoruz."

Tümay ise, "Anlat Zeynep anlat. Sen onlara bakma," dedi, laf karışsın istemiyor gibi bir hali vardı. Aslını isterseniz, bu ilginç aşk hikâyesine giderek ben de kendimi kaptırmıştım.

"Mektubunu, onu beğeniyorum, onu seviyorum ve onunla mutlu olacağıma inanıyorum, tabii siz de uygun görürseniz, diye bitirmiş."

"Ahh, ne kadar hoş," dedi yine Sırma, yüzünde aptal bir ifadeyle.

Zeynep ise Sırma'nın sözlerinden hiç etkilenmemiş gibi devam etti. "Kim bilir zavallı ablam bu mektubu yazarken, özellikle de babam ne diyecek diye ne karın ağrıları çekti, annem ne düşünecek diye ne heyecan yaşadı."

"Peki, şimdi durumlar nasıl?"

"Durumlar şöyle ki, öbürsü gün Brad geliyor."

"Neee..."

"Deme..."

"Ay, inanmıyorum."

Bu Amerika'da okuyanlar böyle hızlı oluyor demek ki, diye düşündüm. Hale bak, bizde aylar, yıllar alacak bir olay bir iki hafta içinde hızla gelişivermişti.

Zeynep devam etti. "Bu arada Brad, eğer ailen için bir sakıncası yoksa, beni tanımaları için gelmek istiyorum, demiş. Annemler de, buyursun gelsin, demişler. Böylece o da Nilgün'ün arkasından öbürsü gün geliyor. İşte durumun özeti şimdilik böyle."

"Vay be..."

"Ay, ne kadar romantik."

"Peki, Zeynep," dedim. "Bu arada annenle baban, ablana ne dediler?"

"Onlar ablama, biz senin aklına güveniyoruz, ama iyi düşündün mü, diye sordular. O da Brad'i iki yıldır tanıdığını, son bir yıl içinde de birbirlerini bu gözle tarttıklarını ve çok uyumlu, mutlu bir beraberlikleri olacağına inandıklarını anlattı. Bunun üzerine bizimkiler, 'İyice düşündüğüne göre biz senin kararına saygılıyız, bu senin hayatın. Bizim için önemli olan senin mutluluğundur,' dediler."

"Helal olsun."

"Çok iyi ya..."

"Nilgün'le böyle konuştular ama," dedi Zeynep kıkırdayarak, "o gelmeden, yani mektubu ilk aldıkları günlerde ikisi de uyurgezer gibiydiler. Hele de babam... Annemin anlattığına göre bütün gece uykusunda tepinip duruyormuş. İkisi de kızları uzakta yaşayacak diye üzgün ve süzgündüler. Neyse ki, Nilgün gelene kadar birazcık toparlandılar da kızı çok üzmediler."

"Onlar ermiş muradına," dedi Sırma hülyalı hülyalı.

"Pek de öyle değil," diyerek Zeynep bizim Sırma'nın mırıltılarını kesiverdi. "Daha Brad'le bizimkiler tanışmadılar. Bakalım birbirlerini nasıl bulacaklar? Isınacaklar mı, sevecekler mi? Ablamın kafasını şimdi de bunlar yoruyor. Tabii bir de aile büyüklerinin yorumları var ki... en azından asap bozucu."

"Zeynep! Zeynep!"

"Nilgün çağırıyor, gitmem gerek," diyerek duvardan aşağı atladı Zeynep. Sonra döndü. "Bu söylediklerim aramızda kalacak. Tamam mı?"

"Tamam," diye bağrıştık.

Bu kez yükselen teyzemin sesiydi. "Çocuklar, yemek hazır. Tümay, Cüneyt, siz de bizimle yer misiniz?"

Tümay, "Çok teşekkürler Defne Teyze, ama artık gitsem iyi olacak," dedi.

"Beni de evde bekliyorlardır," dedi kalbimin prensi.

"Emin misiniz?" Teyzem bu kez yanımıza kadar gelmiş, onları sıkıştırıyordu. "İsterseniz evlerinize bir telefon edin, haber verin. Bak ne güzel, hep birlikte yemek yeriz."

"Yok, Defne Teyze, gerçekten gitmem gerek," dedi Tümay.

Cüneyt ise Tümay'ın yankısı gibi yineledi. "Benim de gitmem gerek."

"Eh, peki öyleyse. Hadi, iyi akşamlar," dedi teyzem ve böylece Cüneyt'le bu kez doğru dürüst vedalaşamadan ayrıldık.

Yani asrın en anti-romantik-aylar-sonrası-karşılaşması araştırması yapılsa, kesin bizimki açık farkla birinci olurdu.

### *25 Haziran, Perşembe*

Bugün Sırma'nın güzellik öğütlerine uyarak plaja gittik. Kendimize gözlerden ırak, kuytu bir köşe bulup yerleştik. Sonra Sırma, "Akdeniz gezisinin tek bembeyaz vücutları olmak istemiyorsak, bir an önce yanmaya bakmalıyız," diyerek çantasından kremler çıkarmaya koyuldu.

"Ay, şimdi vıcık vıcık olacağız," diye yakındım.

"Akıllım, artık kremleri jel gibi yapıyorlar, hem seni güneşin zararlı ışınlarından koruyor hem de hafif olduğundan yağlı yağlı kalmıyorsun."

O, uzun uzun yeni kremlerin erdemlerini anlatırken, ben de gözlerimle etrafı tarıyordum.

"Ne o, beni dinlemiyor gibisin. Cüneyt'i mi bekliyorsun yoksa?"

"Yoo..." dedim zayıf bir sesle.

O ise bir yandan özenle burnuna krem sürerken, bir yandan da, "Bu saatlerde gelmez o," dedi. Sonra, "Ay, dün Cüneyt'i görünce nasıl da kızardın... pancar gibi oldun," diyerek gülmeye başlamaz mı...

"Hadi ordan, hiç de kızarmadım bir kere."

"Artık bizim Serra kızımıza da birilerini görünce bir haller oluyor, kızarıp bozarıyor," diye benimle dalga geçmeyi sürdürünce, bir avuç kum alıp, "Susar mısın sen," dedim. "Bu kumları o yağlı vücuduna serpersem, görürsün benim kızarmam nasıl oluyormuş."

"Peki peki, sustum," diyerek hemen ciddileşti. Tabii, aklı gitti özene bezene yağlanmış vücudu kumlanacak diye. Yaa Sırma Hanım, işte ben de böyle korkuturum seni...

Birden, "Ama, Serra, bak kim geliyor," dedi gerilere doğru bakarak.

"Hadi ordan, beni işletemezsin."

"Valla..."

Ona inanmamama karşın yine de geriye dönüp baktığımda Cüneyt'i görmez miyim... Lacivert şortu ve lacivert beyaz tişörtüyle pek şıktı.

Yüreğim hopladı, resmen yüreğim hopladı.

Ve yine kilolarımdan, bembeyaz vücudumdan, yağlı vıcık halimden çok ama çok sıkıldım. Ne zaman şöyle kendimi beğenerek, kendime güvenerek davranabileceğim, Tanrım? O güzel, alımlı kızlara öyle imreniyorum ki...

"Bakıyorum erkencisin," diye seslendi Sırma.

"Burada olacağınızı tahmin ettim de ondan," diye yanıtladı kalbimin efendisi.

Sırma bana anlamlı baktıktan sonra, "Ben yüzmeye gidiyorum," diyerek denize koştu. Anlayacağın bizi baş başa bırakıyordu cici kız.

Cüneyt'in, "Serra, seninle deniz kıyısında yürüyelim mi?" sorusu üzerine, ok gibi fırladım yerimden. Sırtıma havlu ceketi de geçirince, kendimi daha bir güvende hissederek Cüneyt'in yanı başında yürümeye başladım.

Dalgaların köpükleri kumlara çarpıp çıplak ayaklarımızı ıslatıyordu. Kumsalda yürümeyi öyle seviyorum ki... Hele de Cüneyt'le olunca.

Bir süre sonra bana doğru eğilip, "Hoş geldin," dedi yumuşacık bir sesle. Gülümsüyordu.

"Hoş bulduk," dedim ben de onun gözlerinin içine bakarak. "Dünkü karşılaşmamızı saymıyorum."

"Ben de..."

"Seni görmek için sabırsızlanıyordum. Tümay da, hadi gidip Serra'yı görelim, deyince kalkıp geldim."

"Çok da iyi ettin." Sonra da kendimi tutamayarak güldüm. "Bizimkiler seni nasıl da esir almışlardı ama..."

"Yok canım, o kadar da değil."

Çok kibardır kendileri.

"Sahi, annen nasıl?"

"İyidir."

Bir süre daha sessizlik içinde yürüdük. Garip değil mi, konuşacak laf bulamıyordum. Oysa, İstanbul'da Cüneyt'le buluşunca şunu anlatacağım, bunu anlatacağım, diye neler neler düşünmüştüm.

"Eee, anlat bakalım. İstanbul'daki arkadaşlarınla aran nasıl?"

"Çok daha iyi." Ve laf bulmanın sevinciyle ona Aylin'le Simten'in bana yaptıklarından sonra onlarla ilişkimi kestiğimi, çok beğendiğim Sıla ve Dilek'le arkadaşlığı ilerlettiğimi büyük bir gururla anlattım. Klasik müzik koleksiyonumu, okulun bahçesine diktiğimiz sarmaşıkları, sevgili öğretmenimiz Mualla Hanımı da anlattım. Sonra birden sustum. Çok mu konuşmuştum yoksa?

"Hep ben konuştum, kafanı şişirdim."

"Yok yok, anlat," dediyse de, "Olmaz, artık sen anlat," diye ısrar ettim.

"Bende bir yenilik yok, bilgisayara ağırlık verdim. Bir de üniversite sınavları için hazırlık yapmaya başladım, yani dershane soruşturması filan. Malum artık bunları düşünmenin zamanı geldi."

"Haklısın." O an içime bir sıkıntı çöktü. Şaka maka derken, sınavlar ufukta belirmeye başlamıştı. "Ama daha iki yıl var," derken biraz da kendimi teselli ediyordum.

"Şimdi başlamazsam, son yıl çok sıkışırım."

"Sen ne yapmak istiyorsun, Cüneyt?"

"Bilgisayar mühendisliği. Puanlar yüksek, onun için ne kadar erken çalışmaya başlarsam o kadar iyi. Ya sen?"

"Ben henüz tam olarak ne istediğimi bilmiyorum. Ailem işletme ya da ekonominin pek çok alanda işe yarayacağını söylüyor."

Başını sallayarak, "Karar vermek zor," dedi.

Bütün bunları konuşuyorduk, iyi hoş da, Akdeniz gezisinden hiç söz etmiyordu. Yoksa gelmeyecek miydi? Konuyu buraya getirmek ümidiyle bir hamle yaptım. "Neyse, şimdi tatildeyiz. Birazcık eğlenmek bizim de hakkımız."

"Çok doğru," derken dalgındı. Ama yine gezi hakkında tık yok.

"Akdeniz gezisine gideceğimiz için çok seviniyorum."

"Bak şu martılara, ne güzel uçuyorlar."

Gerçekten de martıların havada süzülmeleri, suya dalış yapıp yeniden yükselişleri göz alıcıydı. Göz alıcıydı da, benim derdim başkaydı. Niye bu çocuk geziden söz et-mi-yor-du? Lafı bu kadar dolandırdıktan sonra da açık açık soramazdım herhalde. Kumsalın sonuna gelmiştik, dönüp geri yürümeye başladık.

"Serra, canını sıkan bir şey mi var?"

"Yoooo..."

"Çok suskunsun da..."

Asıl derdimi sana söyleyemiyorum ki, diye geçirdim içimden. "Bilmem, belki yol yorgunluğu, belki de denizin ve martıların güzelliği..." diye saçmaladım.

"İyi ki buradasın," dedi ve elimi tuttu... Hemen etrafıma bakındım, gören oldu mu diye. Sonra da kendime sinir oldum. Âlem neler neler yapıyor, bense bir elim tutuldu diye panikleri yaşıyorum. Kader utansın; benim gibi rahibe ruhlular da böyle oluyor işte. Kumsalın geri kalan kısmını el ele yürüyerek geldik. O kadar, o kadar mutluydum ki...

Plaj giderek kalabalıklaşmıştı. Sırma yüzeceği kadar yüzmüş, kuytu yerimize dönüp güneşlenmeye başlamıştı. Birden birinin seslendiğini duydum.

"Serra! Serra!" Tümay'la Serpil ta uzaklardan el sallıyorlardı. Yavaşça elimi Cüneyt'in avcundan çektim.

"Evet," dedi Cüneyt. "Bize özel dakikalar sona erdi." Ve ne olduğunu anlayamadan elimi dudaklarına götürüp hafif bir öpücük kondurdu.

Aman Tanrım, aman Tanrım! Ne diyeceğimi, nereye bakacağımı bilemeden olduğum yerde kalakaldım. Tümay'la Serpil ise bağrışa çağırışa bize doğru koşuyorlardı.

Serpil boynuma sarıldı. "Meğer seni ne çok özlemişim, Serra." Bense hâlâ Cüneyt'le aramızda geçenlerden dolayı sersem gibiydim. Her ikisine de bir şeyler söyledimse de, ne dediğimi hiç ama hiç anımsamıyorum. Neden sonra kendime gelebildim de, arkadaşlarıma onları gören gözlerle bakmaya başladım.

Sahi, ikisi de geçen yıla kıyasla sanki daha bir değişmişlerdi. Tümay'ın atkuyruğu koştukça bir o yana, bir bu yana sallanıyordu. Serpil'in saçlarında hiçbir değişiklik yoktu. Yani dümdüz beline kadar inen saçları yine altınsı pırıltılarla yanıp sönüyor, minicik bikinisinin içinde vücudu her zamanki gibi muhteşem görünüyordu. Ah, ah. Yine de, bence Tümay'ın vücudu daha güzel. Yüzücü olmasından mıdır nedir, sırım gibi, safi kas mübarek. Ama tabii bu benim zevkim. Oğlanlar Serpil'in yuvarlak, yumuşak hatlı vücuduna bayılıyorlardır, eminim. Eee, yetti bu vücut muhabbeti. Ne yapalım, tombiksek tombiğiz işte.

Bir daire oluşturmuş, konuşuyor, konuşuyorduk. Bense ruh gibiydim aslında. Bir yandan Cüneyt'in elinin, öpücüğünün sıcaklığını hâlâ avcumda hissediyordum, bir yandan da geziye gelmiyorsa diye içim içimi yiyordu. Sonra onlar yüzmeye gittiler, biz de Sırma'yla kaldık.

Sırma hemen, "Taktiğim nasıl işe yaradı ama," diye kendini övdü. "Pek ormantik bir yürüyüş yapıyordunuz."

"Aman sen de..."

"Ne kadar da utangacız."

"Sırma?"

"Buyur canım."

"Sululuğu bırak da beni dinle. Bir şey çok canımı sıkıyor."

"Söyle, hemen halledelim. Kuzinler ne güne duruyor."

"Sırma, lütfen..."

"Peki peki. Anlat, dinliyorum."

"Cüneyt geziden hiç söz etmedi. Gelmiyor mu yoksa?"

"Benim bildiğim kadarıyla bizim gruptan herkes geliyor," dedi meraklandığını belirten şekilde kaşlarını çatarak.

"Ama o kadar konuştuk, tek bir söz etmedi. Hem de lafı döndürüp dolaştırıp geziye getirdiğim halde..."

"Niye açık açık sormadın?"

"Üstüne düşüyormuşum izlenimini vermek istemedim."

"Aman sen de..."

"Şimdi seni beni bırak da, cevap ver. Geliyor mu, gelmiyor mu?"

"Valla ben geliyor biliyorum ama..."

"Yaa, bak gördün mü, sen de emin değilsin."

"Bunun bir tek yolu var, cancağızım," dedi Sırma kendinden emin bir tavırla. "O da açık açık sormak."

"Ama benden bilmesin."

"Aman sen de..."

"Lütfen Sırma, belli etmeden sor."

"Sen hiç merak etme. Ben öyle usturuplu sorarım ki, sorduğumu bile anlamaz."

"Hay yaşayasın."

Az sonra Tümay'la Cüneyt yanımıza geldiler. Serpil hâlâ yüzüyordu. Herkes gülüyor, konuşuyordu ama ben o yaşamsal sorunun, sezdirilmeden nasıl sorulacağını merak ederek ve birazcık da kuşkuyla bekliyordum. Derken sevgili kuzinim ağzını açıp pat diye, "Cüneyt, sen bizim gezimize geliyor musun, gelmiyor musun?" demez mi...

Yani... Usturuplu soruya bakar mısınız.

Cüneyt ona şöyle bir gülümsedi. "Tabii geliyorum."

Ohhh! Dünyalar benim oldu. Ne zamandır gezinin hayalini kur, sonra da Cüneyt gelmesin. Ne büyük düş kırıklığı olurdu ama. Tam toparlanıyorduk ki, bu kez Zeynep göründü ufukta. Yeni haberler var mı diye hemen kızın başına üşüştük.

"Damat bey bugün mü geliyor?" sözleriyle dalga geçen Cüneyt'e, Zeynep, "Dur bakalım, daha kızı vermedik," diye çıkıştı. Sonra o kocaman gözleri ışıl ışıl, "Evdeki heyecanı görmelisiniz," dedi. "Herkes bir türlü. Ablam bizimkiler ne diyecek diye, annemler acaba nasıl biri diye ispinoz kuşları gibi düşünüyorlar."

Tümay, "Şu Brad'i çok merak ediyorum," deyince Sırma ona katıldı. "Ben de..."

Cüneyt, "Siz kızlar... Ne var yani, basbayağı bir adam geliyor. Boynuzu olacak değil ya," dedi bunca tezahürata bozulmuş gibi.

Zeynep yüzünde muzur bir ifadeyle, "Ona öyle bir sürpriz hazırlıyorum ki..." der demez hepimiz, "Söyle, n'olur söyle," diye bağırıştık.

"Ama kimseye tek söz söylemek yok."

"Aman," dedim. "Sırma'nın hastalığı belli ki sana da bulaşmış."

"Yok ama biriniz ablamın önünde ağzından bir şey kaçırırsa, beni parçalar, resmen parçalar."

"Lütfen, Zeynep, söyler misin artık."

Zeynep pür heves anlatmaya koyuldu. "Brad'in Türkiye hakkında fazla bir fikri olduğunu sanmıyorum."

"Eee..."

"Onun için ben de..."

"Evet..."

"Hadi söyle ama..."

"Tepeden tırnağa örtüneceğim."

"Ay, inanmıyorum."

"Ömürsün..."

"Yazık ama çocuğa..."

"Canım altı üstü bir şaka," diye kendini savundu Zeynep. Sonra yine heyecanlı heyecanlı devam etti. "Bakalım, öyle örtülü birini görünce ne yapacak."

Sırma, "Ah, keşke biz de görebilseydik," dedi.

"Gerçekten," dedim ben de. Yazık olacaktı böyle bir gösteriyi kaçırmak.

Cüneyt bu kez de Brad'in tarafını tuttu. "Siz kızlar varsınız ya... Korkulur sizden. Onca saatlik bir uçuştan sonra böyle bir manzarayla karşılaşmak... Hem ablan ne der bakalım?"

Zeynep omzunu silkti. "Olan olduktan sonra ne diyecek?"

Tümay, "Bence, bu şakadan sonra sen bizim evde kalsan daha iyi olur," dedi.

"Evet," diye Tümay'a katıldı Serpil. "Can güvenliğin açısından, bence de eve bir süre uğramaman en doğrusu olacak."

"Beni vazgeçiremezsiniz."

Sırma yine, "Ah, ne yapsak da, biz de görsek bu olayı," dedi.

Zeynep, "Dur bir dakika, belki de görebilirsiniz," yanıtını verince, hepimiz aynı anda, "Nasıl?" diye bir bağırıştık ki... sonra da bu halimize gülmekten öldük tabii.

"Bizim ev düzayak. Salonun pencereleri bahçeye bakıyor, orada da ağaçlar var. İsteyen ağacın arkasına saklanır, isteyen ağaca tırmanır ve oradan gözetleyebilir."

Serpil, "Ay, ben korkarım," deyince, "Nedenmiş?" diye ona çıkıştı Tümay.

"Ya evdekiler bizi görürlerse?"

"Canım bahçedeki ağaçları kontrol etmek kimin aklına gelecek ki..."

"Ben yokum," diye kestirip attı Cüneyt.

"Ben de." Bunu söyleyen Serpil'di.

"Korkaklar, siz de..." Sonra Sırma, Zeynep'e sordu. "Akşam saat kaçta burada olacak?"

"Saat dokuz, bilemedin onda gelmeleri gerek. Annemle babam Brad'i havaalanından almak için saat yedide evden çıkacaklar."

Sırma ellerini çırptı. "Bu çok kolay oldu. O saatlerde çoğu kez çıkıp arkadaşlarla buluştuğumuzdan, size gelmemiz sorun olmayacak."

"Bizimkiler evden çıkınca, ben size telefon ederim." Keyfinden ağzı kulaklarına varıyordu Zeynep'in.

"Ve sen de," diyerek son sözleri de Tümay'la ben tamamladık. "Bizleri sizin bahçedeki stratejik noktalara yerleştirirsin."

"Oley!"

Öğleden sonra yine Sırma'nın güzellik öğütleri doğrultusunda kuaför Ayhan Beye gittik. Geziye gitmeden önce doğru dürüst bir kesim yaptırıp saçlarımızı şekle sokmalıymışız. Oysa ben pekâlâ da memnundum halimden.

Ayhan Bey beni görünce hemen tanımaz mı... Ay, pek bir mutlu oldum. "Hoş geldiniz," diyerek elimi sıktı. "Nerelerdeydiniz bakalım?"

Ben ağzımı açmaya fırsat bulamadan, Sırma benimle ilgili tüm haberleri sıralayıverdi. Bu arada Ayhan Bey saçlarıma bakıyordu. "Perma kalmamış," dedi gülümseyerek.

"Evet," dedim. "Kışın derslerle uğraşmaktan kuaföre gidemedim. Ben de kendi haline bıraktım."

"Onun için," diye hemen araya girdi Sırma, "şimdi saçlarına bir şekil vermek gerek."

"Tamam! Siz dergilere bakın, ben de elimdeki işi bitireyim, bir şeyler yaparız."

Sayfaları çevirirken, nedense aklıma Bora geldi. "Sırma," dedim. "Bora neden ortalarda yok?"

"Aaa, sana söylemedim mi, annesiyle babasının yanına Malezya'ya gitti."

"Ne kadar ilginç."

"Babası orada görevli. Yazın bir ara gelecekler ama okul tatil olur olmaz Bora'nın yanlarına gelmesini istediler. Bilirsin, özellikle de Gül Teyze, Bora'ya ne kadar düşkündür, oğullarını özleyip duruyorlar."

"Haklılar."

"Evet," diyerek derin derin içini çekti. "Kim bilir ne zaman gelir."

"Üzülme canım, nasıl olsa sen onun olgunlaşmasını beklemiyor muydun?" diyerek Sırma'yı güldürmeye çalıştım. Eh, ne de olsa anlıyoruz bu işlerden...

Dergilere baktık, baktık ama tam da içime sinen bir model bulamadım. Hepsi de uçuk kaçık şeylerdi. Sonunda Ayhan Beye danışmaya karar verdik.

Sıra bana gelince Ayhan Bey, "Bence size doğal bir saç yakışır," dedikten sonra çenemin hizasını gösterdi. "Şu boyda keseyim, böylece uçlardaki kırıkları da almış oluruz. İsterseniz kâkül de kesebilirim. Düz fön çektik mi, çok hoş durur."

Tabii yine benim yerime Sırma, "Çok güzel, Ayhan Bey, siz aynen dediğiniz gibi yapın," buyurdular. Sonra da, "Ayhan Bey harika saç keser; geçen yaz bana öyle bir saç kesimi yaptı ki, denizden çıkar çıkmaz şöyle bir taramamla saçlarım yerli yerine oturuveriyordu," diyerek Ayhan Beyin propagandasını yaptı.

Neyse, sonuçta saçım kesildi, fönlendi ve bayağı da havalı oldu. Permalı halinin aksine yumuşak bir görünüm almıştı yüzüm.

"Teşekkür ederim, Ayhan Bey."

"Bu model size çok yakıştı," diyerek bana moral verdi ve gürledi. "Oğlum, aynayı getirin."

Sırma gelmiş, beni inceliyordu. Sonunda, "Güzel oldu," diye fikrini beyan ettikten sonra eğilip kulağıma fısıldadı. "Biraz da kilo versen, fıstık olacaksın fıstık."

Sanki bilmiyoruz kilolu olduğumuzu... Bunu söyleyenlere öyle ifrit oluyorum ki...

Evde herkes yeni saçımı çok beğendi. Aslında bu değişiklik benim de hoşuma gitmişti.

Dedem, "Hah şöyle," dedi. "Neydi o permalı saçlar... elektriğe tutulmuş gibi."

Eleştiriye bakar mısınız...

Bu satırları odamda yazıyorum. Akşam yemeğinden sonra Zeynep'in müstakbel eniştesini gözetlemek üzere evden çıkacağız. Geldiğimden beri öyle bir tempo içindeyim ki, sevgili Cüneytçiğimi doya doya düşünme fırsatını bir türlü bulamadım. Zaten Sırma'yla oldun mu, kafa dinlemek tam bir hayal. Yok plajda yanalım, yok berbere gidelim; tabii bir de aynı odayı paylaşıyor olmak var ki, bu da hayal kurmaya en büyük engel. Üstüne üstlük Zeyneplerde olup bitenler... Neyse, nasıl olsa gezide birlikte olacağız.

Lay-lay-lom.

Teyzem yemeğe çağırıyor.

### *26 Haziran, Cuma*

Hayatımda böylesine eğlenceli bir gece yaşamadım dersem, kesinlikle yalan olmaz.

Saat dokuza doğru telefon çaldı. Sırma'yla ikimiz iki yandan atıldık. Arayan, doğal olarak Zeynep'ti. "Artık gelebilirsiniz," dedi heyecanlı bir sesle ve ekledi. "Şimdi de Tümay'ı arayacağım."

Evdekilere Zeyneplere gideceğimizi söyleyip çıktık. Yolda gülüp duruyorduk. Zeyneplere gitmesine gidiyorduk ama ne için gittiğimizi bilseler, kim bilir ne biçim kızarlardı bize...

Zeynep kapının önüne çıkmış, bizi bekliyordu. "Haydi, doğru arka bahçeye," diye fısıldadı.

Aynı anda avaz avaz bağıran Tümay'ın sesi sokakta yankılandı. "Bekleyin, bekleyin."

Zeynep, "Biraz daha bağır da, tüm İzmir duysun," diye onu tersledi.

Neyse Zeynep önde, biz arkada bahçenin yolunu tuttuk. Hemen kediler gibi sağı solu yokladık, nereden içersini daha iyi görebiliriz diye. Salonun penceresinin baktığı yerde iki tane erik ağacı vardı. Tümay atlet ya, ağaca tırmanıverdi. Hoş ağaç fazla yüksek değildi, istesem ben bile tırmanabilirdim.

Tümay, yine bağırdı. "Buradan içersi ayna gibi görünüyor."

"Bağırmasana..." diye hepimiz aynı anda tısladık. Yani bu kızın da ses ayarlamasından zoru var galiba.

Sırma, "Ben şu ağacın arkasından bakacağım, oralara çıkmaya ne gerek var," dedi sanki tırmanabilirmiş gibi. İskemleye bile zor çıkar bizim hanım evladı.

İkinci erik ağacına şöyle alıcı gözüyle baktım, sonra da ortaya konuştum. "Biri bana yardım ederse, ben de bu ağaca çıkmayı düşünüyorum."

Tümay ağaçtan yere atladı, "Hadi, yardım edelim." Ve böylece kiminin popomdan itmesiyle, kiminin kolumdan çekmesiyle ilk kalın dala başarıyla ulaştım. Gerçekten de evin içi olduğu gibi görünüyordu.

Tümay, "Bir yukarıdaki dal daha sağlam görünüyor, oraya çıksana," önerisinde bulununca, yaprakları aralayıp sözünü ettiği dala baktım. Şöyle bir uzandım ama ne yalan söyleyeyim, cesaret edemedim.

"Yok yok, burası iyi."

"Demedi deme."

O sırada bir araba farı bahçeyi yalayıp geçti.

"Eyvah, geldiler. Hadi bakalım, saklanın. Ben içeri gidiyorum," diyerek Zeynep koşmaya başladı.

Sırma arkasından fısıltıyla karışık seslendi. "Brad'i öyle bir oturt ki, yüzü bize doğru dönük olsun."

"Tamam, tamam!" Zeynep kayboldu.

Halimiz öyle komikti ki... Ağaçlara tünemiş iki koca kuştuk sanki. Sırma ise altımızda, saklandığı ağacın gövdesinin gerisinden ikide bir kafasını çıkarıp duruyordu. Araba manevra yaptı, ağır ağır garaja girdi. Kapanan bir kapı sesi ve alçak sesle konuşmalar bizim olduğumuz yere kadar geliyordu. Belli ki, valizleri taşıyorlardı.

Birden salonun ışıkları yandı. Hepimiz dikkat kesilmiştik. Ay, Zeynep ne zaman giyinmişti böyle. Altında uzun, basma bir etek, üstünde çiçekli bir gömlek, başında bir yemeni ve yüzünde de yine yemeniden peçe... O haliyle koşa koşa gidip kapıyı açışı o kadar komikti ki, üçümüz de aynı anda gülmeye başladık.

İçeri önce Zeynep'in annesiyle babası, hemen arkalarından da Nilgün Abla ile Brad girdiler. Zeynep'i görünce oldukları yerde kalakaldılar. Zeynep ise Brad'e yönelik, "Buyrun, oturun," işaretleri yapıyordu. Ötekiler hâlâ şaşkınlık içinde oldukları yerde duruyorlardı. Zeynep, Brad'i tam bizim karşımıza oturttu. Aslanım benim!

"Ay, ne yakışıklı çocuk," diye fısıldadı Tümay ve daha iyi görebilmek için dalları haşır huşur ikiye ayırdı. Sırma hemen bizi uyardı. "Gürültü etmeyin." Gerçekten de Brad kumral, uzun boylu ve de çoook yakışıklıydı. "Yorgun görünüyor," dedim.

"Sen de o kadar saat uçsan, üstelik bu koşullar altında yabancı bir ülkeye gelsen, sen de yorgun görünürdün," dedi Sırma, gereksiz yere Brad'i savunarak. Sanki kötü bir şey söyledik...

Ona aldırmadan gözlemlerime devam ettim. "Zeynep'in ablası da güzel kızmış." Nilgün Abla'nın kızıl kumral saçları omuzlarına dökülüyordu. İncecikti. Durmadan ortada dolaştığından yüzünü doğru dürüst göremiyordum.

"Zavallımın pek sinirli bir hali var," dedi Sırma.

Tümay tünediği yerden fısıldadı. "Eee, kolay mı..."

"Acaba Zeynep'e çok kızdı mı?" diye sordum karanlığa doğru.

Kimseden ses çıkmadı. Dikkat kesilmiş izliyorlardı. Zeynep bir koşu içeri gitti ve Brad'e bir bardak su getirdi.

Brad büyük bir ciddiyetle suyu alıp başıyla teşekkür etti. "Şu Zeynep'in haline bakın. Ölüyü güldürür bu kız."

"Fazla gülme Tümay, ağaçtan düşer, bizi rezil edersin sonra," dedi Sırma.

"Ay, çocuklar..." dedim.

"Ne var?"

"Ben çok sıkıştım."

"Haydaaa..."

"Yani sen de..."

"Ne yapayım, ben ister miyim şu anda tuvalete gitmeyi."

"Tut kendini..."

"Hadi, biraz gayret."

Sırma beni unutmuş, Brad'i inceliyordu. "Yani bu çocuğa da âşık olunur."

Tümay ise, "Benim olmalı, benim olmalı," deyip duruyordu.

"Ne olursunuz," diye yalvardım. "Güldürmeyin, yoksa kendimi tutamayacağım."

Susacağına, Tümay, Sırma'ya, "Sakın Serra'nın altında durma, ne olur, ne olmaz," demez mi... Hadi bizi yine aldı bir gülme.

Bir yandan kendimi tutmaya çalışır, bir yandan da gülerken, beklendiği gibi dengemi kaybettim ve yıllar kadar uzun süren saniyeler boyunca aşağı doğru tehlikeli biçimde kaymaya başladım.

"Çocuklar, ben düşüyorum," dediğimi anımsıyorum. Yaprakların büyük bir hışırtıyla sallanışı, yan taraftaki ince dalı son anda yakalayışım, bir an boşlukta sallanışım ve kütt diye yere düşüşüm... Ardından pat diye bir ses... Bu da Tümay'ın ağaçtan atlayışı... Sırma'nın yardımıma koşuşu... Aynı anda salondakilerin bahçeye doğru bakışları... Zeynep'in bir anda pencerede belirmesi ve içeridekilere, "Bir şey değilmiş, kediler kavga ediyorlar," dedikten sonra, "pisst, pistt, hadi bakayım, gidin buradan..." demesi... Bileğimin çok acımasına karşın Zeynep'in bizleri pist pist diye idare etmesine, yumruklarımızı ağzımıza tıkayıp gülmemiz... Tümay'la Sırma'nın beni yerden kaldırması, ikisi iki koluma girerek karanlık bahçede koşuşumuz, sokağı geçip eve varışımız... ve bütün bu hengamede, kimseler duymasın, benim azıcık da olsa altıma kaçırmış olmam...

Allahtan annemler ön terasta oturuyorlardı da, biz arkadan dolanıp onlara görünmeden içeri girebildik. Tabii ben hemen tuvalete, onlar da Sırma'nın odasına... Dışarı çıktığımda vücudumda hasar tespiti yapıldı. Sağ kolda derin çizikler, bilekte hafif bir burkulma (Sırma hemen buz koydu da fazla şişmedi), bacakların çeşitli yerlerinde yine çizikler ve morarmalar...

"Ucuz atlattın valla," dedi Tümay.

"O küçük dal olmasaydı, ne biçim yere çakılacaktım."

Gerçekten de dala tutunmam hızımı kesmişti.

"Ya Zeynep'e ne demeli... İyi idare etti doğrusu."

Sırma ayağa fırlamış, Zeynep'in taklidini yapıyordu. "Bir şey değilmiş, kediler kavga ediyor. Pist, pist, hadi bakalım, gidin buradan..."

Yine kahkahalara boğulduk.

"Zeynep çabuk davranmasaydı, yakalanmamız işten bile değildi."

Tümay ayağa kalktı. "Hadi ben artık gideyim, çocuklar. Her şeye karşın, çok ilginç bir geceydi."

Tümay'ı yolcu ettikten sonra, "Sırma," dedim. "Ben de artık yatacağım."

"Yapma..." diye mızıklandı. "Daha çok erken."

"Neresi erken, saat on bire geliyor. Hem benim uykum var."

"Yaaa..."

"İyi! Sen otur o zaman, ben yatıyorum."

"Ben de Cüneyt'e senin altına kaçırdığını söylerim."

"Ne..."

Karşıma geçmiş sırıtıyordu.

"Sen artık benim esirimsin. Dediğimi yapmazsan hem Cüneyt'e, hem de ötekilere Serra'nın altına kaçırması olayı tüm ayrıntılarıyla anlatılacaktır, bilmiş ol."

"Seni... seni..." diyerek saldırdım üstüne, söyleyecek laf bulamamanın hırsıyla. Çıkıp üstüne oturdum, altımda kıkırdayıp duruyordu. Tabii uykum kaçmış, açılmıştım. Bunun üzerine televizyonu açtık ve Sırma'nın seçtiği aptal bir filmi esneye esneye izledik.

### *27 Haziran, Cumartesi*

Sabahleyin Tümay'ın telefonuyla uyandırıldık. Teyzem odaya girip, "Sizi tembel kediler sizi. Bak herkes kalkmış, bir siz uyuyorsunuz," diyerek Tümay'ın aradığını bildirdi. Sırma uykulu uykulu homurdanarak telefona gitti, döndüğündeyse uykudan eser kalmamıştı gözlerinde.

"Çabuk, Serra, çabuk. Giyin, gidiyoruz."

Bu evde sakin bir gün yaşayamayacağım herhalde, diye düşündüm ve, "Yine ne var?" diye aksilendim.

"Çok konuşma da giyin. Tümay, Nilgün Ablayla Brad'in sabah yürüyüşüne çıktıklarını haber verdi."

"İyi de... Bize ne bundan?" diyerek sıcacık yatağımdan çıkmamak için savunmaya geçtim.

"Ne demek bize ne? Onları yakından görmüş olacağız."

"Dün gece gördük ya..."

Kotunun fermuarını çekiştirirken, bir yandan da bana laf yetiştiriyordu. "Kapris yapma... Hem unutma, sen benim esirimsin."

Şuna bak, biz küçükken böyle birbirimizi esir alırdık. Kız gelmiş on beş yaşına; ne on beşi, neredeyse on altı olacak, hâlâ çocukluğumuzun oyunlarını bana yutturmaya kalkıyor. Öte yandan çılgının tekidir, sağı solu belli olmaz. Ayrıca uykum açılınca, sözü edilen kişileri bir de gündüz gözüyle görmenin hiç de fena fikir olmadığını düşünmeye başlamıştım.

Sonunda kalkıp giyinmeye başladım. "Bana bak, Sırma, sakın o çocukça tehditlerinin işe yaradığı gibi bir yanılgıya kapılma. Sadece ve sadece merak ettiğim için geliyorum."

"Tamam tamam! Sen giyinmene bak."

Böylece afyonumuz patlamadan kendimizi sokakta bulduk.

Tümay çoktan gelmiş, duvarın üstünde oturuyordu.

"Nerdeler? Nerdeler?" diye sordu Sırma, iki yana bakarak. "Öbür sokaktalar, herhalde deniz kenarına gidiyorlar."

"İyi öyleyse, biz de aşağı yoldan gidelim, böylece karşılarına çıkarız."

"Oldu," diyerek duvardan indi Tümay ve hızlı adımlarla aşağı yola doğru yürüdük.

"Niyetimizi anlamazlar değil mi?"

"Aman Serra, sabah yürüyüşü yapmak yasak mı?" dedi sevgili kuzinim. "Onlar nasıl yürüyorsa, biz de yürüyoruz..."

"Ve rastlantıya bak ki... karşılaşıyoruz," diyerek Sırma'nın cümlesini tamamladı Tümay.

Tam gülüşüyorduk ki, kahkahalarımız boğazımıza takılı kaldı, çünkü Nilgün Ablayla Brad yan sokaktan karşımıza çıkıvermişlerdi. Bir an olduğumuz yerde duraladık, ne diyeceğimizi bilemedik; sanki suçüstü yakalanmıştık. Oysa biz masumane bir sabah yürüyüşü yapıyorduk, öyle değil mi?

Nilgün Abla gülümseyerek, "Günaydın," dedi bize. Ama o bakışlarda sanki her yaptığımızı biliyormuş gibi pırıltılar vardı. Sonra Brad'i bizimle tanıştırdı. O da hepimizin ellerini sıktı. Nilgün Abla'nın tüm bu tanıştırma ve konuşma süresince eli hep Brad'in kolunun üstündeydi, onu bir şeylere karşı korumak istercesine.

Sonra gözlerinde yine aynı ışıltılar, "Eh, artık tanıştığımıza göre, yürüyüşlerimize devam edebiliriz," dedi.

Sırma, "Yakından daha da yakışıklıymış," deyip duruyordu.

"Nilgün Abla da güzel," dedi Tümay. "Upuzun kirpikleri var, fark ettiniz mi?"

"Birbirlerine çok yakışmışlar."

"Biliyor musunuz," dedim. "Bence Nilgün Abla bizim bu rastlantı hikâyemizi yutmadı."

"Nedenmiş, çok da tatlı davrandı."

"Canım, sana ekşi davrandı diyen var mı? Ama sanki için için bizimle eğleniyordu."

"Sana öyle gelmiştir."

"Valla," dedi Tümay. "Nilgün Abla çok zekidir, durumu anlamış olabilir."

"Zeki olmasa hem o okullarda okuyup hem de yakışıklıyı yakalayabilir miydi?"

Tümay, "Haydi yüzmeye gidelim," dedi, artık bu konu kapansın, dercesine.

"Daha kahvaltı bile etmedik," diye isyan ettim. Karnım zil çalıyordu.

"İyi öyleyse, siz kahvaltınızı edin, sonra plajda buluşuruz."

Eve geldiğimizde, Murat Enişte dışında aile tam kadro terastaki kahvaltı sofrasındaydı.

"Maşallah maşallah, bu ne sportmenlik böyle," diye dedem bizimle dalga geçti.

"Haydi, çaylarınızı alın da gelin."

Dedem, "Yahu, yüzünüzü gören cennetlik," diye bizimle uğraşmayı sürdürünce, anneannem, "Canım, rahat bırak çocukları," diyerek aslanlar gibi bizi savundu.

"Babam haklı. Anladık tatildeler ama ara sıra da bizlerle ilgilenseler fena mı olur," diye bu kez de annem gıcıklık yapmaz mı...

"Ben de bunu söylüyorum. Gezin, tozun ama bizimle de oturup konuşmaya zaman ayırın," dedi dedem. Alınmış bir hali vardı.

Kahvaltıya geldiğimize geleceğimize pişman olmuştuk. Yani şu büyüklere hiç yaranılmıyor. Hep sitem, hep eleştiri...

"Hadi hadi," dedi anneannem. "Sataşma şu çocuklara. Bak keyifleri kaçtı bile."

Değil mi ya... Değil mi ya...

Tam da bu sırada Cüneyt kapıda belirdi... "Aa, Cüneyt..." deyivermişim.

Teyzem hemen, "Gelsene Cüneyt sana bir çay koyayım," diyerek zavallı çocuğun üstüne atıldı.

"Yok yok, rahatsız etmeyeyim." Cüneyt kaçıverecekmiş gibi duruyordu, elinde de bir paket vardı. "Sırma'yla Serra henüz plaja gitmedilerse, birlikte gideriz diye gelmiştim."

"İyi ya," dedi teyzem. "Gel, bir çay al, onlar da zaten bitirmek üzereler. Bu sabah erkenden yürüyüşe gittiler de ondan geciktiler. Nerden estiyse..."

Bak şimdi... Nasıl da bizi küçük düşürerek konuşuyor. Nerden estiyseymiş...

Böylece Cüneyt 'mecburiyetten' önüne konan çayı içerken, bizimkiler birer ikişer masadan kalktılar da biz de rahatladık. Teyzem kalan tabakları toplayıp içeri gidince Cüneyt, "Serra," dedi. "Aslında sana bir armağanım vardı, onu vermek için uğramıştım."

"Çok teşekkür ederim," dedim içim ılık ılık.

Ve bana bir paket uzattı. Kalın bir paketti, kitaba benziyordu. Zarif bir biçimde açmam gerekirken, merakımdan haşırt diye kâğıtları paralayıverdim. Evet, yanılmamıştım. Bu bir kitaptı. Hem de -sıkı dur sevgili defter- Atatürk'ün *Nutuk*'u... O kadar, o kadar etkilenmiştim ki... Kitabı bağrıma bastım, "Teşekkür ederim, Cüneyt, çok teşekkür ederim. *Nutuk*'u okumayı çok istiyordum ama bir türlü gidip alamamıştım."

Benim bu sevincimin Cüneyt'i mutlu ettiği yüzünden okunuyordu. "*Nutuk*'u ben bu kış okudum ve inan okurken hep sen aklıma geldin. Serra'nın bu kitabı kesin okuması gerek, diye düşündüm. Bir kere hiç sıkıcı değil, bir serüveni izler gibi oluyorsun. Üstelik bu serüven gerçek ve her şey acayip güzel anlatılıyor. Bence herkes okumalı."

"Sağ ol, çok teşekkür ederim," deyip duruyordum.

"Bu kitabı bizim sınıfta pek çok kişi okudu ve her okuyan etkilendi."

İçerde annesine yardım etmekte olan Sırma, sonunda göründü. "Ben hazırım, ne zaman isterseniz gidebiliriz."

"Bir dakika, kitabımı odama koyup hemen geliyorum," dedim ve merdivenlere doğru fırladım. Tam o sırada teyzemle burun buruna geldik.

"Cüneyt bize pek gelmezdi. Nedir birdenbire bu ilgi?" diye bana laf attı. Keyfim o kadar yerindeydi ki, ona kızacağıma gülümseyip odaya attım kendimi.

Sonra hep birlikte plaja indik. Bir ara Cüneyt'le dalmış konuşuyorduk ki, Serpil, Cüneyt'e su atmaya başladı.

"Aaa, sıktı ama bu gevezelikleriniz, hadi denize..."

Cüneyt hazırlıksız yakalanmış, suları yiyince olduğu yerde sıçramıştı. Serpil gülüp duruyordu. Cüneyt'in kımıldamadığını görünce bu kez elinden tutup çekmeye başladı.

"Hadi ama, piştik sıcaktan."

Cüneyt ayağa kalkmış, bana bakıyordu.

"Siz gidin, biz de geliyoruz," dedim.

Onlar denize doğru koşarken, Sırma'ya döndüm. "Nesi var bunun?"

"Bilmez misin! Hanımefendi her zaman ilgi odağı olmak ister. Cüneyt'in seninle ilgilenmesine bozulmuştur."

"Şunlara bak," dedim. Denizde oynaşıp duruyorlardı. Serpil, Cüneyt'in başını suya batırmaya çalışıyor, Cüneyt de su atarak ondan kurtulmaya çalışıyordu.

"Bayağı bayağı asılıyor Cüneyt'e."

"Eee, etrafta Bora yok, başkaları da yok, doğal olarak piyango Cüneyt'e vurdu," dedi Sırma ve ekledi. "Hadi gidelim de, meydanı boş bırakmayalım."

Böylece Cüneyt'i Serpil'in elinden kurtarma operasyonunu başlattık. Ve kurtardık. Çünkü biz devreye girince Serpil her nedense sıkıldı ve sudan çıkıp güneşlenmeye karar verdi.

Zafer! Zafer!

Sırma, "Bakın, Zeynep geliyor," diye bağırınca, hep birlikte kıyıya yüzdük. Zaten o da oturmuş, bizi bekliyordu.

"Ne haber?" diye sordu Sırma soluk soluğa.

"Sana kızdılar mı?" diye bir soru da ben sordum.

"Beni o kılıkta görünce öyle şaşırdılar ki, resmen dilleri tutuldu. Onlar bir şey diyemeden de Brad içeri girdiğinden olay kaynadı," dedi ve ekledi. "Ayrıca benim bu şakam havayı ısıttığından, yani o resmiyet havasını yumuşattığından, iyi bile oldu sanırım."

"Peki, Brad ne düşünmüş? Sordunuz mu?"

"Sizler paldır küldür gittikten sonra..."

"Doğrusu durumu çok güzel idare ettin, Zeynep."

"Hani sessiz olacaktınız? Ne oldu öyle?"

Sırma'nın yan yan bana bakarak, "Hep Serra'nın yüzünden," demesiyle, ona öyle bir bakış attım ki, hemen, "Yani kabahati yok aslında. Tırmandığı dal onu çekmeyince düştü," dedi.

"Vah zavallım benim!"

Cüneyt ise kahkahayı bastı. "Demek Serra düştü."

"O düşünce, biz de en iyisi toz olalım dedik ve kaçtık."

"Ama senin pist pist diye kedi kovalamanı hiç unutmayacağız."

Böylece Cüneyt de bizim dün geceki maceramızı (tam anlamıyla olmasa da) öğrenmiş oldu.

"Neyse neyse," dedi Sırma. "Sen sizin evde olanları anlat."

"Siz gittikten sonra geçip yerime oturacaktım ki, Nilgün gelip yüzümden peçeyi çekip çıkardı ve, 'Bu oyun buraya kadar,' dedi."

"Hay Allah, ablan da oyunbozanlık etmiş ama..."

"Bence haklı, her şey tadında gerek."

"Peki, Brad anlamış mı bunun bir oyun olduğunu?"

"Ablam da ona aynı soruyu sordu. Önce, belki de yerel giysidir, diye düşünmüş ama sonra etekliğimin altından spor ayakkabılarımı görünce, bu işte bir iş var, diye beklemeye başlamış."

Cüneyt, "Desene, pek de yutmamış senin oyununu," deyince, "Hiç de değil," diye kendini savundu Zeynep. "Başında bal gibi kanmıştı da, sonra benim ayakkabıları görünce uyandı. Haaa, yutmamış deyince... Sabahleyin tam evden çıkıyordum ki, Nilgün bana, 'Arkadaşlarına sor bakayım, Brad'i nasıl bulmuşlar,' dedi alaylı alaylı."

"Ben size demedim mi anlamıştır diye," dedim kendimi tutamayarak. "Bize bakarken sanki için için gülüyor gibiydi."

"Aman sen de," dedi Sırma. "Hemen de, ben dememiş miydim diye başlar."

Zeynep, "Birisi bana bu sabah neler olup bittiğini anlatabilir mi?" dedi.

"Canım işte, Tümay onların yürüyüşe çıktığını haber verince, biz de şöyle bir yakından görelim diye çıktık. Yani biz de sabah yürüyüşü yapamaz mıyız?"

Zeynep gülmeye başladı. "Desenize, ne sizler, ne de ben onları kandırabildik."

Kandıramamıştık, ama çok da eğlenmiştik, laf aramızda.

### *29 Haziran, Pazartesi*

Yani bu Sırma adam olmaz! Altmışına da gelse adam olmaz. Sadece kendi başına iş çıkarsa, neyse ne, ama beni de huzursuz ediyor. Şurada önümüzde mis gibi bir gezi var, otur oturduğun yerde, değil mi? Ne gezer.

Dün gece tam yatmaya hazırlanıyoruz, "Ben yarın İzmir'e ineceğim," dedi.

"Gezi için aldığın giysiler yetmedi mi?"

"Giysi almak için gitmiyorum İzmir'e."

"Ya niye gidiyorsun?"

Bana doğru eğilip fısıldadı. "Bir mankenlik ajansı için fotoğraf çektirmeye gidiyorum."

"Bu da nerden çıktı şimdi?"

"Aman Serra, sana da hiçbir şey söylemeye gelmez."

"Hadi anlat, neymiş bu mankenlik işi?"

Gözlerini süze süze anlatmaya başladı. "Gazetede bir ilan gördüm. Manken olmak isteyen genç bayanların fotoğrafı çekilir diye."

"Peki seninle ne ilgisi var bunun?"

"Çok teşekkür ederim Serracığım, çok teşekkür ederim. Yani ben manken olamayacak kadar çirkin miyim?"

"Canım sana çirkinsin diyen yok da... niye?"

"Niyesi var mı? Düşünsene, eğer kabul edilirsem, mankenlik yaptıracaklar. Belki defilelere çıkarım, belki de dergilerde poz poz resmim çıkar."

Ohoo, bizimki gaza gelmiş, anlatıyor da anlatıyordu. "Bora'ya da ne sükse olur ama."

"Sen bunu Bora'yı etkilemek için mi yapmayı düşünüyorsun?"

"Hem onun için, hem kendim için. Pekâlâ meslek, nesi var?"

"Kızım, böyle ilanları senin gibi saftirikleri tavlamak için verenler de var. Bunu unutma."

"Aman sen de... Söyleyecek kötü bir şey bulursun hemen."

"Çok ciddiyim, Sırma."

"Anladık anladık. Bir kere o ilanı veren yere telefon edip soruşturdum. Bende kolay kolay aldanacak göz var mı?"

"Ne dediler peki?"

"Önce yaşımı sordular, sonra da, 'Yeni yüzlere gereksinimimiz var; fotoğrafınızı katoloğumuza koyacağız, herhangi bir şirket reklam için sizin tipinizde birini isterse, size haber vereceğiz,' dediler."

"Ufak at da civcivler yesin, diyemedin mi?"

"Aman Serra," diyerek ayağını yere vurdu Sırma. "Her şeyde bir kötülük arıyorsun. Manken olmak o kadar kötü bir şey mi?"

"Mankenlik yapmak istemene bir şey dediğim yok."

"Peki, neye karşı çıkıyorsun?"

"Yöntemine karşı çıkıyorum, anlasana."

"Ne varmış yöntemimde?"

"Mankenlik yapmak istiyorsan, doğru dürüst, tanınmış ajanslar var. Gider onlara başvurursun. Böyle ne idüğü belirsiz yerlere gidilir mi?"

"Nerden biliyorsun ne idüğü belirsiz olduklarını?"

"Sen nereden biliyorsun bunların beyaz kadın ticareti yapıp yapmadıklarını?"

"Ay, hayret bir şeysin Serra! Sen otur da dedektif hikâyeleri yaz."

"Evet, canım! Seni de başkahramanım olarak kullanırsam, kitaplar kesin satış rekorları kırar."

Bir süre hiç konuşmadan yattık yataklarımızda. Sonunda dayanamadım, "Sırma, annenin haberi var mı?" diye sordum.

"Tabii ki yok, çünkü o da senden farksız."

"Sırma n'olursun vazgeç bu sevdadan."

"Vazgeçmeyeceğim ve yarın gideceğim," dedi, bir hışım sırtını bana dönerek.

"Bak iki gün sonra ne güzel bir geziye gideceğiz. Bir tatsızlık olmasın."

"Tatsızlık falan olacağı yok. Ayrıca... bir daha da sana hiçbir şey söylemeyeceğim."

Yine bir süre öylece yattık.

"Sırma."

"Lütfen susar mısın? Ben uyumak istiyorum."

"Sırma, eğer bu kadar kararlıysan, ben de seninle gelmek istiyorum."

"Ya seni de kaçırırlarsa..." diye dalga geçmez mi benimle...

Artık tepemin tası atmıştı. "Bana bak, ya ben de gelirim ya da gider teyzeme her şeyi anlatırım."

"Aman, iyi..." dedi hâlâ öfkeli. "Gel bakalım."

Ve tabii ki, zavallı ben, bir sürü karmakarışık rüyalar görerek sabahı zor ettim.

Bugün Sırma'yla yollara düştük. Benim gönlümü hoş etmek istiyor ya, yol boyu konuşup durdu. "Bak annemlere şimdilik bir şey söylemiyorum, çünkü belki de bundan hiçbir sonuç çıkmaz. Ama bir de hayallerim gerçekleşirse..."

Hayallerin batsın, demek geldi içimden.

"İşte o zaman ortaya çıkacağım ve yaptıklarımı onlara bir bir anlatacağım."

"Affedersin ama, ne zamandan beri senin böyle hayallerin vardı? Daha önce hiç sözünü etmemiştin."

"Geçen gün gazetedeki ilanı okuyunca, birden manken olmanın ne hoş bir şey olacağını düşündüm ve o günden bu yana bunun hayaliyle yaşar oldum."

İşte tipik Sırma!

Bu arada elinde bir adres, bir ona soruyor, bir buna. Kimsenin bir şey bildiği yok.

"Sırma," dedim. "Sakın bu adres uydurma olmasın."

"Canım, olur mu öyle şey? O zaman niye gazeteye versinler?"

Doğruya doğru, diye düşünüp sevgili kuzinimi izlemeye devam ettim. Sonunda bir bakkala girip orada çalışan adama adresi sordu. Adam fırça gibi bıyıklarını oynata oynata, "Şu mankenlik yapılan yer mi?" dedi.

Sırma'nın, "Evet evet," yanıtı üzerine ağzı kulaklarına vararak, "Göstereyim," dedi ve bizimle kapının önüne çıkıp uzun uzun tarif etti. Sırma teşekkür edince de, "Haydi hayırlısı," diyerek bizi uğurladı.

Bizimki mutlu, önümde seke seke yürüyordu.

"Sırma," dedim. "Adam niye öyle anlamlı anlamlı güldü? Hem sonra, niye, 'Haydi hayırlısı,' dedi? Ben bunu beğenmedim."

"Yani sen de..." diye homurdandı. "İyi bir adamdı, bize yardımcı oldu; kapının önüne kadar çıkıp yol gösterdi, sonra da iyi şanslar anlamında, 'Haydi hayırlısı,' dedi. Öyle senin düşündüğün gibi bir yer olsa, bu kadar yardımcı olur muydu?"

Ne diyeyim, bir kez daha beni mat etmişti.

Caddeden geçip bir toprak yola girdik. Aman Tanrım, dağbaşı gibi yerlere doğru gidiyorduk. Toprak yolda bir süre daha yürüdükten sonra karşımıza hangara benzeyen büyük bir bina çıktı. Aslında tam olarak bina da denemezdi buna, çünkü duvarları ve çatısı çinkomsu bir maddeden yapılmıştı.

"Sanırım geldik," dedi Sırma.

Binanın etrafında dolanıp kapısını aradık. Meğer tam arka taraftaymış. Ağır, kocaman bir kapı... Sırma yavaşça yaklaşıp zorlaya zorlaya kapıyı açtı. Birlikte kafalarımızı içeri uzatıp baktık. Kapkaranlıktı.

"Sırma, gidelim buradan."

"Söylenip durma, Serra, bir de seninle uğraşamam," dedikten sonra ekledi. "Hem gün ışığından sonra nereye girsen böyle karanlık gelir." Ve içeri doğru bir adım attı, tabii ben de peşinden. El ele tutuşup biraz daha yürüdük. Bu arada benim gözüm hep arkadaydı. Sanki biri gelip de üstümüze kapıyı kapatacakmış gibi geliyordu.

Gözümüz karanlığa alışınca, aşağılara uzanan merdivenlerin başında durduğumuzu gördük. Aşağıdaysa hayal meyal bölmemsi bir yerler vardı.

Derken bir ses. "Kim var orada?" dedi.

İkimiz de öyle bir zıpladık ki... Ellerimiz birbirine sımsıkı kenetleniverdi.

Sırma incecik bir sesle, "Biz," dedi, sonra bu "biz"in anlamsızlığının farkına varıp, "Fotoğraf çektirmek için gelmiştik," diye açıklama yaptı.

"Tamam! Gelin aşağı."

O karanlıkta, yine el ele, merdivenlerden inmeye başladık. Sırma'ya fısıldadım. "Bence geri dönelim. Baksana zifiri karanlık."

Başını iki yana salladı ve inmeye devam etti. Keçi inadı diye buna derim ben. Hem ödü kopuyor, hem gidiyor.

Neyse, bir tarafımızı kırmadan aşağı indik. Aynı anda şak diye ışıklar yandı. Bu kez de parlak ışıklardan gözlerimiz kamaşmıştı. Aydınlığa alışınca, tipik bir sokakta durduğumuzun farkına vardık. Bir köşede dondurmacı, karşısında bir kafe, onun yanında sevimli bir manav, ötede bir butik...

"Şuraya bak. Sırma, ne sevimli bir yer."

"Tabii," diye şişindi hemen. "Burası bir stüdyo."

Kot giymiş genç bir adam hızlı adımlarla yanımıza geldi.

"Kusura bakmayın, sizi karanlıkta karşıladık ama biz de az önce geldik," dedi ve sordu. "Fotoğraf mı çektirecektiniz?"

"Evet," dedi Sırma, gülücükler içinde.

"Öyleyse şöyle buyrun." Bizi o oyuncak sokaktan geçirerek, bir sürü ışıklı aletin, şemsiye gibi şeylerin durduğu bölüme getirdi. "Burası, fotoğraf stüdyomuz."

Sırma, "Şu sokak çok hoş," deyince, genç adam gülümsedi. "Onu biz kendimiz yaptık. Dış çekimler bazen çok zor oluyor; bir dondurmacı, bir butik önünde çekim yapacağımız zaman insanlar başımıza toplanıyor, bu da çalışmamızı engelliyor. Oysa burada hem istediğimiz havayı verebiliyor hem de rahat rahat çekim yapabiliyoruz."

Her şey öylesine eksiksiz hazırlanmış, tüm ayrıntılara öylesine özen gösterilmişti ki, bu sokağa ve dükkânlarına dekor demeye bin şahit isterdi.

Bir delikanlı daha göründü, o da kot giymişti, yani bizim gibi insanlardı. Sırma duymasın ama ben de ne bekliyordum bilmem. Yine de, ne olur ne olmaz, diye düşünerek antenlerimi açık tutmaya devam ettim. Sırma'yı yüksek bir tabureye oturttular. O garip şemsiyeleri yakınına çektiler, ışıkları ayarladılar. O sırada, sonradan gelen genç adam bana, "Sizin de fotoğrafınızı çekelim," dedi.

"Teşekkür ederim, ben ilgilenmiyorum," dedim en kıtık halimle, sırf Sırma'nın şen şakrak tavırlarını dengeleyeyim diye. Sırma omzunun üstünden bana şöyle bir baktı. Kesin ses tonumu beğenmedi hanımefendi. Fotoğraf çekimi başlamıştı; bir yandan da onu konuşturuyor, şakalaşıyorlardı. Ohh, bizim küçükhanım da onlarla bir ahbaplık, bir ahbaplık...

Hemen duruma el koyarak, yine o kıtık tavrımla, "Siz bu fotoğraflarla ne yapıyorsunuz?" diye sordum.

Gülmeyi kesip bana döndüler ve bizi ilk karşılayan hemen bir açıklama yaptı.

"Katalog hazırlıyor, mankenlik ajanslarına gönderiyoruz. Onlar seçimlerini yapınca da, çekimlere yardımcı oluyoruz."

"Peki, bu ajanslar güvenilir yerler mi?"

Sırma'nın bana ne biçim baktığını tahmin edebildiğimden, hiç ondan tarafa bakmıyordum. Delikanlı bir an düşündü, başını kaşıdı. "Valla benim bildiğim kadarıyla hepsi düzgün kuruluşlar."

"Kusura bakmayın," dedim. "Belki fazla soru soruyorum ama ne de olsa baba mesleğinin etkileri..."

Sırma'nın boğazıma atlaması an meselesiydi, öyle bakıyordu bana.

Delikanlı belli ki bayağı meraklanmıştı. "Babanız ne iş yapar?"

"Kendisi emniyet müdürüdür, hem de en sıkısından."

"Ya..." dediler, ikisi birden.

Yaa, dedim ben de içimden, eğer kötü bir niyetiniz varsa, ayağınızı denk alın. Ve o anda bu buluşum nedeniyle kendimle bir gurur duydum, bir gurur duydum.

Bu küçük konuşmadan sonra Sırma'nın önden, yandan bir iki pozunu daha çektiler, "Tamam," dediler. "Gerekirse biz sizi ararız."

"Öyleyse adresimi bırakayım," dedi bizim salak.

Benimle konuşan, başını salladı ve ekledi. "Siz de arayıp bilgi isteyebilirsiniz."

Sırma tokalaşıp teşekkürler ederek onlarla vedalaştı. Tabii ben de ellerini sıktım. Nedense, bana bir garip bakıyorlar gibi geldi. Yaa, işte böyle korkuturum adamı ben.

Merdivenleri koşarak çıktık.

"Boyun uzadı mı?" dedim Sırma'ya.

"Asıl senin halin neydi öyle?"

"Ne vardı ki halimde?"

"Yok ajanslar güvenli miymiş, yok bilmemne... Ya o babanın emniyet müdürü olması masalı neydi?"

"Her kuşun etinin yenmeyeceğini bilsinler istedim."

"Ay yani, Serra, tam bir paranoyaksın sen. Ne oldu, güzel güzel geldik, bir iki fotoğraf çektirdik, bitti gitti. Sense ne senaryolar yazdın, ne senaryolar."

"Onu bunu bilmem," dedim. "Gazetelerde neler okuyoruz senin gibi aklı bir karış havada kızlar hakkında. Eğer senin dediğin gibi kişilerse sorun yok, zaten bir şey demedim. Yok niyetleri bozuktuysa da, seni korumuş oldum. Çok mu kötü yaptım?"

Bu kez de o bir şey diyemedi tabii.

Aman neyse, sonunda yarın Akdeniz gezimize çıkıyoruz.

Bundan sonra ne hali varsa görsün. Gezide de başıma antika işler açacak değil ya...

*31 Haziran, Çarşamba*

Sabah canım annemle vedalaştık. İzni sona erdiği için İstanbul'a dönüyor. Anneannemle dedem ise teyzemin şiddetli ısrarları sonucu birkaç gün daha kalıp öyle gidecekler. En sonra da ben gezi bitiminde İstanbul'a döneceğim. Ühü - ühü - ühü...

Valizimi annemle Sırma hazırladılar dersem yalan olmaz. Neymiş, ben elime geçeni bavula doldururmuşum. Aslını isterseniz, yalan da değil, çünkü öyle uzun uzun onu mu alayım, bunu mu alayım muhabbetlerinden bay geliyor, ne var ne yok dolduruveriyorum.

Annem kotlarımı, tişörtlerimi, çamaşırlarımı ve -inanılır gibi değil- bir torba ilaçla minik bir dikiş kutusu bile koydu bavuluma.

"Anne," dedim. "Ben oraya klinik açmaya gitmiyorum ki."

"Serracığım, yolculukta beklenmedik rahatsızlıklar ortaya çıkabilir."

"Örneğin, suçiçeği olabilirim."

"Alay etme, Serra. Bir şey yersin, midene dokunabilir; güneşte fazla kalıp yanabilirsin ya da üşütebilirsin, başın ağrıyabilir. İlaçların elinin altında olursa, gece yarısı eczane aramaktan kurtulur, hemen önlem alabilirsin."

"Çok haklısın," dedi yağcı Sırma.

"Ya bu dikiş kutusu ne oluyor? Gergef mi işleyeceğim güneşin altında?"

Annem off diyerek gözlerini devirirken, Sırma hemen onun yerine konuştu.

"Ya düğmen kopsa, ya eteğin sökülse..."

"Söyle şuna Allahını seversen, Sırma, benim artık sabrım kalmadı," dedi annem.

"Aman aman, peki. Bir de bana derler valizinin içine her şeyi dolduruyor diye."

Sırma, "Saç kurutma makinesiyle seyahat ütüsünü ben alıyorum, onun için senin onları almana gerek yok," dedi.

"Sağ olunuz... Var olunuz... Çok mersi..."

"Bence," dedi Sırma, "bir iki tane de güzel bluz ve takılar almalıyız."

"Bence de, eflatun renkli dantel tuvaletlerimizi almalıyız."

"Akıllım, geceleri yemeğe çıkacağız, diskoya gideceğiz. Ne giyeceksin oralarda?"

"Bak, Sırma, ben bu kadar merasime gelemem," dedim ve ekledim. "Ayrıca yanımda takı falan da yok."

"Ben sana ödünç veririm," diyerek onu durdurmama fırsat bırakmadan çekmecelerine saldırdı. O arada annem bluzlarımı inceliyordu. Sonra Sırma'yla birlikte, hangi bluza hangi takı tartışmasını yaptılar iki saat. Ben de fotoğraf makinemi, sevgili anı defterimi, kalem ve kâğıtlarımı koydum ve böylece valiz hazırlama işi bitti. Oh be!

***1 Temmuz, Perşembe***

Sabahleyin Akdeniz turuna gelenlerle, otobüsün kalkacağı yerde buluştuk. Sırma tura katılanların çoğunu tanıyor tabii; bense her şeye ve herkese Fransız...

"Merhaba, Tevfik," diye seslendi Sırma. "Bak sana kuzinim Serra'yı tanıştırayım."

Tevfik gözlüklü, yumuşak tavırlı bir çocuk. "Merhaba Serra," diyerek hemen uzanıp elimi sıktı. İki taşın arasında Sırma eğilip kulağıma, "Tevfik iyi kalpli ve kibar bir arkadaştır; onun için de bizim okuldan olmamasına karşın herkes onu sever," diye fısıldayarak olumlu da olsa dedikodusunu yaptı. Duramaz ki...

Otobüsün kalkmasını beklerken, gözüm bir kıza takıldı. Kısacık kesilmiş kızıl saçları vardı. Ama bizim Aylin'inkiler gibi açık değil, koyu kızıldı onunkiler. İri iri kahverengi gözleri, uzun ve kıvrık kirpikleriyle bayağı hoş kızdı. Tek başına orada öylece bekliyordu.

Sırma'ya, "Şurada duran kız kim?" diye sordum. Sırma dönüp kıza baktı. "Bilmem, ben tanımıyorum. Pek Türke benzemiyor."

"Bana da öyle geldi."

Sırma hemen konuyu vazife edinip sordu soruşturdu ve böylece işin aslını öğrendik. Meğer bu kız İzmir'de görevli olarak bulunan bir Hollandalının kızıymış.

"Valla, aferin kıza," dedim. "Ne arkadaşı var, ne bir şey; yine de kalkıp bu tura katılmış."

"Bu gözlerle o pek yalnız kalmaz," dedi Sırma, dudaklarını büzerek. Gerçekten de, bizim bu konuşmalarımıza kulak misafiri olan Tevfik, "Ben hemen gidip onu yanımıza çağırayım. Zavallı, ne kadar da yalnız, baksanıza," diyerek kıza doğru bir seğirtti ki, ne zaman bunları söyledi, ne zaman kızın yanında bitti, anlayan beri gelsin.

"Sizin bu Tevfik gerçekten de çok iyi kalpli ve çok kibar çocukmuş," diyerek Sırma'yla dalgamı geçtim.

"Aman," dedi. "Zaten bu bizim oğlanlar yabancı bir kız görmesinler, hemen mayışırlar."

"Ne o? Anaç tavukluk mu yapıyorsun?"

"Aman, ne halleri varsa görsünler. Ama sonra da gelip kız beni bıraktı diye ağlak yapmasınlar."

Malum, bizim Sırma herkesin dert anası ya...

Bu arada Tevfik'le Hollandalı kız gülerek konuşuyorlardı. Sırf Sırma'nın dalına basmak için, "Pek de çabuk kaynaştılar," dedim.

"Hıh," diye omzunu silkti, başını öbür tarafa çevirerek.

Çok eğleniyordum. "Sizin Tevfik uluslararası ilişkilere katkıda bulunuyor. Fena mı?"

"Hep böyle balıklama bir ilişkiye girerler, sonra da gelip dert yanarlar."

Susmak zorunda kaldık, çünkü kızla Tevfik bize doğru geliyorlardı.

Tevfik ağzı kulaklarında, "Sırma, Serra, bu Paula De Beers," diyerek bizleri tanıştırdı. "Yalnızmış, onun için ben de bizlerle birlikte olmasını teklif ettim."

"Aman, ne iyi," dedi Sırma dişlerinin arasından.

Bir yandan Paula'ya gülümserken, bir yandan da Sırma'ya, "Görümcelik yapma," dedim bıyık altından.

Paula'nın Türkçesi hiç de fena değildi ama İngilizce konuşmayı yeğler bir hali vardı. Fena mı, İngilizcemi ilerletirim, diye düşündüm. Annem bunu bilse ne kadar sevinirdi.

Sonunda grup tamamlandı. Grup lideri, Candan adında yemyeşil gözlü, çok hoş bir üniversiteliydi. Sırma'nın verdiği bilgiye göre, bunlar, birkaç üniversite öğrencisi otobüs kiralayıp gençlere turlar düzenliyor, rehberlik yapıyorlarmış. Ne güzel! Ben de böyle işler yapabilmek için neler vermezdim.

Candan Abla elindeki listeden hepimizin adını okudu, sonra, "Tamam çocuklar, artık yola çıkabiliriz," dedi. Ben kendime bir pencere kenarı bulup yerleştim, bir yandan da belli etmemeye çalışarak arkalarda kalan Cüneyt'e bakıyordum. Zeynep gelip benim yanımda ayakta durdu.

Eyvah, dedim içimden. Şimdi yanıma ya Zeynep otururrsa... Zeynep'i çok severim ama doğrusu Cüneyt'le oturmayı yeğlerim, diye düşünürken Cüneyt göründü. Gözlerini dikmiş, bana öyle bir bakıyordu ki, cici, akıllı, zeki Zeynep hemen bir ileri kaydı ve Cüneyt çabucak yanıma geçip oturdu. Harika, işte bu harika, diye çığlıklar atıyordum içimden.

"Umarım burayı birisi için tutmuyordun," dedi gülümseyerek.

"Hayır hayır," dedim hemen.

Serpil'le Tümay, Zeynep'le Sırma ve Tevfik'le de -evet, 10 puanlık uzmanlık sorusunu bildiniz- Paula oturuyordu.

Yol boyu şarkılar söyledik. Sonra Candan Abla herkese teker teker mikrofonu vererek, önce kendimizi tanıtmamızı, sonra da bir fıkra anlatmamızı istedi. Yolda bir iki kez durduk. Her duruşumuzda, "İhtiyaç molası", "Çaylar şirketten," diye bağırışanlar vardı. Aynı bizim okul servisindekiler gibi sululuk yapıyorlardı buradakiler de. Sonra Candan Abla günün sevilen şarkılarından bir iki tane söyledi. Sesi çok güzeldi, meğer bir yandan da müzik çalışmaları yapıyormuş.

Fethiye'ye vardığımızda akşam olmuştu. Candan Abla bizi pansiyonlarımıza dağıttı, zaten hepsi yan yana. Biz Sırma'yla aynı odayı paylaşıyoruz. Burada iki gece kalacağımız için iyi kötü yerleştik, sonra da sırayla duşa girdik.

Doğal olarak ben beş dakikada hazırdım ama Sırma öyle mi ya... Duştan çıkınca iki saat saçlarını fönledi, sonra da başladı iri bigudilerle sarmaya.

"Kızım saçını fönledin ya... Bunlar neyin nesi oluyor?"

"Kuruttuktan sonra bigudiyle sarınca, saçım daha güzel düşüyor."

O iş bitti, bu kez başladı kremlenmeye... Zaten banyoda onun tuvalet eşyalarından geçilmiyor. Şişeler, kutular, neler neler...

Akşam yemeği için Candan Abla bizi özel bir restorana götüreceğini söyledi. Elinde restoranın broşürü vardı. Fransız yemekleriyle ünlü olduğu yazılıymış o broşürde. Keyifle yola düştük. Eski bir Fethiye evini restorana dönüştürmüşler; el örgüsü dantel perdeleri, pirinç şamdanlarıyla hoş bir yerdi. Ama bu ünlü yer her nedense bomboştu. Üstelik garsonlar, ne geldiniz dercesine bir tutum içindeydiler. Candan Abla da hafiften bozuldu. Ne yer gösteren var, ne buyur diyen.

"Şef garson yok mu?" diye sordu Candan Abla.

"Evinde. İsterseniz çağıralım."

Hoppalaaa...

"Herhalde yani," dedi Candan Abla sinirli bir ses tonuyla ve ekledi. "Zahmet olmazsa."

"Abi yaaa," dedi gruptakilerden biri. "Bunlar bize paspal muamelesi çekiyor."

"Çocuklar! Lütfen kullandığınız sözcüklere dikkat edin," diyerek bu sözleri söyleyeni bir güzel haşladı Candan Abla. Bence çok haklı. Fransız yemekleri sunan kibar bir restoranda böyle konuşulur mu...

Cüneyt, "Şu meşhur şef garson gelince, hamburger isteyelim," dedi.

"Ne bozulur ama..."

"Böyle şefe böyle sipariş."

"Hem hamburger hem de kızarmış patates isteyelim."

"Ne kadar da çocukça bir davranış," dedi Serpil. Bir süslenmiş, bir süslenmiş, yüzü boya kutusuna batıp çıkmış sanki. Gören de bir gençlik gezisinde değil, lüks bir gemi turuna çıkmış zanneder onu.

"Bir an önce gelsin de, ne yiyeceksek yiyelim," dedi Zeynep. "Ben çok acıktım."

Hepimiz oturduktan ve bir süre daha bekledikten sonra şef garson göründü.

"Hele şükür."

"Hiç zahmet etmeyeydi bari."

"Kesin pijamalıydı, giyinip ancak gelebildi."

Şef garson Candan Ablayla konuşuyordu. Candan Abla elindeki mönüye bakıp bir iki yemek sordu. Onun sordukları yokmuş, iyi mi! Öyleyse ne diye listeye koyarsınız!

"Peki öyleyse," dedi Candan Abla mönüyü masanın üstüne bırakarak. "Yiyebileceğimiz ne var, onu söyleyin bari."

"Et kavurma, piliç kavurma, piliç ızgara."

Tümay, "Bunlar bana hiç de özel Fransız yemekleri gibi gelmedi," diye fısıldadı.

Bu kez Candan Abla'nın sesi yükseldi. "Fiyatların yazılı olduğu bir mönü verir misiniz lüften?" Meğer onun baktığı mönüde fiyatlar yokmuş.

"Aaa," dedim. "Fiyatlar yazılı olmaz mı hiç?"

Sırma, "Çok şık restoranlarda yazılı olmaz. Daha doğrusu hanımlara fiyatsız, beylere fiyatın yazılı olduğu listeler verilir," dedi.

Nerden bilir bu kız böyle şeyleri...

"Desene, Sırma, biz şimdi çok şık bir restorandayız."

"Bence," diyerek burnunu kıvırdı Sırma, "çok özenti bir yerdeyiz."

Nitekim Candan Abla, "Bunlar ne fahiş fiyatlar böyle," diye çıkıştı. "Hem broşürünüzde duyurduğunuz yemeklerin hiçbiri yok, sıradan yemekler veriyorsunuz; hem de İstanbul'daki en lüks lokantaların fiyatlarını koymuşsunuz."

Şef garson küstah bir ifadeyle, "Burası turistik bir yer, efendim," demez mi...

"Turistik yerlerin nasıl olması gerektiğini gayet iyi biliyorum, çünkü ben de turizm sektöründe çalışıyorum. Ve siz, turistlere böyle davrandıkça, restoranınız bugünkü gibi bomboş kalmaya mahkûm," dedi Candan Abla, sonra da bize döndü. "Haydi çocuklar kalkın, başka bir yere gidiyoruz."

"Sinirlenmeyin, efendim," filan diye özür dilemeye çalıştılarsa da, Candan Abla hepimizi önüne kattığı gibi, o kibar ve şık restorandan çıkardı.

"Şunlara bak," diye söyleniyordu. "Sözümona cinlik yapıyorlar. O nedenle de, işte böyle sinek avlarlar."

Sonuçta Meğri adında başka bir restorana gittik. Az öncekinin tersine burası bir kalabalıktı ki... İnsanlar konuşuyor, gülüyor, keyifle yemeklerini yiyorlardı.

"Hah şöyle," dedi Tümay.

Böylece güzel bir yemek yedik, sonra da azıcık sokaklarda dolaşıp saat on ikiye doğru pansiyonlarımıza dağıldık. Çünkü herkes yol yorgunuydu ve esneyip duruyordu.

Bizi pansiyonumuza kadar Cüneyt götürdü. Lay-lay-lom!

Şu anda Sırma uyuyor ve ben gözlerimden uyku akmasına karşın, bu satırları yazıyorum. Tüm geziyi gün be gün yazmaya kararlıyım.

*2 Temmuz, Cuma*

Fethiye'de görülecek ne çok yer varmış. O nedenle bir seçim yapıp bugün Ölüdeniz'e gidilmesine karar verildi. Mayolarımızı ve havlularımızı aldık.

Aman Tanrım, o ne güzellik öyle. Denizin rengi resmen turkuaz. Etrafındaysa yeşilin binbir çeşidi. Plaj dersen ayrı bir güzellik. Bugünü deniz ve plajda geçirecekmişiz. Ben bu karara bayıldım. Öyle oradan oraya koşuşturulan gezileri pek tutmuyorum, çok yorucu olmalı. Ama böyle ara verirlerse, hele de bütün gün denize ayrılırsa, hem dinlenme, hem gezme oluyor. Değil mi ya...

Bir süre Ölüdeniz'in çevresinde yürüdük, ben bol bol fotoğraf çektim. Sonra da Cüneyt benim fotoğrafımı çekti. Zeynep, "Ben ikinizin fotoğrafını çekeyim," deyince Cüneyt, "Yaşa sen Zeynep," dedi ve güzel bir köşe buldu. Orada bir kaya vardı, onun üstüne yan yana oturduk, arkamızda da çam ormanları... Son anda Cüneyt kolunu omzuma attı. Ve klik! Bu fotoğrafı yaptırır yaptırmaz, odamda her zaman görebileceğim bir yere koyacağım.

O sırada, "Bizim de fotoğrafımızı çeker misin?" diyen bir ses duyduk. Dönüp baktık ki, Tevfik, Paula'nın elinden tutmuş geliyor.

Zeynep, "İşte bizim taze âşıklar," diye söylendi.

Tevfik ise zavallım, bütün bunlardan habersiz, hızla yanımıza gelip makinesini Zeynep'e uzattı. Bizim az önce oturduğumuz yere oturdular. Tevfik neredeyse Paula'nın içine düşecekti, öylesine dibine oturmuştu kızın. Sürekli Paula'ya bakıyor, ona gülümsüyordu. Dünya umrunda değildi sanki. Zeynep baştan savarcasına hemencecik çekti fotoğraflarını.

Tevfik, "Acaba iyi çıktı mı?" diye telaşlandı.

"İstersen bir de mühürlü, tasdikli garanti belgesi vereyim," diyerek Zeynep onu tersledi.

Yazık ama çocuğa...

"Zeynep, ver ben çekeyim," dedim, sonra da onlar yerleşene kadar bekledim. Tevfik, "Tamam," deyince çektim. Tevfik'in öyle bir teşekkür edişi vardı ki, iyi ki yardımcı olmuşum diye düşünmekten kendimi alamadım.

"Sevindirikler, ne olacak," dedi Zeynep onlar uzaklaşırken.

"Niye öyle söylüyorsun, Zeynep?"

"Tabii ya! Sizin fotoğrafınızı çektiğimi görünce hemen bir koşu gelip hem de aynı yerde, aynı pozu vermelerini başka nasıl adlandırabilirim bilemiyorum."

"Canım, buralarda bir biz vardık. Onlar da fotoğraflarının çekilmesini istiyorlarsa..."

"İstemesinler efendim, istemesinler."

"Ay, âlemsin Zeynep. İyi ama bizim de fotoğrafımızı çektin. Ne farkı var?"

"Dünya kadar fark var."

"Neymiş, söyler misin?"

"Bir kere sizin böyle kafa kafaya verip fotoğraf çektirmeye hakkınız var, çünkü uzun bir geçmişe sahipsiniz," dedi Zeynep.

Kendisi de ettiği lafların komikliğinin farkına varınca, aldı mı bizi bir gülme... Gül Allah gül.

Uzaklardan Sırma, "Hadi artık yüzmeye gidelim," diye seslendi.

Zeynep ona doğru koşmaya başladı. "Geliyorum."

Cüneyt, "Serra, biraz şu karşıdaki çam ormanının içinde yürüyelim mi?" deyince hemen kabul ettim. Cüneyt'le baş başa kalma fırsatımız o kadar az ki...

O sıcaktan sonra çamların gölgesinde yürümek ne hoştu. Hafif, çok hafif esen rüzgârda çamların sesi yumuşacıktı. Küçük, gizli fısıltılardı sanki bu sesler. Esintiler, bu seslerin yanı sıra keskin bir çam kokusunu da beraberinde getiriyordu. Ulu ağaçların gölgelendirdiği patikayı, yüksek dalların ve yaprakların arasından süzülen ışık demetleri aydınlatıyor, toprağın üstüne ışıktan benekler serpiştiriyordu.

Ormanın içlerine doğru ilerledikçe sessizlik artıyordu, ayaklarımızın altında ezilen küçük dalların çıtırtısını, havada uçan böceğin vızıltısını, çok uzaklarda öten bir kuşun sesini duyabiliyordum. Hiç konuşmadan bir süre daha yürüdük. Sanki kendi gizli bahçemizde dolaşıyor, sessizliği dinliyorduk.

Birden, nasıl olduysa ayağım yaşlı bir çamın köküne takıldı. Sendeledim ama azıcık abarttığımı da itiraf etmeliyim. Cüneyt hemen beni belimden tuttu. Bir an öylece kaldık, ona hiç bu kadar yakın olmamıştım. Bütün vücudum elektriklenmişti sanki, kalbim delicesine çarpıyordu. Daha önce hiç hissetmediğim duygular içindeydim. Şimdiye dek duyumsamadığım bir güç tüm benliğimi esir almış gibiydi. Karmaşık duygular içindeydim. Çok zevkli ama bir o kadar da ürkütücüydü.

Cüneyt'in gözlerine bakmamaya çalışarak kollarının arasından yavaşça sıyrıldım. "Teşekkür ederim," dedim. "Az kalsın, düşüyordum." Sesim bile bir garip çıkmıştı.

O ise durmuş, yüzüme bakıyordu. Bana uzun, çok uzun gelen bir süre baktıktan sonra kendi kendine gülümsedi, başını iki yana salladı. Ve bana, "Haydi, Serra, artık geri dönelim," dedi.

O an içime bir acı saplandı. Acaba gücenmiş miydi? Yoksa kollarından sıyrılmasa mıydım? Onu reddettiğimi mi düşünüyordu? Oysa ben ondan değil, açıklayamadığım duygularımdan kaçmak istemiştim.

"Ver elini de, yine bir yere takılıp düşmeyesin," deyince bir ferahladım, bir ferahladım. Ben öyle salak gibi olduğum yerde durunca, "Yoksa elini tutmamda da mı bir sakınca var?" derken hafifçe gülümsüyordu. Tek söz söylemeden, elimi onun sıcacık avcuna bıraktım. Evet, bana gücenmemişti ama yine de sözlerinde ince bir kinaye vardı. Ormanın plaja dayanan sınırına kadar el ele geldik. Güneşe çıktığımızda sanki az öncesini hiç yaşamamıştık, öylesine bir tezat vardı karşımızda. Denizde yüzenler, bağıra çağıra su topu oynayanlar, kola ve yiyecek satanlar...

Gölgeler ve güneş...

Gece ve gündüz...

Düşler ve gerçek...

Ormanın içindeki o derin, karanlık, ürpertici duygular ve plajda arkadaşlarını görünce koşmak, gülmek, kum atmak isteği...

Sanki bir rüya görmüştüm. Beni derinden etkileyen ve kolay kolay unutamayacağım bir düştü bu. Bundan böyle çam ağaçlarının rüzgârda çıkardığı sesi duyduğumda ya da çam kokusu aldığımda, eminim, bin kez eminim, Cüneyt'le ormanda yaptığımız geziyi hatırlayacağım. Ve bu anıyı ömrüm boyunca unutmayacağım. Bütün kalbimle inanıyorum buna.

### *3 Temmuz, Cumartesi*

Bugün Candan Abla, Kayaköy diye bir yeri mutlaka görmemiz gerektiğini söyledi. Otobüse doluşup gittik.

Orada eskiden bir Rum köyü varmış. Kurtuluş Savaşı'ndan sonra bu köy halkı Yunanistan'a gönderilmiş, karşılığında da Yunanistan'da yaşayan bir grup Türk buraya yerleştirilmiş. Ama nedense, yeni gelenler burada kalmamışlar ve başka kentlere göç etmişler. Böylece ortaya bir hayalet köy çıkmış.

Evler taştan yapılma, sanki kayaların içine oyulmuş. Her evin içinde şöminemsi ocaklar var. Harap durumda olmasına karşın, duvarlardaki süslemelere bakınca, bir zamanlar burada oturanların zevk sahibi insanlar olduğu hemen anlaşılıyor. Bir de kilisesi var köyün. O da harap ama belli ki o da zamanında çok güzelmiş.

Candan Abla, "Bu köy bilinçli mimarisiyle ünlüdür. Örneğin, evler yan yana ama öyle bir yerleştirilmişler ki, hiçbiri diğerinin güneşini kesmiyor," dedi ve sordu. "Bunu bugün kaç site için söyleyebiliriz?"

Akşam yemeğinden sonra diskoya gittik. Aslında fena değildi ama kocaman bir kıro grubu gelince sevimsizleşti. Bizimkilerin de miskinliği üstündeydi, böylece pansiyona döndük.

Yarın yine yollardayız.

Az önce tam eşyalarımı topluyordum ki, valizin dibinde bir şey takıldı elime. Bu, beyaz bir zarftı. Üzerine, annemin elyazısıyla, "Serracığıma," yazılmıştı. Merak içinde zarfı açtım.

"*Canım güzel kızım,*" diye başlıyordu mektup.

*"İlk kez kendi başına bir geziye çıkıyorsun. Yanında arkadaşların var ama benim demek istediğim, ailenle değilsin. Bizler yokuz. Bu senin ilk kez kendini koruma sorumluluğunu yüklendiğin anlamına geliyor. Ve ben, kızıma sonuna kadar güveniyorum. Ama yine de sana bazı şeyleri söylemek istiyorum.*

*Çok gençsin, duygularının en coşkulu zamanını yaşıyorsun. Tatildesin; gezecek, eğleneceksin, ay ışığında dans edeceksin. Bambaşka bir atmosferde olacaksın. Seni beğenenler olacaktır ya da senin beğendiklerin... Bunlar çok doğal ve hayatın bu güzel yanını da yaşamanı isterim. Bu geziden hoş anılarla dönmeni dilerim, pişmanlıklarla değil.*

*O nedenle sana yol gösterecek bazı noktalara dikkatini çekmek istiyorum. Bir ikileme düştüğünü hissettiğin zaman kendine şu soruları sor, benim tatlı kızım:*

*Bu yaptığım birilerine zarar veriyor mu?*

*Daha da önemlisi bana zarar veriyor mu?*

*Yaptığım beni utandırır mı?*

*Çok beğendiğim, saygı duyduğum birinin yaptıklarımı görmesinden rahatsız olur muyum?*

*Yaptıklarımı yalana başvurarak saklamaya çalışıyor muyum? Beni yalan söylemeye zorlayan durumlar yaşıyor muyum?*

*Bu yaptıklarım dürüstlük, doğru sözlülük ve verdiğim sözde durma ölçütlerine uyuyor mu?*

*İşte herhangi bir durumda bu sorularla kendini sorgulayarak nerede durduğunu bilebileceksin.*

*Bizler bir süre sonra senin yanında olmayacağız. Üniversite yaşamında, daha sonra da çalışma hayatın-*

*da kendi ayaklarının üstünde durmak zorundasın. Bu gezi, bir yerde kendi sorumluluğunu yüklenme konusunda ilk deneyimin. Duygularını, sana evde öğretilen güçlü prensiplerle dengele. Güçlü prensipler, sağlam bir pusula gibidir, insanı doğru yolda tutar. Aklını, iradeni, mantığını kullan. Duygularının sınırlarını aklınla çizebilirsen, pişmanlıklar duymaz, yaşına yaraşır sorunsuz dostluklar, temiz eğlenceler yaşarsın ve tatlı anılarla anarsın bu günleri. Bilmem, anlatabildim mi, güzel kızım.*

*Sana güveniyorum, benim Serrama iyi bak.*

*Öpücükler*

*Vıdı vıdı annen."*

Mektup elimde, öylece kalakaldım. Sanki annem yanı başımdaydı, sanki dün ormanda hissettiklerimi taa uzaklardan duyumsamıştı da bunları yazmıştı.

Sırma banyodan çıkınca, hemen mektubu valize tıkıştırdım.

"Niye öyle ayakta duruyorsun?" dedi Sırma, bana tuhaf tuhaf bakarak.

Yüzüm kim bilir ne haldeydi.

"Bavulumu topluyordum da..."

"O işi ben şimdi yapacağım."

"İyi! Sen valizini hazırla, ben de defterime yaptıklarımızı yazacağım," dedim. Onunla gevezelik edecek halim yoktu.

İmalı bir bakış atarak, "Anlayalım," dedi. "Bugünlerde yazacak çok şeyin olmalı."

"Rahat bırak beni, Sırma."

"Aman! Hemen de kızar."

Yaa, sevgili defterim, işte böyle.

### *4 Temmuz, Pazar*

Otobüsteki yerimi alır almaz beklemeye başladım. Acaba Cüneyt yanıma gelip oturacak mıydı? Gelirse bana gücenmedi, gelmez de başka yere oturursa, bana kırıldı anlamına gelecekti. Ama ya o arada biri gelir de oturursa diye yavaşça yanımdaki yere çantamı koydum. Otobüse binenler, peş peşe ileriye doğru geçip gidiyorlardı. Birden Tevfik'in bana doğru eğildiğini fark ettim.

"Serra, yanın boşsa Paula'yı oturtabilir miyim?"

Al işte! Yani bu Tevfik de... Öfkemi yutmaya çalışarak, "Tabii," dedim ve içim paralanarak Paula'nın yanıma oturuşunu izledim.

Bazen kendime öyle kızıyorum ki... Yanım boş değil, gelecek var, desene. Ya da dosdoğru, "Cüneyt'i bekliyorum," de. Öyle değil mi? Amma ruhuma nezaket kuralları işlemiş bir kere. (Hep annemin kabahati.) Böylece kendimi istemediğim durumlarda buluyor, sonra da inim inim inliyorum. Örneğin, benim yerimde Serpil olsa, "Cüneyt'i bekliyorum," der ve mis gibi bir yolculuk yapardı. Huyum batsın!

"Çok teşekkürler," dedi Tevfik. Öyle sevinmişti ki... Ona ve Paula'ya kızmaya hakkım olmadığını düşündüm birden, kızılacak biri varsa o da bendim.

Öylesine düşüncelere dalmıştım ki, birisi saçımı çekince yerimden zıpladım ve bir hışım arkama döndüm. Cüneyt bana gülümsüyordu.

"Ne haber?" Tam arkamda, Tevfik'in yanında oturuyordu. "İyidir," dedim ona dönerek. İçimde çiçekler açmıştı.

O sırada yanımızdan geçmekte olan Serpil, "Çifte kumrulara bakın," diye laf attı. Öyle mutluydum ki, Serpil'e kızmadım bile. Ve... Paula'yla ilgilenmeye karar verdim.

Ona ülkesiyle ilgili sorular sordum, o da bana uzun uzun Amsterdam'ı anlattı. Çiçek parklarından, kentin içinden geçen kanallardan söz etti. Ara ara Tevfik'le Cüneyt de sohbetimize katılıyor, bize naneli şeker ikram ediyorlardı.

Ve Kaş'a geldik. Candan Abla bize Lale Pansiyon'da konaklayacağımızı söyledi. Dört katlı bir bina olduğundan tüm pansiyon bize ayrılmıştı. Odalarımıza koydukları çiçeklerle, komodin ve sehpaların üstündeki nakışlı örtüleriyle burası pansiyondan çok eve benziyordu. Yerlerde canlı renkte kilimler, banyoda terlikler... Kısaca, bir evin sıcaklığı sinmişti her köşeye. Giriş katındaki terastaysa, saksılar dolusu çiçekler ve büyük bir masa vardı. Masanın üstünde de gazeteler, dergiler...

"Ne hoş bir yer burası," dedim.

Candan Abla, "Pansiyon sahipleri işlerini seven insanlar," dedi.

"Ayrıntılardan belli oluyor."

"O nedenle ben hep buraya inerim zaten."

Gıcırdayan merdivenlerden çıkıp odalarımıza yerleştik. Burada da iki gün kalıp civarı gezecekmişiz. Candan Abla bir saat içinde hepimizin terasta olmamızı istedi.

Biz aşağı indiğimizde çoğu çoktan gelmiş, gazeteleri okuyordu. Tümer diye bir çocuk var, anladığım kadarıyla fotoğraf meraklısı, masanın başına geçmiş, makinesine birtakım aletler takıp çıkarıyordu. Nitekim bir süre sonra gazete okuyanları, ayakta durmuş konuşanları habersiz çekmeye başladı.

Sırma, "Tümer çok yetenekli çocuktur. Okulumuzun da baş fotoğrafçısıdır. Hep böyle gezilerde, okul toplantılarında fotoğraf çeker, sonra bizler de beğendiklerimizi alırız," dedi.

Tümer de, Candan Abla gibi hem okuyor hem de çalışıyordu demek. Ne güzel.

Tümay ekledi. "Öğretmenler onun fotoğraflarını çok beğendiklerinden sergi açmasını önerdiler. O gün bugün, kendi seçtikleri yeterli sayıya ulaşınca sergi düzenliyor."

"Ben en çok portre çekmeyi seviyorum," dedi Tümer. Ne kadar da kalın sesi var.

Candan Abla seslendi. "Haydi çocuklar, gidiyoruz."

Böylece onun peşine takılıp Kaş'ı keşfetmeye çıktık. Yürüyerek meydana indik.

Kaş'ın meydanı çok güzel. Limanda çay bahçeleri ve lokantalar yan yana dizili. Meydana ulaşan daracık sokakların iki yanında beyaza boyanmış, ahşap cumbalı evler var, hepsinin altında da butikler... Elişleri, bakır çanaklar, takılar, halılar, kilimler satılıyor.

Tümer durmaksızın fotoğraf çekiyordu. Aslında ben de bol bol fotoğraf çektim, çünkü bu meydana bayıldım. Candan Abla parke taşıyla döşenmiş o daracık sokakların birinden yukarı doğru yürümeye başladı.

"Şimdi bir kaya mezar göreceğiz," dedi.

Küçücük bir ev gibiydi mezar. Eskiden ölüleri kayaların içine oydukları oda benzeri yerlere koyarlarmış. Sonra geri yürüdük. Meydanda Mavi Bar diye bir yer vardı. Mini minnacık bir bar. Önünde de motosikletler...

"Burası motosikletlilerin toplandığı yer olmalı," dedi Cüneyt. Bir grup bu bara girip oturduk, diğerleriyse ilerdeki çay bahçesine gittiler.

"Bu ne gürültülü müzik," diye söylendi Sırma, etrafına bakınarak.

"Kızım, şu motosikletleri görmüyor musun? Müzikleri de ona göre," dedi Nami adındaki çocuk. Yüzünde çok mutsuz bir ifade vardı.

Birer kola ısmarladık. Gerçekten de oradaki tipler, deri giysileri ve zincirleriyle pek de bizim tarzımız değillerdi. Zaten onlar da bize, nereden düştü bunlar da buraya, der gibi bakıyorlardı. Ama kendi hallerindeydiler, yani öyle Aylin'le Simten'in arkadaşları gibi sululukları yoktu. Efendi efendi oturuyorlardı, sadece... nasıl diyeyim... kılıkları ve müzikleri bize biraz yabancıydı.

Nami'yle Sırma müzikten yakınmaya devam edince, "Yavaş konuşun ama," dedim. "Duyacaklar."

"Duysunlar," dedi Nami. "Beni yüksek volümlü müzik çok rahatsız ediyor, zorla değil ya..."

Hadi buyrun bakalım... İster misin bir hır çıksın şimdi, diye düşünürken, deri giysililerden biri kalkıp arka tarafa gitti ve... müziğin sesi uygar bir düzeye indi. Ohh! Nami'nin yerden göğe kadar hakkı varmış meğer.

Bizim Sırma baştan aşağı gülücük kesilerek yan masada oturanlara, özellikle de sesi kısan atkuyruklu yakışıklıya, "Çok teşekkür ederiz," dedi. Delikanlı, yüzünde hafif bir gülümseme, başıyla Sırma'ya, bir şey değil anlamında bir işaret yaptı.

Bizimkinin artık susması gerek, değil mi...

"Aslında sizi rahatsız etmek istemezdik ama bizler bu tür müziğe pek alışık değiliz de..." diyerek ve bu arada da yine gülücükler atarak konuşmayı sürdürdü.

"Sizin istediğiniz bir şey varsa, söyleyin çalalım, biz ne de olsa hep buradayız," dedi atkuyruklu.

"Kızım, sus artık," diyerek Sırma'nın bacağına bir çimdik attım. Beni duymamıştı bile.

Sırma, "Şuna baksana, ne kadarda yakışıklı," diye fısıldadı baygın gözlerle ve cazibesini sergilemeyi sürdürdü. Sırma istedi mi öyle bir cıvıl cıvıl olur ki, ona dayanabilen beri gelsin.

"Siz hep Kaş'ta mı oturuyorsunuz?"

Ohoo! Masadan masaya muhabbet devam ediyor, biz de öyle kazık gibi oturuyorduk. Onların masasındakilerse, ev sahibi havalarında, gayet rahatlar. Kimi oturduğu yerde kaykılmış, kimi iskemlesinde ileri geri sallanıyor, bu arada yüzlerinde belirli belirsiz bir tebessüm, bizleri izliyorlardı.

"Evet," dedi delikanlı.

"Çok şanslısınız, burası harika bir yer."

Delikanlı limana doğru baktı, sonra, "Ben seviyorum," dedi. "Onun için buraya yerleştim."

"Canının istediği yere gidebilmek, oraya yerleşebilmek ne güzel," diyerek içini çekti bizim nazenin. Şuna bak, resmen sarkıyor o çocuğa. Delikanlı yine gülümsedi ama bir şey söylemedi.

"Hadi gidelim," dedim.

Sırma, "Ama yeni geldik," demez mi, hem de avaz avaz. "Candan Abla bizi yarım saat içinde beklediğini söylemişti, unuttun mu?"

Bu kez de karşı masadan duyulacak biçimde söylendi. "Zaman nasıl da çabuk geçiyor." Kesin, tatil bu kızın başına vurdu. Annem oturup bana mektup yazacağına, yeğenine yazsaydı çok daha isabetli olurdu.

Cüneyt, "Borcumuz ne kadar?" diye sorunca, o delikanlı, "Borcunuz yok," dedi.

"Nasıl olur?" diye bu kez Nami lafa karıştı.

"Siz turistsiniz, konuk sayılırsınız, bu bizim size küçük bir ikramımız."

Sırma Hanım hemen yerinden fırladı ve atkuyruklunun elini sıkarak, "Çok, çok teşekkür ederiz," dedi sanki bir kola parası değil de, hayatını bağışlamış gibi.

Delikanlı ise Sırma'nın elini bir süre bırakmadı ve gözlerinin içine bakarak, "Umarım tatiliniz çok iyi geçer," dedi. Aslında Sırma'nın hakkı var, çok hoş çocuktu.

Nami de müziğin kısılmasıyla ilgili teşekkürünü ettikten sonra oradan ayrıldık. "Nazik çocuklarmış," diyen Nami'yi, Cüneyt de onayladı. Şu erkekler bir âlem! Sırma'nın gönderdiği sinyallerin farkına bile varmamışlardı.

Sırma'yla biz önden yürüyorduk. "Esmerler bir başka çekici oluyor," dedi Sırma. "O ne gözlerdi öyle... içinde eriyorsun, resmen eriyorsun..."

"Yavaş ol kızım."

Ama Sırma'nın yavaş olacağı yoktu.

"Acaba akşamüstü oraya uğrasak mı? Ha? Ne dersin, Serra?"

"Sırma, sen şaşırdın mı, ne alakası var şimdi?"

"Alakası şu ki, ben onu çok beğenmiş bulunuyorum."

"N'ayır, n'olamaz, siz n'ayrı dünyaların insanlarısınız, Sırmacığım," diye dalgamı geçtim ama ohoo, bizim Sırma oralı bile olmadı.

Kültürel gezimiz, antik bir tiyatroyu ve Dor Anıtı denilen bir kaya mezarı kapsıyordu. Bu tiyatro diğerlerine kıyasla oldukça küçüktü. Taş basamaklarda oturduk. Tümay'la Zeynep okulda sahneledikleri piyesten bir bölüm sundular. Ses nasıl da taa yukarılara kadar geliyor. Sonra hep birlikte,

"Candan Abla, Candan Abla," diye tempo tuttuk ve ona da bir şarkı söylettik. Sesi muhteşem. Zaten Eurovision Müzik Yarışması'na katılmayı düşünüyormuş. Şu hale bak, belki de geleceğin ünlüsüyle dolaşıyoruz da haberimiz bile yok.

Ben tam bunları düşünürken, Tümer, "Hep birlikte bir fotonuzu çekeyim de, Candan Abla meşhur olunca övünebilesiniz," demez mi... Tabii millet hemen üşüştü ve Candan Ablayla o tarihsel ve de kültürel ortamda fotoğrafımız çekildi.

Akşam yemeğinden önce Sırma'da bir telaş. Saçlarını tekrar tekrar fönlüyor, onu giyiyor, vazgeçiyor, bunu giyiyor, aynaya gidip gelip kendini inceliyor.

"Bu akşamki yemeğin özelliğini sorabilir miyim?" dedim sonunda.

"Bu akşam onunla karşılaşabiliriz."

"O?"

"Canım o, hani şu şahane mahlûk."

"Motosikletli."

"Hele şükür, bildiniz."

"Yani, Sırma, ne diyeyim ben sana..."

"Hiçbir şey deme de yürü gidelim. Geç kalıyoruz."

Akşam yemeği için Mercan Restoran diye bir yere gittik. Tam denizin üstündeydi. Hava harikaydı, karşımda da Cüneyt oturuyordu. Daha ne isteyebilirdim ki... diye düşünmeye fırsat kalmadan Sırma yanımıza geldi.

"Cüneyt, Serra'yı bir dakikalığına çalabilir miyim?"

"Tabii," diyerek güldü Cüneyt. "Ama çabuk geri getir."

Ay, onun bu sözlerine bayıldım, bayıldım.

"Evet, Sırmacığım. Yine ne var?"

"Seninle şöyle bir dolaşalım."

"Kızım, neredeyse yemeklerimizi ısmarlayacağız. Gecenin bir vakti bu ne dolaşması böyle?"

"Lütfen Serra, lütfen," diyor, bir yandan da beni yola doğru sürüklüyordu.

Tam bu sırada Candan Abla seslendi. "Çocuklar, nereye?"

"Eve bir telefon edip geleceğiz," dedi Sırma.

"Gecikmeyin."

"Merak etmeyin, hemen döneriz."

"Sırma, annemlere de seninkilere de daha öğlen telefon ettik."

"Hemen de inanır," deyip kıkırdadı.

"Ne yapalım, ben senin gibi tek ayaküstünde dokuz yalan kıvıramıyorum."

"Darılırım ama," dedi sonra da ekledi. "Şöyle Mavi Bar'a doğru bir gidip geleceğiz, hepsi bu."

"Ne?"

"Aman Serra, kapris yapma."

"Kapris yapan biri var ama, kim acaba?"

"N'olursun, onu bir kez daha görmeliyim."

"Yine mi motosikletli?"

"Bir kerecik, bir kerecik," diye yalvardı.

Hoş zaten Mavi Bar'ın önüne gelmiştik bile. Bizimki içeri bir göz attı. "Hay Allah, yok. Gördün mü, yok işte," diye bir üzülsün.

"İyi, geldik, baktık. Muradına erdin mi? Hadi dönelim artık."

"N'olur, biraz şurada oturalım, belki gelir."

"Ay Sırma, sen gerçekten aklını kaçırmışsın. Sokakta durup eski zaman âşıkları gibi onun görünmesini mi bekleyeceğiz?"

Orada öylece durmuş, Mavi Bar'a bakıyordu. Kolundan çektim. "Hadi ama, Sırma."

"Pekâlâ," diyerek içini çekti ve lokantaya kadar tek kelime etmedi.

Yemek çok keyifli geçti. Benim yanımda oturan kızın adı Şükran'dı; uzun boylu, mavi gözlü, çok hoş bir kız. Çok da candan, bana bol bol diğerleri hakkında bilgi verdi.

Bir ara, "Zavallı Nami," dedi. "Yine dalıp gitti." Sonra da hemen bir açıklama yaptı. "Nami geçen yaz Orvilla adında bir Amerikalı kızla tanışmış. İlk bakışta aşk derler ya, işte öyle. Kız Amerika'ya ağlaya ağlaya döndü. O günden beri Nami de böyle dalıp dalıp gidiyor."

Böylece Nami'nin de öyküsünü öğrenmiş bulunuyorum. Yemekten sonra diskoya gitmeye karar verildi. Buna en çok Sırma sevindi. Kulağıma eğilip, "Belki diskoda ona rastlarım," dedi ve hemen bir koşu tuvalete gidip saçını başını taradı.

Disko çok kalabalıktı, güçlükle yer bulduk. Sırma'nın gözleri fıldır fıldır etrafı tarıyordu.

"Yok, burada da yok," dedi alt dudağını sarkıtarak.

Artık bu konunun kapanmasını umarak, "Kader utansın," diye kestirip attım.

Slow çalmaya başlayınca Cüneyt'le dansa kalktık. Bir süre sonra beni kendine doğru çekti, ben de başımı omzuna dayadım. Sanki başka dünyalardaymışız gibi dans ediyorduk. Müzik hiç durmasın, dans hiç bitmesin istiyordum. Ama ne yazık ki, bir süre sonra hızlı şeyler çalmaya başladı ve bu kez hep birlikte dansı sürdürdük.

Yerimize oturduğumuzda soluk soluğa kalmıştım. Birden Sırma bana bir dirsek attı. "Geldiler, geldiler," diye fısıldadı. Gösterdiği yere baktım, gerçekten de bir grup gelmiş, ayakta masaları süzüyorlardı. Bunlar onlardı. Mavi Bar'dakiler... Yalnız bu kez yanlarında uçuk giyimli kızlar vardı. Saçları da kırmızı, mavi, sarı boyalıydı. Kimininse ince ince örgüler halindeydi rengârenk saçları.

"Mutlaka onunla konuşmalıyım," deyip duruyordu Sırma.

"Baksana, yanlarında kızlar var."

"Bana ne onlardan."

"Olur mu Sırma? Ya onun da çıktığı biri varsa?"

"Sen de insanın keyfini kaçırmak için birebirsin."

O boyalı saçlı, deri miniler giymiş yaratıkların yanında çiçekli giysisi ve bukleleriyle bizim Sırma tam da kurabiye reklamlarındaki kızlara benziyordu. Kendini komik duruma düşürmesine izin veremezdim.

"Otur oturduğun yerde," dedim ama dinleyen kim.

"Ben tuvalete gidiyorum," diyerek ayağa kalktı. Onların yanından geçerken de sanki tesadüfen görmüş gibi yaparak küçük bir çığlık attı ve atkuyruklusuyla ayakta bir iki dakika konuştu. Tuvaleti ziyaret ettikten sonra gelip oturdu.

"Arzuna nail oldun mu?"

"Ay, çok hoş çocuk be, Serra."

"Uzattın ama."

Elini sallayarak beni susturdu. "Şimdi gelip beni dansa kaldırmasını bekleyeceğim."

"Çok beklersin."

Bir süre sonra o grup dansa kalktı. Sırma'nın motosikletlisi o uçuk kızlardan biriyle dans ediyordu. Ama ne dans etme... Sanki iki kişi değil, bir kişiydiler. Yan gözle Sırma'ya baktım. Sararmıştı, zavallım.

Nami, "Sırma, hadi gel, biz de dans edelim," deyince eminim sırf onları görmemek için dansa kalktı. Tümer ise Candan Ablayla dans ediyordu. Cüneyt'le biz onları izliyorduk.

Bir ara Sırma'yla atkuyruklu sırt sırta geldiler. Ve nasıl olduysa... partner değiştirdiler. Sırma'nınki, yanındaki kızı Nami'ye doğru hafifçe iterken, Sırma'yı Nami'nin kolları arasından çekip aldı. Hayretlerim şaşmış bir vaziyette onları seyrediyordum.

Zavallı Nami, o renkli saçlı kızla ne yapacağını bilemez halde dönüp duruyordu. Bizimkilere gelince, göz gözeydiler. Sırma hipnotize olmuşçasına dans ediyordu; atkuyruklusu ise yine yüzünde o gülümseme, Sırma'ya bakıyordu. Uçuk kızla dans ettiği gibi değil de, kırılacak porselen bir bebeği tutar gibi dikkatli ve azıcık mesafeli tutuyordu Sırma'yı belinden. Tam o sırada Kenny G. çalmaya başladı. Eyvahlar, dedim içimden, bu romantik müziğin etkisiyle bizim kız büsbütün tutulacak motosikletlisine. Ayrıca Sırma, Kenny G.'ye bayılır, saatlerce dinler.

Gerçekten de, baktım, Serra delikanlıya yaklaştı ve başını omzuna dayadı. Şimdi kesin yumulur bu kuzinime, diye aklımdan geçti ve tetikte beklemeye başladım. Ama o hâlâ kollarında porselen bir bebek tutuyordu sanki. Sırma'nın başını omzuna koymasını anlayışla karşılayan bir ağabey gibiydi, öylece dansa devam ediyordu. İlginç bir delikanlı, diye düşündüm.

Öyle bir dalmışım ki, Candan Abla'nın sesiyle kendime geldim. "Haydi çocuklar, gidiyoruz, saat ikiye geliyor."

Bense Sırma'ya bakıyordum.

Candan Abla seslendi. "Haydi Sırma, gidiyoruz."

Sırma olduğu yerde durdu, gözlerini atkuyrukludan alamadığı belliydi. Sonra o, Sırma'nın çenesinden tutup bir şeyler söyledi. Sırma başını salladı ve isteksiz adımlarla bize doğru ilerledi. Delikanlıysa yüzünde sevecen bir ifade, Sırma'nın arkasından bakıyordu.

Odamıza girer girmez Sırma kendini yatağın üstüne attı ve ağlamaya başladı. Ama ne ağlama...

"Sırmacığım, neyin var? Ne oldu, lüften söyle," diye yalvardım, diller döktüm.

Sonunda, "Onu çok seviyorum," demez mi...

Öyle perişan bir hali vardı ki, ona kızamadım bile. "Ama, Sırmacığım, bir kez gördüğün insanı nasıl seversin? Sen onu çok beğendin, hepsi bu."

"Hayır," diyerek yastığını yumrukladı. "İlk bakışta âşık olmak diye bir şey duymadın mı sen?"

Resmen dilim tutuldu. Duymasına duymuştum da, bunun benim ya da bir yakınımın başına gelebileceğini hiç düşünmezdim. Filmlerde görürdük veya duyardık, o kadar.

Onu oyalayayım diye, "Neler oldu, dans ederken konuştunuz mu?" diye sordum.

Hemen kalkıp oturdu, gözlerini elinin tersiyle sildi.

"Biliyor musun, o kızla dans ederken, onu bırakıp benimle dans etti; hem de Candan Abla çağırana dek." İçini çekti.

Vah, Sırmacığım...

"Evet, gördüm," diyerek devam etmesi için onu yüreklendirdim.

"Biz Nami'yle dans ediyorduk ki, biri omzuma dokundu. Sizlerden biri sanıp döndüm, o. Nami'ye, çok nazik bir biçimde, 'Senin için bir sakıncası yoksa, partner değiştirmeye ne dersin?' dedi ve kızı ona doğru yavaşça iterken, beni elimden tutup kendine çekti."

Kızarmış gözleri yine dalıp gitmişti.

"Onunla dans etmek olağanüstüydü. Öyle uyumlu, öyle yumuşak bir tavrı vardı ki, bulutların üstünde kayar gibiydim. Onun güçlü kolları arasında, kendimi öylesine güvende hissediyordum ki..." dedi ve yine ağlamaya başladı.

"Yapma ama..." dedim ve hemen sordum. "Peki, hiçbir şey konuşmadınız mı?"

"Hayır, konuşmaya gerek yoktu. Onun yanındaydım ya, bu bana yetiyordu."

"Ayrılırken de bir şey demediniz mi birbirinize?"

"Şey..."

"Evet?"

"Candan Abla çağırınca... 'Ben gitmek istemiyorum,' dedim ona."

"O ne dedi?"

"Çenemden tuttu, yüzüme doğru eğildi ve, 'Gitmelisin, küçük kız,' dedi."

Dudakları titremeye başlamıştı Sırma'nın. "Benim, benimse gözlerim doldu, ağlamamak için kendimi zor zaptediyordum."

Nefesimi tutmuş, dinliyordum.

"Git ve tatilinin tadını çıkarmaya bak,' dedi, sonra da, 'Seni hiç unutmayacağım, küçük kız,' diye ekledi."

Sırma bu sözlerden sonra tekrar yatağa kapanıp hıçkırmaya başladı. Hey Allahım, nedir bu başıma gelenler...

Ona su içirmeye çalıştım, bileklerine kolonya sürdüm, aklıma ne geldiyse yaptım. Bir ara sakinleşir gibi oldu. Oh, krizi atlattık, diye düşünüyordum ki, kararlı bir tavırla kalkıp oturdu.

"Ben burada kalıyorum, Serra," dedi.

"Ne? Sen ne dedin?"

"Ben burada kalmaya karar verdim. Onu seviyorum ve kimse beni bu kararımdan döndüremez."

Ah Tanrım, nedir benim bu kızdan çektiğim. Şimdiye kadar yaptıkları, şu söylediğinin yanında hiç kalıyordu. Bu geziye çıkarken, nasıl olsa başıma işler açamaz, diye düşünmüştüm. Meğer ne kadar yanılmışım. Şu hale bakar mısınız.

"Sırmacığım, bu olacak şey değil."

"Nedenmiş?"

"Böyle bir çılgınlık yaparsan, Murat Eniştem o motosikletliyi yaşatmaz, bu bir. Seni de öyle bir cezalandırır ki, feleğini şaşırırsın, bu da iki."

Omzunu silkti. "Biz de kaçarız."

"Ay, inanmıyorum. Karşımda kuzinim Sırma mı var, yoksa aklını yitirmiş biri mi?.. Kızım, kesin onun çıktığı bir kız vardır, bakalım seninle kaçmak ister mi? Hem seni üzmek istemem ama o allı dallı, boyalı saçlı kızla ne biçim dans ediyordu, görmedin mi?"

"O kızların onun için bir anlamı yok."

"Nerden biliyorsun?"

"Bana davranışından. Bana karşı bambaşkaydı, çünkü o da bana âşık oldu."

"Sırmacığım, yine seni üzmek istemem ama gerçeği görmen gerek. Bunu seni sevdiğim için yapıyorum."

"İyi! Ne söyleyeceksen söyle."

"Sana, küçük kız, diye hitap etmiş. Anlasana. Öyle davranmasının nedeni, sana âşık olduğundan değil, senin henüz çok genç ve saf bir kız olduğunu ve ona tutulduğunu anladığından sana daha fazla umut vermemek için. Ayrıca koskoca bir adam o, eminim üniversite çağını çoktan geçmiştir, aranızda dünya kadar yaş farkı var."

"Umrumda değil."

"Ama onun umrunda ki sana küçük kız demiş. Yani, ben senin için çok büyüğüm demek istemiş."

"O senin fikrin."

"Sakin kafayla düşünürsen, bana hak vereceksin. Hem..."

"Hem, ne?"

"Hem onun çok farklı bir yaşam biçimi var. Sen kendini o uçuk kızlarla birlikte, motosikletli bir hayatta düşünebiliyor musun?"

"Nesi varmış? Çok mu kötü motosiklete binmek? Herkes bizim gibi yaşamak zorunda mı?"

"Elbette değil. Bak yine yanlış anlıyorsun, ben onları eleştirmiyorum. Herkes dilediği gibi yaşamakta özgürdür, yeter ki mutlu olsun. Ben, sen o hayatta mutlu olur musun, bunu soruyorum."

"Öff sen de çok soru soruyorsun."

"Sırmacığım, saate bak. Resmen sabahın dördüne geliyor. Lütfen artık yatalım, biraz uyuyalım, yarın yine konuşuruz. Hadi canım."

Şükürler olsun, gecenin o saatlerinde sokaklara düşüp atkuyruklusunu aramaktan vazgeçti. Ben de fikrini değiştirmesin diye hemen onun ışığını söndürdüm ve şimdi bu satırları yazıyorum.

Bu uykusuzlukla yarın bizden hayır bekle, ne biçim hışır olacağız.

*5 Temmuz, Pazartesi*

Tabii ki uyuyakalmışız. İki saat kapımıza vurmuşlar da öyle uyanabildik ve doğal olarak kahvaltıdaki son kişiler bizdik.

Bugün Kalkan ve Patara'ya gittik. Kalkan, kilisesi, çeşmesi, cumbalı evleriyle çok hoş bir yer. Yeni evler de asırlar öncesinin mimarisine uygun olarak yapılınca, ilk izlenim bir uyum, bir bütünlük oluyor. Binaların kimi uzun, kimi kısa değil. İstanbul'dakiler gelsinler de öğrensinler. Burada da, tıpkı Kaş'taki gibi, şehrin meydanıyla birlikte eski kent havası korunmuş.

Patara ise göz alabildiğine uzanan bir kumsal, yine asırlar öncesinden kalma bir ören yeri. Patara'da denize girdik, herkes bol bol fotoğraf çekti.

Nami ise söylenip duruyordu. "Niye geldik şimdi buraya?"

"Tarihi yer göresin diye, oğlum," dedi Tümer o kocaman sesiyle.

"Bu kumların nesi tarihi?"

Belki söyledikleriyle herkese ters düşüyor ama aslında doğruyu konuşuyor Nami. Örneğin, yüksek volümlü müziğe karşı oluşu; örneğin, o plajda kumdan başka bir şey olmaması...

Neyse, bu arada bir delilik yapmasın diye Sırma'yı hiç yalnız bırakmıyordum. Allahtan güneş gözlüklerini takmıştı da, kimse şiş gözlerinin farkına varmadı. Ama sanki bir gecede süzüldü garibim. Kara sevda dedikleri bu olsa gerek. Başımıza böyle bir şeyin geleceğine kırk yıl düşünsem inanmazdım.

Dönüşte otobüste yanımda oturuyor, hiç sesini çıkarmadan pencereden dışarı bakıyordu. Birden, "Serra," dedi.

"Seni hiç unutmayacağımı bil, derken sence ne demek istedi?"

Yine aynı mayın tarlasına dönmüştük. Çok çok dikkatli olmam gerekiyordu. "Bence," dedim. "O da seni çok beğendi, ne tatlı bir kız, diye düşündü ve bu bakımdan seni hiç unutmayacağını söyledi. Eminim, unutmayacaktır da..."

Bir süre düşündü, sonra, "Bu, beni sevdiğini anladım, ben de seni seviyorum. Eğer gerçekten bana âşıksan, gelir beni bulursun, anlamına da gelemez mi?"

"Hayır," dedim bir telaş. "Hayır Sırma, öyle olsaydı, haydi küçük kız, git ve tatilinin tadını çıkar, der miydi; senin dediğin gibi düşünse bunu açık açık söylerdi. Lütfen, Sırma, lütfen olmayan şeylerin hayaline kapılarak günlerini zehir etme. Topla kendini. Ne oldu sana?"

"Bilmiyorum," dedi küçük, çaresiz bir sesle. "Ben de bilmiyorum. Bildiğim bir tek şey varsa, bundan böyle onsuz yaşayamayacağımdır."

Vah benim dertli başım! Ben ne yapacağım bu kızla? Şu Kaş'tan hayırlısıyla bir gitsek...

Akşam yemeğini Eriş Restoran'da yedik. Burası da restore edilmiş eski bir ev ama Fethiye'dekiyle ilgisi yok. Dekorunun yanı sıra yemeklerin hem tadı hem de sunuluş biçimi harikaydı.

Herkes çoban kavurma istedi. Kavurmalar sacda geldi. Yemeği görünce millet yorgunluğunu unuttu. Kahkahalar, fıkralar gırla gidiyordu.

Sırma sordu, "Candan Abla, diskoya gitmeyecek miyiz?"

"Ne dersiniz, çocuklar?" diyerek Candan Abla da soruyu bizlere yöneltti.

"Allah deriz."

"Hemen gidelim."

"Yavaş olun, yemeğini bitirmeyenler var."

Böylece yemekten sonra bu kez başka bir yere gittik. Erken gitmiş olmalıyız ki, pek tenhaydı. Biraz oturduk, sonra Sırma ayağa kalkıp, "Çocuklar," dedi. "Bir önerim var."

"Söyle Sırma."

"Madem bu gece Kaş'ta son gecemiz, o zaman bütün kafe barları dolaşalım, diyorum. Ne diye bir tek yere takılıp kalalım, zaten kaç tane yer var şunun şurasında. Her birinde biraz müzik dinler, sonra öbürüne geçeriz."

"Harika fikir," dedi Şükran.

Nami'yle Tümer de destekleyince, hep birlikte kalktık.

"Sırma," dedim. "Ne yapmaya çalışıyorsun?"

"Onu son bir kez daha görmek istiyorum."

"Sırma?"

"Efendim?"

"Adını biliyor musun?"

Bir an duraladı. "Hayır."

"Tam bir Romeo Jülyet hikâyesi."

Ve o gece Sırma'nın sayesinde Kaş'ın tüm kafelerini dolaştık. Aslında çok eğlendik ama... ne yazık ki, Sırma'nın aradığı, hiçbir yerde yoktu.

Odamıza geldiğimizde ağzını bıçak açmıyordu. Kaçar maçar diye o uyuyana kadar anılarımı yazmak bahanesiyle oturdum. Neyse, uyudu. Yarın buradan gidiyoruz. Sırma'nın kara sevdasını saymazsak, Kaş'taki günlerimiz de çok güzel geçti.

Hem eğlendik, hem de pek çok yeni yer gördük. Üstelik Cüneyt'le birlikte.

Lay-lay-lom.

*6 Temmuz, Salı*

Bu sabah uyanıp bir de baktım, Sırma yok! Resmen yok! Yataktan öyle bir fırlamışım ki, dengemi kaybedip yere yuvarlandım. Bir süre düştüğüm yerde oturup aklımı başıma toplamaya çalıştım.

İlk aklıma gelen, dolaba bakmak oldu. Ohh! Giysileri orada duruyordu. Ama kendisi ortada yoktu. Belki de karnı acıktı, aşağı bir şeyler yemeğe indi, diye düşündüm. Öyle ya, belki de beni uyandırmaya kıyamadı.

Hemen giyinip terasa gittim, kimseye belli etmeden etrafa bir göz attım. Sırma yoktu. Kalbim hızlı hızlı çarpmaya başlamıştı. Ötekilerle karşılaşıp soru yağmuruna tutulmamak için gerisin geriye odaya çıktım. Ve yatağın üstüne oturup düşünmeye başladım. Biraz daha bekleyip durumu Candan Abla'ya söylemekten başka çıkar yol yoktu, çünkü az sonra hareket edecektik.

İçimin sıkıntısını bastırmak için valizimi topladım, sonra da Sırma'nın eşyalarına el attım. Onun bluzuna dokununca öyle fena oldum ki... Sanki ölmüş gibi... Allahım, sen onu koru, diye dualar ediyordum ki, yavaşça kapı tıklatıldı. Yıldırım gibi koşup açtım. Sırma karşımda duruyordu.

"Sırma, neredeydin?" dememle birlikte boynuma atıldı. Hemen kapıyı kapattım. Birbirimize sarılmıştık; o ağlıyordu, ben ağlıyordum.

"Sırma, seni çok merak ettim," dedim. "Nereye gittin sabahın bu saatinde?"

"Belki onu görürüm diye Mavi Bar'a gittim."

"Ah, Sırma."

"Bar kapalıydı. Oturup bekledim, bekledim. Ona veda etmek istiyordum."

Durdu, rüyada gibiydi. İçini çekti ve devam etti.

"Tabii ki, o saatte orada olmayacaktı. Bunun üzerine, ilerdeki sarmaşık güllerinden beyaz bir gül koncası koparıp kapının tokmağına yerleştirdim."

Yine durdu. Tek söz etmeden onun konuşmasını dinliyordum. Devam etti Sırma. "Umarım çiçeğini bulur. Eğer bulursa, eminim benim bıraktığımı anlayacaktır."

Gözlerimden süzülen yaşları silip, "Bulacaktır, Sırmacığım. Bulacak ve senin bıraktığını hemen anlayıp o beyaz gülü sonsuza dek saklayacaktır," dedim.

"Anlar, değil mi?" dedi hıçkırarak.

"Elbette anlar. O gelmese, bir arkadaşı bulup ona gösterecek ve o da hemen anlayacaktır."

Kapı güm güm vuruldu. Tümay, "Uykucular, nedir bu sizden çektiğimiz!" diye bağırıyordu, kapının dışında.

"Geliyoruz," diye seslendim.

Hemen yüzümüze sular çarptık ve valizlerimizi alıp aşağıya indik. Tabii bu arada kahvaltıyı kaçırmış, otobüste de en arka sıraya kalmıştık.

"Çocuklar, şimdi Kekova'ya gidiyoruz. Orada Batıkkent'i; Kale'de Aziz Nikolas'ın, yani Noel Baba'nın kilisesini ve en ünlü kaya mezarlarını göreceğiz," diyerek bizlere ön bilgi verdi Candan Abla.

Şarkılar, daha doğrusu kantolar başlamıştı. Başı da Tümer çekiyordu. Şükran'la karşılıklı neler söylediler neler. İkisi de çok yetenekli, isteseler gösteri dünyasında kesin başarılı olurlar. Onlar böyle karşılıklı kanto söylerken, sağdan soldan, "Ülkü'ye söyleriz, ona göre," diye Tümer'e laf atıyorlardı. Hmm, demek ki, Tümer'in flörtünün adı, Ülkü. Bu grup hakkındaki bilgilerim giderek artıyor.

Ben bunları düşünürken, bir de baktım Cüneyt bize doğru geliyor. Elinde de iki tane poğaça.

"Kahvaltıyı kaçıran uykuculara," diyerek bize uzattı.

"Sağ ol Cüneyt," dedim. "Ne kadar düşüncelisin."

"Öyleyimdir," dedi şakacı bir tavırla. "Hadi, ben yerime gidiyorum. İlk durakta görüşürüz."

"Görüşürüz."

Benim kahvaltıya geciktiğimi fark etmesi ve daha da güzeli bizler için bir şeyler alması ne hoştu. Düşünülmek, sevilmek ne kadar da mutlandırıyor insanı... Birden bu mutluluğumdan utandım. Ne bileyim, sanki Sırma bunca üzgünken, benim bu denli mutlu olmam haksızlıkmış gibi geldi. Biliyorum saçma ama böyle bir duyguydu işte. Zavallım, kara gözlüklerini takmış, camdan dışarı öylece bakıyordu. Eminim baktığı hiçbir şeyi görmüyordu.

İlk durak Üçağız köyüydü. Buradan bir tekneyle Batıkkent'i görmeye gittik. Asırlar önce orada büyük bir şehir varmış ve zamanla sular altında kalmış. Deniz durgun olduğundan, Batıkkent olduğu gibi görünüyordu.

Kekova koyu doğal güzellik bakımından tek kelimeyle... muhteşem! Sonra otobüse binip Kale'ye gittik. Orada kaya mezarları gezdik, çok ilginçti. Ve Aziz Nikolas ya da diğer adıyla Noel Baba kilisesini ziyaret ettik. Kilisenin bahçesinde Noel Baba'nın heykeli vardı. Yine bol bol fotoğraf çektik.

Tümer'e, "Bütün bu fotoğraflarla kesin bir sergi açarsın," dedim.

"Üff, hem de ne biçim," dedi.

Kale'de geç bir öğle yemeği yedik ve yeniden yola koyulduk. Finike'den geçtik, orası da çok güzeldi, her tarafta portakal bahçeleri vardı. Bir süre daha gittikten sonra Candan Abla, "Çocuklar, şimdi Olimpos'ta duracağız," dedi. "Bakalım Olimpos'un tepesine çıkınca neler göreceksiniz."

"Neler göreceğiz, hocam?" diye seslendi Nami.

"Söyleyemem. Bu bir sürpriz."

Herkes meraklanmıştı. Otobüsten inince tepeye tırmanmaya başladık. Birden sevimli bir köpekçik çıktı karşımıza. Bizleri kokladı ve önümüze geçip yol gösterircesine tepeye yöneldi.

"Resmen rehberlik yapıyor," dedi Zeynep.

Paula ona bir bisküvi uzattı, köpek usulca alıp yedi. Çapkın Tevfik bu arada, "Ne kibar köpek," deyip duruyordu.

Tümay, "Paula köpeğe ilgi gösterdi ya, bizimki en koyu köpeksever kesildi," diye takıldı Tevfik'e. Ne istiyorlar bu kızlar zavallı Tevfik'ten... Ayıp yani...

Birden yerden alevler çıktığını gördüm.

"Burası yanıyor," diye feryadı bastım.

Zeynep, "Burası da..." diye bana katıldı.

Candan Abla gülüyordu. "İşte sürpriz."

Hepimiz durup dikkatle etrafımıza baktık. Topraktan yer yer alevler yükseliyordu.

"Olimpos'ta doğalgaz var, çocuklar. O nedenle turistler buraya, çağlar boyu sönmeyen ateşi görmek için gelirler."

O sırada iki turist kız belirdi. Arkalarında sırt çantaları, tepeye tırmanıyorlardı. İkisi de süper miniliydi.

Zeynep, "Hem Allahın dağında böyle giyinirler, hem de başlarına bir iş gelince, uluslararası olay olur," diye homurdandı. "Bilmediğin bir ülkeye geliyorsun, adam gibi kot giysene..."

Köpekçik bizi bırakmış, bu kez onlara rehberlik yapıyordu. Dağda bir süre dinlendik, sonra aşağı indik. Artık "istikamet" son durağımız olan Antalya'ydı.

Antalya'ya vardığımızda gece olmuştu. Bu kez Antalya Kalesi'nin içindeki Turbon Oteli'nde kalacaktık. Pansiyonlardan sonra otel pek konforlu geldi. Herkes öyle yorgundu ki, yemeği otelde yedik ve odalarımıza çekildik.

Sırma gün boyu konuşmadı desem yeridir. Duşunu aldıktan sonra da hemen yattı. Onun bu hali bana çok dokunuyor. Neşesini, gevezeliğini, deli doluluğunu özlüyorum. Ne olur, bir an önce toparlansa.

*7 Temmuz, Çarşamba*

Sabah kahvaltımız harikaydı. Kahvaltı büfesinde çeşit çeşit peynirler, reçeller, kurabiyeler sergilenmişti.

Candan Abla programı bildirdi. "Çocuklar, önce kalenin içini şöyle bir dolaşalım, bir fikriniz olsun. Sonra da Düden Şelalesi'ne, Perge'ye ve zaman kalırsa Düzler Çamı ve Güver Uçurumu'na gideriz."

Zeynep, "Yüklü bir program," dedi, mutlu görünüyordu. Tümay yanıma sokularak başıyla Sırma'yı işaret etti. "Nesi var bunun?"

"Bilmem! Belki de yoruldu," diyerek vaziyeti idare etmeye çalıştım. Sonra da Sırma'nın yanına giderek, "Sırma," dedim. "Topla kendini. Herkes bir şeyler olduğunu anlayacak."

Omzunu silkti. "Hiç kimse umrumda değil."

"Hadi bakalım, kale içini gezmeye gidiyoruz," diyerek ellerini çırptı Candan Abla.

Kale içini çok ama çok sevdim. Sanırım ben eski kentleri, eski sokakları, yenilere yeğliyorum. Burada da daracık parke taşlı sokaklar, cumbalı evler vardı. Yollar bazen öylesine daralıyordu ki, üç kişi yan yana ancak yürüyebiliyordu. Eski zamanlarda insanlar surlarla çevrili bu bölgede yaşarmış.

Deniz kenarına indik, yine çok sayıda restoran, kafe yan yanaydı. Limanda gezi tekneleri bayraklarıyla cıvıl cıvıldı. Birtakım adamlar gemi turlarına müşteri toplamak için avaz avaz bağırıyorlardı.

Sonra Düden Şelalesi'ne gittik. Harika bir yer. Mağaraların içine girdik, sular sanki üzerimizden akıyordu. Her taraf yeşillik içindeydi. Yine bol bol resim çekildi.

Güver Uçurumu tam bir milyon yıllık doğal bir kanyonmuş, inanılır gibi değil. Düzler Çamı'ndaysa, çamların arasında küçük bir mola verdik. Öyle serin, öyle mis kokuluydu ki...

Ve Perge'ye gittik. Perge bildik ören yeri; kırık sütunlar, taşlar...

"Bu taşları görmekten bıktım artık." Sıcak ve yine bir ören yeri Nami'nin sabrını taşırmıştı anlaşılan.

"Fena mı kültürün artıyor," dedi Zeynep, Nami'yi kızdırmak için.

"Ne kültürü kızım, içim dışım taş oldu," diye Nami bir bağırdı ki, herkes gülmekten katıldı.

Tekrar Antalya'ya döndük, biraz daha sokaklarda dolaştık. Palmiyeli caddeleriyle Antalya tam bir tatil kenti. Cadde üstündeki çay bahçelerinden birinde oturup bir şeyler yiyip içtik, sonra da otelimize döndük.

Akşam yemeğini yediğimiz restoranın adı Kral Sofrası'ydı. Duvarları resimlerle kaplıydı. Pencere içlerini saksı çiçekleriyle doldurmuşlar, ahşap kirişlere bakır kepçeler, sarımsak salkımları, kuru otlar asmışlar. Bir de, Atatürk'ün çok güzel bir fotoğrafını baş köşeye koymuşlar mı sana...

Yemekten sonra deniz kenarına indik. Her yerden müzik sesi yükseliyordu. Cüneyt hep yanımdaydı. Bir ara geride kaldık ve durup limanda denize vuran ışıkları seyrettik. Yavaşça kolunu omzuma attı; onunla öylece dolaşmak, ışıkları, insanları, lokantaları seyretmek ne kadar zevkliydi. Gece öylesine ılık, öylesine gizemliydi ki, kimse diskoya gidelim, demedi. Ve bütün akşamı limanda gezinerek geçirdik.

### *8 Temmuz, Perşembe*

Yola çıkalı tam bir hafta olmuş. Zaman hem çok çabuk geçmiş, hem de (öyle çok yer gördük ki) aylardır yollardayız sanki.

Bugün Candan Abla erkeklerin tüm karşı çıkmalarına rağmen, bizi Antalya Müzesi'ne götürdü. O taş heykellere bakarken Nami'yi düşünüp gülmemek için kendimi zor tuttum.

Oradan Antalya Parkı'na gittik. Kocaman ağaçların gölgelendirdiği büyük ve güzel bir park. Öğle yemeğimizi Dönerciler Çarşısı'ndaki lokantalardan birinde yedik. Öğleden sonra da şu anda adını anımsayamadığım şahane manzaralı bir yere gittik. Otobüsle bol virajlı bir tepeye tırmandık. Orada, tam tepede bir restoran vardı. Lokanta allahlıktı ama Bey Dağları'nın görünümü harikaydı.

Akşam Kaleiçi'nde TÜTAV'ın Türk evlerinde yemek yedik. Küçük yuvarlak masaları, sarılı beyazlı büyük güneş şemsiyeleri, sur kenarındaki çimenlerin üstüne konmuş dev toprak küpler ve küplerin içindeki çiçekleriyle çok değişik bir restorandı. Ayrıca oradan limanın ve Kaleiçi'nin görünümü bir başka güzellikti.

Bir ara hafif bir esinti çıktı. Tevfik'in hali görülmelikti. Hemen ceketini çıkarıp Paula'ya giydirmeye kalktı. Kız üşümüyorum, diyor, bizim çapkınsa ısrar edip duruyordu.

Tümay, "Oğlum, Paula soğuk ülkeden geliyor, orası penguenler ülkesi," deyince bu kez Paula, "Bizde penguen yok," dedi kızgınlıkla.

Tümay, "Niye böyle alındı bu şimdi?" diye sordu.

"Sana, Türkiye develer ülkesi, dense kızmaz mısın?"

Yarın artık dönüş başlıyor. O nedenle bu son gecemizde diskoya gitmeye karar verildi. Herkes hayatında son kez dans ediyormuşçasına kurtlarını döktü.

Slow çalmaya başlayınca, Cüneyt elimden tuttu ve, "Gel Serra," dedi. Birbirimize sarılıp öylece uzun bir süre dans ettik. Zaman dursun istiyordum. Zavallı Sırma'yı ve umutsuz aşkını düşünüyordum. Cüneyt'i ömrümce seveceğime inanıyordum. Onun da beni hep sevmesini bütün kalbimle diliyordum. Bir ara yanak yanağa geldik ve yavaşça saçlarımı öptü. Kalbim yine güm güm atmaya başlamıştı. Müzik durunca bir süre öylece kaldık. Aklıma Sırma'nın motosikletlisine, gitmek istemiyorum, demesi geldi. O anda ben de Cüneyt'ten ayrılmak istemiyordum. Ağır adımlarla yerimize yürüdük ve yan yana oturup bir süre sessizlik içinde dans edenleri izledik. Cüneyt'in öptüğü yer alev alev yanıyordu sanki.

Ve tabii, her güzel şeyin bir sonu olduğu gibi, gece de sona eriyordu. Candan Abla, "Hadi çocuklar, yavaş yavaş gidelim artık," dedi.

Hep bir ağızdan, "Son bir dans daha, hocam," diye bağırıştık ve piste fırladık. Ne yazık ki bu da sona erdi ve isteksiz adımlarla otelimize döndük. Cüneyt bizi odamıza kadar getirdi ve gözlerimin içine bakarak, "İyi geceler, Serra," dedi.

Bu satırları yazarken ateşler içindeydim sanki. Onu öyle çok seviyorum ki... Elimi tutuşu, benimle dans edişi, bana gülümseyişi, hele de saçımı öpüşü hiç aklımdan çıkmıyor.

Gezi bitti! Yarın dönüyoruz, sonra da ben İstanbul'a gideceğim. Çok üzülüyorum, çok. Onun bana ilgisini düşündükçe seviniyorum, ayrılacağımız aklıma geldikçe içim yanıyor.

Sanki sevinçle hüzün içimde bir yumak. Ne karmaşık duygular bunlar böyle...

***9 Temmuz, Cuma***

Bütün gün yol alıp kısa molalar vererek Fethiye'ye geldik. Yine aynı pansiyonlara dağıldık. Herkes yorgundu. Yemeklerimizi yedikten sonra odalarımıza çekildik.

*10 Temmuz, Cumartesi*

Tekrar uzun bir yol ve İzmir. Gezinin bittiğine herkes üzülüyor gibi. Bu yolculukta bayağı kaynaşmıştık. Candan Abla duygularımızı anlamışçasına, "Çocuklar, her son yeni bir başlangıç demektir," diyerek bizleri teselli etmek istedi. Ona bu güzel gezi programı ve adı gibi candan ilgisi için teşekkür ettik. Otobüs sırayla hepimizi evlerimize bıraktı.

Teyzemler bizi bekliyorlardı. Soru yağmuru başladı.

"Nasıl geçti?"

"Memnun kaldınız mı?" Sırma'yı idare etmek için ben konuştum durdum. Oysa benim de konuşacak halim yoktu. Sonunda odamıza çıktık. İkimiz de düşüncelerimizle baş başa kalmak istiyorduk.

Çok güzel anılarla dolu, çok güzel bir geziydi. Ağzımda hani o mayhoş akide şekerleri vardır ya, onlardan bir tane yemişim gibi bir tat vardı. Cüneyt'le geçirdiğim günler işin tatlı yanı, gezinin bitmiş olması ve ondan ayrılacağım gerçeğiyse işin ekşi yanıydı.

Yine de her şey çok, çok güzeldi.

Ayrıca Cüneyt beni seviyor, ben de onu seviyorum. Önemli olan da bu zaten.

*12 Temmuz, Pazartesi*

Dün bütün günü evde uyuyarak ve dinlenerek geçirdik. Annemi aradım ve beni bu geziye gönderdiği için ona bir kez daha teşekkür ettim.

"Demek eğlendin, memnun kaldın."

"Hem de nasıl, anneciğim."

"Çok sevindim, Serracığım. Biliyor musun, seni çok özledim."

"Ben de seni çok özledim," dedim. Gerçekten de annemi özlemişim. Bunu sesini duyunca fark ettim.

Filmlerimizi verdik, yarına hazır olacakmış. Fotoğrafları merakla bekliyorum.

*13 Temmuz, Salı*

Sırma sabahleyin erkenden fırlayıp resimleri almaya gitti. Bu ne merak böyle, diye düşünmeden edemedim. Öyle ya, aşırı heyecanlanacak biri varsa o da benim. Cüneyt'le o kadar çok resmimiz çekildi ki...

Mesele kısa sürede anlaşıldı. Benim zarfımı bana uzattıktan sonra yatağının üstüne oturup kendi resimlerine hızlı hızlı bakmaya başladı ve sonunda aradığını bulmuşçasına bir tanesini ayırdı. Bir süre ona baktı, baktı, sonra götürüp başucundaki komodinin üstüne özenle yerleştirdi.

Yavaşça yaklaşıp baktım. Bu, Mavi Bar'ın fotoğrafıydı. Mavi Bar ve önünde sıra sıra motosikletler...

"Bunu ne zaman çektin, Sırma?"

"İlk gün, oradan çıktıktan sonra bir ara dönüp çekmiştim."

"Ama resimde kimse yok."

"O sırada onlar içerde oturuyorlardı," dedi ve içini çekti. "Kendi yok ama hiç olmazsa onu hatırlatacak bir resim var elimde."

Başka zaman olsa, ben ne biçim alay ederdim Sırma'yla. Ama bu kez iş başkaydı. Zavallı kuzinim benim, fena tutulmuştu. Bütün yapabileceğim bu krizi bir an önce atlatıp eski haline dönmesini dilemek, bu arada da olabildiğince onu oyalamaktı.

"Acaba Nilgün Abla ne yaptı?"

İşte! Günlerden bu yana ilk kez gözlerinde bir ilgi kırıntısı belirmişti.

"Şu Zeynep'i bir arasak," diye devam ettim. "Sen ara, bakalım neler oldu."

Eski Sırma olsa, hiç bu telefonu bana bırakır mıydı? Ama olsun, bir gedik açmıştım ve işin ucunu bırakmaya hiç mi hiç niyetim yoktu.

Geçtim telefonun başına. Annesi çıktı, adımı verdikten sonra Zeynep'i istedim.

Zeynep telefona gelince, "Nasılsın, Zeynep?" dedim.

"Nasıl olsun, iyidir."

"Zeynep, ne haber? Nilgün Ablan nasıl? Sen yokken neler olmuş?"

"Ohoo, neler olmuş neler."

"Anlatsana," dedim ve Sırma'ya yanıma gelmesini işaret ettim. O da kulağını uzattı, birlikte dinlemeye başladık.

"Nilgün Ablam nişanlanmış bile."

"Harika! Harika!" Sırma bile heyecanlanmıştı.

"Ama ben çok kızdım."

"Neden?"

"Nedeni var mı, şurada ablamız nişanlanıyor, bana haber vermiyorlar bile."

"Canım, belki de öyle icap etmiştir."

"Evet, aslında öyle olmuş."

"Peki, Brad burada mı?"

"Hayır, o dönmüş. Haa, bugün teyzenler bize geleceklermiş, siz de gelsenize. Rahat rahat konuşuruz."

Sırma'ya baktım, hararetle başını salladı. "Tamam, biz de geliyoruz."

"İyi öyleyse. Hadi, görüşmek üzere."

"Görüşmek üzere."

Telefonu kapatıp Sırma'ya döndüm. "Şimdi kim bilir ne müthiş haberler vardır."

"Birbirini seven insanların kavuşması ne güzel," dedi Sırmacık.

Ne demek istediğini anlamamış gibi, "Gel, teyzeme soralım da, saat kaçta gideceklermiş onu öğrenelim," dedim.

Teyzem bizi görünce, "Nilgün nişanlanmış, bugün tebriğe gideceğim," dedi ve ekledi. "Saat üçte çıkacağım, isterseniz siz de gelin."

"Zaten Zeynep de bizi çağırdı, şimdi onu söylemeye geliyorduk."

"İyi öyleyse, hep beraber gideriz."

Böylece öğleden sonra heyet halinde Zeyneplere gittik.

Zeynep'in annesi bize çay ikram etti ve başladı anlatmaya. Çok heyecanlı bir hali vardı. Nilgün Abla ise yüzünde mutlu bir gülücük, annesini dinliyordu.

"Brad burada bizimle on gün kaldı. Allahı var, hepimiz onu çok sevdik. Ne kadar ağırbaşlı, ne kadar uyumlu bir genç. Gitmesine iki gün kala, Ahmet'le baş başa konuşmuşlar. Ona hayatını, mesleğini ve Nilgün'e verebileceği yaşamı anlattıktan sonra, siz de uygun görürseniz evlenmek istiyoruz, demiş."

"Ne güzel," dedi teyzem.

"Defneciğim, düşün ki, onun kültüründe böyle aileden istemek yok. Orada gençler anlaşıyor, karar veriyor ve sonra bu kararı ailelerine bildiriyorlar. Ama o, bizim âdetlerimize saygı göstererek, üstelik ta Amerika'dan gelip önce kendini tanımamızı sağlıyor, sonra kızımızı istiyor."

Kimseden çıt çıkmıyordu. Hepimiz kulak kesilmiş, dinliyorduk.

"Ayrıca," diye sözlerini sürdürdü Zeynep'in annesi, "onlar kendileri çalışıp kendileri okuyorlar, yani buralara gelmek bu genç için büyük bir masraf. Bize bu durumu açıklasalar, anlayış gösterirdik ama o, her zorluğa karşın kalkıp gelmiş. Onun bu özverisi beni çok etkiledi. Üstelik ona buralara kadar gelmesinin bizi ne kadar mutlu ettiğini söylediğimde, ne dedi biliyor musunuz?"

"Ne dedi?"

"Ben, aman rica ederim, gibi bir cevap beklerken, 'Benim ailem Nilgün'le tanıştı. O nedenle sizlerin de beni tanımanızın en doğal hakkınız olduğunu düşündüm,' dedi."

"Ne kadar anlayışlı, ne kadar düşünceli bir gençmiş," dedi teyzem.

Nilgün Abla'nın ağzı kulaklarına varıyordu.

"Evet," diye başını salladı Zeynep'in annesi. "Gerçekten de öyle. İşte zaten o nedenle ailede hepimiz ama hepimiz, karşı çıkan yaşlı akrabalar dahil, tanıyınca onu çok sevdik."

"Allah mesut etsin," diyerek içini çekti teyzem.

"Bunun üzerine Nilgün'ün dedesinin yüzükleri takmasına karar verdik. Ve kendi aramızda, evimizde yüzükler takıldı, sonra da hep birlikte bu güzel olayı kutlamak için bir yere gidip yemek yedik. Yemekten sonra Brad ailesini aradı, nişanlandığını bildirdi."

"Kim bilir ne şaşırdılar."

"Tabii bu arada bizi hesaba katan yok," diye söylendi Zeynep.

Zeynep'in annesi bir telaş kızının gönlünü almaya çalıştı. "Zeynepçiğim, Brad'in hemen dönmesi gerekiyordu, o nedenle bekleyemedik. Ayrıca ablan da Amerika'ya dönmeden mutlaka yüzüğünü parmağına geçirmek istiyordu. Yoksa senin olmanı istemez miydik?"

"Hadi oradan, yalancılar," dedi Zeynep gülerek. "Bu seferlik affettim."

"Nilgüncüğüm, düğün ne zaman?"

"Gelecek yaza düşünüyoruz, Defne Teyze. Ben master'ımı o da doktorasını bu yıl tamamlayacağımızdan, önce bir diplomalarımızı alalım, sonra evlenelim diye düşündük."

"Çok yerinde ve akıllıca bir karar. Peki, düğün burada mı olacak, orada mı?"

"Tabii ki burada," dedi Nilgün Abla. "Düğünümde tüm arkadaşlarımın ve ailemin bulunmasını istiyorum. Zaten Brad de bu konudaki bütün kararları bana bıraktı. Düğün gelinin günüdür, diyor."

"Ay vallahi bu ne olgun, ne anlayışlı bir genç adammış böyle."

"Söylüyorum sana, Defneciğim, işte bu halleriyle hepimizin gönlünü fethetti ya zaten."

"Ya ailesi?"

"Onlar ve yakın arkadaşları düğün için İstanbul'a gelecek."

"Çok güzel Nilgüncüğüm, senin adına ne kadar mutlu oldum bilemezsin, seni yürekten kutlarım," dedi teyzem. Bizler de kibar kibar onu tebrik ettik. Nilgün Abla haftaya dönüyormuş.

Yaa, biz yokken meğer neler olmuş neler... Onlar ermiş muradına, biz çıkalım kerevetine.

Öğreneceklerimizi öğrendikten sonra bahçeye çıkıp duvarın üstüne yerleştik. Derken Tümay'la Serpil göründü, arkalarından da Cüneyt. Hadi bu kez de onlara son durumlar anlatıldı. Kızlar çığlıklar atarak dinlediler. Zeynep bir yandan ballandıra ballandıra anlatıyor, bir yandan da dönüp dönüp eve bakıyordu.

"Nereye bakıyorsun? Anlatsana şunu doğru dürüst," diyen Tümay'a, "Ablam böyle naklen yayın yaptığımı duyarsa, doğrar beni doğrar," dedi ama yine de anlatmaya devam etti. Gerçi Sırma'yla benim için ikinci baskıydı ama yine de zevkle dinlediğimizi itiraf etmeliyim.

Aşk hikâyelerini dinlemesi çok zevkli oluyor, hele de böyle sonu mutlu bitenleri...

### *14 Temmuz, Çarşamba*

Bu satırları otobüste yazıyorum. İzmir'deki günlerim sona erdi. Ne kadar da çabuk geçti, oysa üç haftadır evden uzağım.

Cüneyt'le ayrılışımız çok zor oldu. Gerçi geçen yaz da ondan ayrılırken çok üzülmüştüm ama bu sefer daha başkaydı. Akdeniz gezisinde her dakika beraber oluşumuz, paylaştıklarımız, o romantik ortam beni ona daha da bağladı. Bu nedenle ona veda ederken içimden bir şeyler kopuyor gibi oldu.

Beni gelip evden aldı, kumsalda bir süre baş başa yürüdük. Gözyaşlarımı kontrol edemiyordum, öylece inip duruyorlardı. Zavallım, o da beni teselli etmek için uğraştı durdu. Ne yapıp edip İstanbul'a geleceğini söyledi, sık sık telefonlaşırız, dedi. Bunları söylüyordu ama onun da yüzünden ne kadar üzgün olduğu belliydi.

Beni otobüse Murat Enişte götüreceğinden, Cüneyt'le kapının önünde vedalaştık. O uzaklaşırken uzun uzun arkasından baktım. Sonra da bir koşu yukarı çıkıp odama kapandım.

Sırma'yla vedalaşmamız da bir başka acıklı oldu. Ona sarıldım ve, "Lütfen tatlım," diye fısıldadım kulağına. "Lütfen artık kendini topla. Ben, eski Sırmamı özlüyorum."

Dolan gözlerine karşın gülümsemeye çalıştı. "Gayret edeceğim, Serra."

"Yaşşa sen," dedim ve bir kez daha birbirimize sımsıkı sarıldık.

"Şunlara bakın," dedi Murat Enişte. "Sanki bir daha hiç görüşmeyecekler."

Teyzemle de vedalaştıktan sonra Murat Enişte'yle garajların yolunu tuttuk. Onun gündelik olaylardan, ondan bundan söz etmesi, benim bir parçacık da olsa dengemi bulmamı sağladı.

"Hadi canım, iyi yolculuklar," dedi eniştem, beni otobüse bindirirken. "Annene, anneannene, dedene sevgilerimi iletmeyi unutma."

"Her şey için çok teşekkürler, enişte."

"Seni yine bekleriz, Serracığım."

Ve böylece dönüş yolu başladı. Elimin altında Cüneytçiğimin armağan ettiği *Nutuk* var. Bu yaz ilk iş bu kitabı sindire sindire okuyacağım. Sonra fotoğrafların durduğu zarfı çıkardım ve onlara tekrar tekrar baktım. Ölüdeniz'de kayanın üstünde çekilen fotoğrafımızda ikimiz de ne kadar mutlu görünüyoruz. Sonra Kaş'ta, restoranda karşılıklı kolalarımızı kaldırmışız, Patara'da kumların üstünde, Noel Baba heykelinin önünde, Antalya'da Kaleiçi'nde, otobüste... Arada sırada bu fotoğrafları karıştırmak beni bir parça olsun teselli edecek. Zavallı Sırmacığımsa boş bir mekâna bakıp duracak. Fotoğrafları bir kez daha elden geçirdikten sonra zarfı çantama koydum ve sevgili sadık dostum, anı defterimi alıp bu satırları yazmaya koyuldum.

Başka yazacak bir şey kalmadığına göre, artık uyumaya çalışacağım.

### *15 Temmuz, Perşembe*

Annem sanki savaştan dönen oğlunu karşılıyordu. Sevdiğim yemekleri yapmış, odama çiçekler koymuş. Canım benim!

Evime, odama ilk girdiğimde bir yabancılık hissettim. Ne garip! Sanki çok uzak diyarlardan geliyormuşum gibi, sanki bambaşka hayatlardan geri dönüyormuşum gibi bir ruh hali... Neyse ki, kısa sürede bu duygunun yerini, insanın alışkanlıklarına dönüşünün rahatlığı alıverdi. Eşyalarımı yerleştirdim, sevgili kitaplarıma, kasetlerime göz attım, hepsi bana hoş geldin, der gibiydiler.

Sonra geçtim telefonun başına. Sıla'yı, Dilek'i aradım, uzun uzun konuştuk ve ilk fırsatta buluşmak üzere anlaştık. Sonra da Melis'i aradım. Telefona çıkan kişi, onların seyahate çıkmış olduklarını söyledi. Bir de Toprak'ı arayayım, dedim. Toprak pek bir şaşırdı.

"Niye o kadar şaşırdın?"

"Genelde bol bol söz verilir ama yazın kimse kimseyi aramaz da ondan."

"Ben ararım," diye övündüm. Güldü. Onunla da oradan buradan konuştuk ve buluşmak için sözleştik.

Akşam dedemlere gittik. Anneme anlattıklarımı bir kez de onlara anlattım.

"Kız," dedi dedem. "Oralarda birilerine âşık oldunuz mu, Sırma'yla sen?"

"Yani dede," diye isyan ettim. "Bu da nereden çıktı şimdi?"

"Böyle yaz tatillerinde, gezilerde yaz aşkları yaşanır. Ama bunlar saman alevi gibidir, yaz bitince unutulur gider."

"Aman sen de..." dedi anneannem. "Ne diye çocuğun aklını karıştırıyorsun. Yaz aşklarıymış... Baksana ne güzel gezip tozup gelmişler."

Dedemse anneanneme aldırış etmeden, cin cin bana bakıyordu.

Umarım dedemin dediği Sırma'nın açısından doğru çıkar ve Sırma unutur gider; benim açımdansa... ama benimki yaz aşkı değil ki!..

***20 Temmuz, Pazartesi***

Sevgili kiraz ağacı, bu kez bir yaz ayında karşında yazıyorum. Gür, yeşil yaprakların ve top top kirazlarınla bir başka güzelsin. Zaten geziden döndüğümde ilk gözüme çarpan kirazların oldu ve ağzımdan, "Anne, kiraz ağacı!" sözcükleri döküldü.

O da biliyorsun, sana âşık. "Bu kış havalar soğuk gittiği için meyveye geç oturdu. Kirazlar birkaç gündür böyle kıpkırmızı, sanki senin dönüşünü bekledi," dedi.

Sayende mutfağımızda bir çanak dolusu kiraz var şimdi. *Nutuk*'u okuyorum. Muhteşem! Annem de elimde *Nutuk*'u görünce bir etkilendi ki...

Okuyorum, iyi güzel de, evde vakit geçmek bilmiyor. Sılalarla bir kez buluştuk, onlara gezi serüvenimi anlattım, ağızlarının suyu akarak dinlediler. Sıla ve ailesi iki haftalığına deniz kenarında bir yere gidecekler. Annesinin sağlığı için gerekliymiş. Dileklerin de yazlık evleri varmış. Onlar da oraya gidip bir ay kalacaklarmış. Ben kalakaldım mı buralarda.

Akşam annem gelince yakındım. "Bütün arkadaşlarım bir yerlere dağılmış durumdalar. Gerçi ben okumayı seviyorum ama oku oku, bir zaman sonra insan başka şeyler de yapmak istiyor."

"Haklısın canım," dedi annem. "Üstelik ben de bütün gün yokum." Sonra birden, "Bir spor salonuna gitmeye ne dersin?" diye sordu.

"Fazla kilolarımı atmak için mi?"

"Hayır, onu demek istemedim. Spor yapmış olursun."

"Ben daha cazip bir şeyler istiyorum."

"Ne gibi?"

"Örneğin, çalışabilirim. Toprak hep bir işler bulup çalışıyor."

"Valla bilmem ki... Sana göre bir iş bulmak zor."

Karşılıklı bir süre düşündük, sonra, "Sağa sola bir sorayım, bakalım sana uygun bir iş bulabilir miyim?.." dedi.

"Sahi, yapar mısın bunu, anne?"

"Tabii, neden olmasın. Yeter ki, yapabileceğin bir iş olsun."

"Belki de..." dedim.

"Evet?"

"Belki de bir spor salonuna yazılmak iyi fikir."

"Bence çok iyi fikir. Hem de yakınımızda böyle bir yer var, istersen git bir soruştur."

"Tamam, yarın giderim."

Akşam Cüneyt aradı, konuştuk. O da sıkılıyormuş ve de... beni özlüyormuş. Dünyalar benim oldu.

### *26 Temmuz, Pazartesi*

Spora başladım. Haftada üç kez gidiyorum. Başında çok çekinerek gittim ama o şişman şişman kadınları görünce, moralim düzeldi. Annem bana bir de sağlıklı diyet programı hazırladı. Aç kalmadan perhiz yaparsam, sonuç alırmışım.

Sabahları hafif bir kahvaltı, öğlen tavuk ve salata, akşam da ya sebze yemeği ya salata ve yoğurt yiyoruz birlikte. Tabii bu arada hiç mi hiç abur cubur yok, ki bu da benim için uygulaması en zor olan kural. Kilo vermeyi çok istiyorum. Şöyle incecik, dal gibi olsam da Cüneyt'in karşısına öyle çıksam.

Spordaki kadınlar çok komikler. Bir yandan kilo vermek için uğraşıyor, oflaya puflaya aletlerde çalışıyorlar, bir yandan da birbirlerine börek tarifi veriyorlar. İyi mi!

Bu akşam Sırma'yla konuştum. Sesi daha iyi geliyordu. Bora, Malezya'dan annesi ve babasıyla birlikte dönmüş.

"Hadi, yine iyisin," dedim pür neşe.
"Nedenmiş?"
"Bora gelmiş kızım, Bora."
"Bora da kimmiş?" demez mi...
"Neler duyuyorum, Sırma?"
"Valla, umrumda bile değil artık."
Buyrun bakalım! Bir aşk öyküsü daha böylece sona ermiş durumda. En azından şimdilik öyle gözüküyor.

### *28 Temmuz, Çarşamba*

Annem eve gelir gelmez, "Serra, sana bir haberim var," diye seslendi.
"Nedir?" diyerek yanına koştum.
"Galiba sana bir iş buldum."
"Anne! Harikasın."
"Dur bakalım, beğenecek misin?"
"Nasıl bir iş bu?"
"Çocuk bakıcılığına ne dersin?"
Duraksadım. Doğrusu bunu hiç ama hiç düşünmemiştim.
"Bilmem ki..."
"Eğer yapmak istersen, bizim kızlardan birinin yeğeni ara sıra çocuklarına bakacak birini arıyormuş. Üstelik evleri de bize çok yakın."
"Ama ben bebeklerden anlamam ki..."
"Bunlar bebek değil. Üç yaşında bir oğlan çocuğuyla beş yaşında bir kız çocuğu. Bütün yapacağın, onlarla oyun oynamak."

Düşünüyordum. Doğrusu dünyanın en cazip işi değildi, öte yandan evde öyle sıkılıyordum ki, oyalanmak için ne önerilse yapacak durumdaydım.

"İstersen bir dene. Seversen devam edersin, hoşuna gitmezse bir daha gitmezsin," dedi annem.

Bu öneri makul geldi. "Pekâlâ, bir deneyeyim."

Annem telefona gitti, birileriyle konuştu, sonra bana gelip, "Seni cuma günü öğleden sonra bekliyorlar. İşte adres," diyerek elime bir kâğıt tutuşturdu.

"Bakalım başarabilecek miyim?"

***30 Temmuz, Cuma***

Sabah tartıldım. Yaşasın! Tam bir kilo vermişim. Öyle sevindim ki, spora bir başka hevesle gittim. Perhizime de keyifle devam ediyorum, kilo verince insana heves geliyor.

Öğleden sonra yeni işyerime, yani Bebek'teki eve gittim.

Kapıyı hoş bir hanım açtı.

"Serra sen misin?"

"Evet, efendim." (İşyerinde saygılı olmak gerek.)

"Bunlar da benim canavarlar," dedi ve bir kız, bir oğlan çocuğu bana doğru itti.

"Bu Can."

Can dünya tatlısı bir çocuk. Yusyuvarlak, masmavi gözlerinde öyle tehlikeli ışıklar yanıp sönüyor ki, çok sevimli olmasına rağmen kesin çok yaramaz, diye düşünmeden edemedim.

"Bu da Bilge."

Bilge'nin pek bilmiş bir hali vardı. Abla pozunda, Can'a, "Serra Abla'nın elini sıksana, aptal," dedi.

Anneleri, "Ama oldu mu ya... İnsan kardeşiyle böyle mi konuşur. Serra Abla sizi çok ayıplayacak," dedikten sonra bana döndü. "Serracığım, ben bir arkadaşa çaya davetliyim. Telefon numarasını yazıp telefonun yanına bıraktım. Benim canavarlarla üç dört saat başedebilirsin umarım."

"Umarım," dedim bütün kalbimle.

"Sakın Serra Ablayı üzmeyin," diyerek çocuklarını öptü ve parfüm kokuları savurarak, beni o çocukların karşısında savunmasız bir durumda bırakıp gitti.

Anneleri gittikten sonra bir an birbirimize baktık. Küçük kız kollarını kavuşturdu. "Senin şimdi bizi eğlendirmen gerek." Nerden öğrenmiş bu büyük büyük lafları...

İş iştir deyip topu onlara attım. "Ne yapmak istersiniz?"

"Yavyumm," dedi Can o masmavi gözlerini bana dikerek.

"Efendim?"

"Yavyum, üff..."

"Sus Can," diye kardeşini azarladı Bilge, sonra da bana dönerek, "bu hep böyle kızlara sulanır. Sen ona aldırma," dedi. Aldırma olur mu! İşyerinde cinsel tacize uğruyoruz...

"Televizyon izlemek ister misiniz?"

"O aptal kutusunu mu?" diye burun kıvırdı Bilge. Öyle utandım ki... Can ise televizyon sözünü duyunca, divanın üstüne çıkıp zıp zıp zıplamaya başladı. "He-man," diye bağırıyordu bir yandan da.

"Daha sonra, daha sonra," dedi Bilge. "Çizgi film daha sonra başlıyor. He-man'i o zaman izlersin." Ve bana dönüp, "Ama bilgisayarla oynayabiliriz," diye önerdi.

"Senin bilgisayarın mı var?"

"Benim sayılmaz. Aslında babamın ama kullanmama izin veriyor."

"Sahi mi?"

"Tabii." Bana tuhaf tuhaf bakıyordu.

"Ama benim bilgisayar bilgim çok az."

Bu sözlerim Bilge'nin pek hoşuna gitti.

"Hiç önemi yok," dedi. "Ben sana öğretirim."

Aman Tanrım, şu halimize bak! Böylece o önde, ben arkada bilgisayarın durduğu odaya geçtik. Can da peşimizden geliyor, arada bir elini eteğime atıyor, ben çekiştirince kahkahayı basıyordu.

Küçük kız koltuğun üstüne bir yastık koyarak çıkıp oturdu ve tıkır tıkır bilgisayarı işletip ekrana bir oyun programı getirdi. Bu arada Can'a dönüp, "Can, bak şimdi senin sevdiğin oyunu oynayacağız. Yaramazlık yapmazsan, seni de oynatırım," dedikten sonra bana talimat verdi. "Serra Abla, şuna bir iskemle verip benim yanıma oturtur musun?"

Sanki çocuk bakıcısı oydu, ben de evin küçük kızıydım. Can'ı oturtup Bilge'nin öbür tarafına geçtim. Bilge hem kuralları anlatıyor hem de oynuyordu. Arada sırada Can'ı da oyuna katarak, onun uslu oturmasını sağlıyordu. Oyuna sadece onlar değil, ben de kendimi kaptırmıştım. Bir ara gözüm saatime ilişti, resmen bir buçuk saattir bilgisayarın başındaydık.

"Bilge," dedim. "Biraz ara versek..."

"Evet, haklısın, bilgisayarın karşısında uzun süre oturmak gözlerimiz için zararlı." Bu bilgiyi verdikten sonra Can'ın karşı çıkmasına aldırmadan bilgisayarı kapattı.

"Uzun etme, Can, aslında bununla oynamak sana yasak ama bak ben seni oynattım. Onun için sus ve sözümü dinle."

"Bana ne... Bana ne..."

"Hem ikindi kahvaltımızın zamanı geldi."

"Mısır patlağı... Mısır patlağı..."

Benim şaşkın bakışlarımı gören Bilge, "Serra Abla şimdi bize sütlerimizi hazırlayacak; herkes sütünü bitirdikten sonra mısır patlağı yiyebilirsin. Değil mi, Serra Abla?"

"Evet, evet," dedim.

Hep birlikte, yani Bilge önde, biz arkada bu kez mutfağa gittik. Bilge hemen mutfak iskemlesine kuruldu ve başladı emirler yağdırmaya.

"Süt buzdolabında, bardaklar da şu dolapta. Biz sütümüzü kakaolu severiz. Onun için her bardağa birer kaşık kakao koy, birer kaşık da şeker; iyice karıştır, köpürene kadar. Şu kutuda da kurabiyeler var. Ben sevmiyorum ama Can aptalı sever," deyince haklı olarak Can bir kızdı bir kızdı ve gidip ona vurdu. Bilge de Can'a vurunca birbirlerine girdiler.

"Yapmayın çocuklar!" Onları ayırırken bir iki küçük yumruk da ben yedim.

"He-man başladı," dedi Can. Parmağıyla saati gösteriyordu. Cin gibi, resmen cin gibi. Gidip televizyonu açtım ve sütüyle kurabiyesini bir tepsinin içine koyarak masanın üstüne bıraktım. Sonra da Bilge'nin yanına oturdum.

"Ohh," diyerek göğüs geçirdi. "İyi ki şu He-man var, kafamızı dinleriz biraz."

Yoksa bu kız annesini mi taklit ediyor? Sütünü yudum yudum içerken, bana gittiği yuvadaki öğretmenlerinden ve arkadaşlarından söz etti. Bir de kendinden bir sınıf büyük bir çocuk varmış. "Onu çok beğeniyorum," dedi kıkırdayarak.

Kendimi bin yaşında hissediyordum onu dinlerken.

"Onu görünce içim bir tuhaf oluyor ama ne yazık ki, o benimle ilgilenmiyor." Dudağını sarkıtmış, yüzünde mutsuz bir ifade, eteğinin ucunu kıvırıp duruyordu.

Doğrusu o kadar şaşırmıştım ki, ne diyeceğimi bilemedim. Sanki karşımda küçülmüş bir Sırma oturuyordu. Yıkanmış da çekmiş gibi bir Sırma.

"He-man bitti," diye bir bağırtıyla ikimiz de yerimizden sıçradık.

"Bağırmasana Can."

"He-man bitti. Süt bitti. Kurabiye bitti."

"Bittiyse bitti."

"Mısır patlağı, mısır patlağı..."

Bilge bu kez bana mısır patlağının yerini söyledi. Alıp Can'a uzattım. Haşırt diye kâğıdı paralamasıyla mısır taneleri etrafa saçıldı.

"Beğendin mi yaptığını?" dedi Bilge, eli belinde. "Derhal topla bakayım şunları."

"Toplamayacağım işte."

"Hem de eşşek gibi toplayacaksın."

"Sensin eşşek."

"Çocuklar, çocuklar, lütfen," dedim. "Ben toplarım, siz kavga etmeyin."

Ve -evet, bildiniz- Bilge'nin talimatıyla, bulduğum süpürge ve faraşla mısır tanelerini süpürüp çöpe attım.

Can hâlâ kızgındı, kapıları vurup odasına gitti. Bilge de, "Benim banyoda işim var," deyip banyoya gitti, ben kaldım mı ortalık yerde.

Aslında bu sessizlik hoşuma gitmişti ama devam edince bu sefer meraklanmaya başladım. Parmaklarımın ucuna basarak Can'ın odasına gidip kapıdan baktım; onca didişmeden yorgun düşmüş, yatağında mışıl mışıl uyuyor. Üstüne ince bir pike örtüp, bu taraf tamam, dedim kendi kendime. Bir de gidip Bilge'ye bakayım.

Banyonun kapısı kapalıydı ama içerden Bilge'nin sesi geliyordu. Sanki birisiyle konuşuyordu.

"Uslu dur ama," diyordu Bilge. "Uslu durursan çok güzel olacaksın."

Burnuma çamaşır suyunu andıran keskin bir koku geldi. Dayanamayıp yavaşça kapıyı açtım ki, ne göreyim. Bilge, su dolu bir leğenin içinde bir kediyi tutmaya çalışıyor.

"Bilge, ne yapıyorsun?"

"Kedimi beyazlatmaya çalışıyorum."

"Bu koku ne?"

"Ace."

"Ne... Kediyi çamaşır suyuyla mı yıkıyorsun?"

"Tabii. Televizyondaki Ayşe Teyze, Ace'nin her şeyi beyazlattığını söylüyor ya, benim Pamuk da yeterince beyaz değil. Bense onun adı gibi bembeyaz olmasını istiyorum."

"Ama bu ona zarar verir."

"Vermez vermez. Ace'yi suyla karıştırdım. Şimdi patilerini on beş dakika suyun içinde tutmaya çalışıyorum ama uslu durmuyor."

Zavallı kediyse miyavlayıp duruyordu.

"Önce kuyruğunu Ace'li suya batırdım, bak ne güzel oldu. Şimdi de sıra patilerinde."

"Peki sen nerden öğrendin Ace'yi suyla karıştırmayı?"

"Bizde çalışan Güllü Teyze çamaşırları beyazlatmak için böyle yapıyor."

Her şeye bir cevabı vardı bu Bilge'nin. Bu arada üstü başı da sırılsıklam olmuştu, çünkü kedi debelenip duruyordu.

"Bence bu yaptığın doğru değil, ya kedin zehirlenirse ne olacak?"

"Zehirlenmez. Ace'li sudan çıkarınca, iyice durularsan bir şey olmaz. Bak, kuyruğunu ne güzel yaptım."

Bu arada Pamuk canhıraş bir miyavlamayla Bilge'nin ellerinden kurtulup kaçtı.

"Hay Allah," dedi Bilge. "Yaramaz kedi."

Banyo su içinde kalmıştı, o keskin koku da cabası.

"Üstünü değiştirsek iyi olacak."

Neyse ki, bu önerimi kabul etti. Zaten kedi öyle bir kaçıp saklanmıştı ki, sanırım Bilge onu kolay kolay bulamayacaktı. Haydi bu sefer Bilge'nin üstünü değiştirmesine yardım ettim, banyoyu sildim, leğeni döktüm ve çamaşır suyunun kokusu gitsin diye banyo penceresini açtım.

Ve bizim misafir odasına geçmemizle birlikte anneleri geldi.

Hanımı görünce bir sevindim ki...

"Nasıl gitti? Seni çok yordular mı?"

"Hayır efendim. Çok tatlı çocuklar onlar."

"Ben de Serra Ablayı sevdim," diye düşüncesini bildirdi Bilge.

"Demek Serra Ablayı sevdin."

"Evet, çünkü bize hiç karışmadı, biz ne istediysek onu yaptık." Artık bu sözler benim için iyi puan mıydı, kötü puan mı, bilemeyeceğim.

Bilge'nin annesi bana bir zarf uzattı. Alırken azıcık utandım, "Gerek yok," gibi laflar ettim. Ama o, "Hiç olur mu öyle şey. İş iştir," dedi, sonra da, "çok teşekkür ederim, Serracığım, annene sevgilerimi söyle," diyerek beni yolcu etti.

Zarfa baktım. Hiç fena değil! Emeğimle kazandığım ilk para. Yolda durup anneme tek bir gül aldım. Geri kalanla da ne alabilirim, diye düşündüm durdum. Böylece ilk çocuk bakıcılığı deneyimini kazasız belasız tamamlayabilmiştim.

Akşam anneme olanları anlattığımda bir güldü, bir güldü. Gülünü de beni öpücüklere boğarak aldı ve hemen vazoya koydu.

"Anne," dedim. "Çocuklar bu kadar küçük yaşta Bilge'nin anlattığı gibi duygular içinde olabilirler mi, yani bu normal mi?"

"Hem de çok normal," dedi annem. "Bu duygular o küçücük yaşlarda başlıyor. Tek fark, şimdiki çocuklar hoşgörüyle yetiştirildikleri için duygularından açık açık söz edebiliyorlar."

Bugünkü çocuklar bir başka, azizim. Biz böyle miydik? Büyükler hoşgörülü de olsa böyle şeyleri hayatta söyleyemezdik.

### *3 Ağustos, Pazartesi*

Bugün Toprak telefon etti. "Sen çalışmak istiyordun, değil mi?" Anlaşılan önüme gelene yakınmışım. "Evet," dedim. "Hayrola?"

"Ama bu, tek gecelik bir iş."

Amma da tuhaf, diye düşündüm. Bu Toprak'ın sağı solu belli olmaz, ister misin garip bir işe bulaştırsın beni. Benim duraksamam üzerine, anlatmaya koyuldu.

"Pamukbank'ın çeşitli kültür etkinlikleri var. Bunlardan bir tanesi, bale gösterisi. Bale birkaç gece Açıkhava Tiyatrosu'nda sergileniyor..."

"Ve başbalerin bileğini burktuğu için benim bir geceliğine onun yerini almamı istiyorsun."

"Bıktım sizin şu çocukça sululuklarınızdan..."

"Canım, şaka yapayım dedim. Evet, anlat."

"Biz de bir grup öğrenci bu bale gösterilerinde hosteslik yapıyoruz."

"Yani kemerlerinizi bağlayın mı diyorsunuz?"

"Serra! Neyin var senin bugün?"

"Can sıkıntısı başıma vurmuş olmalı."

"Belli oluyor," dedi ve devam etti. "Kızlardan biri hastalanmış, yerine hemen birini bulmak gerek."

"Yaa, bak demedim mi sana kesin birine bir şey olmuştur diye. O kadar da yanılmamışım demek."

"Uzun sözün kısası, bunu sen yapar mısın?"

"Görevim ne olacak? Yani hostesler ne yapar?"

"İzleyicilerin yerlerini göstereceksin. O gün oraya biraz erken gideriz, ben sana bilmen gerekeni öğretirim."

"Valla bence harika bir iş ama bakalım annem ne der."

"Gösteriden sonra bizi evlerimize servis bırakıyor. O nedenle dönüşünü merak etmesin."

"Bu iyi işte."

"Öyleyse sen annenle bir konuş ve bana en kısa sürede cevabını ver, çünkü gösteri cuma gecesi."

"Peki, Toprak, çok teşekkürler."

"Hadi görüşürüz."

Bir geceliğine de olsa, keyifli bir işe benziyor. Üstelik bedava tarafından bir bale izlemiş olacağım. Hemen annemi aradım ve bir solukta her şeyi anlattım.

"Serracığım, böyle gece işlerini pek sevmiyorum," dedi tam da beklediğim gibi.

"Anne, bu bir kerelik. Ayrıca orada çalışanlar da hep öğrencilermiş. Üstelik bir de bale göreceğim. Bu fırsat kaçar mı? Hem gece bizi eve servis bırakacakmış, bundan güvenli bir durum olabilir mi? N'olursun, n'olursun..."

Durdu, düşünüyordu besbelli.

"Lütfen, anneciğim, lütfen. Zaten evde pineklemekten bir hal oldum. Hazır bir iş çıkmış, hem de kültürle ilgili bir iş." Kültür onun en büyük zaafıdır.

"Dur, acele ettirme beni."

"Duracak ne var, anne?"

"Senin de on altı yaşında bir kızın olsa, sen de durup düşünürdün."

"Ay anne, yani..."

"Bu kadar çok mu istiyorsun?"

Umut ışığı belirmişti.

"Hem de nasıl. Ayrıca Toprak'la gidip geleceğim."

"Eh, ne yapalım, pekâlâ."

"Yaşşa anneler şahı."

"Hadi ordan, zaten hep senin dediğin oluyor."

"Hiç de değil," dedim ve fikrini değiştirmeden işi pekiştireyim diye hemen ekledim. "O zaman ben hemen Toprak'ı arayayım. Akşama görüşürüz. Çok teşekkürler anneciğim."

"Akşama görüşürüz," dedi annem, acıklı bir şekilde içini çekerek.

Ve tabii hemen Toprak'ı aradım. Bu kez ona annemle konuşmamı tüm ayrıntılarıyla anlattım.

"Çok iyi," dedi Toprak. "Ben de görevlilere durumu ileteyim ki, başka birini almasınlar."

"Aman hemen ara. Bunca uğraştan sonra açıkta kalmak istemem."

"Haa, Serra..."

"Efendim?"

"Acaba annen de gösteriye gelmek ister mi?"

"Hem de nasıl."

"Öyleyse bir soruşturayım. Ona bir davetiye uydurabilirsem, annen de gelir."

"Ne kadar iyi olur, Toprak."

Tam telefonu kapatıyordu ki, "Toprak, Toprak," dedim bir telaş.

"Efendim?"

"Hangi bale bu?"

"Romeo ve Jülyet."

"Harika! Resmen harika! Sen bir meleksin, Toprak."

Telefonu kapattıktan sonra hadi biraz şu testlerle boğuşayım diyerek masamın başına geçtim. Bu kış öğrendiklerimi unutmayayım diye bize önerilen bazı test kitaplarını almıştım. Gezi dönüşü ara ara çalışıyorum. Tam kaptırmış çalışıyordum ki, yine telefon çaldı. Bu kez arayan Bilge'nin annesiydi.

"Serracığım, gelecek pazartesi öğleden sonra boş musun?" diye konuya girdi hemen.

"Evet efendim."

"Benim canavarlara göz kulak olur musun?"

"Olurum," dedim. Ama aynı anda, acaba pot mu kırdım, diye düşündüm. "Ne münasebet, onlar birer melek," filan gibi şeyler mi demeliydim acaba? Ben bunları düşünürken, o sözünü bağlamıştı bile.

"Öyleyse pazartesi saat üçte seni bekliyoruz, Serracığım."

Vay vay, işler giderek gelişiyor. Çocuk bakıcılığı, hosteslik derken, hayatım hareketlenmeye başladı. Annem gelene kadar derse devam...

### *7 Ağustos, Cuma*

Bütün hafta hiç aksatmadan spora gittim. Diyetimi de uygulamaya devam ediyorum. Bugün yine tartıldım ve yaşasın, yaşasın, bir kilo daha vermişim. Anneme bu durumu bildirince beni tebrik etti ve de kıskandı, çünkü o daha yavaş kilo veriyor.

"Herhalde spora gidiyorum diye kilo veriyorum."

"Kilo vermenin asıl nedeni yediğine dikkat etmen. Spor ise daha çok, etlerinin sıkılaşmasına, vücudunun şekle girmesine yardımcı olur."

"Yani yiyip yiyip spor yaparsam, kilo veremez miyim?"

"Veremezsin canım. Spor çok yararlı bir yardımcı öğe ama asıl önemli olan yediğine dikkat etmek."

"Boşuna değil, o şişman hanımlar bir türlü zayıflayamıyorlar. Habire pişirdikleri böreklerden söz ediyorlar."

"Öyle yedikten sonra boşuna uğraşıyorlar."

"Bir kilo daha verirsem, yeni bir kot almam gerekecek," dedim, zevkten dörtköşe olmuş vaziyette.

"Sen o kiloyu da ver, kotun benden."

Telefon çaldı. "Kesin Toprak'tır," dedim. Sabahın o saatinde başka kim arayabilirdi?

"Serra, annen için bir davetiye buldum."

"Nasıl becerdin bunu?"

"Bir tanıdığımın davetiyesi vardı ama bu gece önemli bir iş yemeği varmış, oraya gitmek zorunda. Bundan söz edince, ben de zaten annen için davetiye bakıyordum, hemen bana ver, dedim."

"Harikasın!"

"Ben bir şey yapmadım, bu tamamen bir rastlantı."

"Bayılırım böyle rastlantılara," dedim ve anneme seslendim.

"Anneciğim, bu gece sen de baleye geliyorsun. Toprak sana bir davetiye bulmuş."

Tam kapıdan çıkıyordu ki, söylediklerimi duyunca geri döndü. "Toprak'a ona çok teşekkür ettiğimi söyle. Akşam onu da alır, birlikte gideriz, sonra da onu evine bırakırız."

Annem hiçbir şeyin altında kalmak istemez.

Toprak, "Bizim daha erken bir saatte orada olmamız gerek, annenin davetiyesini gişeye bırakırız," dedi. Kulaktan kulağa oynar gibi, bu kez de Toprak'ın sözlerini anneme ilettim.

"Peki öyleyse orada buluşuruz," diyerek fırladı gitti annem. Bütün günü hazırlanarak geçirdim. Yıkandım, saçlarımı fönledim. Kolay mı hostes olmak...

Toprak'la saat yedide Açıkhava Tiyatrosu'nda buluştuk.

Toprak bana bir paket uzattı. "Tuvalette bunu üstüne geçir."

Paketi açtım ki, içinde beyaz bir tişört. Önünde kırmızı harflerle Romeo Jülyet, arkasında da Pamukbank yazıyor. Hemen giydim. Dışarı çıktığımda benim gibi bir dolu gencin aynı tişörtü giymiş, ortalarda dolaşmakta olduğunu gördüm. Tabii Toprak da bunların arasındaydı. Sonra bana sıra numaralarını ve duracağım yeri gösterdi. Zor bir iş değilmiş meğer. Saat sekize doğru izleyiciler gelmeye başladı, bizler de hareketlendik tabii.

Birden annemi gördüm. Ona kendimi ve tişörtümü göstermek için bir koşu yanına gittim.

"Ay Serra, ne hoş bir tişört bu böyle."

"Üstelik bizde kalacakmış. Şimdi size yerinizi göstereyim, efendim," dedim bir fiyaka. Ve annemi davetliler bölümüne götürdüm, sonra yine bir koşu görevimin başına döndüm.

Birden bir alkış koptu, meğer cumhurbaşkanı gelmiş. Ve bale başladı. Bizler arkaya dizilmiş, izliyorduk. Bale ne kadar güzel bir sanat dalı. Ayakta olmama karşın, büyülenmiş gibi seyrediyordum. Sonra ara verildi. Fındıkçılar, fıstıkçılar derken ikinci bölüm başladı. Birinci bölümün tersine, ikinci bölüm çok acıklıydı. Başta Romeo ve Jülyet olmak üzere, neredeyse herkes öldü.

İzleyiciler gösteriyi ayakta, çılgınca alkışlıyorlardı. Hepimiz alkışlıyorduk. Büyülü bir an bu. Balerinlerin ve baletlerin kuğular gibi zarif, yerlere kadar eğilerek halkı selamlaması; izleyicilerden onlara dalga dalga ulaşan hayranlık ve sevgi ışınları... Ve bu büyülü zaman dilimi yaşanırken, bazıları kalkıp kalkıp gitmeye başladılar. Ayıp yani... Şunun şurası kaç dakika fark edecek ki... Sanatçılar o kadar saat yorulmuşlar; tek ödülleri alkış. Sen onu da esirgeyeceksen, hiç gelme daha iyi. Zaten gidenler süslü takımıydı, gençler ve sade giyimliler sonuna dek aslanlar gibi alkışladılar, bravo diye bağırdılar. Sanatçılar da tekrar tekrar selam verdiler.

Annem bizi dışarda bekliyordu. Toprak, "Beni eve götürmenize hiç gerek yok, servis bizi bırakacak," dediyse de annem çok ısrar etti.

"Ayrıca," dedi. "Senin için bir sakıncası yoksa sizi The Marmara Oteli'nde bir şeyler yemeye davet etmek istiyorum."

Bayılırım annemin bu hallerine. Ben de bastırınca Toprak kabul etti. Arabamızı bulduktan sonra gerçek bir meydan savaşı vererek o keşmekeşin içinden çıktık.

Meğer The Marmara Oteli bu tür etkinliklerden çıkanlar için özel program düzenliyormuş. Nitekim, ellerindeki broşürlerden, baleden geldikleri belli olan pek çok kişi vardı. Üçlü bir grup hafif müzik çalıyordu. Caddeye bakan bir masaya geçip oturduk. Bir süre mönüyü inceledikten sonra üçümüz de dondurma ısmarlamaya karar verdik. Ve içinde binbir çeşit malzeme olan o muhteşem dondurmalara yumulduk.

Oradan buradan konuştuk. Annem Toprak'a çalıştığı yerlerle ilgili sorular soruyor, o da anlatıyordu. Bayağı keyifli bir sohbetti. Sonra Toprak'ı evine bıraktık ve yuvamıza döndük.

"Senin bu Toprak esaslı bir kıza benziyor. Kendini iyi yetiştirmiş."

"Öyledir."

"Serracığım, bu gece için çok teşekkür ederim."

"Rica ederim," dedim böbürlenerek, kıyısından köşesinden de olsa baleye gitmesini ben sağlamıştım. "Ben de bizi dondurma yemeğe götürdüğün için çok teşekkür ederim." Arkadaşımı da davet etmesi, ne yalan söyleyeyim, çok hoşuma gitmişti.

Yaa, sevgili defter, değişik bir iş ve muhteşem bir baleydi. Neden büyük aşk öyküleri hep böyle acıklı olur ki?

***10 Ağustos, Perşembe***

Sabah spora, öğleden sonra da canavarlarıma gittim. Can bu kez beni, "Güzelim, üff..." diye karşıladı. Yaşının biraz eksik olmasına karşın, bir erkek tarafından böyle karşılanmak hiç de fena değil. Bu kez iyi kötü alışkanlıklarını bildiğimden, ilk saatlerimiz sorunsuz geçti. Zaten Can öyle tatlı, öyle canayakın ki, onun yaramazlıkları insanı sinirlendirmiyor, sadece güldürüyor.

Bilge, "Serra Abla, ben çok sıkıldım. Hadi dışarı çıkıp bir dolaşalım, dondurma yiyelim," dedi.

"İyi ama bunu annenle konuşmadık. Bakalım o, evden çıkmamızı, dondurma yemenizi ister mi?"

"Aaa, ben ondan izin aldım bile."

"Aldın mı? Ne zaman?"

"Sen gelmeden sordum, o da, çıkıp gezebilirsiniz, dedi."

"İyi öyleyse," dedim ve böylece hep birlikte evden çıktık. Biraz deniz kenarında dolaştık.

"Serra Abla, bize dondurma alsana."

İçim pek de rahat değildi, çünkü Bilge'nin annesi bunu bana kendi söylemeliydi. Neyse... Dondurmalarını aldım, biraz daha dolaştık.

"Serra Abla, bir dondurma daha istiyorum," dedi Bilge.

"İyi ama bu kadar yerseniz, hasta olursunuz. Az önce aldıklarım, en büyüklerindendi."

Olduğu yerde durdu, gözlerinde şimşekler çakıyordu. "Alacaksın diyorum," diyerek ayağını yere vurdu.

"Bilge, ne biçim konuşuyorsun öyle," dedim sabırlı olmaya çalışarak.

"Alacaksın, yoksa anneme her şeyi söylerim," diye öyle bir bağırmaya başladı ki, gelen geçen bize bakmaya başladı. Ne kadar utanç vericiydi...

"Ne söyleyecekmişsin?"

"Senin bizi evden çıkardığını, dondurma yedirdiğini bir bir anlatırım."

"Hani izin almıştın?"

"İnandın mı? Amma da safmışsın," demez mi! Üstüne atlayıp onu oracıkta bir güzel pataklamamak için kendimi zor tutuyordum. "Bilge bu yaptığına yalancılık denir. Yürü hemen eve gidiyoruz." Sonra da Can'a döndüm. "Haydi canım." Küçük yaşına karşın ortada bir kriz olduğunu anlayan Can'ın yavaşça uzattığı elinden tutup eve doğru yürümeye başladım.

Bilge ise hâlâ bağırıyordu. "Sen çok kötü bir çocuk bakıcısısın. Seni anneme söyleyeceğim."

Ona doğru ne biçim bir adım atmışım ki, korkuyla geri çekildi. "Bana bak küçük çok bilmiş," dedim. "Şimdi derhal eve gidiyoruz ve asıl ben annene senin bütün bu yalancılıklarını, sokaklarda avaz avaz bağırdığını anlatacağım ki, bir daha seni evden hiç ama hiç çıkarmasın." Can'la yürümeye başladım, gözümün ucuyla da geriye bakıyordum. Bir an olduğu yerde durdu; gelmeyecek diye ödüm koptu. Neyse, kısa bir süre sonra süngüsü düşmüş bir vaziyette, peşimizden yürümeye başladı. Yüzünden düşen bin parçaydı. Hoş, benim de ondan aşağı kalır yanım yoktu.

Eve girince kapısını çarparak odasına kapandı. Ne halin varsa gör, dedim içimden. O küçük üçkâğıtçının yüzünü bile görmek istemiyordum.

Can'ın televizyon programını birlikte izledik. Hayret, iki kardeşler ama ne kadar değişikler. Can yaramaz ama dürüst ve cana yakın, Bilge ise...

Saat altıya geliyordu, anneleri neredeyse gelir, diye düşünürken Bilge göründü. Yanıma gelip oturdu, gözleri kızarmıştı. "Serra Abla..."

"Efendim, Bilge."

"Lütfen anneme söyleme."

Böyle bir durumda ne yapmam gerek, diye telaşla düşünmeye başladım. Hemen aklıma Mualla Öğretmen geldi. O olsaydı nasıl davranırdı? Ben sessiz kalınca, Bilge gözlerini kaldırıp yalvaran bakışlarla bana baktı.

"Lütfen söyleme, Serra Abla, yoksa annem çok kızar." Yutkundu ve ekledi. "Özür dilerim."

İşte bu iki sözcük taşlaşmış kalbimi yumuşatıverdi ve hemen Mualla Hanım kişiliğine bürünüp, "Bilgeciğim, sana niçin kızdığımı anladın mı?" diyerek "soru" sordum.

"Sana bağırdım diye," dedi başı yerde.

"Bana bak, Bilge," dedim yavaşça çenesinden tutup gözlerinin içine bakarak. "Bana bağırdığın için değil... yalan söylediğin için kızdım sana. Çünkü yalan çok kötü bir şey ve senin gibi akıllı bir kızın asla yalan söylememesi gerek. Önce beni kandırdın, sonra da tehdit ettin. Bunlar sana hiç ama hiç yakışmıyor. Anlatabildim mi, canım?"

Başını salladı.

"Bir daha asla yalan söylemeyeceğine söz verirsen, bunu unutur gideriz. Annene de bir şey söylemeyiz."

"Söz veriyorum."

"Çok iyi, Bilgeciğim," dedim ve sarılıp onu öptüm.

Derin bir nefes aldı, rahatlamıştı. Can ise büyük bir dikkatle bizi izliyordu. "Cancığım, bu mesele üçümüzün arasında kalsın, e mi canım? Yoksa annen de, Bilge de çok üzülür. Sen bunu istemeyecek kadar iyi kalpli bir çocuksun. Öyle değil mi?"

Başını salladı. Hafif aralık dudakları, kocaman gözleriyle öyle şekerdi ki, kendimi tutamayıp onu da öptüm. Böylece anneleri geldiğinde, ikisi iki yanımda televizyon izleyen mutlu bir aile tablosu çiziyorduk.

"Kutlarım seni, Serra, bunların böyle uslu uslu oturdukları görülmüş şey değil."

İçimden az önce olanları görebilseydin, ne derdin acaba, demek geldi. Böylece bugün de sona erdi ama eve geldiğimde çok, çok yorgun hissediyordum kendimi.

Akşam Cüneyt'le konuştum da kendime gelebildim. Ona çocuk bakıcılığı serüvenimi ve Pamukbank balesini anlattım. Zaten Cüneyt'in sesini duymak bile beni neşelendirmeye yetiyor. Ah, böyle ayrı olmasaydık... Telefonu kapattıktan sonra yine fotoğrafları çıkarıp uzun uzun bahtım. Onu çok özlediğim zaman, bu resimler en büyük desteğim.

***17 Ağustos, Pazartesi***

Bütün haftayı spora giderek, *Nutuk*'u okuyarak ve test çözerek geçirdim.

Az önce babam aradı, annemle konuştular, sonra annem telefonu bana verdi.

"Serracığım, nasılsın?"

"İyiyim, babacığım."

"Seni çok özledim. Annenle de konuştuk, önümüzdeki hafta buraya gelebilir misin?"

"Yani Ankara'ya gelmemi mi istiyorsun?"

"Evet, canım, babaannen de seni çok özledi."

Anneme baktım; başını biliyorum dercesine salladı. "Tabii," dedim. "Siz istedikten sonra... Hem madem annemle konuşmuşsunuz..."

"Evet, kızım, annen için uygunmuş. Seninle uzun zamandır görüşmüyoruz..." Durdu, benim konuşmamı bekler bir hali vardı.

"Tabii gelirim, babacığım."

"Çok iyi. Biletini alınca bana bildir, gelip seni alayım."

"Peki, babacığım."

"Haydi iyi geceler, Serra. Seni bekliyorum."

Telefonu kapatınca, "Bana aşkı kabarmış," dedim.

"Öyle söyleme, Serra," dedi annem. "O senin baban, seni özlemiş ve doğal olarak görmek istiyor."

"İyi... Gidelim bakalım."

"Bu tavrını beğenmiyorum. Bilmiş ol."

Ne yani. Havalara uçmam mı gerekiyor?

Böyle hissediyorum diye zaten suçluluk duyuyorum... Ama öte yandan da babamla her buluşmamızda bir şeyler ters gidiyor. Sanki birbirimizi teğet geçiyoruz. Ya beni gereksiz yere terbiye etmeye kalkıyor ya da eleştiriyor. Hem de anlayıp dinlemeden. Annem bunun maksatlı olmadığını, birbirimizden ayrı yaşamamızdan kaynaklanan bir iletişim kopukluğu olduğunu söylüyor. Belki öyle ama nedense fatura da hep bana kesiliyor.

Neyse canım, gidelim bakalım. Hem babaannemi ve Ayşegül'ü görmek de çok iyi olacak. Annemle takvime baktık ve haftaya pazartesi gitmeme karar verdik. Biletimi annem alacak. Haydi hayırlısı...

***19 Ağustos, Çarşamba***

Bugün dedemlerle Kavaklar'a balık yemeye gittik. Hem de vapurla. Bu da dedemin ilginç fikirlerinden. Dedemle birlikte vapurun yan tarafına oturduk, ayaklarımızı demirlere dayadık. İskelelerden inip binenleri, denizi, tekneleri, hele de akşam üstü izlemek, meğer ne kadar zevkliymiş. Güneş batarken suların üstüne düşen kızıllıkları, yavaş yavaş yanmaya başlayan sokak ışıklarının sudaki aksini seyrederken insan dalıp gidiyor.

Salaş bir balıkçı lokantasında dedemin ısmarladıklarını yedik, bu arada benim iş maceralarım tartışıldı bol bol.

Çok güzel bir geceydi.

İyi geceler, yedi cüceler!

***20 Ağustos, Perşembe***

Bugün Toprak'la buluştuk. Beyoğlu'nda sinemaya gittik. Film siyah-beyazdı, üstüne üstlük Fransız filmiydi. Arkadaş hatırı için katlandık tabii. Ben şöyle ağzı burnu yerinde, ne anlattığı belli olan, sürükleyici, adam gibi filmleri seviyorum. Nedir o öyle, karanlık, kasvetli bir ortam. Bir adam konuşuyor, sonra sessizlik, sessizlik, sessizlik... Tam reklam arası anlayacağın. Derken öteki konuşuyor, hadi bir reklam arası daha. Adamlar da adam olsa... Sakalları çıkmış, avurtları çökmüş, gözleri böcek gibi... Sonra biri kalkıyor, tak, tak, tak. Ne o, adam odanın bir başından öbür başına yürüyor. Ohoo, o sürede Harrison Ford, Kamçılı Adam filminde Afrika'yı baştan başa katetmişti bile.

Toprak sordu. "Çok sıkılmadın ya."

"Az sıkıldım," dedim mertçe.

Toprak güldü. "Tahmin etmiştim ama bir de bu tür bir film gör istedim."

"Sağ ol."

Böylece bugünlük kültür kotamı doldurmuş bulunuyorum.

Ankara'ya gitmeme üç gün kaldı. Bakalım, Ayşegül kilo verdiğimi fark edecek mi? Az önce Cüneyt'i aradım. Babasıyla atışmış, canı sıkkındı. Onu oyalamak için bugün gördüğüm filmi iyice karikatürize ederek anlattım, çok güldü.

Telefonu kapatırken, "Sana renkli rüyalar diliyorum," dedim.

"Ben rüyalar değil, seni görmek istiyorum," demez mi, kendimi tutamayıp, "Ah, canım," deyiverdim. Önce çok utandım ama sonra da iyi ki dedim diye sevindim.

Bugünlük de bu kadar.

İyi geceler, yedi cüceler! (Bu sözü çok sevdim.)

### *24 Ağustos, Pazartesi*

Babaannemin evindeyim. Eskiden gelip kaldığım odada bana yatak hazırlamış. O zamanlar bu oda bana ne kadar da büyük görünürdü, oysa küçücükmüş. Babaannemin evi, duymasın ama, tam da bir ihtiyar evi. Azıcık kasvetli, hafif tertip rutubet kokulu. Hâlâ eski divanları, desenleri solmuş yastıkları kullanıyor. Oysa yüzlerini değiştirse, ev bayağı şenlenecek. Aynı duvar saati aynı tiktaklarla yorgun yorgun çalışıyor. Duvarda Maarif Takvimi var, bir de babamın öğrenciyken çekilmiş fotoğrafı... Bu fotoğrafın çerçevesinin kenarına benim orta birden kalma bir resmim sıkıştırılmış. Kısaca, yalnızlık kokan bir ev. Onun burada tek başına yaşıyor olması, ne kadar hüzün verici.

Babam beni otobüsten aldı ve birlikte buraya geldik. Babaannem bize yemekler hazırlamış.

"Sen seversin diye sana kuruköfteyle patates kızartması yaptım."

"Sağ ol, babaanneciğim," dedim. "Senin kuruköftenin üstüne yoktur."

Sanki hareketleri daha bir yavaşlamıştı; mutfakla yemek odasının arasında gidip gelirken fark ettim. Ayrıca servis yaparken hafifçe de olsa elleri titriyordu. İçimden ağlamak geldi. Ah, ne olurdu insanlar hiç yaşlanmasalar... O anda ona yardımcı olmaya, onu olabildiğince yormamaya ve sözlerine sinirlenmemeye karar verdim.

Sofrada Akdeniz gezisini, çocuk bakıcılığımı, Pamukbank'ın balesini anlattım. Bir yandan da yemekleri övüp duruyordum.

"Babaanneciğim, köfteler harika olmuş. Senin yemeklerini ne kadar da özlemişim."

Yüzündeki memnuniyet ifadesine karşın, "O kadar özlesen, buraya daha sık gelirdin," diye sitem etti.

Sinirlenmemeye karar vermiştim ya... "Okul vakti gelmeme imkân yoktu, dersler öyle yoğundu ki... Ama bak, tatil oldu, buradayım."

"Hıh," dedi. "Çeşme'de tam üç hafta kaldın ama."

"Onun on günü arkadaşlarla gezideydim."

"Onu bunu bilmem."

"Bana söylenmesen olmaz," diyerek buruşuk yanağına bir öpücük kondurdum.

"Hadi hadi," dedi ama yüzüne de mutlu bir gülücük yayıldı. Sofrayı toplamasına yardım ettim ve kahveleri ben yaptım.

Babamın bu davranışlarımdan memnun olduğu yüzünden belli oluyordu. Ev kızlarını oynuyoruz ya...

Sonra babam, "Ben artık gideyim, sen de yorgunsundur, Serra. Yarın telefonlaşır, bir şeyler yaparız," dedi. Böylece babamı yolcu ettikten sonra biz de televizyonun karşısına geçip bir eğlence programını izlemeye başladık. Televizyon babaannemin hayatının odak noktası.

"Babaanne," dedim. "Sen şu pop yıldızlarını nasıl buluyorsun?"

"Oğlanları daha çok beğeniyorum."

"Kızların nesi var?"

"Saçları salkım saçak, sonra bir karış etek giyiyorlar. Hem nedir o arsız arsız gülüşler, o acayip konuşmalar... Kızları beğenmiyorum."

"Ya oğlanlardan hangisini beğeniyorsun?"

"Kenan Doğulu'yu beğeniyorum. Efendi, temiz yüzlü bir çocuk."

"Ya Tarkan?"

"Ooo..." diyerek güldü. "İnsanın başını derde sokar o."

"Vay babaanneciğim vay, sen ne çapkınmışsın meğer."

Suçlu suçlu güldü.

"Babaanne?"

"Efendim?"

"Dedemle nasıl tanıştınız, anlatsana."

"Aaa, delinin zoruna bak! İnsan büyüklerine böyle şeyler sorar mı hiç?"

"N'olur, babaanne, n'olur. Bak burada seninle benden başka kimsecikler yok. Hadi anlat, nasıl tanıştınız?"

"Git işine!"

"Yaa... Ne var bunda anlatmayacak. Hadi, n'olursun."

"Pekâlâ," dedi mahcup bir edayla. "Gelinlik yaşa geldiğimde..."

"Yani on üçünün baharında..."

"Sus, alay etme. Biz, o zamanlar şimdikiler gibi üç otuzumuza kadar beklemezdik."

"Şaka yaptım, şaka. Hadi, devam et."

Durdu, söyleyeceklerini toparlamak istercesine bir an düşündü ve devam etti. "Annem bu kız evde kalacak, diye çok üzülürdü. Şuna bakın, derdi, fasulye sırığı gibi, kim alır bunu."

"Valla, annen de iyi moral veriyormuş."

"Derken, bir gece rüya gördüm."

"Yaaa..." İş ilginçleşiyordu.

"Rüyamda sarıklı, sakalları göğsüne kadar inen bir adamla evlendiriyorlardı beni. Bir ağladım, bir ağladım."

"Vah babaanneciğim! Adam yaşlı diye mi ağladın?"

"Evet. Ben de kendime göre genç bir kocam olsun istiyordum."

"Sonra ne oldu?"

"Bu rüyayı gördükten birkaç gün sonra, seni biri istiyor, dediler. Adam yaşlıymış, karısı ölmüş, iki tane de çocuğu varmış."

"Eyvah! Rüya çıktı desene, babaanne."

Başını salladı, yine düşüncelerini toparlayarak devam etti.

"Ben istemem, deyince adamın mesleği iyi, dediler, hâkimmiş. Senin gibi kara kuru, evde kalmış kıza çok bile, onun için nazlanma, dediler."

"Ay yani... Ne biçim annen baban varmış, babaanne."

"O zamanlar öyleydi. Ben de, peki, dedim. Öyle ya, ya evde kalacaktım ya da kaderime katlanıp evlenecektim."

"Bu arada dedemi hiç görmedin mi?"

"Olur mu öyle şey," deyip gözlerini açtı.

"Sonra?"

"Sonra nikâhımız kıyıldı ve yüzünü de gerdek gecesi gördüm."

"Hayret bir şey! Peki gerdek gecesi neler oldu?"

"Sen de çok ileri gidiyorsun ama..."

"Canım, yani birbirinizin yüzünü nasıl gördünüz?"

"Benim duvağım kapalıydı tabii. Yüzgörümlüğü verilmeden duvak açılmaz. Deden önce boynuma Şam'dan aldığı altın bir kordonu taktı. Bana tembih etmişlerdi, yüzünü hemen açma diye, ben de açmadım. Bunun üzerine şu bilezikleri taktı," diyerek kolundaki ince altın bilezikleri gösterdi.

Kendimi bildim bileli, babaannem o ince, işlemeli bilezikleri takar. Bileziklerine dokundum. "Bunlar çok güzel, babaanneciğim. Zevkli adammış dedem."

"Bunları sana saklıyorum. Kordonu annene takmıştım. Bilezikleri de evlenince sana takacağım."

"Kendine hiçbir şey kalmayacak ama..."

"Aman benim gibi yaşlı kadın ne yapsın kolyeyi, bileziği."

"Sen yaşlı değilsin bir kere," dedim ve sorgulamamı sürdürdüm. "Sonra ne yaptın?"

"Bilezikleri de takınca, yüzümü açtım. Ve onun yüzünü ilk defa o zaman gördüm."

"Nasıldı?"

"Bana göre yaşlıydı ama beyaz tenli, mavi gözlüydü. Sakalı da göğsüne kadar inmiyordu, kısaydı ve gayet güzel biçimlendirilmişti."

"Yani beğendin."

"Evet, beğendim."

"Ohh, şükürler olsun."

"Hadi artık, bu kadar gevezelik yeter. Yol yorgunusun, yatağını açayım da yat."

"Hiç gerek yok, ben kendim yaparım," dedimse de dinlemedi; yatağımı açtı, soyunup geceliğimi giyinmeme yardımcı oldu ve tıpkı küçüklüğümdeki gibi yorganı sıkıştırdı.

"Hadi, Allah rahatlık versin."

"Sana da Allah rahatlık versin, babaanneciğim," dedim ve uzanıp onu öptüm.

O gittikten sonra bu öyküyü unutmadan yazayım diye kalktım. Yaa, bir zamanlar böyle evlenilirmiş demek. İyi ki o dönemde yaşamamışım.

*25 Ağustos, Salı*

Bu sabah babaannem beni, "Uyan Serra, seni o gökgözlü arkadaşın arıyor," diyerek uyandırdı. Arayan Ayşegül'dü tabii.

Bu babaannemin çok garip huyları var. Arkadaşlarımın hiçbirinin adını doğru dürüst hatırlamaz. Olabilir, anımsamayabilir ama bu, onlara küçültücü isimler takması için hiç de geçerli bir neden değil. İşin kötüsü, arkadaşlarımdan söz etmem gerektiğinde, onun anlayabilmesi için benim de bu onur kırıcı, utanç verici isimleri kullanmak zorunda kalmam. Kimine, "şişman kız", kimine "kara kız" der. Bak, şimdi de benim o güzel yeşil gözlü Ayşegülüme "gökgözlü kız" diyor. Gel de kızma. Sonra bir seferinde, bir arkadaşım kâkül kestirmişti. Onu görünce, "Aman o kâkülleri kestirmeseydi, darılırlardı ona," demişti de, birbirimize girmiştik.

Neyse telefona koştum ve Ayşegül'le öğlene buluşmak üzere anlaştık, sonra odama girip hazırlanmaya başladım. Bu arada da radyoyu açtım. Bir süre sonra babaannem, "Kahvaltı hazır," diyerek içeri girdi. Ardından da, "Kapa şu gürültüyü de, ne konuştuğumuzu anlayalım," dedi.

"Babaanne, o gürültü değil, müzik. Hem de çok güzel bir müzik."

Bir süre dinledi, dinledi, sonra tüm içtenliğiyle, "Yani şimdi sen bunu hakikaten beğenerek mi dinliyorsun?" demez mi...

Ayşegül'le Tunalı Hilmi'de buluştuk. "İncecik olmuşsun," diyerek boynuma atıldı. Fark etmişti, fark etmişti canım Ayşegülüm.

"Ama ne emek verdim, biliyor musun?"

"Çok iyi olmuş, Serra, harika görünüyorsun."
"Sen de fıstık gibisin."
"Hadi gel, şuradaki kafede oturalım, konuşacak öyle çok şey var ki..." dedi ve oturuş o oturuş, tam üç saat konuşmuşuz. Ben ona anlattım, o bana anlattı.
Sonunda, "Ayşegül," dedim. "Benim artık eve gitmem gerek. Akşam da babamla sinemaya gideceğimiz için şimdi biraz evde oturayım ki, babaannem gücenmesin."
Ertesi gün yine görüşmek üzere anlaştık. Okula gidip nostalji turu yapacağız. Ne garip, eski okulumu görmek için içimde büyük bir istek var.
Babaannem oturmuş, televizyon izliyordu. "Babaanne, sinemaya sen de gelsene."
"Yok yok, başım şişiyor. Hem şimdiki filmler hep vurdulu kırdılı, hiç hoşuma gitmiyor. Siz babanla gidin, baş başa konuşun, koklaşın."
Ay, ne de koklaşırız ya...
Babam vaktinde geldi; önce sinemaya gittik, sonra da yemeğe. Bir süre yine benim geleceğimden, derslerimden söz ettik, sonra babam sıkıntılı bir şekilde yerinde kıpraştı, hafifçe öksürdü ve, "Sana bir şey söylemek istiyorum, Serra," dedi.
Söyleyeceği her neyse, zor geliyor gibi.
"Yarın seni bir arkadaşımla tanıştırmak istiyorum."
Eee, ne var bunda, tanışalım.
"Ama bu arkadaş bir hanım."
Vay, vay, vay...
"Ve benim için oldukça özel bir arkadaş."
Mesele anlaşılmıştır.
"Tamam," dedim buz gibi bir sesle. "Tanışırız."

Gözlerini benden kaçırarak devam etti. "Bu hanımla epey bir süredir tanışıyoruz. Aynı yerde çalışıyoruz. İş arkadaşlığımız giderek duygusal bir beraberliğe dönüştü."

Anlat anlat, heyecanlı oluyor dercesine bakıyordum ona. Davranışıma kusur bulamazdı, gayet terbiyeliydim ama gözlerimle verdiğim mesaj hiç de hoşuna gitmemişti. Oh olsun, zaten ben de onu huzursuz etmek istiyorum. İyi valla, seni özledim ayağına beni kaldır getir İstanbullardan, sonra da "duygusal arkadaşlığından" söz et. Göz göze geldik, sanki kılıçlar çekilmişti. Babamın yüzü sertleşti.

"Sana değer verdiğim için onunla tanışmanı istedim."

Eksik olmayınız. Ne kadar da yüce gönüllüsünüz.

"Ve senden ricam, ona güleryüzle yaklaşman."

Hay hay, bu arkadaşa güleryüzle davranma konusunda sizin ödev almak için eve gelen erkek arkadaşlarıma uyguladığınızın aynını uygularsam, adaletsizlik olmaz değil mi?

Babam tehlikeyi sezmiş, tembihlerin dozunu artırmıştı. "Ona hatırını sormayı da ihmal etme."

Emriniz olur. Siz nasıl benim arkadaşlarımın hatırını soruyorduysanız(!) ben de aynını uygulayacağım. Hiç kuşkunuz olmasın.

Bu kez hanım arkadaşına övgüler düzmeye başlamıştı. "Eminim onu seveceksiniz. Çok aklı başında, kültürlü bir kadın."

Allah sahibine bağışlasın.

"Hem benim de giderek yaşamımı bir düzene koymam gerek. Umarım bu arayışımı anlayışla karşılarsın. Sen artık büyüdün, genç bir kız oldun, o nedenle beni anlayacağını biliyorum," diyerek masanın üstünden uzanıp elimi okşadı. Elimi çektim ve ne olacaksa olsun dercesine, "Ne zaman tanışıyoruz?" dedim. Bu arada zangır zangır titrediğimi de belirtmeliyim.

Babam sabırlı olmaya çalışarak, "Yarın nasıl?" diye sordu.

"Mükemmel."

Ve artık konuşacak bir şey kalmadığından kalkıp eve döndük. Babam ayrılırken beni öptü. "Teşekkürler, Serracığım," dedi.

### *26 Ağustos, Çarşamba*

Ayşegül'le birlikte eski okuluma gittik. Her zaman servis arabalarının durduğu yer şimdi bomboş bir sokaktı. Okulun demir kapısı kapalıydı; elimi sokup sürgüyü çektim, kapı gıcırdayarak açıldı ve biz içeri girdik. Yıllarımın geçtiği okulun bahçesindeydim. Bu bahçeyi, kimi zaman telaşla, kimi zaman sevinçle, kimi zaman üzüntüyle kaç kez geçmiştim.

"Hatırlıyor musun, nasıl Selin Ablayı taklit ederdik," dedi Ayşegül.

"Nasıl hatırlamam, hepimiz hayrandık ona."

Bina kapıları kilitliydi, o nedenle elimi cama dayayarak alt kat sınıflardan birinin içine baktım. Bir zamanlar, özellikle de bazı derslerde insana korku veren o sınıflar, şimdi ne kadar da masum ve çocuksu duruyordu karatahtası ve sıralarıyla...

Tuvaletlerin olduğu bölüme bakınca aklıma Sıska Filiz geldi. "Filiz her teneffüste tuvalete girer, saçını tarardı," dedim ve ekledim: "Onu nasıl da kıskanırdım." Gülüştük.

"Atasay nasıl?"

"İyi! Bildiğin gibi."

Hayret! Atasay'ı artık içimde hiçbir kıpırtı, hiçbir üzüntü duymadan sorabiliyordum. Oysa bir zamanlar adını anmak bile bana acı verirdi.

"Ayşegül."

"Efendim?"

"Lütfen burada bir resmimi çeker misin?"

"Hazırlıklı gelmişsin bakıyorum."

"Sadece anılar topluyorum."

Gidip bahçedeki banka oturdum, sonra okul kapısının yanında durdum, tekrar döndüm, okul binasının merdivenlerine oturup poz verdim. Böylece Ayşegül eski okulumda bol bol fotoğraflarımı çekti, tabii ben de onun. Ayşegülümsüz okul olur mu hiç...

Oradan ayrılırken pastelsi duygular içindeydim. Geçmişimin, çocukluğumun bir bölümüne dönüş yapmış, oralarda gezinmiştim; bunlar pembe duygulardı. O zamanların artık bir daha asla geri gelemeyeceği gerçeğinin farkına varmam uçuk mavilerde saklıydı. Hatırlayabildiğim irili ufaklı anılarsa, aralara serpiştirilmiş açık, çok açık filizi beneklerdi. Sanki okulumda çocukluğumu ziyaret etmiştim de, artık gündelik yaşamıma dönebilirdim. Tıpkı geçmişi simgeleyen aile büyüklerini ziyaret ettikten sonra bildik yaşantımıza dönüş gibi bir duyguydu bu.

Bu duygu yoğunluğunu Karum paklar deyip oraya gittik. Biraz vitrinlere baktıktan sonra Ayşegül'le vedalaşıp babamı beklemek için eve döndüm.

Babaannem, "Anlat bakalım," dedi. Ben de Ayşegül'le yaptıklarımızı anlattım.

"Eee, babanla bu akşam ne yapacaksınız bakayım?"

"Babamın hanım arkadaşıyla tanışacağım."

"Ne?" Babaannem altına raptiye konmuş gibi bir zıpladı ki...

"Öyle dedi, babaanne. Bir hanım arkadaşım var, seni onunla tanıştırmak istiyorum, dedi."

"Vay başımıza gelenler..." Babaannem bir elini öbür avcunun içine vurarak iki yana sallanmaya başladı. Sonra da bana dönüp, "Sen hapı yuttun, kızım," demez mi...

"Abarttın ama babaanne."

"Bırak şu yeni moda lafları da, durumuna bir bak."

"Ne varmış durumumda?"

"Gençsin, bilemezsin tabii."

"Nedir derdin, babaanne?" Hay, keşke söylemez olaydım.

"Kızım bak, erkeğin karısı varsa çocuğunu bir gözle görür, yoksa iki gözü de görmez, derler."

"Annem olsa da olmasa da babamın durumu zaten umutsuz bir miyobik vaka."

"Evlensin de sen görürsün benimle eğlenmeyi."

"Ama çok umurumdu. Benim annem var, o çok akıllı bir kadın."

"Kelin merhemi olsa, kendi başına sürermiş."

"Bu da ne demek oluyor şimdi?"

"Şu demek oluyor ki, senin dediğin gibi annen akıllı olsaydı ayrılmazdı, sen de böyle ortada kalmazdın."

"Aman babaanne, ben ortada mortada kalmış değilim, ayrıca hayatımdan da çok memnunum."

"Demedi deme," dedi ve sırtını bana döndü.

Tam bu sırada kapı çaldı, gelen babamdı. Böylece ben, bu asap bozucu konuşmanın üzerine babamla birlikte evden çıktım. Geceye şahane bir biçimde başlamıştık.

Restorana girdiğimizde babam bir telaş sağına soluna bakındı, sonra bir masaya doğru yürümeye başladı. Ben de arkasından. Masada bir kadın ve... benden bir iki yaş küçük olduğunu tahmin ettiğim bir kız oturuyordu. Yani hanım arkadaşı ve faizi...

Babam, "Serra, seni Yasemin Hanım ve Gül'le tanıştırayım," dedikten sonra onlara dönerek, "bu da kızım Serra," dedi.

Yasemin Hanım hemen ayağa fırladı, gülücükler içinde. "Merhaba, Serracığım, baban senden o kadar söz etti ki, seni yıllardır tanıyor gibiyim."

Yağcı! Bir öpüşme durumunu önlemek için hemen elimi uzattım.

"Bu da kızım Gül. Gül, Serra'nın elini sıksana."

Zavallı Gül, eli mahkûm, bana doğru uzandı ve el sıkıştık.

"Çok beklettik mi?" dedi babam.

"Hayır, biz geleli de beş dakika ya oldu ya olmadı."

"Ne beş dakikası," dedi Gül. "Neredeyse on beş dakikadır buradayız."

Tuttum bu Gül'ü.

Kadın bozuntuya vermeden bir kahkaha attı. "Sahi mi Gülcüğüm, zaman ne çabuk geçmiş."

Babamla anlamlı anlamlı bakıştılar; bu gençler böyledir işte, dercesine.

Kadını incelemeye aldım. Annemin ne kadar da zıttıydı. Bir kere, bana sorarsanız, çok komik giyinmişti. Başında siyah kadifeden beremsi bir şapka vardı. (Annem asla şapka kullanmaz.) Siyah kadife bir tayyör, içine de oldukça transparan siyah dantel bir bluz giymişti. Son moda takılıyorlar kendileri. Kulaklarına, tayyörünün düğmeleriyle birörnek kocaman incili küpeler takmıştı. Parmakları yüzük doluydu, tırnaklarıysa kan kırmızısıydı. (Annem renksiz oje kullanır ve sade tayyörleri yeğler.) Sonuçta, kendi aramızda bir akşam yemeği için fazla süslüydü... bence.

Gül ise bu şık şıkırdım annesinin yanında pek solgun bir güldü. Eteğinin üstüne alakasız bir tişört giymiş, saçlarını da öylesine atkuyruğu yapmıştı.

Yemek boyu Yasemin Hanım konuştu; konuşmadı mırıl mırıl mırıldandı, küçük kahkahalarla da bu mırıltılara noktalar, virgüller koydu. Nerden bulmuş babam bu kadını, Allahaşkına? Hayret bir şey!

"Yemekten sonra bir yere dans etmeye gitsek... Yeni diskolar o kadar güzel ki..."

Aklı sıra genç takılıyor. Orta yaşlılar diskodan hoşlanmıyorlar ya, bu hoşlanıyor, demek ki genç. Sinir oluyorum böyle genç havalarına giren orta yaşlılara...

"Hadi öyleyse," demez mi babam. Oysa annemle bir kez olsun diskoya gitmiş değildir. O kadar ki, düğünlerde bile bütün gece oldukları yerde oturduklarından yakınırdı annem. Erkekler...

Böylece onlar önde, biz Gül'le arkada, diskoya gittik. Ankara'nın bugünlerde en ünlü diskosuymuş. Güzel yer, tabii arkadaşlarınla birlikteysen...

Babam, "Serra, dans edelim mi?" deyince, "Saçmalama baba," dedim, kendimi tutamayarak.

Yaseminciğim hemen havayı yumuşatma çabası içine girdi. "Ah, bu gençler, ne kadar da tutucu oluyorlar..."

"Hadi öyleyse, biz dans edelim, Yasemin."

"Memnuniyetle canım."

Hop, aile var! Şunlara, hele de babama bakar mısınız? Orta yaş bunalımı yaşıyor olsa gerek.

Onlar pistte kaybolunca, biz de Gül'le kaldık mı baş başa. Bir ara gözüm babama takıldı. Hiç de müziğe uyamıyordu bir kere. Ama Yasemin onun boynuna asılmış, sanki dünyanın sekizinci harikasını seyredercesine yüzüne bakıyordu. Korkulur böyle kadınlardan... Bacakları da ne kadar kalın, oysa anneminkiler sütun gibi.

Onları hayretler içinde izliyordum. Benim bildiğim, babam hep aklı başında insanları över, boş konuşanlardan sıkılır. Yasemin ise tüm bu tanımlamaların zıttıydı. Yani saçma sapan davranıyor, yaşına uygun hareket etmiyor ve boş, bomboş konuşuyordu. Ve babam şu anda böyle bir kadınla dans ederken pek bir mutlu görünüyordu. Erkekleri anlayan beri gelsin.

Masaya döndüklerinde, "Siz niye dans etmediniz?" türünde, zekâ düzeyini gösteren bir soru sordu.

Bizimle dans etmek için kuyruğa girmiş olanlara azap çektirmek hoşumuza gidiyor da ondan, dememek için kendimi zor tuttum. Laf söyledi balkabağı.

Babam, "Gençleri daha fazla sıkmayalım," dedi ve nihayet kalktık. Önce onları evlerine bıraktık. Yasemin, "Serracığım, seni tanıdığım için ne kadar mutluyum bilemezsin," diyerek kendimi savunmama fırsat bırakmadan, iki yanağıma parfümlü birer öpücük kondurdu.

Babama gelince, beni eve bırakırken, "Teşekkür ederim, Serra, çok iyiydin," dedi. Ne yani, olay çıkarmamı mı bekliyordu? "Yarın akşam işim var, öbürsü gün buluşmaya ne dersin?"

"Tamam."

"Hadi iyi geceler," dedi ve mutlu adımlarla uzaklaştı. Evdeyse, babaannem oturmuş, beni bekliyordu.

"Neler oldu, anlat."

"İş ciddi."

Yine ellerini birbirine vurarak iki yana salladı.

"Yapmasana, babaanne," dedim. "Benim de moralimi bozuyorsun."

"Hadi anlat. Nasıl biri?"

"Yani yeni gelinin mi?"

"Sus, ağzından yel alsın."

"Niye öyle diyorsun, adam isterse pekâlâ da evlenebilir." Şu hale bak, babamı savunuyordum.

"İnsan, çocuğunun annesi varken, başkasıyla evlenir mi?"

"Unuttun mu, onlar boşandılar."

"İyi halt ettiler."

"Babaanne, sen annemi bayağı seviyorsun galiba," dedim eğlenerek.

"Allahı var, annen efendi kadındır."

"Belki de onun için kaybetti."

"Ne dedin?"

"Önemli değil." Sonra ona gecemizi, Yasemin'i ve Gül'ü anlattım.

"Ay bir de kızı mı var?"

"Evet, benden bir iki yaş küçük."

"Desene dul," diyerek dudak büktü.

"Aman! Herhalde on sekizlik kızların babama bakacak halleri yok."

"O hiç belli olmaz."

"Her neyse, sonuçta babam o çiçek bahçesinde pek mutlu görünüyordu."

"Çiçek bahçesi mi? Ne çiçek bahçesi?"

"Canım birinin adı Yasemin, ötekinin de Gül ya, şaka yapıyoruz anlasana. Sana da her şeyi tane tane anlatmak gerek."

"Siz gençlerin bu abuk subuk laflarını anlıyorsam Arap olayım."

Böylece ikimiz de kendi dertlerimizle odalarımıza çekildik. Sabah okuldaki nostaljik gezim çok güzeldi ama akşam için aynı şeyi söyleyemeyeceğim.

### *27 Ağustos, Perşembe*

Bugün Ayşegül'le eskiden gittiğimiz yerleri ziyaret ettik. Tadım Kafeterya'da pizza yedik, Wine House'un önünde fotoğraf çektik.

Ayşegül sordu. "Hâlâ anı mı topluyorsun?"

"Aynen."

Biraz vitrinlere baktık ve sinemaya gittik.

Akşam babaannem sofrayı kurmamı istedi. Oysa tam da o saatte izlemek istediğim bir program vardı. "Babaanne, sofra kurmasak da, yemeklerimizi alıp televizyonun karşısında yesek, daha iyi olmaz mı?" dedim ve tabii cevabımı aldım.

"Tembele iş buyur, sana akıl öğretsin."

Eski sevecen (!) ilişkimize dönmüştük.

Yemekten sonra Mualla Öğretmeni ve okulda yaptıklarımızı anlattım. Dinledi, dinledi ve sordu. "Evli mi?"

"Hayır, ama daha çok genç." Bakışlarından Mualla Hanımın onun gözünde puan kaybettiğini hemen anladım ve bu kez bir öğretmen olarak ne kadar yetenekli olduğunu anlatmaya koyuldum.

Omzunu silkip, "Ne fayda? Kocası yok," demez mi...

Yani şu babaannemle sinirlenmeden konuşmak hiç mümkün olmayacak galiba. Ama asıl tepemi attıran annem için söyledikleriydi.

Durup dururken pat diye, "Annen de artık evlense iyi olur," deyiverdi.

"Babaanne, sen de bu gece inciler döktürüyorsun. Hani hâlâ annemle babamın bir araya gelmelerini umuyordun."

"Benim aptal oğlumun hallerine baksana, bu iş olmayacak. Bari annen de yaşı iyice geçmeden evlensin. Yalnızlık Allah'a mahsus."

"Annem yalnız değil ki, ben varım."

"Yarın sen evlenip gidince ne olacak?"

"Ben daha yıllarca evlenmeyeceğim, annem de evlenmeyecek. Biz hayatımızdan memnunuz."

"Annenin turşusunu mu kuracaksın?"

"Ne kadar duyarsız bir konuşma yapıyoruz, Tanrım," diyerek yanımdaki yastığa bir yumruk attım. Çok sinirlenmiştim, çok. Zaten babamı yitirme tehlikesiyle karşı karşıyaydım, bu yetmezmiş gibi, bir de annemin benden uzaklaşması için planlar yapılıyordu. Aklıma teyzemin imalı sözleri geldi. Şimdi de babaannem aynı şeyleri söylüyordu. Bunlar benim dünyamı altüst etmekten başka şey düşünmezler mi... Fırlayıp odama kapandım.

Söylesene sevgili defter, ben hep böyle ne olacak, ne olacak diye yürek çarpıntıları içinde mi yaşayacağım?

*28 Ağustos, Cuma*

Disko fiyaskosundan sonra babam bu akşam için daha değişik bir program yapmış. Önce onun davetli olduğu bir kokteyle, sonra da yemeğe gidilecekmiş. Ne giyebilirim, diye uzun uzun düşündükten sonra Ayşegül'ü aradım.

"Etek giymelisin," dedi.

"Sırma'yla birörnek aldığımız askılı bir elbisem var. Onu giysem olur mu?"

"Daha da iyi olur. Takacak bir şeyin var mı, yoksa hemen getireyim."

Güldüm, denizde kum Ayşegül'de takı. "Sağ ol ama o giysiyle takabileceğim küpelerim var."

"İyi öyleyse."

"Teşekkürler, Ayşegül."

Aslında o elbiseyi annem, tüm karşı çıkmalarıma rağmen, ne olur ne olmaz diye valizime koymuştu. Akıllı kadın. Öte yandan, kendi elleriyle koyduğu giysiyi, rakibesinin bulunduğu bir ortamda giyeceğimi bilse, ne derdi acaba?

Giyinip küpelerimi taktım, ayağıma da sandaletlerimi geçirdim. Saçlarımı fönledikten sonra babaannemin karşısına dikildim.

"Nasılım?"

"Maşallah, maşallah," dedi beni süzerek, sonra ekledi. "Gelinlik kız oldun."

"Babaanne, sen başka şey düşünmez misin?"

Babam gelip beni aldı. Bu kez yalnız değildi, Yasemin'le Gül arabada bekliyorlardı. Tabii Yasemin babamın yanında, yani benim yerimde oturuyordu. Ben de asık suratlı Gül'ün yanına, arkaya geçtim.

Yasemin, "Ne kadar güzelsin, Serracığım," dedi.

İstediğin kadar yağcılık yap, seni sevmeyeceğim, sayın bayan.

Kavaklıdere'de bahçe içinde bir restorandı gittiğimiz yer. İnsanlar ellerinde içki kadehleri, ayakta birbirleriyle konuşuyorlardı. Hafif bir müzik çalıyordu, hoş bir ortamdı. Babam bize içki getirdi, daha doğrusu Yaseminciğine içki, bize de meyve suyu. Sonra onlar, yani babamla Yasemin tanıdıklarıyla konuşmaya daldılar; biz de Gül'le elimizde bardaklar, olduğumuz yerde dikildik.

Zavallı Gül'ün sıkıldığı her halinden belli oluyordu. Sonunda bardağını yakındaki bir masanın üstüne bıraktı ve, "Üff, çok sıkıldım. Daha ne kadar kalacağız burada?" diye söylendi.

Onu gayet iyi anlıyordum, ne de olsa aynı durumdaydık. Laf olsun diye okulunu sordum, böylece yavaş yavaş konuşmaya başladık. Sonra nasıl olduysa söz babasına geldi.

"Babam geçen yıl evlendi," dedi.

"Yaa," dedim. "Benim annem evli değil, şükürler olsun."

Bunu dememle birlikte Gül'ün gözleri doluverdi.

"Ne oldu, Gül?" Hay Allah, pot kırmıştım galiba.

"Babamın evlendiği kadının bir kızı var ve babam onlarla yaşıyor, yani bana babalık yapacağına, ona babalık yapıyor. Bu da çok gücüme gidiyor, çünkü ben babama düşkünüm," dedi ve gözlerinden yaşlar akmaya başladı.

Şu "düşkünlük" bölümünü bir kenara koyarsak, tam da benim durumumu anlatmıştı sanki. Birden sinirlerim boşandı ve gülmeye başladım. Gül bir yandan gözlerini siliyor, bir yandan da hayretle bana bakıyordu.

"Ay, affedersin," dedim kahkahalar arasında. "Sinirlerim bozuldu da..."

"Ne var şimdi bu kadar gülecek?"

"Daha ne olsun. Senin anlattıklarına bakılırsa, ikimiz de aynı durumdayız. Benim babam senin annenle evlenirse, o da sana babalık yapacak."

"Haklısın," dedi bana mahcup mahcup bakarak. "Bunu hiç düşünmemiştim."

"Şu halimize bakar mısın? Tıpkı pembe dizilerdeki ailelere döndük. İyi ki, arkadaşlarımın hiçbiri durumu bilmiyor, yoksa rezil olmuştum. Görüyor musun şu büyüklerin bizi içine düşürdükleri vaziyetleri..."

Başını sallayarak bana hak verdiğini belirtti Gül.

"Gözlerini silsen iyi olacak," dedim. "Yoksa onlar gelince bir sürü soruyu cevaplamak zorunda kalacaksın."

"Haklısın," diyerek acele acele önerimi yerine getirdi. Tam da bu sözlerin üstüne çifte kumrular göründüler. "Ay, siz hâlâ burada mısınız?" diye miyavladı Yasemin.

Ay, bu kadın beni deli edecek. Sanki çok tanıdığımız var da...

Yemekte yine Yasemin konuştu, biz de gizli gizli saate bakarak zamanın dolmasını bekledik.

Babam beni eve bırakırken, "Umarım çok sıkılmadın, Serra," dedi, sonra da cevabımı beklemeden ekledi. "Pazar günü öğlen yemeğini birlikte yiyelim, diye düşündük."

"Baba, tanıştık ya. Artık yetmez mi?" Aynı şeyleri bir daha yaşamak istemiyordum.

"Pazartesi günü gidiyorsun, bir kez daha birlikte oluruz diye düşünmüştüm. Seni yine uzun bir süre göremeyeceğim."

Görüşmesine görüşelim de... Böyle mutlu aile tablosu çizmek zorunda mıyız, diye düşündüm ama bir şey demedim tabii.

Oyunbozan durumuna düşmek istemem.

"Pekâlâ."

"Çok teşekkür ederim, kızım," diyerek beni öptü. İçim yine o anlamsız hüzünlerden biriyle doluverdi. Her şeye karşın babamı seviyorum galiba.

*29 Ağustos, Cumartesi*

Bugün ideal bir torundum. Sabahleyin babaannemle birlikte evi toplayıp tozları aldık. Öğleden sonra bir arkadaşına kabul gününe gidecekmiş. Sevgili defter, ister inan ister inanma, onunla birlikte kabul gününe gittim. Eskiden olsa, hayatta gitmezdim. Zaten onun için, "Babaanne, benim de gelmemi ister misin?" deyince kadıncağız kulaklarına inanamadı. Ve sevindiğini belli edip yiğitliğe yoğurt sürmemek için, "Hangi dağda kurt öldü," diye homurdandı.

Böylece babaannemle kol kola kabul gününe gittik. (Ay, hâlâ inanamıyorum!) Çoğu babaannemin yaşında kadınlardı. Ev sahibesi müthiş bir sofra hazırlamış. Börekler, pastalar, kurabiyeler... yok, yok. İskemleler düğün evi gibi yan yana dizilmiş. Nispeten genç bir hanım kalkıp yerini babaanneme verdi, beni de onun yanındaki bir iskemleye oturttular. Doğal olarak, oradaki en genç kişi bendim ve de en çok dikkati çeken... Bir sürü soru sordular, hepsine de babaannem benim yerime cevap verdi. Canım benim, torunuyla gelmiş olmaktan öyle gururluydu ki, keşke daha önceki yıllarda götürmek istediğinde gitseymişim, diye düşünmekten kendimi alamadım. Benim için sonuçta sadece iki sıkıcı saat ama ya onun için... İnsan "gençken" böyle şeylerin farkında olamıyor, azizim. Ama yıllar geçtikçe ve kendin acılar yaşadıkça, kalbin kırıldıkça ya da birileri seni düşünüp içini ısıtan davranışlarda bulununca ve sen de buna sevinince, başkalarının duygularını daha iyi anlayabiliyorsun. O zaman giderek, başta da kendi ailen olmak üzere, başkalarının da kırılabileceklerinin, sevinebileceklerinin ve neler hissedebileceklerinin ayırdına varıyorsun. Daha da önemlisi, onları mutlu ya da mutsuz etme gücüne sahip olduğunun farkına varıyorsun. Bütün bunları görmeme, ilk kez geldiğim ve belki bir daha hiç gelmeyeceğim şu kabul günü ve babaannemin arkadaşlarıyla benim hakkımda konuşurken yüzünün aldığı ifade yardımcı oldu.

Yaptın bir iş, bari tam olsun, dedim ve kalkıp masalardaki tabakların içeri taşınmasına yardım ettim, çayların şekerlerini koydum.

"Torunun da pek hamaratmış, Kadriye Hanım," dediler.

Bizimki mest tabii...

Akşam eve döndüğümüzde, inanılmaz huzurluydum. Bütün bir günümü babaanneme ayırmış, üstelik onu mutlu edecek şeyler yapmıştım.

Hayret! Şimdiye kadar ben böyle şeyleri düşünmezdim. Yaşlanıyoruz galiba, azizim, yaşlanıyoruz.

*30 Ağustos, Pazar*

Öğle yemeğini teraslı bir restoranda yedik, güneş beynimize işledi. Aslında ben, hele de hava böyle sıcakken, öğlen yemeğine çıkmayı hiç sevmiyorum. Yiyorsun yiyorsun, ondan sonra bir rehavet basıyor. Artık ne kolunu kaldıracak gücün oluyor, ne ağzını açacak halin. Tek düşündüğüm, kendimi serin eve atıp şöyle bir uyumaktı. Gül'ün de benden farkı yoktu, çünkü gözleri birer çizgiye dönüşmüştü. Sonunda babam insafa geldi de, bizi evlerimize bıraktı.

"Yarın seni geçirmeye gelirim."

"İşin varsa hiç gelme, baba. Vedalaşmalar pek hoş olmuyor, en iyisi şimdi allahaısmarladık diyelim," dediysem de, "Yok, yok, yarın görüşürüz," dedi. Sonra Yasemin'le vedalaşmam gerekiyordu. Bu kadın insanın içini bayıyor, valla. İki saat yok tekrar görüşmeliymişiz, yok beni tanıdığı için ne kadar mutlu olmuşmuş... Laf salatası işte.

Gül'le ayrılmamız kısa ve öz oldu. Gözlerinin içine bakarak hafifçe omzuna vurdum. "Kendine iyi bak," dedim. Ne demek istediğimi anlamışçasına gülümsemeye çalıştı ve, "Sen de..." dedi. Böylece biz iki pembe dizi kahramanı da vedalaştıktan sonra kendimi eve attım.

Babaannemi pencereye mevzilenmiş bir vaziyette buldum. Kesin bizi gözetliyordu.

"Gelinini nasıl buldun?" dedim onu kızdırmak için.

"Dur bakalım, gün doğmadan neler doğar."

"Gün doğdu bile. Hem söylesene, babaanne, onu nasıl buldun?"

"Bana ne," diyerek omzunu silkti. "Nikâhlanacak olan ben değilim."

Öyle yorgunum ki, şöyle azıcık uyuyayım dedim. Yatış o yatış, akşama kadar uyumuşum. Babaannemin dürtüklemeleriyle zorla uyandım. Bir yandan da gürültülü biçimde fısıldıyordu. "Senin o gökgözlü kız geldi, içerde bekliyor."

Tabii hemen fırladım. Ayşegülüm bana iyi yolculuklar dilemek için gelmiş. Bir saat kadar oturdu, sonra kalktı. Kapının önünde bir kez daha birbirimize sarıldık, ikimizin de gözleri dolu doluydu.

"Alhahaısmarladık demiyorum, Ayşegülcüğüm," dedim. "Yakında görüşmek üzere..."

Bu sözler hoşuna gitmişçesine gülümsedi. "Evet, yakında görüşmek üzere..."

Sonra babaannemle yemeğimizi yedik ve iki el tavla oynadık. İkimiz de hile yaptığımızdan, kimin kazandığı tam olarak belli olmadı.

### *31 Ağustos, Pazartesi*

Beni babamla babaannem yolcu ettiler. Özellikle de babaannemden ayrılmak bana çok dokundu.

"Babaanneciğim, seni bekliyoruz. Mutlaka gel," dedim.

"Gelirim, gelirim."

"Söz mü?"

"Söz."

"Görüşmek üzere," dedim ve onları öpüp otobüse bindim. Otobüs hareket ettiğinde hâlâ bana el sallıyorlardı. Ayrılıklar ne kadar hazin oluyor.

İstanbul'a varıp annemi görünce, hüzün bulutları aralandı.

Sevinçle ona sarıldım.

"Canım benim," dedi. "Seni ne çok özledim."

"Ben de seni, anneciğim, ben de seni..."

Yolda ona tüm Ankara haberlerini verdim. Bizim "gelinden" söz ettiğimde, sanki bir saniye için de olsa, yüzü gölgelendi. Ama ben Yasemin'i öyle bir anlatıyordum ki, kahkahalar atmaktan kendini alamadı.

Eve gelmek ne iyiymiş. Hemen anneannemleri aradım, keyifli keyifli konuştuk, gülüştük. Sorunsuz ilişkiler gibisi yok.

***7 Eylül, Pazartesi***

Okulun açılmasına bir hafta var. Bu haftayı test çözerek, spora giderek, okuyarak geçirdim. Ve *Nutuk*'u bitirdim. Muhteşem! Bence bu kitabı herkes okumalı. Cüneyt'in dediği gibi, Kurtuluş Savaşı'nı birinci elden okumak bambaşka.

Bu hafta Cüneyt'le iki kez konuştum.

Sılalarla, Dilekler yazlıktan dönmüşler. Deniz havası Sıla'nın annesine iyi gelmiş. Dilek ise yazlıkta yeni birine tutulmuş. Başka türlü olsaydı şaşardım zaten.

Annem gelince sinemaya gideceğiz, onun için gidip hazırlanmalıyım.

Bugünlük de bu kadar.

***14 Eylül, Pazartesi***

Okulun ilk günü.

Doğrusu buraya döndüğüm için mutlu olacağımı hiç mi hiç düşünemezdim. Demek ki, yeni okulumu benimsemişim. Ayrıca neyle ve kiminle karşılaşacağını bilmek de insanı rahatlatıyor. Geçen dönem neler çekmiştim; yeni okul, yeni öğretmenler, dahası yeni arkadaşlar edinmenin zorlukları...

Bizim sınıfta pek bir değişiklik yoktu. Bu çok iyi, çünkü bazen idarenin aklına esiyor, sınıfları hallaç pamuğu gibi atıyor. Ondan sonra işin yoksa yeni baştan uyum sorunu yaşa. Tek değişen, bizim artık lise 2'ler olmamız...

Lise 2... inanılır gibi değil. İyice yaşlanıyoruz azizim.

Neyse, konumuza dönelim. Herkes ortalarda dolanıp birbiriyle sarılışıyor, gülüşüyor, yaz hikâyelerini anlatıyordu. Öğretmenlerin bile bizi özlemiş gibi bir halleri vardı, yüzleri gülüyordu.

Birden Melis'le Esin göründüler. İkisi de öyle güzel yanmışlardı ki, okul üniformasının içinde bile harika görünüyorlardı. Melis beni görünce koşup boynuma sarıldı.

"Nasılsın, Serra? Akdeniz gezisi nasıl geçti? Sana söylediğim yerlere gittin mi?"

Tipik Melis! Bir yandan makineli tüfek gibi soruları sıralıyor, bir yandan da beni inceliyordu. "Sen kilo mu verdin?" Sonra da sorduğu soruların hiçbirinin yanıtını beklemeden devam etti. "Vermişsin, vermişsin. Ve biliyor musun, çok iyi olmuş." Geriye çekilmiş, tepeden tırnağa beni süzüyordu.

"Asıl siz ikiniz harika olmuşsunuz. Nerelerde yandınız bu kadar?"

"Önce Kemer'de bir tatil köyüne gittik, sonra da yaz boyu Büyükada'daydık."

"İkiniz beraber mi?" dedim, müthiş imrenerek.

"Evet," dedi Esin.

"Ah, ne güzel."

"Gelmek istediğini söyleseydin, sana da yer ayırtırdım Serracığım." Ne kadar candan bir kızdır şu Melis.

"Yok yok," dedim. "Yanlış anladın. İkinizin birlikte olmasına ne güzel dedim."

Melis, Esin'in kolunu sarsarak, "Hele bir gelmesin..." diye horozlandı.

"Melis, saçlarının rengi açılmış."

"E, günaydın yani," dedi ve ekledi. "Güneşte kalınca böyle oluyor."

Ah, ah, bazı insanlar ne kadar şanslı oluyor. Hem böyle güzel saçların olsun, hem de güneşte açılsın. Hoş, Melis'in her şeyi güzel.

Esin belki Melis kadar güzel değil ama o da çok hoş ve havalı ve de... incecik.

Öte yandan, Melis'in beni incelmiş bulması da bana moral vermişti. Onun öyle bir gözü var ki... Örneğin, benim bir insanın kilo verdiğini anlayabilmem için o kişinin Afrika'daki açlara dönmüş olması gerek.

"Serhat, Burak, buraya gelsenize," diye seslendi Melis. Anaç tavuk civcivlerini etrafına topluyordu. Aylin'le Simten görseler, kesin böyle söylerlerdi. Kıskançlar, ne olacak. Sahi, onlar nerdeydiler?

"Nasılsın, Serhat? Yazın neler yaptın, anlat bakalım."

"Çalıştım durdum, Melis. Başka ne olabilirdi ki..."

İlahi Melis, sanki çocuğun çalışmaktan başka bir seçeneği varmış gibi bir de soruyor.

"Aldırma, çalışmak boş durmaktan iyidir," gibi son derece sıradan sözleri o sıcacık gülüşüyle süsleyerek Serhat'ı teselli etmeye çalıştı, sınıfımızın anaç tavuğu. Sonra

Burak'a döndü. "Senin de ne canlar yaktığını duymadım sanma."

"Yok canım," dedi Burak, başını eğip yerdeki ufak taşlara ayağının ucuyla vurarak. "Her duyduğuna inanma."

Melis bir eli belinde, parmağını sallıyordu Burak'a. "Benim kaynaklarım sağlamdır, boş haber vermezler. Her gece bir diskodaymışsın."

Yakışıklılığı tescil edildi diye ağzı kulaklarındaydı Burak'ın.

Ah, bu erkekler...

"Serra! Serra!"

Bu kez gelenler, Dilek ve Sıla'ydı.

"Canım benim, nasılsın?" diye cıvıldayarak sarıldı bana Dilek. Sıla'yla da öpüştük. Sakin, sessiz ama harika Sılam benim.

"Yüzümüze bakan yok," diyen Melis'e, Dilek, "Kıskanma kıskanma," diyor, bir yandan da kahkahalar atıyordu. Bayılıyorum bu kızın neşesine.

Sıla da aynen benim gibi, "Ne güzel yanmışsınız," dedi malum ikiliye, sonra bana ve Dilek'e bakarak, "Bizler de Pamuk Prenses'i oynuyoruz," diye yakındı.

Esin, "Aslında siz modayı izliyorsunuz," dedi.

"Yok yaa," dedi Dilek. "Nasıl bir modaymış bu?"

"Ozon tabakası delineli güneş ışınlarının zararları yazılıp çiziliyor ve bu yüzden güneşte fazla kalmayın diyor tüm otoriteler. Bu yaz Paris'teki tüm kadınlar bembeyazmış."

Sıla kendini tutamayıp güldü. "Yani şimdi biz Paris modasını mı uygulamış oluyoruz?"

"Aynen," dedi Esin, büyük bir ciddiyetle.

"Gördünüz mü?" dedi Dilek, bana ve Sıla'ya. "Artık bizler 'in', Melis'le Esin 'out.'"

Ay, bu sözlere hep birlikte bir güldük, bir güldük.

Sıla birden, "Sarmaşıklarımıza bakın, çocuklar," demez mi, içimden sarılıp onu şap diye öpmek geçti. Çünkü daha okula girer girmez ilk işim, geçen dönem okul bahçesine, duvar diplerine diktiğimiz sarmaşıklara bakmak olmuştu. Çoğu ne de güzel tutmuş ve epey yükseğe erişmiş.

"Bakın," dedim heyecanla. "Yaprakları kızarmaya başlamış bile."

"Gerçekten." Sıla'yla ben dikkatlerini çekince farkına varmıştı bizimkiler. Günaydın ki günaydın.

Melis, "Geçen dönem okulu güzelleştirmek için ne sıkı çalışmıştık ama. Hadi, içeri girelim de resimlerle süslediğimiz koridorlarımıza ve Esin'in boyadığı çöp kutularına bir göz atalım. Bakalım hepsi yerli yerinde duruyor mu?"

"Ama neredeyse bayrak töreni başlayacak," dedi Serhat. "Bir girip çıkacağız."

"Evet evet," diyerek biz de destek verince, hep birlikte binadan içeri girdik. Koridorlara astığımız resimlere, üzerlerine çiçek desenleri çizilmiş çöp kutularına sevgiyle baktık. Bunların hepsi bizim ortak çabamız sonucunda ortaya çıkmış, okulumuza keyifli bir görünüm kazandırmıştı.

Esin, "Serra, hatırlıyor musun, o çerçeveciyle nasıl atışmıştın."

"Nasıl anımsamam," dedim ve gülmeye başladık.

Tam o sırada, *Pretty Woman* filminin müziği koridorlarda yankılanmaya başladı. Okulda müzik yayını yapılması da bizim eserimiz olduğundan Burak'la Serhat, "Oley!" diye bağırdılar.

"Beynimizde öten o zil sesini de tatlı bir müziğe dönüştürdüğümüze göre, artık başka yapacak bir şey kalmadı," dedi Dilek.

Sıla, "Aslında düşünürsek, daha çok şey buluruz ama bence şimdilik bu yaptıklarımızın sürmesi için çaba göstermeli, onları korumalıyız."

"Ve," dedi Burak. "Küçük sınıfların da okulda daha özenli olmalarını sağlamalıyız."

Melis, "Hele bir resimlerimize, bitkilerimize el sürsünler, öldürürüm onları, resmen öldürürüm," dedi.

Dışardan biri; "Bayrak töreni," diye bağırdı da, çeneyi bırakıp bahçeye koştuk.

Aylin'le Simten gelmiş, sıraya girmişlerdi. Bizi görünce tüm gruba el salladılar, bizden de onlara seslenenler oldu. Böylece benim de onlarla karşılaşmam, bu şamatada kaynadı gitti. Çok da iyi oldu. Ne de olsa, aramız hâlâ şekerrenk.

Yüzünde sıkıntılı bir ifadeyle orada dikilip duran Toprak'ın yanına koştum. "Merhaba," deyip boynuna sarılıverdim. Önce bir şaşırdı, sonra gülümsedi ve o da beni öptü. Yaa, küçük entel, işte kendimi sana böyle öptürürüm. (Öpüşenleri eleştirir de...) Aslını istersen sevgili defterim, ben de öyle vara yoğa öpüşenlere, hele hele televizyonda koca koca adamların şap şup öpüşmelerine sinir oluyorum. Ayıp yani... Nedir o iki büklüm olup el öpmeler, el ense çeker gibi karşıdakinin boynuna el atıp öpüşmeler... Bıyıklarından utansınlar! Ama biz öyle miyiz ya, bütün bir yaz görüşmemişiz, birbirimizi özlemişiz.

"Canın sıkılmış gibi bir halin var, Toprak."

"Şimdi kim bilir ne uzun, ne anlamsız konuşmalar yapılacak."

"Belki bu sefer kısa keserler."

"Nerde bizde o şans. Baksana, okul yöneticileri yetmiyor gibi, kürsünün orada takım elbiseli bir adam daha var. Ellerine mikrofon geçmeye görsün, konuşurlar da konuşurlar."

Toprak böyle söylenirken, müdürümüzün sesi bahçede yankılandı.

"Sevgili öğrenciler, Milli Eğitim müdür yardımcılarından Sayın Özdemir Tığlı, yoğun programına karşın, bura- [illegible] disine teşekkür ediyoruz,"

[illegible] alkışlamaya başladı. Bu [illegible] deliler gibi alkışlıyor- [illegible]

[illegible] medim mi sana. Şimdi [illegible] ye inildedi.

[illegible] şman aydede yüzlü bir [illegible] bir kulağından öbürüne [illegible] li bir gülümseme vardı. [illegible] kendine özgü tebessüm- [illegible]

[illegible] ladı. "Öğrenciyken uzun [illegible] nun sizler için de geçerli [illegible] lerimi olabildiğince kısa [illegible] gözlerini kalabalığın üze- [illegible] emine başlıyorsunuz. Be- [illegible] önerimi hem okulda derslerinizde hem de özel yaşamınızda uygulamanın, sizler için yararlı olacağına inanıyorum. Gelelim önerime..."

Yine bir an durdu. Öğrencilerin dikkatini yakalamayı başarmıştı. Sessizlik içinde ne diyecek diye bekliyorlardı.

Yan gözle Toprak'a baktım. Yüzündeki sıkkın ifadenin yerini, sana-inanamıyorum-ama-anlat-bakalım dercesine bir ifade almıştı.

"Önerim, sorular sormanızdır. Aslında yaşamınızın her evresinde sorular sormalı ve sorgulayarak düşünmelisiniz. İşte bu nedenle yeni bir okul yılı yeni bir başlangıç olduğundan, sorular sormaya başlamanın tam zamanı. Gelelim sormanızı önereceğim sorulara...

"Birinci sorunuz, 'Kim?' olmalı. Ve buna kendinizden başlamalısınız. Ben kimim, diye sorarak kendinizi tanıyın. Kendi öz sesinizi bulmaya çalışın. Kendiniz olun. Kalıplardan sıyrılın, bırakın gerçek kişiliğiniz ortaya çıksın. Gerçek kişiliğinizi bulduğunuzda, her şey yerli yerine oturacaktır. Alacağınız kararlar daha isabetli olacaktır. Öte yandan tam gelişme çağındasınız, bu nedenle değişim yaşamanız kaçınılmazdır. Fikirleriniz, beğenileriniz değişecektir. Bunun doğal olduğunu, gelişmenin aşamaları olduğunu bilin ve yine sorular sorarak yaşamakta olduklarınızı irdeleyin.

"Sormanız gereken ikinci soru, 'Ne?'dir. Amacım ne, diye sorun örneğin. Hayatta ne yapmak istiyorum; neyi seviyorum, neyi sevmiyorum, diye sorun. Ve bu soruyu içinden geçmekte olduğunuz şu gelişim çağında tekrar tekrar sorun. Sorular sorarak, içinizdeki arzuları ve yeteneklerinizi keşfedeceksiniz. Amacınızı bulduğunuzda, bu size bir deniz feneri gibi yol gösterecektir. Ama bu soruların yanıtlarının hemen geleceği yanılgısına da düşmeyin. Bazı sualler, aslında tüm ömür boyu sorulur. Ben şu yaşa geldim, hâlâ yanıtlayamadığım sorular var. İşin güzelliği de burada zaten. Her yeni gün, yeni bir soruyla ufuklar açar önümüzde. Onun için, cevaplayamıyorum diye umutsuzluğa kapılmayın. Bunun size öğreteceklerinin güzelliğinin farkında olun ve sormaya devam edin.

"Gelelim üçüncü soruya..."

Birinin koluma dokunduğunu hissettim, dönüp baktım. Mualla Hanım yanımda duruyordu. Önce parmağını dudaklarına götürerek susmamı işaret etti, sonra da başıyla konuşmayı işaret ederek, "Ne güzel konulara değiniyor, değil mi?" diye fısıldadı. Hararetle başımı salladım. Tam sevgili öğretmenimizin beğeneceği türde önerilerden, fikirlerden söz ediyordu, Milli Eğitim müdür yardımcısı.

"Üçüncü sorunuz, 'Ne zaman?' olmalı. Bu soruyu yabana atmayın. Çünkü her şeyin bir zamanı vardır. Örneğin, bazı şeyler hemen yapılmalıdır, ihmale gelmez. Bazı şeyler içinse biraz beklemek daha iyi sonuçlar verir. İşte bu dengeyi bulabilmeniz için, ne zaman sorusunun altını çizerek düşünmelisiniz. Bunu başarabildiğinizde yaşamınızın dengelerini yerli yerine oturtabileceksiniz. Bazen çok çalışmak, bazen eğlenmek, bazen dinlenmek gerek; bazen de yapmak istedikleriniz hakkında hayat kurabilmek için zaman ayırmak gerek.

"'Neden?' Bu dördüncü soruyu her zaman sormalısınız. Hem de yaşam boyu. Bu sizin olgunlaşmanıza, daha iyi düşünebilmenize, sentez kurmanıza yardımcı olacak bir sorudur. Bazen sizi zorlayacaktır, bazen yanıtları uzun yıllar bulamayacaksınız. Hayat birkaç formülle çözülebilseydi, her şey ne kadar kolay olurdu, değil mi? Öte yandan, yaşamı ilginç kılan da bu zorluklar, bu iniş çıkışlar...

"Bir karar alırken, bırakın bu soru sizi zorlasın. Alışkanlıklarınızın sizi esir aldığını fark ettiğinizde, yine bırakın bu soru sizi omuzlarınızdan tutup sarssın. Kendinizi tanıyamadığınızı, özbenliğinizi bulamadığınızı düşündüğünüzde, bırakın 'Neden?' diye size fısıldasın."

Yine durdu, önündeki bardaktan bir yudum su aldı. Koca bahçede çıt çıkmıyordu. Ne bir fısıltı, ne gerilerde uğultu...

"Beşinci sorunuz, 'Nasıl?' Bu konuda sizlere bir tek önerim olacak. O da düş gücünüzü, yaratıcılığınızı, sorun çözme yeteneğinizi devreye sokmanızdır. Öğütlerle, yol göstermelerle, tariflerle değil, sadece ve sadece siz, kendi kafanızla 'nasıllara' yanıt bulmalısınız. Karşınıza bir engel çıktığında, bir sorunla yüz yüze geldiğinizde, öfkelenip üzüleceğinize, ben bu engeli nasıl aşarım, bu sorunu nasıl çözerim, diye düşünün. Kendinize güvenin, bir insanın istediği takdirde neler yapabileceğine, kısaca insanın gücüne inanın ve çözümlere yönelin.

"Ve sözlerime son verirken, şunu bilmenizi isterim ki, yalnız değilsiniz. Sizi seven aileniz, arkadaşlarınız, sizlere bir şeyler vermek isteyen öğretmenleriniz var. Hepimiz sizleri çok seviyoruz ve sizlere başarılı, mutlu bir okul yılı diliyoruz."

Öyle bir alkış patladı ki, eh, bu kadar olur. Kimileri parmaklarını ağızlarına koymuş ıslık çalıyorlar, diğerleriyse çılgınca alkışlıyordu. Aydede yüzlü tombik adam büyük sükse yapmıştı. Gerçekten, hiç de alışmadığımız, değişik bir konuşmaydı. Toprak'a baktım, o bile alkışlıyordu.

Onunla göz göze geldik. "Alkışlıyorsun," diye bağırdım, onca gürültü içinde sesimi duyurabilmek için.

"Böyle konuşurlarsa elbette alkışlarım," diye o da bağırarak cevap verdi.

Törenin ardından sınıflara yöneliyorduk ki, Melis'in sesini duydum.

"Çabuk al yerden o attığın kâğıdı..."

Ne oluyor diye dönüp baktığımda, Melis'in küçük sınıflardan bir oğlan çocuğunun karşısına dikilmiş olduğunu gördüm.

"Biraz saygınız olsun şu okula. O kadar didindik şurayı güzelleştirelim diye."

Zavallı çocuk hayretle Melis'e bakıyordu. Yavaşça eğilip yere attığı çikolata kâğıdını aldı.

"Hah şöyle," dedi Melis ve yine kükremeye devam etti. "İyi valla, biz uğraşalım, siz küçük beyler çöplerinizi şuracıkta duran çöp kutusuna götürüp atmak zahmetinde bulunmayın. Ne biçim bir vatandaş olacaksın sen. Zaten sizin gibiler yüzünden memleket bu hale geldi."

Çocuk donmuş, onu dinliyordu. Gülmemi zor tutarak kolundan çektim. "Hadi gel, Melis."

Parmağını çocuğa sallayarak, "Bir daha görmeyeyim yerlere çöp attığını. Arkadaşlarına da söyle, çöplerini çöp kutularına atsınlar. Gözüm üzerinizde, ona göre..." dedi.

Çocuk başını sallayıp bir koşu Melis'in hışmından kaçtı.

Dilek gülüp duruyordu. "Ay Melis, ömürsün. Demek, memleket bunların yüzünden bu hale geldi."

"Tabii ya, çocukluktan böyle yetişiyorlar. Ne uyaran var, ne öğreten, sonra da neden sokaklarımız pis diye şaşıp duruyoruz. Resmen kırolar yetiştiriyoruz da ondan."

Toprak, "Melis, beni hayretler içinde bıraktın," dedi.

"Nedenmiş?"

"Senin sosyal içerikli konularla ilgilenmen beni hem şaşırttı hem sevindirdi de ondan."

"Sosyal içeriği bilemem, gözümü rahatsız ediyor, hepsi bu."

"Eh, bu da bir başlangıç sayılır," dedi Toprak yüzünde alaycı bir gülümsemeyle.

Burak, Melis'in sırtına vurarak, "Bence enflasyon da bunların yüzünden," deyince Melis bile gülmeye başladı. Ve gün boyu, kim ne yapsa, bizimkiler hemen, "Zaten senin gibiler yüzünden memleket bu hale geldi," deyip durdular.

Mualla Hanımın bu yıl da bizim hocamız olması harika. Okula yine Mükremin Ağabeyin servisiyle gidip geleceğim. Özetle, bu yıl kurulu bir düzenle başladım okula.

Lay-lay-lom.

***20 Eylül, Pazar***

Bu hafta okulun ilk haftası nasıl geçerse öyle geçti. Yani yeni kitapları alabilmek için oradan oraya koşturduk, kuyruklarda saatlerce bekledik ama geri kalan kırtasiye işleri, en azından benim için, harikaydı. O defterler, kalemler, kap kâğıtları... Herhalde ömrüm oldukça kırtasiye dükkânları ve kitapçılar benim için bir numara olarak kalacak.

İlk haftayı çoğunlukla Sıla ve Dilek'le geçirdim. Çok seviniyorum, çok seviniyorum. Giderek uyumlu bir üçlü oluşturuyoruz gibi. Sınıfta da zaten Sıla'yla Dilek yan yana oturuyor, ben de onların arkasında Toprak'la oturuyorum.

Cumartesi gününü annemle geçirdik. Önce benim okul alışverişlerimi tamamladık, sonra da hazır annem yanımdayken bir kitapçıya dalış yaptım. Ne çok ve ne güzel kitaplar var. Seçmesi öyle zor ki... Annemse eline almış bir kitabı, ayakta dikilmiş, resmen okuyordu. Yani bakmak, karıştırmak iyi de, böyle ayan beyan okumak biraz ayıp oluyor.

"Anne," dedim. "Bakıyorum kitaba daldın."

"Nefis bir kitap, Serracığım," dedi. "Bunu senin de okuman gerek, benim de."

"Adı ne?"

"*İçimizdeki Çocuk*."

"İlginç bir ismi var. Yazarı kim?"

"Doğan Cüceloğlu."

"Bildiğimi söyleyemem."

"Ben biliyorum," dedi annem. "Arkadaşlar arasında sık sık sözü edilen bir yazar. İnsanın kendini tanımasına yönelik kitaplar yazıyor."

"Bak, aynı yazarın başka kitapları da var," diyerek raftakileri karıştırmaya başladım. "Bak, anne. Bunun da adı ilginç. *İyi Düşün, Doğru Karar Ver*. Alalım istersen."

"Evet, evet," dedi annem. "İkisini de alalım, değiş tokuş ederek okuruz."

"Ve... kendimizi tanırız," diyerek dalga geçtim ama o çoktan kitapları kapıp kasaya yönelmişti bile.

Kitapçıdan çıkınca ver elini sinema. Orada çok komik bir şey oldu. Annemle önce tuvalete gidelim dedik. Tuvaletler allahlıktı. Ne kâğıt var, ne bir şey. Kâğıt mendillerle durumu idare ettik. Kapının kenarında yerinden kalkamayacak şişmanlıkta bir kadın oturuyordu, önünde de kolonya şişesi ve anlamlı bir tabak. Tabağın içinde paralar güzelce yerleştirilmiş. Anlayana... yersen...

Annemin tutanakları tuttu. Kadına, "Tuvalette kâğıt yok, üstelik yerler su içinde..." diye söylendi. Sonra bana dönerek, "Böyle hizmete ben bir kuruş bile vermem," dedi yüksek sesle, kızım sana söylüyorum, gelinim sen anla anlamında ve bir hışım yürüyüp gitti.

Kadın annemin arkasından gevşek gevşek bakıp, "Hanım, orası erkekler tuvaleti," demez mi...

Annemin bütün fiyakası uçup gitmişti. Ama aslan annem benim, hiç bozuntuya vermedi. Bu kez de, "Labirent gibi yer," diye söylendi. Ve biz kadının bizimle dalga geçen bakışları arasında doğru yolu bulup sinema salonuna ulaştık. Kendimi tutamayıp gülmeye başladım.

"Ay anne, çok komiktin."

"Olsun. Ona bir ders verdim ya... İyi valla, hem bir tuvalet kâğıdı bile koymuyor, hem de bahşiş bekliyorlar. Birinin bunu söylemesi gerekmez mi?"

"Tabii tabii, haklısın da..." dedim ve gülmeye devam ettim, çünkü annemin bir kraliçe azametiyle erkekler tuvaletine marş marş girişi yine gözümün önüne gelivermişti.

Bu kez annem de, "Şimdi kadın içinden, bana çatar mısın, oh olsun sana, demiştir," diyerek bana katıldı ve uzun uzun güldük.

Film heyecanlı ve sürükleyiciydi, sonuna kadar soluksuz izledik. Sonra çıkıp biraz vitrinlere baktık. Bir süre sonra annem, "Hadi gel, bir çay içelim, bir şeyler yiyelim," dedi. Tabii ki, memnuniyetle kabul ettim. Pastaya hayır dendiği nerede görülmüş.

Küçük yuvarlak masaları, ahşap iskemleleri, duvarlardaki afişleriyle çok şirin bir yerdi gittiğimiz pastane.

"Ne tatlı bir yermiş burası," dedim.

"Gazetede okudum, yeni açılmış."

Annem böyle yeni açılan yerleri hep okur, notlar alır ve birlikte deneriz. O bir ahududulu pasta istedi, ben de vanilya soslu elmalı pay ısmarladım. Ve her zaman yaptığımız gibi, birbirimize tadımlık birer lokma ikram ettik.

"Senin elmalı pay nefis. Bir dahaki sefere ben de ondan ısmarlayacağım," dedi ve ekledi. "Serra, benim gelecek hafta Ankara'ya, bir banka toplantısına gitmem gerekecek."

"Yaa..."

"Fazla değil, birkaç gün. Sen de anneannenlerde kalırsın, diye düşündüm."

"Niyeymiş?"

"Yalnız başına kalmak olur mu? Ne yiyip içeceksin, sana kim bakacak?"

"Ben kendime bakabilirim."

"Serra, inat etme."

"İnat değil. Gerçekten, yemeğimi de yaparım, kendime de bakarım. Şimdi anneannemlere gidersem, bütün düzenim altüst olacak. Yeniden taşınmak gibi bir şey."

Annem şöyle bir düşündü. "Haklısın haklı olmasına da..."

"Ne öyleyse?"

"Peki, korkmaz mısın yalnız başına?"

"Ne diye korkacakmışım? Kilitlerim kapıları, oh, bir güzel de kafamı dinlerim."

"Terbiyesiz seni..."

Bu, annem yumuşamaya başladı anlamına geliyordu. "Hem sen değil misin, artık yavaş yavaş ev işlerini öğren de, kendi ayaklarının üstünde dur, diyen. Bundan âlâ fırsat mı olur?"

"Beni kendi sözlerimle köşeye sıkıştırıyorsun."

"Yalan mı?"

"Doğru. Eğer bu kadar istiyorsan... eminsen..."

"Ay anne, hemen öyle kuşkulu kuşkulu bakmaya başlama. Sanki herkes pusuya yattı da seni bekliyor; gidesin de o dünyalar güzeli kızını kaçırsınlar, diye."

"Tabii ki, benim kızım dünyalar güzeli," diyerek masanın üstünden uzanıp yanağıma bir öpücük kondurmaz mı...

"Ay anne, bu kadar insanın içinde gösteri yapma, Tanrı aşkına."

"Aman Serra, ne kadar da tutucusun."

"Tutucu diyene bak."

"Ne var, bir anne kızını öpemez mi?"

"Sokak ortasında değil."

"Burası sokak ortası mı?"

"İyi iyi, pastane ortasında."

Didişmeden edemiyoruz. Ama yani... güzel güzel konuşurken, böyle sevgi şovları yapmanın âlemi var mı...

Pastalarımızı sessizlik içinde bitirdik. Hesabı beklerken, annem eğilip ayak bileğini tuttu.

"Ne var, anne?"

"Bileklerim ağrıyor. Her gün sabahtan akşama kadar yüksek topuklar üstünde koşturmaktan olsa gerek."

"Sen de topuklu giyme."

"Olur mu, eteklerin altına yüksek ökçe yakışır."

"O zaman sen de işe gidip gelirken, yani arabanı park ettiğin yerden bankaya kadarki bölümü, hani o eğri büğrü kaldırımlar var ya, en azından o kısmı lastik ayakkabıyla idare edersin. Bence bayağı fark eder."

"Ama Serra, ne derler sonra..."

"Ne derlermiş?"

"Koskoca bir banka müdiresi lastiklerle geziyor diye gülerler bana."

"Aşacan bunları, anacığım, aşacan," deyince karşılıklı gülmeye başladık. Böylece az önce aramızda esen serin rüzgârlar, yerini sıcak kahkahalara bıraktı.

"Gerçekten, anne," diye ısrar ettim. "Elâlem ne diyecek diye kendini sakatlamanın ne anlamı var? İşe gider gelirken, işte de önemli bir durum olmadığında giyersin rahat, sağlıklı lastikleri ve mis gibi dolanırsın ortalarda."

"Bir düşüneyim," dedi ama belli ki hiç de niyeti yoktu. Pastaneden kalkıp o trafikte anneannemlere vardığımızda saat sekiz olmuştu. Kapıyı dedem açtı.

"Nerde kaldınız yahu? Annen çok merak etti."

"Kusura bakmayın, babacığım. Serra'yla önce sinemaya gittik, sonra bir çay içelim dedik. Yol üstünde benim işlerim vardı, bu trafikte onları da yapmaya kalkınca işte bu saatlere kaldık."

"Bir telefon edebilirdiniz," diye homurdandı dedem.

Annem özür dileyip duruyordu. Annemin aynen benim gibi azarlanmasına tanık olmak çok komikti ama her zaman sakin bir adam olan dedeme de ne olmuştu böyle bu gece.

"Annem nerede?" diye sordu benim annem.

"İçeride odasında yatıyor."

"Nesi var?"

"Sizi merak etmekten kadıncağızın başına ağrılar girdi."

"İlahi, baba. Şunun şurası yarım saat, bilemedin bir saatlik bir gecikme. Niye bu kadar telaşlandınız anlayamıyorum."

"Kızım," dedi dedem. "Açmaz olsaydık, saat altı haberlerini dinlemek için televizyonu açtık ki, Beyoğlu'nu gösteriyor. Bir mağazanın girişinde bomba patlamış, bir sürü insan ağır yaralanmış, o kalabalıkta ölenler de olmuş. Sen de bize bugün Serra'yla Beyoğlu'nda alışveriş yapacağınızı söylemiştin. Neyse, biz bunları duyunca çok endişelendik, bir de spiker ölüler arasında bir anne ve genç kızının da olduğunu söyleyince düşün halimizi."

"Vah babacığım," diye inledi annem.

"Biz de başladık sizi beklemeye. Saat yedi civarında geliriz, demiştin ya, saat oldu yedi, yoksunuz. Oldu yedi buçuk... yoksunuz. Annen perişan bir vaziyette gitti, yattı. Mahvoldu kadıncağız."

Annem de, ben de çok ama çok üzülmüştük.

"Dedeciğim," dedim. "Bizim o patlayan bombadan haberimiz bile olmadı." Annemle birbirimizin sözlerini keserek açıklamalara giriştik.

"Haberimiz olsaydı, sizi hemen arar, buradayız ama bize bir şey olmadı, merak etmeyin derdik."

"Beyoğlu'ndan dört buçuk gibi ayrılıp Nişantaşı taraflarına gittik."

"Demek ki, bu olanlar, biz Beyoğlu'ndan ayrıldıktan sonra olmuş. Ah babacığım, zavallı anneciğim, boşu boşuna ne kadar üzüldünüz. Çok özür dilerim."

Dedem telaşlı açıklamalarımız karşısında yumuşadı. "Neyse neyse, hadi annenizin yanına gidin. Kadıncağız perişan."

Bu kez bir koşu anneannemin yatak odasına gittik. Karanlıkta yatıyordu zavallım.

"Anne?" diye seslendi annem yavaşça.

"Siz misiniz?"

"Evet canım benim. Sadece geciktik, hepsi bu."

Annemle ikimiz, iki yandan ona sarıldık. Biz sarılınca sarsıla sarsıla ağlamaya başladı. Hıçkırıklarının arasında, "Öyle korktum ki... Bir anneyle genç kızı dediler... Allahım sen yavrularımı koru diye dua ettim durdum..." dedi.

Annemin de gözlerinden sicim gibi yaşlar iniyordu. "Canım benim, canım benim. Biz o saatlerde orada değildik, haberimiz bile olmadı."

"Allahıma şükürler olsun... buradasınız ya..." diyerek gözlerini sildi anneannem.

"Hadi yak şu ışığı, Serra."

Başucundaki lambayı yaktım. Komodinin üstünde bir şişe limon kolonyasıyla bir kutu kâğıt mendil duruyordu. Limon kolonyası, kriz anlamına gelir bizim evlerde.

"Bak çocuğu da ağlattık," dedi anneannem, başıyla beni işaret ederek. Onlar öyle ağlaşırken insan kendini nasıl tutabilirdi ki... Biz de taştan yapılma değiliz herhalde.

"Gelin, oturun yanıma da neler yaptınız, nerelerdeydiniz, bir anlatın bakayım," deyince anneannemin yatağının iki yanına iliştik ve annem, dedeme anlattıklarını bir kez de anneanneme anlattı. Ne aksilik ama. Pisi pisine bunca üzülmüşlerdi. Üstelik anneannemin tansiyonu var.

Bu kez de anneannem olayı kendi açısından anlattı. Biraz daha konuştuk, konuştukça rahatladı zavallım. O sırada dedem de bize katıldı. Böylece konuşa konuşa o kötü havayı üzerimizden attık.

"Yahu, saat dokuza geliyor. Yemek yiyecek miyiz, yemeyecek miyiz?" diye dedem isyan etti de, biz de acıkmış olduğumuzun farkına vardık.

Anneannemi binbir ısrarla salona gönderdikten sonra annemle ikimiz mutfağa girdik; birlikte sofrayı kurup yemekleri hazırladık. Böylesi heyecanlı bir günden sonra huzur içinde ve hep birlikte olmak ne güzeldi.

Dedem anneanneme, "Kendini, eşeğini kaybedip de bulmuş gibi hissediyorsun, değil mi?" diye takıldı. Sonrada sıra bana geldi tabii. "Sen de tavuk mu yiyorsun, ketçap mı belli değil."

Anlayacağınız, bildik düzenimize dönmüştük.

Bu arada annemle, onun Ankara'ya gideceğini ve benim kendi başıma kalacağımı, dedemlere bu gece söylememeye karar verdik. Yeterince üzüldüler, bir de bunu dert etsinler istemedik. İşte bir hafta sonunu böyle geçirdim.

### *21 Eylül, Pazartesi*

Annem, dedemlere karşı gerçek bir meydan savaşı vererek benim kendi evimizde kalmamı sağladı. Anneannem az kaldı küsüyormuş, onlarda kalmıyorum diye. Annem bunun benim için iyi bir deneyim olacağını uzun uzun anlatınca, pek de ikna olmamakla beraber, kabullenmiş. Dedemse, "Sizin işlerinize akıl sır ermez," diye homurdanmış. Sonunda annemin yokluğunda sık sık buluşmak ve haberleşmek koşuluyla anlaştık.

Annemi dün yolcu ettim. Gitmeden, belki bin kez, "Evden çıkmadan ocakları kontrol et. Gece kapıları kilitlemeyi unutma. Her gün dedenleri ara," dedi durdu. Yani duyan da beni beş yaşında bebek sanır.

Bugün okuldan eve gelince, anneannemlere salimen (!) eve vardığımı bildirmek için telefon ettim. Sonra da onları akşam yemeğine davet ettim. Önce şaşırdılar ama özellikle de benim yalnız kalmamam açısından hemen kabul ettiler.

Hazır dersler tam gaz başlamamışken, ev sahibeciliği oynayarak onlara neler yapabileceğimi göstermek istiyordum. Bu konuda daha önceden anneme danışmıştım. Bana, "Bir makarna, bir salata yaparsın, arkasından da meyve verdin mi, olur biter," demiş ve makarnayı nasıl yapmam gerektiğini anlatmıştı.

Biraz ödev yaptım, sonra ver elini mutfak. Radyoyu açtım (esaslı aşçılar müzik eşliğinde çalışırlarmış), mutfak penceresinden beni gözleyen kiraz ağacına bir göz kırpıp, annemin önlüğünü taktım. Kendimi bir büyümüş hissediyorum ki...

Tüm dolapları altüst ederek kocaman bir tencere buldum, içine su doldurdum ve ocağa koydum. Buraya kadar iyi. Su kaynayınca da bir paket spagetti makarnayı içine attım. Atmasına attım da, öyle bir haşırt diye atmışım ki, her tarafa sular sıçradı ve sadece elimi değil ayağımın başparmağını bile yakmayı başardım. Böylece bir su damlacığının nerelere kadar ulaşabileceğini acı bir biçimde öğrenmiş oldum. Herhalde makarna pişirirken ayak parmağını yakmayı başarabilmiş başka kimse yoktur bu dünyada...

Neyse makarnaların pişmesini beklerken salatayı yaptım, çarşıdan aldığım meyveleri büyük bir tabağın içine artistik bir biçimde yerleştirdim. Sonra da sevgili kiraz ağacımın karşısına sofrayı kurdum. Yemeklerim bu kadar uyduruk (anneanneminkilere kıyasla) olunca, yemek odası yerine mutfak daha uygun olur, diye düşünmüştüm.

Bütün bu işler olup bittikten sonra makarnalar ne âlemde diye tencerenin kapağını açıp baktım. Aaa, garip bir görünüm vardı karşımda. Makarnalar sarmaş dolaş olmuş, top gibi duruyordu o koca tencerenin içinde. Hemen bir tahta kaşık alıp karıştırmaya çalıştım. O da ne, makarna yumağı dağıtmak şöyle dursun, her kaşık değişinde lastik top gibi oradan oraya dönüp duruyordu.

Saate baktım, gelmelerine az kalmıştı. "Hay Allah, hay Allah," diye söylenerek suyu süzdüm. Makarnalar mükemmel bir yumak halinde süzgecin içinde duruyordu. Bu sefer parmaklarımın yanmasına aldırmayarak onları tel tel ayıklamaya başladım. Ben çekiştirdikçe kimi eziliyor, kimi kopuyordu. Ter içinde kalmıştım.

Ve... kapı çaldı. Bir koşu gidip açtım. Dedemler, ellerinde paketler, karşımda duruyorlardı. Onları içeri buyur ettim.

Dedem, "Eee, bekârlık nasıl gidiyor?" diye sordu.

"Fena değil," diye kekeledim.

Anneannem, "Hayrola, Serra, yolunda gitmeyen bir şeyler mi var?" dedi.

Neredeyse ağlayacaktım. Kendini kanıtlamak için o kadar uğraş, didin ve sonuç tam bir fiyasko olsun.

"Şey..." dedim. "Anneanne, mutfağa gelsene."

"Peki canım." Ve böylece o, ben ve elindeki paketler mutfağa yöneldik.

"Size makarna yapmak istedim. Her şeyi de aynen annemin tarif ettiği gibi yaptım ama..."

"Aması ne?"

"Baksana, ne biçim oldu..."

Anneannem gelip tencerenin içine bakınca bir kahkaha attı.

"Bunlar birbirine yapışmış."

O kadarını biz de biliyoruz herhalde. "Peki, ne yapmam gerek?" Dedem gelmeden bir çare bulsun istiyordum.

"Bunu çöpe atmaktan başka çare yok," demez mi...

"Ama başka yemek yok ki," diye feryadı bastım.

"Sen hiç üzülme, güzel kızım benim. Ben evde börek yaptım, sarma yaptım, deden de tatlı aldı," diyerek paketleri mutfak masasının üstüne koydu.

Ve tabii bu arada dedem de, "Neler oluyor orada?" diyerek mutfağa geldi.

"Serra bize makarna hazırlamak istemiş ama hep Derya'nın kabahati. Herhalde makarna haşlarken suyuna azıcık yağ koyup birkaç kez karıştırmasını söylemedi çocuğa."

Dedem bir kahkaha attı. "Yaa, sandviç çocuğu, bu işlerin pufunu bileceksin."

"Ne bileyim dede. Annem tarif etti ama suyuna yağ koyacaksın demedi."

"Unutmuştur," diye araya girdi anneannem.

"Hadi hadi üzülme," dedi bu kez dedem. "Mutfak işleri yapa yapa öğrenilir. Bir dahaki sefere bak bakalım yağ koymayı unutuyor musun?"

Bu sırada anneannem çabucak paketleri açmış, getirdiği yiyecekleri tabaklara yerleştirmişti bile. "Haydi sofraya," dedikten sonra da bana baktı. "Sen de surat asmayı bırak. Dünyanın sonu değil ya..."

"Anneannenle evliliğimizin ilk günlerinde ne yemekler yedim ben. Pişmemiş baklalar mı, altı yanmış karnıyarıklar mı, ama bak sonra nasıl usta aşçı oldu," dedi dedem ve ikisi o günleri anımsayıp gülmeye başladılar. Onların bu anıları ve kahkahaları sayesinde ben de utanmayı bir kenara bırakıp zil çalan karnımın sesine kulak vererek o nefis tavuklu börekten yemeye başladım. Bu arada salatamı bol bol övdüler ve torunlarının bu ilk davetini hiç unutmayacaklarını tekrarlayıp durdular. Sadece onlar mı, bu daveti ben de hiç ama hiç unutmayacağım. Sen kalk, ağır buğur insanları davet et, sonra da yüzüne gözüne bulaştır.

Yemekten sonra onlara kahvelerini yaptım. Dedem, "Okul nasıl gidiyor Serra?" diye sordu.

"Dedeciğim, bu yıl geçen döneme göre çok daha iyi, çünkü herkesi tanıyorum."

"Dersler ne âlemde?"

"Daha yeni yeni başlıyoruz, kitapları filan ancak aldık. Ayrıca bu yıl dershaneye başlamam gerekebilir."

"Üniversite için mi?"

"Evet."

"Erken değil mi?"

"Ne diyorsun, dedeciğim, pek çok kişi bu yaz çalışmaya başladı bile. Sonra, bilgisayar kullanmayı da öğrenmem lazım."

"Allah şimdiki gençlere kolaylık versin," diyerek bana çok acıdı anneannem.

Bir süre sonra dedem uzun uzun esnemeye başladı ve, "Haydi hanım, Abbas yolcu," dedi.

"Biraz daha otursaydık."

"Sabaha kadar mı bekleyeceğiz Serra'nın başını? Hem bak artık o ne güzel makarnalar da haşlıyor."

"Dede!"

"Hadi hadi, gel seni bir öpeyim."
"İyi akşamlar dedeciğim."
"Yarın bizi aramamazlık etme."
"Merak etmeyin."
"Haydi canım benim, kapıyı arkamızdan sıkıca kilitle."
"Tamam, anneanneciğim."

Ve sevgili kiraz ağacı, ilk davetim işte böyle sona erdi. Evet, belki çok başarılı değildi ama bir deneyimdi benim için. Ayrıca salatamla kahvelerim de pekâlâ iyiydi.

Şimdii, hazır elimin altında bu kadar yemek varken, Sıla'yla Dilek'i davet etmeyi düşünüyorum. Gelebilirlerse ne hoş olur ama...

***23 Eylül, Çarşamba***

Evvet... Evvet... Kızları bizim eve attım, azizim.

Hem de sadece yemeğe değil, yatıya da kaldılar. Ve bütün bunlar Dilek'in cinliği sayesinde oldu.

Filmi başa sararsak... Okulda öğle tatilinde Sıla'yla Dilek'e, "Anneannem bir dolu yemek getirdi, bu gece bize gelsenize," dedikten sonra annemin Ankara'ya gittiğini, evde kimsecikler olmadığından gönlümüzce müzik dinleyip çene çalabileceğimizi ballandıra ballandıra anlattım.

Dilek, "Ay, ne hoş olur," dedi. Neşesinin yanı sıra, bu kızın çabuk karar verebilmesine de bayılıyorum. Sıla ise düşünüyordu.

"Ne düşünüyorsun, Sıla?"
"Bilmem. Pek ani oldu da..."

"Canım, güzel güzel evine gidip annene söyler, izin alırsın."

"O kadar kolay değil," dediler ikisi aynı anda. Ve hemen susup dilek dilediler. Renkler, kırmızı beyazdı.

Saydım. "Bir, iki, üç."

Ne yazık ki, biri beyaz, öteki kırmızı diye bağırdı. "Kader utansın," dedi Dilek.

"Yaa..." diye mızırdadım. "Ne olur bir deneseniz. Biz bize ne güzel eğleniriz."

Sıla hâlâ düşünceliydi. Birden Dilek, "Buldum buldum, bir yolunu buldum," diyerek zıpladı.

"Hemen anlat."

"Sıla, sen de ben de evdekilere diyelim ki, Serra'nın annesi iş için gitmiş, Serra yalnız başına kalıyormuş ve korkuyormuş. Bize çok yalvardı, ne olur bu gece benimle kalın, dedi. Yani azıcık duygu sömürüsü yapalım."

"Harikasın Dilek."

"Bilmem ne derler," dedi Sıla.

"Sılacığım," dedim. "Bilmem diyene kadar bir dene. Denemeden bilemezsin ki..."

"Ancak şöyle olur," dedi Sıla. "Dilek bize telefon eder ve bu dediklerini söyler, ben de bizimkilere iletirim."

"Oluuur," dedi Dilek omuzlarını silkerek. Sonra ekledi. "Durun durun. Bence Serra da bana telefon etsin ve çok korktuğunu söylesin. Ben annemlere öyle söyleyeyim."

"Zincirleme telefon," diyerek güldüm. "Tamam, ben ararım."

Melis'le Esin'i çağırmayı düşünmedim bile. Bizim eğlence biçimimizi onlar kesin çocuksu bulurlar. Toprak ise... Ne bileyim, onu bu tür toplantılarda hayal bile edemiyorum.

Böylece akşam eve gelince yine anneannemleri aradım ve akşama belki arkadaşlarımın geleceğini söyledim. Tabii çok memnun oldular. Saat altı sularında Dilek'i aradım.

"Nasılsın Serra?" diye hatırımı sordu, yüksek sesle.

"Nasıl olacağım, hava kararmaya başladı."

"Ne var havanın kararmasında?"

"Korkuyorum."

"Yaa, zavallı Serracığım, demek korkuyorsun." Dilek annesi duysun diye avaz avaz konuşuyordu.

"Annem evde yok da..."

"Demek annen evde yok," dedi Dilek yine avaz avaz.

"N'olur bu gece gelip benimle kalabilir misin?"

"Tabii, arkadaşlar ne güne duruyor. Ama dur bir anneme sorayım."

Ve gitti. Fısır fısır konuşmalar geliyordu kulağıma. Konuşma uzadıkça uzuyor, bu arada benim umudum da zayıfladıkça zayıflıyordu. Sonunda Dilek'in ayak sesleri yaklaştı. N'olur, n'olur, diyordum içimden.

Dilek, "Annem peki dedi ama babamı bekleyecekmişim. Beni babamın götürmesini istiyor."

"Harika," diye çığlık attım. Doğrusu bu kadar kolay olacağını ummuyordum.

Dilek ise benim bu sevinç çığlıklarımı duymamışçasına, "Sen hiç üzülme, Serracığım, biz en kısa zamanda orada oluruz," diyordu çok ciddi bir ses tonuyla.

Telefonu kapar kapamaz mutfağa koşup sofrayı hazırladım. Yemekleri buzdolabından çıkarıp masanın üstüne yerleştirdim. Böreğimiz, sarmamız, tatlımız, meyvemiz, her bir şeyimiz vardı. Yaşasın!

Derken yedi buçuğa doğru kapı çalındı. Deliler gibi koştum. Uzaklarda da olsa, annemin uzun eli ensemdeydi sanki. Bana küçüklüğümden beri tembihlediği gibi, "Kim o?" diye seslendim.

"Biziz!" Dilek'in sesiydi bu.

Hemen kapıyı açtım. Ohoo, karşımda Dilek, Sıla ve de bir bey duruyordu. Hemen, "Buyrun, lütfen buyrun," dedim tıpkı annem gibi. Babasının yüzünden biraz sıkkın olduğu anlaşılıyordu. Tüm şirinliğimi takındım. "Size çok zahmet oldu. Lütfen şöyle buyrun, oturun. Ben hemen bir kahve yapayım."

"Hayır kızım, hiç zahmet etme. Ben zaten hemen gideceğim."

Bu arada keskin gözlü Dilek çoktan mutfakta hazırladığım masayı görüvermişti. "Ah canım, bize neler hazırlamış. Baba, gel bak, Serraların mutfağı ne kadar güzel. Hele de bir kiraz ağaçları var ki, bayılırsın." Sonra da adamcağızı çekiştirerek mutfağa götürdü.

Dilek'in babası hazırladığım sofrayı görünce yumuşayıvermişti.

"Ne hanım kızmış arkadaşın," dedi Dilek'e.

"Öyledir öyledir," dedi Dilek ciddiyetle.

Babası ilk kez gülümseyerek bana döndü. "Ben artık gideyim, size iyi eğlenceler."

"Çok teşekkür ederim, efendim," dedim gerçekten içimden gelerek. Öyle ya, adam yorgun argın işinden gelmiş (üstelik bizim oyunumuza da gelmiş) ve kızları buraya kadar getirmişti.

Dilek'in babası gidince bir şamata koptu tabii. Üçümüz de zıp zıp zıplıyorduk.

"Baban sonunda bana gülümsedi, Dilek."

"Çok duygusaldır. Hazırladığın sofrayı görünce, eminim sana acımıştır. Zavallı yalnız kız, sırf arkadaşları gelsin diye ne kadar da uğraşmış, diye düşünmüştür."

"Ay Dilek, çok utandım şimdi."

"Neden?"

"Nedeni var mı, bu yaptığımıza sahtekârlık denir. İnsanların iyi duygularını kullanmak denir."

"Abarttın sen de... Kötü bir amaç için değildi ki... Şurada hep birlikte bir akşam yemeği yiyip çene çalacağız."

Eh, bu sözler suçluluk duygumu birazcık da olsa hafifletmişti.

"Sahi Sıla," dedim ona dönerek. "Sen nasıl becerdin?"

Dilek atıldı. "Aman ona kalsa, o daha evdeydi. Her şeyi ben toparladım."

"Nasıl?"

"Kararlaştırdığımız gibi telefon ettim ve senin acıklı durumunu ilettim. Seninle yaptığımız telefon görüşmesi çok başarılıydı, tam Oscar'lıktı. Oysa Sıla alsa alsa en kötü yardımcı aktris ödülü alırdı. O nedenle aniden karar vererek Sıla'ya annesiyle konuşmak istediğimi söyledim."

"Aslanım, Dilek."

"Ve... Sıla'nın annesine ağlak yapıp ayrıca beni babamın götüreceğini de özellikle belirttim."

"Tabii işin içine baban da girince, Sıla'nın annesi izin verdi," diyerek onun sözlerini tamamladım.

"Bildiniz... 10 puan," dedi Dilek şişinerek, sonra da kıkırdamaya başladı.

"Ne var, niye gülüyorsun?"

"Serra, sakın kızma ama neler neler dediler bizimkiler."

"Ne dediler?"

"Hem anneni, hem de dedenleri çok ayıpladılar."

"İnanmıyorum!"

"Tabii ya... dediler ki, gencecik kız tek başına bırakılır da gidilir mi, üstelik baksana yalnız kalmaya da korkuyormuş." Dilek bunları anlatırken çok eğleniyordu. Zavallı ailem! Benim yüzümden sorumsuz bir aile durumuna düşmüştü.

"Sıla, seninkiler ne dediler?"

"Onlar pek bir şey demediler. Ben de zaman zaman evde yalnız kaldığım için, bizimkilere bu çok da ters gelmedi."

Dilek, "Biz öyle kalabalık bir aileyiz ki, yalnız kalmak diye bir fiil bile çekilemez bizim evde," dedi.

Suçluluk duyuyordum. Keşke şunu açık açık söyleyip izin isteseydik de benim o güzel ailem için iki kişi de olsa böyle düşünmeseydi, diye geçirdim içimden ama belli etmedim tabii. Arkadaşlarımı hem çağırıp hem de keyiflerini kaçırmaya hakkım yoktu.

Yemekten sonra pijamalarımızı giyip salonda oturmaya karar verdik. Oradan buradan konuşurken, nasıl olduysa söz Sıla'nın büyük aşkı Ferit'e geldi. "Sizinkiler hâlâ anlamadılar mı?" diye sordum. Öyle ya, bunların aileleri evlilik nedeniyle, dış kapının mandalı şeklinde de olsa akrabalar. Yengesinin oğlu mu oluyormuş ne.

"Yoo," dedi Sıla. "Hiç sanmam."

"Niye birden keyfin kaçtı, yolunda gitmeyen bir şeyler mi var?"

Sıla derin derin içini çekti.

"Yine ne oldu, Sıla?"

"Ferit'le tartıştık."

"Aman ne büyük haber," diyerek Sıla'ya takıldı Dilek, sonra ciddileşerek, "haydi üzme kendini. Anlat ki ferahlayasın, değil mi Serra?" dedi.

"Dilek çok haklı." Birden Cüneyt'in şu son günlerde beni aramadığı aklıma geliverdi. Yani ben aramasam...

"Konu, bu kez de geleceğimiz," dedi Sıla yavaşça.

"İşler ciddileşiyor desene. Peki, ne diyor geleceğiniz için?"

"Ben," diye söze başladı Sıla, artık her şeyi anlatmaya karar vermişçesine. "Bu yıl üniversite hazırlık kurslarına başlayacağımı söyledim. Ferit ise bu tür çalışmalar için erken olduğunu düşünüyor. Ona tıp fakültesi puanlarının yüksek olduğunu, bu nedenle çok çalışmam gerektiğini anlattım."

"Peki, ne dedi?"

"Üniversiteye gitmen şart mı, dedi."

"Ne?" Dilek'le ikimiz bir ağızdan bağırıştık. Sıla gibi sürekli sınıf birincisi olan bir kızın eğitimine devam etmesinden daha doğal ne olabilirdi ki...

"Senin ne kadar yetenekli ve çalışkan olduğunu bilmiyor mu?"

"Bilmez olur mu, hatta hep benimle gurur duyduğunu söyler."

"Peki, o zaman bu tutum ne oluyor?"

"İşte benim de çözemediğim bu ya..." dedi Sıla, çaresiz bakışlarla.

Bir an üçümüz de sessiz kaldık. Sonra Dilek, "Peki, sormadın mı?"

"Sordum."

"Ne dedi?"

"O, bu yıl mezun oluyor. Babası ona, yıllarca üniversitede dirsek çürüteceğine, gel benim işimin başına geç, diyormuş."

Şöyle bir düşündü Dilek. "Neden olmasın? Madem gelecekle ilgili seçimi bu, madem onu bu tür bir yaşam mutlu edecek... olabilir. Ama bunun seninle ne ilgisi var? Yani o okumak istemiyor diye, senin de mi okumanı istemiyor?"

"Evet, aynen öyle. Tabii açık açık söylemiyor ama, ne gereği var, diyor. Ben işimi kurarım, sonra da evleniriz, diyor."

Sıla bizlere öyle uzak kavramlardan söz ediyordu ki, şaşırmış kalmıştık. Evlilik bizler için yıllar yıllar ötesindeydi. Daha lise bitecek, üniversite kazanılıp okunacak, meslek sahibi olunacaktı. Ondan sonra sıra evliliğe gelebilirdi. Biz böyle düşünüyorduk ve şimdi bizim yaşımızdaki arkadaşımız, hem de içimizde en başarılımız, evlilikten söz ediyordu.

Sıla devam etti. "Ayrıca beni rahatsız eden başka bir konu daha var."

"Anlat, dinliyoruz."

"Ferit de aslında okulda başarılı ve bence pekâlâ da eğitimini sürdürebilir. Yani onda o kafa var. Bence bu düşünce onun değil, babasının, ailesinin düşüncesi."

"Yani ailesinin etkisinde kalarak böyle düşünüyor. Bunu mu demek istiyorsun?" diye sordum.

"Evet, bence öyle."

"Bu düşünceni ona söyledin mi?"

"Söyledim."

"Ne dedi?"

"Kesinlikle kabul etmedi. Bir insan için önemli olan geçimini sağlayabilmekmiş ve eğer o koşullar zaten hazırsa, yani babasının işi varsa, ne diye okusunmuş."

"Peki, ya kendini geliştirmek, ufkunu açmak, daha bilgili olmak ne olacak?"

"Ben de aynen böyle söyledim, Serra. Yani koşulları uygun olmasa, örneğin bizim Serhat gibi olsa, haydi bir derece anlayacağım. Çocuk zaten parasal güçlükler içinde, ailesi okutamayacak, bari bir an önce hayata atılsın, diye düşünürüm. Böyle bir karara saygı duyar, bu koşullarda en iyisini yapıyor der, onu desteklerim. Ama senin her imkânın var; niye fırsatları kullanmayasın, niye kendini geliştirmeyesin. İşte ben de bunu anlayamıyorum."

Sustu, sonra hırsla devam etti "Bence tamamen ailesinin etkisinde. Onlar ne derse, onu yapıyor. Hatta eminim benim üniversiteye devam etmemi, sırf ailesi ne der diye istemiyor."

"Bunları böylece ona söyledin mi?"

"Ailesi hakkında konuşamıyorum, çünkü hemen savunmaya geçiyor ve tartışma büyüyor."

"Vah Sılacığım vah," dedi Dilek, sonra bana döndü. "Bunlar hep böyle tartışırlardı ama iş hiç bu boyutlara gelmemişti."

"Daha önce hangi konularda tartışıyordunuz, Sıla?" diye sordum dayanamayıp.

"Saçma sapan şeyler, bana sorarsan. Yok eteğimin boyu çok kısaymış, yok yüksek sesle gülmek bir genç kıza yakışmazmış."

"Ohoo, bayağı tutucu desene," deyince, Sıla bu kez Ferit'i savundu. "Buna karşın çok güzel nitelikleri var. Ona güvenebilirsin, çok dürüsttür. Ne zaman bir sıkıntım olsa, hep yanımdadır. Teselli eder, elinden geleni yapar. Aile içinde de sevilir, çünkü yardımseverdir, yaşlıları arar sorar. Hatta bizimkiler bile, tüm ailenin gençleri bir yana, Ferit bir yana, derler. Büyüklerle büyük, küçüklerle küçük olur.

Teyzemler yazın bir haftalığına Balıkesir'e gitmişlerdi, inanır mısınız, Ferit onların evinde kaldı ve tüm hafta boyunca çocuklarına baktı."

"Bay Mükemmel," dedi Dilek.

"İşin zorluğu da burda ya..." diyerek içini çekti Sıla. "Onu çok seviyorum ve bu hallerini de beğeniyorum. Öte yandan da..."

Zavallı arkadaşım benim. Ne güç bir ikilem yaşıyordu. Bir insan ya iyi olur, ya kötü. İyiyse devam edersin, kötüyse güle güle dersin, olur biter. Ama böyle iyiyle kötü karışık olunca işler çatallaşıyor.

Birden yazın annemle yaptığımız bir konuşma geliverdi aklıma. Annem, "İnsanoğlu prizma gibidir; kimi yanı olumlu, kimi yanı olumsuz; kimileriyle ilişkileri pürüzsüz, kimileriyleyse çekilmezdir. Ve bu her insan için böyledir," demişti babamla ilgili olarak. "Babanın arkadaşlığı çok tatlıdır. Tüm dostları onu çok sever, ama koca olarak hiç de öyle değil. Üniversitedeki iş arkadaşları, öğrencileri de onu çok sever ve ne derler biliyor musun? Hoca, ne yapar yapar bizlere zaman ayırır, hepimizin derdiyle teker teker uğraşır. Öte yandan, seni en son ne zaman aradı, bir düşün. Demek ki, öğretim görevlisi olarak başarılı ama baba olarak kötü sayılmasa da, kendinden bekleneni verecek düzeyde değil en azından."

Ve hemen hayat dersini sıkıştırmıştı, annem. Hiç fırsatı kaçırır mı?..

"Sadece baban değil, her insan böyledir. İyi ve kötü yanları, daha az iyileri, daha zararsız kötüleri vardır. Bütün mesele, denge. Dengeye bakacaksın, iyiler ağır basıyor ve senin beklentilerinle uyuşuyorsa, o insanla ilişkilerin, ister arkadaşın olsun, ister sevgilin ya da kocan, başarıyla yürüme şansına sahip.

"Benim babanla evlenirken yaptığım hata buydu. Ona sadece bir yönden baktım, diğer yanlarını araştırmadım, onu sınamadım; şu şu konularda ne düşünüyor, nasıl davranıyor diye merak etmedim. Benim gördüğüm, yakışıklı, neşeli, kafalı bir üniversite asistanıydı. Bunun gerisine bakmadım, bakmak aklıma gelmedi. Ama itiraf etmeliyim ki, annemle babam beni uyardılar."

"Yaa," demiştim şaşkınlık içinde.

"Evet, canım, annem de, babam da, iyi çocuk ama biraz sorumsuz görünüyor; iyi düşün, evlilik çocuk oyuncağı değil, demişlerdi. Sadece onlar mı, yakın arkadaşlarım da beni uyarmışlardı."

"Peki, bu sözler seni hiç etkilemedi mi, anne?"

"İnsan gençken gereksiz yere alıngan oluyor. Annemleri benim hayatıma karışmak, beni yönetmeye kalkışmakla suçlayıverdim. Yani durup da söylediklerini iyice bir düşünmeden suçladım onları, çünkü babana âşıktım. Evde bu konuda çok tartışmalar oldu ve ben sonunda ne yaptım, biliyor musun?"

"Ne yaptın?"

"Sırf onlara inat olsun diye babanla evlendim."

"Ay, inanmıyorum!"

"Evet, Serracığım, onlara inat evlenmekle kendi kişiliğimi kanıtladığımı düşünüyordum, Ne çocukluk..." Bir an durmuş, sonra devam etmişti. "Oysa evlenmeden önce benim de baban hakkında kuşkularım oluşmaya başlamıştı ama her şeye karşın onunla evlenmeye kararlıydım. Bunun birinci nedeni onu çok sevmemdi; ikincisi, artık herkesin bizim evliliğimize kesin gözüyle bakmasıydı, arkadaşlar, akrabalar filan. Bu da benim, bu saatten sonra geri dönemem, diye düşünmeme yol açıyordu. Sonuncusu da, annemlere kafa tutarak kendi kişiliğimi kanıtladığımı düşünüyordum. Gördüğün gibi, bunların hiçbiri evlilikle ilgili yaşamsal bir karar için geçerli ve mantıklı nedenler değil. Ama ben bu evliliği yaptım ve tabii ki, olanlar bana oldu. Onu çok sevmeme karşın uzun yıllar mutsuz yaşadım. Kötü bir insan değildi baban, hatta pek çok güzel niteliği vardı ama kişiliklerimiz, yaşama bakış açımız, hayattan beklentilerimiz çok farklıydı. Tabii bunu kimselere söylemedim; kendin yaptın, otur çek, dedim kendi kendime. Böylece işler çekilmez hale gelince... Gerisini de sen zaten biliyorsun," diyerek içini çekmişti.

"Biliyor musun, Serra, düşünüyorum da, mutlu olmayı başarabilen insanlar zeki kişiler, çünkü onlar bir olayı ya da kişiyi her yönüyle görebiliyorlar," diye gözlemini dile getirmiş ve devam etmişti. "Şimdiki aklımla baktığımda, yaptığım hatalar zincirini o kadar net görebiliyorum ki... İlk hata, karşımdaki kişiye tek yönden bakmam, diğer yanlarını hiç araştırmamamdı. Buna neden, ona olan aşkımdı.

"İkinci hata, aşk iyi de, mantıkla kol kola yürürse ancak kalıcı olacağını anlayamamamdı. Evlilikler sadece aşkla yürümüyor, ne yazık ki... Aklın desteğine fazlasıyla ihtiyaç var.

"Üçüncü hatam, annemlerin, arkadaşlarımın uyarılarını hepten reddetmemdi. Dinle, herkesi dinle, sonra otur kendi kararını ver, değil mi?

"İşte ben bunu yapmadım.

"En büyük ahmaklığımsa, yavaş yavaş bende şüpheler uyanmaya başladığı halde, bu saatten sonra geri dönemem, fikriydi. Neymiş? Herkes hazırlanmışmış, herkes sonra ne dermiş? Oysa burada senin hayatın söz konusu, â kadın." Annem o günlere dönmüşçesine kendine öfkelenmişti. "Herkes iki gün konuşur, üçüncü gün daha ilginç bir konu çıkınca seni unutur gider. Sense olduğun yerde kalakalırsın. Ama demek ki, o günlerde hiç de akıllı bir genç kız değilmişim."

"Canım benim," diyerek sarılmıştım ona. "Ama bak sonra ne güçlü bir kadın oldun."

"Zaten tüm bu hatalarımı hoş görmeme bir tek neden var. O da sensin, benim güzel kızım. İyi ki seni doğurmuşum, iyi ki varsın."

Ankara dönüşümde, magazin diliyle anlatmak gerekirse, annemle işte böylesine "duygu yüklü" bir öğleden sonra yaşamıştık. Ve gariptir, bu sohbet Sıla'yla konuşurken aklıma gelivermişti.

"Hey, hey," diye bana seslenen Dilek'in sesiyle kendime geldim.

"Ne var?"

"Ooo, dünyamıza hoş geldiniz. Kızım, biz burada oturmuş, Sıla'nın dertlerini konuşuyoruz, sense dalıp gitmişsin."

"Kusura bakmayın çocuklar; ama Sıla, Ferit'i anlatırken, nedense aklıma babam hakkında annemle yaptığımız bir konuşma geldi. Onu düşünüyordum. Ve biliyor musunuz, annem bana ne dedi?"

"Ne dedi?"

"Mutlu olmayı başarabilmiş kişiler zeki insanlardır; çünkü onlar bir insanı, bir olayı her yönüyle görebilenlerdir." Annemle diğer konuştuklarımızı tabii ki anlatmadım, ne de olsa aile sırları onlar. Ama gün gelir de, Sıla'nın iyiliği için gerekirse, onları da ortaya koyabilirim.

Sıla başını salladı. "Çok doğru."

"Neyse canım," dedi Dilek. "Sıkma canını. Daha evlilik planlarına çok var. Sen bu arada rahat rahat düşünürsün, hem belki de Ferit'i ikna edersin."

"Benim bozulduğum, ben onun kararlarına karışmıyorum, ona saygılıyım. Örneğin, madem okumak istemiyor, bu onun bileceği iş, diye düşünüyorum. O ise benim düşüncelerime saygılı değil. Ben böyle karar verdim, sen de bana uyacaksın, diyor neredeyse. Ben çalışırım, sen okursun, demiyor."

Yaa, sevgili kiraz ağacı, işte dün gece bunları konuştuk. Zavallı Sıla. Annesinin hastalığına üzüldüğü yetmiyormuş gibi, bir de Ferit'le uğraşıyor. Hayatta sorunlar hiç bitmiyor anlaşılan.

Onu oyalamak için konuyu değiştirdik, bir süre daha ondan bundan konuştuk ve yattık. Tabii yattığımızda gecenin bir buçuğu olmuştu. Bugün okulda hepimiz resmen sürünüyorduk. Olsun! Onlarla beraber olmak uykusuz kalmaya değer.

Bu gece ilk kez yalnızım. Ödevlerimi bitirdim, evi topladım ve şimdi senin karşına geçmiş, yazıyorum. Annemin gelmesine üç gün kaldı. Aslını istersen, döneceğine çok seviniyorum. O kadar dedemler, Sılalar geldiği halde, insan yine de kendini yalnız hissediyor. Annemin yeri başka. Ayrıca evde yapılacak ne çok iş varmış meğer.

Haydi iyi geceler, kiraz ağacı. Laf aramızda, senin yapraklar da giderek hapı yutmaya başladı. Şaka şaka! Tam tersine, pek güzel kızarmaya başladılar. Önümüzdeki günlerde çok hoş bir sonbahar ağacı olacaksın. Eminim bundan.

*26 Eylül, Cumartesi*

Cüneyt'e çok bozuluyorum artık. Annemin gittiği günün gecesi onu aramış ve tüm hafta boyu yalnız olduğumdan, beni rahatça arayabileceğini sözlerimin arasına sıkıştırmıştım. Ondan sonra da oturup onun beni aramasını beklemeye başladım. İnsan hemen arar, değil mi? Ne gezer. Telefonun başında beklemekten örümcek bağladım. Ve çok ama çok kırıldım. İnsan bir merak eder, bu kız yalnız başına kalıyor, ne yapar, ne eder diye. Oysa yazın nasıl da sevecendi. Demek ki, Sırma, uzaktan kumandalı ilişkileri tutmam, derken çok haklıymış. Buraya geldik gözden ve gönülden ırak olunca da unutulduk.

Oysa okuldaki arkadaşlarım öyle mi ya, benimle hafta boyu ilgilendiler. Sıla'yla Dilek binbir numarayla gelip bende bir gece kaldılar. Burak, "Serra, annenin yokluğunda biri sana sarkarsa haber ver, onun canına okuyalım," dedi. Şaka da olsa, bu ilgi hoşuma gitti. Melis her gece beni aradı; hatta annesi, "Serra'yı davet etsene, bir iki gece bizde kalsın," demiş. Anaç tavuk ısrar etti de etti. Onu, kendi başıma kalmak istediğime ikna edene kadar akla karayı seçtim. Dedemlerden farkı yok, öylesine ısrarcı. Toprak bile bugün, "Annen ne zaman dönüyor?" diye sordu. Oysa o kimsenin girdisiyle çıktısıyla ilgilenmez. Hatırlamaz bile...

Ayrıca bugünü de Melis'in sayesinde hep birlikte geçirdik. Açık açık söylemedi ama hafta sonu evde yalnız kalmayayım diye düşünmüştür, adım gibi biliyorum.

Melis sabah kahvaltısına benim kahvede buluşmamızı önerdi. Esin, Sıla, Dilek, Burak, Serhat ve inanılır gibi değil ama Toprak'ın da dahil olduğu koca bir grup oluşturmuştu. "Orada kahvaltı ederiz, sonra biraz yürürüz. Öğleden sonra da sinemaya gideriz, ne dersiniz?" diye sordu herkese. Hiç de onun tarzı olmayan bu programı sırf beni gözeterek hazırladığı apaçıktı.

Ne iyi kalpli kızdır şu Melis.

Toprak, "Ben kahveye gelirim ama yürümem," dedi.

"Ne o? Bacakların tutmuyor mu?" dedi Esin.

"Yürümek bana çok sıkıcı geliyor," diye kestirip attı Toprak.

"Ama olur mu, Toprak, bir program yaptık, hep birlikte olmalıyız."

"Melisçiğim, sen yürümeyi seviyorsan bunu yapmakta özgürsün ama ben sevmiyorum. Ortaköy'deki entel pazarında dolaşmayı yeğlerim."

"Aaa," dedi Esin. "Bak bu çok güzel bir fikir. Biz de gidebiliriz Ortaköy'e."

Melis cephe değiştiren arkadaşına şöyle bir baktı. "Aman, şimdi uzun, yağlı saçlı tipler vardır orada." Sonra Toprak'a sordu. "Rahat rahat gezebilir miyiz?"

"Merak etme, seni ısırmazlar."

Burak, "Ben Melis'in ne demek istediğini anlıyorum," dedikten sonra ona dönerek açıklamada bulundu. "O senin düşündüğün daha çok geceleri için geçerli. Yani yine bir tehlike yok da, her türlü insan geliyor. Uzun saçlısı da, kısa saçlısı da... Gündüzleri daha sakin, hatta tenha. Aslında çok hoş bir yer."

"Eh, pekâlâ, madem herkes öyle düşünüyor, Ortaköy'e gidelim."

"Demek, majesteleri halkın arasına karışacak," diye alay etti Toprak.

"Aman sen de..."

"Bir öneride daha bulunabilir miyim?" dedi Toprak.

"Söyle söyle."

"Ortaköy'de gezindikten sonra Feriye Sineması'nda ilginç bir film oynuyor. Ünlü ve ilginçti."

"Kesin entel bir filmdir," dedi Burak, dertli dertli içini çekerek.

Toprak omuzlarını silkti. "Sadece bir öneriydi, şahsen ben gideceğim."

Sıla, "O filmden söz edildiğini ben de duydum, gazetede olumlu eleştiriler çıkmıştı. Galiba bir ödül bile almış," dedi.

Dilek, "Bence gidelim. Sanatsal ağırlığı olan bir film," diye öneriyi destekledi.

Burak, "Ben söz veremem, bayanlar," dedi.

"Ben de ancak saat dörde kadar kalabilirim, amcamın işyerinde beni bekliyorlar," dedi Serhat.

Melis, "Aman, bu senin amcan da... Bari bir hafta sonu bıraksınlar da, adam gibi tatil yap, dinlen. Bir gün tepemin tası atacak, gelip o amcandan hesap soracağım," dedi.

Serhat acı bir gülümsemeyle yetindi.

Böylece de Toprak'ın beğenileri doğrultusunda, bizlere oldukça yabancı bir programı uygulamaya karar verdik.

Esin, "Mualla Hanım ne diyordu, yeni şeyler denemezseniz, yeni şeyler öğrenemezsiniz," dedi.

Melis yine ona şöyle bir baktı, sonra bana dönüp, "Sence bu program nasıl, Serracığım?" diye sordu.

"Bence harika."

"İyi öyleyse, cumartesi sabahı Serra'nın kahvesinde buluşuyoruz, çocuklar,"

Böylece benim kahvede sabah kahvaltısı için toplandık. Kahveci beni, "Hoş geldiniz, bu sabah arkadaşlarınızı da getirmişsiniz," diyerek karşıladı, ben de havamı attım. Kıh, kıh, kıh.

Denize bakan iki masaya yerleştik. Hemen çaylar geldi, fırından aldığım börek paketi açıldı. Pırıl pırıl bir havaydı ama yaz güneşinin yerini, sonbaharın o mayhoş, hafif hüzünlü ışıkları almıştı. Tepelerde de ağaçların yaprakları kızarmaya, sararmaya başlamıştı.

"Sonbaharı çok seviyorum," dedim, mis gibi havayı içime çekerek.

Melis içini çekti. "Ben yazı yeğlerim, sonbahar çok hüzünlü."

"Yiyelim, beyler, yiyelim," dedi Burak.

Birden Dilek, "Suphi'den ne haber?" diye sordu Burak'a. Gerçekten de geçen dönem Burak'la Suphi ayrılmaz ikiliydiler. Oysa bu yıl, hoş daha okul açılalı ne oldu ki, pek de bir arada değiller.

"Abi ya," diye oturduğu yerde rahatsız rahatsız kıpraştı Burak. "Ben de anlayamıyorum, bir tuhaflaştı."

Dilek bir kahkaha attı. "Bunalımdadır."

"Sen dalga geçiyorsun ama bence gerçekten bunalımda."

"Sen en yakın arkadaşısın, sormadın mı nen var diye?"
"Sordum."
"Eee?"
"Beni rahat bırak, yalnız kalmak istiyorum, dedi."
"Hoppalaaa..."
"Yani hiç uyuyor mu bu şakacı Suphi'ye?"
"Âşıktır, âşık."
"Üstüne varmayın çocuğun," dedi Toprak. "İnsan bazen böyle dönemlerden geçer."
"Nasıl yani?"
"Yanisi şu ki, kimseyle konuşmak istemezsin, kendi başına kalmak istersin."
"Aman iyi, ne hali varsa görsün."
"Yok yok, öyle suçlamayın hemen, belli ki çocuk bir dönemden geçiyor."
"Ne yapmamız gerek?" diye sordu Burak merakla. Ne de olsa en yakın dostunu kaybeden oydu.
"Üstüne varmamak, onu kendi haline bırakmak gerek. Şu dönemi atlatmasını beklemeli."
"Kendi haline bırakalım da, toplum dışı bir tip olup çıksın."
"Ben de aynı şeyleri yaşadığım için biliyorum. İzin ver, bir süre kendi başına kalsın. Kendini iyice dinledikten ya da içindeki sorun her neyse onu çözdükten sonra aramıza dönecektir. Ama bu arada sen anlayışlı olacaksın, ona kızmayacak, küsmeyecek, sabırla bekleyeceksin."
"İyi be, dadılık mı yapacağız bu yaştan sonra?"
"Hayır, Burak! Anlamıyorsun! Onu rahat bırak, yeter."
"Tamam tamam," dedi Burak, oturduğu yerde arkasını Toprak'a dönerek.

"Hayret ama," dedim. "Suphi gibi şakacı birinin böyle içine kapanması ne tuhaf. Geçen yıl nasıl da hiç üşenmeden tahtaya sulu duvar yazıları, garip bilmeceler yazardı."

"Aşırı şakacı insanlar bunu bazen içlerindeki boşluğu kapamak için yaparlar. Abartılı neşe seni aldatmasın."

"Psikoloğunuz konuşuyor," dedi Esin.

Burak'ın içi sıkılmıştı bu konuşmalardan. "Hadi artık gidelim mi?"

"Gidelim."

"Ortaköy'e, ileri."

Ortaköy o saatte gerçekten de tenhaydı, entel pazarı yavaş yavaş kuruluyordu. Yan yana masalarda bir dolu incik boncuk dizenler, kullanılmış kitapları yerleştirenler, hep üniversite öğrencileriydi. Bu arada çalınan müzik de çok değişikti.

"Bu çalan ne acaba?"

Yanıt Toprak'tan geldi. "New Age müziği."

"Ne kadar hoş, insanı alıp uzaklara götürüyor sanki."

"Şu anda Fahir Atakoğlu'nun eserlerini dinliyorsun. Televizyon belgeselleri için yaptığı müziklerle ünlenmişti."

"Bak ne yapacağım," dedim Toprak'a. "Fahir Atakoğlu'nun kasetini alıp Mualla Hanıma armağan edeceğim."

"O da okulda çalar," dedi Sıla.

Melis'le Esin ise gümüş bilezik ve yüzüklere bakıyorlardı. Sıla, "Serra, gel bak, neler var," diye çağırınca yanına seğirttim. Kullanılmış kitapları karıştırıyordu. Sararmış sayfaları, eskimiş kapaklarıyla insana sıcacık duygular veren eski kitaplar...

"Ay mutlaka almalıyım, hiç bu kadar eski tarihlerde basılmış kitabım yok."

"Dur," diyerek Toprak yanımda bitti. "Önüne geleni alma." Ve kitapları karıştırmaya başladı. Ben de öbür yandakilere bakıyordum. Sonunda Toprak elindeki üç kitabı göstererek, "Alacaksan bunları al, senin hoşuna gideceğini sanıyorum."

"Bakayım benim için neler seçmişsin," diyerek hemen kızın elindekilere atladım. Birinin adı *Küçük Kadınlar*'dı, yazarı Louisa May Alcott. Diğerinin adı *Jane Eyre*, yazarı Charlotte Bronte, üçüncüsüyse, Daphne du Maurier adında bir yazardan *Rebecca*.

"Hiçbirini okumadım bunların," dedim azıcık çekinerek. Öyle ya, ya sıkıcı kitaplarsa...

"Ben senin zevkini biliyorum. Eminim bunları seveceksin, ayrıca hepsi de önemli birer klasik eser. Güven bana."

O sırada Burak gelmiş, bizi izliyordu. "Kızım, işin yok mu bu eski püskü kitapları alıyorsun," deyince Toprak'ın elinden çekerek göğsüme bastırdım.

Toprak bana gülümsedi. "İyi bir alışveriş yaptın, Serra. Her biri yılların eskitemediği eserler bunlar."

Ötekiler hâlâ etrafta dolaşıyorlardı. Ben oradaki bir tabureye iliştim, Sıla da yanıma geldi, birlikte kitapları incelemeye başladık. Üzerinde dört genç kız resminin çizili olduğu *Küçük Kadınlar* adlı kitap mavi kaplıydı. Mavisi iyice solmuş, sayfaları kopmuştu ve kiminin üzerinde sandık lekesi gibi sarı benekler vardı. Sayfaları dikkatle desteledim ve kabının içine yerleştirdim.

*Jane Eyre*'ın kapağındaysa, eski zaman kıyafeti giymiş bir genç kız resmi vardı. Uzun etekleri ve omzundaki şalıyla, bir tepenin üstünde rüzgâra karşı dimdik duruyordu.

Sıla pek imrenmişti bana. Toprak'a dönerek, "Bunların yeni baskılarını kitapçılarda bulabilir miyim?" diye sordu.

"Tabii," dedi Toprak. "Yayınevleri bu klasikleri sürekli basıyor."

"Ben sana veririm, okursun, Sılacığım."

"Sağ ol, ama ben kendimde olsun istiyorum."

Kitaplar filan derken sinema vakti gelmişti. Burak, "Umarız bizi bağışlarsınız, saygıdeğer hanımefendiler," diyerek önümüzde şövalyeler gibi eğildi, sonra Serhat'ın kolundan çekti ve anında yok oldular.

"Aman ölüyorduk sanki bizimle kalmaları için," dedi Esin.

"Hiç de centilmen değiller."

Bu lafa Dilek bir güldü bir güldü.

"Ne gülüyorsun?"

"İlahi, Esin, bizim sınıftakilerin hangisinin centilmenlikle ilgisi var ki, Burak'la Serhat'ın olsun."

Neyse kızlar takımı gibi peş peşe sinemaya girdik. Kitaplar konusunda Toprak'ın önerileri hoşuma gitmişti ama aynı şeyi film için söyleyemeyeceğim. Bir kere tempo çok ağırdı, iki laf ediyorlar, uzuuuun bir sessizlik; bir adım atıyor, duruyor, düşünüyor, hadi be adam ne yapacaksan yap diye bağırmak geliyor insanın içinden. Kısaca toparlamak gerekirse, bu da aynen yazın Toprak'ın beni götürdüğü o entel filmin benzeriydi.

Melis'le Esin'in yerlerinde kıpırdaşıp fısıldaşmalarından, onların da benim gibi sıkıldıklarını anladım. Oysa Sıla, Dilek ve tabii ki Toprak büyük bir ciddiyetle filmi izliyorlardı. Bana yıllar kadar uzun gelen bir zaman sonunda, Allaha şükür, film bitti... Kendimi bir dışarı atmışım ki, bu kadar olur.

"Nasıl buldunuz?" diye sordu Toprak.

Özü sözü doğru Melis, "Ben çok sıkıldım," deyiverdi. "Ben hiçbir şey anlamadım. Kadının derdi neydi? Ne istiyordu?"

Dilek, "Onunkiler somut değil, soyut isteklerdi, Esin," dedi.

Sıla, "Filmin müziği de çok güzeldi, değil mi, Serra?" deyince, koşup Melis'le Esin'in kollarına girdim. "Kusura bakmayın ama ben de sevgili dostlarım gibi bu filmden pek bir şey anlamadım ve itiraf etmeliyim ki feci sıkıldım."

Yaaa, işte böyle çok tatlı bir cumartesi geçirdim, sevgili arkadaşlarımın sayesinde.

Eve gelince birden Cüneyt'e bir kızdım, bir kızdım. Yarın annem geliyor ve beyimiz beni bir kez olsun aramadı. Evin içinde bir şeyler yapıp kendimi oyalamak istedim ama ne mümkün, her akşam olduğu gibi kulağım yine telefondaydı.

Sonunda bunca azabı çekeceğime arayayım da olsun bitsin, dedim ve... aradım. Acaba annesi mi çıkar, diye düşünürken beyimiz açtı telefonu.

"Cüneyt?"

"Serra?"

"Evet, nasıl oldu da sesimi tanıyabildin?"

"Kusura bakma, son günlerde seni arayamadım."

"Hiç önemli değil."

"Eee, nasılsın?"

"İyiyim, sen nasılsın. Ha, bir işin varsa seni tutmayayım..."

"Yok, yok. Çıkacağım ama daha sonra."

"İstersen hemen kapatabilirim."

"Serra, bu ne öfke. Neyin var?"

Aman Yarabbi, adam salak değil, süzme salak... Soruya bakar mısınız.

"Cüneyt," dedim. "Bu hafta beni arayacağını umuyordum, çünkü annem yok."

"Annen yok mu?"

Haydaaa...

"Sana son telefonumda söylemiştim ya, iş için bir haftalığına Ankara'ya gidecek diye."

"Öyle mi, bağışla beni, hiç anımsamıyorum."

Özrü kabahatinden büyük diye buna derler işte.

"Beni dinlemedikten sonra niye konuşuyoruz ki..."

"Serra, gerçekten çok özür dilerim. Şimdi hatırlıyorum, galiba öyle bir şeyler söylemiştin. Unutmuş olmalıyım."

Bende sessizlik... ama öfke sessizliği... fırtına öncesi sessizliği.

"Hem annenin Ankara'ya gitmiş olması bu kadar önemli mi? Niye böyle büyütüyorsun?"

"Önemli, Cüneyt Bey, önemli, çünkü annem olmayınca beni daha rahat ararsın diye bunu sana söylemiştim, bu bir. İkincisi, yalnız kaldığım için beni merak eder de ararsın sanmıştım, ama anlaşılıyor ki, yanılmışım."

"Serra... çok özür dilerim."

"Hadi kapatayım da randevularına geç kalma."

"Serra..."

Ve ben çat diye telefonu aynen yüzüne kapattım. Sonra da kendimi koltuğa atıp hüngür hüngür ağlamaya başladım.

Bütün bunların bir anlamı olmalı. Herhalde Cüneyt artık beni sevmiyor. Beni eskisi gibi seviyor olsa, hemen arar, gönlümü almaya çalışırdı. İçim öylesine sıkılıyordu ki, yerimde duramıyor, evin içinde dolanıp duruyordum. Sonunda Sırma'yı aramaya karar verdim.

Sesimi duyunca, "Merhaba, bebek! Nasılsın?" dedi.

"Berbat."

"Hayrola?"

"Sorun, Cüneyt."

"Yaa... anlat bakalım."

Ona konuşmamızı tüm ayrıntılarıyla anlattım.

"Hmm..." dedi. "Tam bir âşıklar kavgası."

"Sırma, eminim o artık beni sevmiyor."

"Canım, neden hemen böyle sonuçlara varıyorsun?"

"Sevseydi, beni arardı."

"Yüzüne çat diye telefonu kapattıktan sonra mı?"

"İyi ama bunun bir öncesi var. Ona, annem olmadığı için beni aramasını ima etmiştim, o kadar."

"Kızım, sen karanlıkta göz kırptın diye herkesin görmesini bekleyemezsin. Açık açık söylememişsin. Erkeklerin algılama yetenekleri bizimkiler kadar güçlü değil. Onlara açık açık, tane tane söyleyeceksin."

"İyi ama hiç merak da mı etmedi? Buradaki arkadaşlarım bile ondan çok daha ilgiliydiler benimle."

"Canım, bir kere o, annenin gittiğini ona söylediğini bile anımsamıyor. Eh, hatırlamadığına göre, durduk yerde seni ne diye merak etsin?"

"Yani şimdi sen burada bir kasıt yok mu diyorsun?"

"Aynen öyle diyorum, cancağızım."

"Bilmem ki..."

"Hadi hadi, aptallaşma. Çocuğa bir sürü lafın arasına karıştırarak bir şeyler söylemişsin; o da bunu anlamamış.

Bütün mesele bundan ibaret. Sonra da arayıp farkında bile olmadığı bir durum için onu paylamış, yüzüne telefonu kapatmışsın. Kendini onun yerine koy, sen ne hissederdin?"

Sırma durumu ortaya böyle koyunca, kabahatli ben olup çıkmıştım.

"Sırma, sen avukat olsana."

"Hiç işim yoktu da..."

"Sırma..."

"Efendim, bebek?"

"Peki, şimdi ben ne yapmalıyım? Hem o beni niye aramadı?"

"Aaaa... ama sana kaç kez söyleyeceğim. Şimdi öfkesi burnunda, ararsam bir daha yüzüme telefonu kapatır, diye düşünüp senin sakinleşmeni bekliyordur."

"Yani çekindiği için mi aramadı?"

"Hele şükür, köşeli jetonumuz düştü."

"Sırma..."

"Efendim."

"Ama... az sonra çıkacağım, dedi."

"Ne olmuş az sonra çıkacaksa?"

"Yani... ne bileyim," diyerek içimi çektim. "Bugün cumartesi... acaba nereye gidecek... kimlerle olacak... üff, ne bileyim... anla işte..."

"Ay bizim kızımız meğer kara sevdalara düşmüş de haberimiz yokmuş."

"Sırma."

"Bu ne kıskançlık böyle, Serra. İyi, al çocuğu bir odaya kilitle. Sen de rahat et, ben de edeyim."

"Tamam tamam!"

"Lütfen, Serracığım, bana kızma ama kendini gereksiz yere üzüyorsun. Sen nasıl arkadaşlarınla buluşuyorsan, o da doğal olarak kendi arkadaşlarıyla birlikte olacaktır. Yani ne var bunu bu kadar büyütecek?"

"Ama sen değil miydin, uzaktan kumandalı ilişkilere inanmam diyen?"

"Uzattın ama..."

"Peki, söyle bana. Şimdi ben ne yapayım?"

"Onu ara."

"Dünyada olmaz!" diye bir bağırmışım ki...

"İyi ama bu anlaşmazlık nasıl çözümlenecek?"

"Cevabı o kadar kolay olsaydı, sana sorar mıydım?"

Eminim bu sözlerim Sırma'yı pek bir mutlu etmiştir. Bayılır akıllar vermeye.

"Bak, ne yapalım."

"Ne?"

"Bir süre bekle. Belki de o arar."

"Bu, iyi de... ya aramazsa..."

"Birkaç gün geçsin. Aramazsa seninle durumu bir daha gözden geçiririz," dedi, sonra da, "hadi, takma kafana. Her genç kızın başına gelir böyle şeyler," diye sözümona beni teselli etti.

"Sırma," dedim yine.

"Efendim?"

"Sağ ol."

"Bir şey değil canım. Yine bekleriz, biz her zaman buradayız. Hadi öpüldünüz."

Bu arada, şu yaptığımız konuşmalara bakınca, sanki Sırma yine o eski Sırma olmuştu. Büyük aşkının üstesinden gelmeyi başarmış gibi bir hali vardı. Kendi üzüntüme karşın, buna çok sevindim.

Sırma'yla konuşmak, her zaman olduğu gibi, içimi açmış, bana umut vermişti. Hiç olmazsa bir süre için.

İşte böyle sevgili kiraz ağacı. Sen ne dersin, acaba Cüneyt artık beni sevmiyor mu?

### *27 Eylül, Pazar*

Oh, annemin gelişiyle ev canlandı. Resmen canlandı. "Seni bir özledim ki..." diyerek sarıldı bana.

"Ben hiç özlemedim. Ne güzel kafa dinliyordum," deyince, "Seni utanmaz," deyip beni gıdıkladı.

Bana Ankara'dan ciciler getirmiş. Açık kahve, açık gri ve beyaz baklava desenli bir kazak. Kotların üstüne giymek için ideal.

Bir de kadife etek-ceket takımı. Çok şık, çok. Ve o takımın altına giymek için bir çift çorap. Hemen soyunup cicilerimi giydim, fıstık gibi oldu.

"Çok teşekkür ederim, anneciğim."

Sarılıp beni öperek, "Güle güle giy, canım," dedi. Bu seferlik bıraktım, beni rahat rahat öpsün.

"Eee, anlat bakalım, benim yokluğumda neler yaptın?"

Anneme dedemleri davet edişimi ve makarna rezaletini anlattım, karşılıklı uzun uzun güldük. Sonra da, Sıla'yla Dilek'in bizde kaldıklarını ve cumartesi günü yaptıklarımızı anlattım.

"Getir bakayım şu kitapları, belki de bildiğim eserlerdir."

Koşa koşa gidip kitaplarımı getirdim. Eline alır almaz bağırmaya başladı. "Aman Tanrım, bunlar benim genç kızlığımın en sevgili kitapları. Uzun yıllar saklamış, sonra okusun diye Defne'ye vermiştim. Atmadıysa, mutlaka bir köşede duruyordur."

Kitapları okşuyor, seviyordu sanki.

"Bunları benim için Toprak seçti."

"Aferin o Toprak'a... Ay Serra, sanki yıllar yıllar ötesine gittim. *Küçük Kadınlar*'ın filmi de vardı. Hatta bu dört kız kardeşin en küçüğünü Elizabeth Taylor canlandırmıştı. Bayılacaksın bu kitaba." Onu bıraktı, *Jane Eyre* adlı kitabı eline aldı. "Bunu da, yorganın altında el feneriyle okurdum. Annem yeter artık uyu derdi, ama o kadar sürükleyiciydi ki, bir türlü elimden bırakamazdım. Bir şatonun esrarengiz ve yakışıklı sahibiyle, oraya çalışmaya giden bir mürebbiyenin aşk öyküsünü anlatır bu kitap. *Rebecca* da harikadır," dedikten sonra adeta istemeye istemeye kitaplarımı geri verdi.

"Senin günlerin nasıl geçti, anneciğim?"

"Yorucu ama iyiydi. Eski arkadaşlarla da buluştuk, yemeğe çıktık. Babaanneni ziyaret ettim, ha, bu arada babanı da aradım, sana sevgilerini iletmemi istedi."

"Yaa... nereden icap etti?"

"Bizler uygar insanlarız. Oraya gidince kendisini aradım, seninle ilgili konuşmak isteyebileceği şeyler olabilir, diye düşündüm."

"Var mıymış benimle ilgili konuşmak istedikleri?"

"Serra... yani..."

"Gerçekten... merak ettim de..."

"Derslerini sordu."

"Babamın yaratıcı ve ilginç sorularına hayran olmamak elde değil."

"Ayıp ama... Hem üniversite için ne yapmayı düşündüğünü sordu."

"Bak, bu iyi işte. Henüz kararımı vermediğimi söyledin mi?"

"Söyledim."

"Peki, bizim gelin nasılmış, onu da sordun mu?"

"Sordum."

"Ay, inanmıyorum!"

"Elbette! Dedim ki, Serra geldiği zaman tanıştırdığın hanım arkadaşın nasıl?"

"Nasılmış?"

"Bozuşmuşlar. Şimdilik görüşmüyorlarmış, ilişkileri bir süre donduralım, demişler."

Annemin gözlerinde yanıp sönen ışıklardan, bu haberin onu keyiflendirdiği çok açıktı. Yoksa annemin aklı hâlâ babamda mı?

"Anne," dedim ona doğru eğilerek. "Şimdi babam sana, bir araya gelelim dese, ne dersin? Ama doğru söyle, n'olur?"

"Yok, yoook," dedi ellerini sallayarak. "Onca zorluklarla koptum ondan, bir daha aynı şeyleri yaşayamam. Kesinlikle yaşayamam."

"Ama," dedim. "Sanki hâlâ ondan etkileniyor gibi bir halin var."

"Canım, elbette etkileniyorum. İnsanız, duygularımız var. Ben de onu etkiliyorum, bunun farkındayım. Onca yıllık beraberlik, onca yılın alışkanlığı, yaşadıklarımız... Bunları silkip atmak kolay mı, ama bütün bunlar yine o mutsuz hayata dönebileceğim anlamına gelmez. Hem de hiç gelmez. Huzurluyum, dünyalar tatlısı bir kızım, zevk aldığım bir işim var. İşte benim dünyam ve ben bu dünyamda çok ama pek çok mutluyum. Anlaşıldı mı, küçükhanım," diyerek burnuma bir fiske vurdu.

"Anne," dedim. "Sana bir şey sormak istiyorum."

"Sor, tatlım."

Ve anneme Sıla'nın Ferit'le yaşadığı sorunları anlattım. Annem tüm dikkatini bana vermiş dinliyordu. Tam cevap vermek üzere ağzını açmıştı ki, kapı çalındı. Anneannemle dedemi bekliyorduk, hep birlikte yemeğe çıkacaktık.

Annem kapıya koşarken, bir yandan da bana dönmüş, sesleniyordu. "Eğer fikrimi soruyorsan, söyle o Sıla'ya, yol yakınken Ferit'ten hemen kurtulsun." Sonra bana muzip muzip gülerek, anneannemler duymasın diye de alçak sesle, "Yani sözlerin diliyle konuşmak gerekirse, hemen onu şutlasın," dedi.

Âlemsin anne!

Dedemlerle yine bir balık lokantasına gittik. Hepimizin anlatacağı öyle çok şey vardı ki, yemekten kalktığımızda saat neredeyse dörde geliyordu.

Gece annem bana iyi geceler dilemek için odama geldiğinde, boynuna sarıldım ve, "İyi ki buradasın, anneciğim, seni çok özlemiştim," diye fısıldadım kulağına.

Anında yüzü ışıl ışıl oldu. "Ben de seni, tatlım, ben de seni," dedi.

### *1 Ekim, Perşembe*

Mualla Hanım bugün yine çok şıktı. Kahverengi uzun bir etekle, kahveli sarılı kırçıllı uzun bir hırka giymişti. İçindeki bej bluz simsiyah saçlarıyla koyu renk gözlerini iyice ortaya çıkarmış, kocaman tahta boncuklardan yapılmış kolyesi de giysilerine pek yakışmıştı.

Onun dersleri, hele de serbest saat, bizleri hayata hazırlayan bir kurs sanki. Bütün gücüyle öğrencilerine bir şeyler vermeye çalışan çok güzel bir öğretmen o.

Nitekim, bugünkü serbest saatte, "Çocuklar, sizlerle sadece konuşacağız," deyince, bakalım bunun arkasından ne gelecek diye beklemeye başladık.

"Gelecek yıl sonunda üniversite sınavlarına gireceksiniz."

Sınıftan bir uğultu yükseldi.

"Hocam, şimdi niye bu konuyu açtınız? Şurada güzel güzel idare edip gidiyorduk."

"Ama, Burak, bu başını kuma gömmek olmuyor mu?"

"Daha iki yıl var ama, hocam."

"İki yıl göz açıp kapayana kadar geçer."

"Çoğumuz dershanelere gitmeye başladık bile, hocam," dedi Dilek.

"Çalışmaya başlamanız çok güzel ama ben daha önemli bir konuyu tartışmamızı istiyorum."

Susmuş bekliyorduk. Belli ki, Mualla Hanımın aklında yine bir şeyler vardı.

"Çalışmak, sınavlara hazırlanmak önemli ama düşünüp geleceğinizle ilgili olarak sizin, dikkat edin bu 'sizin' sözcüğünün altını çizerek söylüyorum, ne yapmak istediğinize gerçek anlamda karar verebilmeniz çok daha önemli." Kürsüden inip her zaman yaptığı gibi, sıraların arasında dolaşmaya başladı.

"Hayattan ne beklediğinizi biliyor musunuz? Neleri sevdiğinizi, hangi konuların sizi çektiğini düşündünüz mü?

Hangi ortamda daha mutlusunuz, bunu araştırdınız mı? Ya yetenekleriniz? Yetenekleriniz, beklentilerinizle uyum içinde mi, yoksa olmayacak hayaller peşinde misiniz? Daha da önemlisi, acaba kararlarınızı hiç kafanızı yormadan, kendinizi sorgulamadan, sırf sizden beklenenler doğrultusunda mı alıyorsunuz? Yani salt toplumda saygınlığı olan, iyi para kazandıran bir meslek ya da ailenizin beklentileri doğrultusunda diye mi yapıyorsunuz seçiminizi?"

Doğrusu hiçbirimizin konuyu bu kadar derinlemesine düşündüğünü sanmıyorum. Onun için de susmuş, onu dinliyorduk.

"İşte bence, vakit varken, yani şimdi bunları düşünmenin tam zamanı. Bir yandan çalışıp hazırlanın, ona bir diyeceğim yok, ama bir yandan da düşünün. Düşünün ki, seçiminiz isabetli olsun; düşünün ki, sınavlara hazırlanırken ağırlık vereceğiniz konuları doğru biçimde saptayabilin. İşte bunları konuşalım istiyorum," dedi ve gülümseyerek bize baktı.

"Hocam, kafamızı karıştırıyorsunuz ama..." dedi Suphi.

"Ooo," dedi hemen Esin, "dünyamıza hoş geldin!" Geçen dönem Suphi hep Esin'le Melis'e, sosyetikler, diye takılıyordu ya, Esin de fırsatı kaçırmayıp Suphi'nin son günlerdeki garip tutumunu ima ederek taşı gediğine koymuştu.

"Niye kafan karışıyor, Suphi?"

"Ben kararımı çoktan vermiştim."

"İyi ya, öyleyse sorun yok."

"Sorun şu ki, hocam," dedi Suphi, başını kalemiyle kaşıyarak. "Sizin sorduklarınızın hiçbirini düşünmedim bile. Öyle sorular filan da sormadım kendime."

"Peki, bu kararı nasıl aldın?"

"Ne bileyim," diyerek omzunu silkti Suphi. "Öylesine karar verdim."

"Ama mutlaka bir nedeni olmalı, Suphi. Neydi sana bu kararı verdiren? Hem sen gelecekte ne yapmak istiyorsun, önce onu bir söyle bakalım."

"Ben bankacı olacağım."

"Çok güzel! Günümüzün en geçerli mesleklerinden."

Suphi'nin gözleri parladı. "Evet, evet, ben de geçerli meslek diye seçtim zaten."

"İşte, benim sana sorduğum da buydu. Demek geçerli olduğu için seçtin."

"Bir de," diye heyecanla sözlerini sürdürdü Suphi. "Çok iyi para veriyorlarmış. Yani yükseldiğin zaman maaşın diğer sektörlerdekilere beş basıyormuş."

"Lütfen düzgün bir Türkçeyle konuşalım," dedi Mualla Hanım ciddileşerek.

"Özür dilerim, hocam."

"Yani senin asıl nedenin para," dedi Toprak.

"Ne varmış bunda?" diye Toprak'a diklendi Suphi. "İyi para kazanmayı istemek suç mu? Allah bilir, sen beş para getirmeyen garip bir meslek seçmişsindir kendine."

"Ben para kazanmak kötüdür demiyorum, yaşamak için hepimizin paraya gereksinimi var, sadece ve sadece paraya kilitlenmek yanlış, diyorum. Ya o konuyu sevmezsen?"

"Ne diyor bu kız, Allahaşkına?" diye sınıfa seslendi Suphi ve devam etti. "Nerden çıkarıyorsun bankacılığı sevmediğimi? Hem bankacılığı seviyorum hem de iyi para kazanıp güzel yaşamayı. Var mı bir itirazın?"

"Bilmem," diye yanıtladı Toprak sakin bir tavırla, "Mualla Hanım bu soruyu bizlere sorduğunda, kafamızı karıştırıyorsunuz, demiştin de, ben de bundan senin bu kararı doğru dürüst düşünmeden almış olabileceğin kanısına vardım. Gerçekten düşünmüş olsaydın, kafan hiç de karışık olmazdı."

Şimdi sınıfta sadece Suphi'nin değil, herkesin aklı karışmıştı. Her kafadan bir ses çıkıyor, kimi Suphi'yi, kimi Toprak'ı savunuyordu.

"Bir dakika, çocuklar, bir dakika," diyerek bizi susturmaya çalıştı Mualla Hanım, sonra da, "sizlerle gurur duyuyorum," dedi.

"Aman hocam," dedim dayanamayarak. "Nemizle gurur duyuyorsunuz? Sadece Suphi'nin değil, hepimizin kafası karışık."

Güldü. "Ama bu, düşünmeye başladığınızın göstergesidir, onun için sizinle gurur duyuyorum, dedim. Ve benim de istediğim bu, zaten. Konuşalım, tartışalım, böylece herkesin düşünceleri, beklentileri, amaçları berraklaşsın. Ayrıca bunu sınıfta hep birlikte yaparsak, sizler için daha yararlı olur. Zıt fikirlerin çarpışması, sonuçların çoğunlukla daha sağlıklı bir düzeyde buluşmasını sağlar."

"Yani bu kargaşa iyi mi?" diye sordu Dilek, pek de ikna olmamış görünerek.

"Kalıplaşmış düşüncelere ve davranışlara takılıp kalırsanız, sıradan ve kalıplaşmış insanlar olup çıkarsınız. Oysa kafanızı kullanır, sorular sorarsanız, önce bir kargaşa yaşayacak, sonra içinizdeki yaratıcı ruhu yakalayıp kendinize özgü yolda adımlar atmaya başlayarak, kendi kendinizin önderi gibi davranacak ve yaşamınızı kendi kurallarınıza göre biçimlendirebileceksiniz." Kim bilir ona ne biçim bakıyorduk ki, bizi teselli etme ihtiyacını duydu.

"Canım, hemen de moraliniz bozulmasın. Yanıtları bugünden yarına bulmak zorunda değilsiniz. Daha önümüzde vakit var ve biz bu zamanı aramızda konuşup tartışarak, hepinizin kendisi için doğru olanı seçmesi amacıyla kullanacağız. Şimdilik sadece konuşup tartışıyoruz. Tamam mı?"

"Tamam," dedi bir iki cılız ses.

Öğretmenimiz gülümsemeye devam ederek Melis'e döndü. "Melis, örneğin sen ne yapmayı düşünüyorsun?"

"Ben Boğaziçi Üniversitesi'nde okumak istiyorum."

"Çok güzel! Hangi bölümü istiyorsun?"

"Fark etmez."

Mualla Hanım da aynı benim gibi şaşırmıştı. "Okulu biliyorsun ama seçeceğin bölümü bilmiyorsun, öyle mi?"

Melis saçlarını geriye atarak, "Hocam, ben o okula bayılıyorum. Ortamını çok beğeniyorum, bu nedenle de orada okumak istiyorum," diye yanıtladı.

"Şuna hava atmak istiyorum desene..." Yine Toprak'tı konuşan. Yani bu kız da sanki insanların dalına basmak için yaratılmış. Nitekim, Melis'i de kızdırmayı başardı.

"Sen hava atmak diyorsun; bense güzel ve uygar bir ortamda, hoş insanların arasında okumak ve bir yere girdiğim zaman, bu bir Boğaziçilidir diye saygı görmek istiyorum, diyorum."

"Ben de aynen Melis gibi düşünüyorum," diyerek arkadaşını destekledi Esin.

"Vahşi kapitalizmin yükselen kokuşmuş değerleri..."

"Toprak, Toprak," diye araya girdi hocamız. "Birbirimizin fikirlerine saygı duymalıyız. Hoşgörüyle dinlemesini öğrenemezsek hiçbir yere varamayız." Sonra Esin'e dönerek sordu. "Sana bir şey sormak istiyorum, Esin. Senin çizimlerin çok güzel, hiç bu yeteneğini geliştirmeyi düşündün mü?"

Esin şaşkın şaşkın Mualla Hanıma baktı. "Hayır, hocam, aslını isterseniz, böyle bir şey aklıma bile gelmedi."

"Neden?"

"Bilmem!" Bir an düşündü, sonra güldü. "Kendimi bir ressam olarak hiç düşünemiyorum da..."

"Çizimi iyi olanlar sadece ressam olmaz ki. Bu yeteneğini reklamcılık ve endüstri alanında kullananlar da var. Ayrıca Güzel Sanatlar Akademisi'nde senin gibi yeteneği olanlar için seçenek çok."

"Valla hocam, bilmem ki," diye kekeledi Esin. Şimdi de onun kafası karışmıştı.

"Bir düşün," dedi Mualla Hanım, sonra bana döndü. Eyvahlar, diye sessiz çığlıklar atıyordum içimden.

"Söyle bakalım, Serra, sen ne düşünüyorsun?"

"Hocam," dedim.

"Evet."

"Ben..."

"Evet."

"Ben ne yapacağıma henüz karar vermedim." Tabii anında sınıfta kahkahalar yükseldi.

"Gülmeyin, çocuklar. Bence öylesine seçim yapmak yerine, henüz karar vermedim demek, çok daha sağlıklı. Pekâlâ, Serra, sen düşün, hazır olunca bize bildirirsin."

"Peki, öğretmenim." Artık bu konuyu ciddi bir biçimde düşünmem gerek.

"Sen, Aylin," diye devam etti Mualla Hanım. "Sen ne yapmayı düşünüyorsun?"

"Halkla ilişkiler."

"Çok güzel. Neden?"

Al işte! Aylin de susup kalmıştı. "Neden mi?"

"Evet, neden halkla ilişkiler?"

"Ay hocam, ne bileyim, hoş bir meslek. İnsanlarla beraber oluyorsunuz; davetler, kokteyller düzenliyorsunuz. Böyle bir ortamda çalışmak zevkli olmalı."

"Çalışma ortamını araştırdın mı?"

"Nasıl yani?"

"Şöyle ki, senin anlattıkların, yani seni etkileyen öğeler, uzun ve zorlu bir çalışmanın sonucu. Benim bir arkadaşım halkla ilişkiler uzmanı da, ondan biliyorum. İşin bu yönünü araştırmadınsa, bunu hemen yapmanı öneririm, çünkü arkadaşımın anlattığına göre, onlara staj yapmaya gelen pek çok öğrenci bir iki ay sonra pes edip işi bırakıyormuş."

"E hocam, sağ olun yani," dedi Burak. "Bugün hepimize çok güzel moral veriyorsunuz,"

Mualla Hanım bir kahkaha atarak en öndeki sıranın üstüne oturdu. "Hayır, Burak, hayır! Sadece sormanız gereken sorulara, araştırmanız gereken konulara dikkatinizi çekmek istiyorum, yoksa o kadar da gamlı baykuş değilim." Bir an düşündü ve devam etti. "Müdür Bey bu yıl son sınıflara meslek seçimi konusunda yardımcı olması amacıyla, değişik alanlarda çalışan kişileri okula davet edeceklerini söylüyordu. Her on beş günde bir, bir konuşmacı getirmeyi düşünüyorlar. Keşke sizler de katılabilseniz. O zaman meslekler hakkında doğru dürüst bilgi edinebilirdiniz, böyle kulaktan dolma bilgilerle alınan kararlar ne derece sağlıklı olabilir ki."

"Hocam, ben ne istediğimi çok iyi biliyorum," dedi Burak.
"Neymiş bakalım senin istediğin?"
Sadece Burak değil, tüm sınıf bağırdı.
"Bilgisayar!'"
Gerçekten de Burak'ın kızlardan çok ilgisini çeken bir konu varsa, o da bilgisayardı.
"Ben bilgisayar mühendisliği okumak istiyorum, üstelik konumu da iyice araştırmış bulunuyorum."
Simten, "Bilgisayar odasından çıktığı yok ki..." dedi.
"Ne yapalım, kızım, geçen gün bilgisayar bozulmuş, tamir etmek için hoca beni çağırdı. Ayrıca lise 1'lere de ben öğretiyorum."
"İyi, iyi, hemen övünme."
"Övünmüyorum, odadan neden çıkmadığımı anlatıyorum."
Bizler hâlâ dördümüz, beşimiz bir bilgisayarın başında işin alfabesini sökmeye çalışırken, Burak bu işi çoktan öğrenmiş, adamakıllı yol almıştı bile.
"Tabii," dedi Aylin. "Benim de evde bilgisayarım olsa, ben de Burak gibi olurdum. Annemlere o kadar söylüyorum ama oralı oldukları yok."
"Kendi bilgisayarın olmayınca çok geri kalıyor insan," diye Aylin'e katıldı Simten.
Onları hiç sevmememe karşın, hem Aylin hem de Simten çok haklıydı. Öyle okulda bir sürü kalabalıkla bilgisayar paylaşılarak pek bir şey öğrenilmiyor.
"Sıla," dedi Mualla Hanım. "Sen ne düşünüyorsun?"
"Ben araştırmacı doktor olmak istiyorum."
"Yaa..." Bu yanıt Mualla Hanımı etkilemişti. Sıla'nın boş konuşmayacağını herkes bilir. "Çok ilginç! Neden araştırmacı doktor?"

"Hastalıkların nedenini bulup çareler üretenler araştırmacılar da ondan. Doktorlara ise bu durumda doğru tanı koyup ilaç yazmak kalıyor. Oysa ben çare üretenlerden olmak istiyorum."

"Çok ilginç, çok," diyerek sanki işin içyüzünü anlamak istercesine Sıla'ya bakıyordu Mualla Hanım.

"Neden bu konuya bu kadar ilgi duyuyorsun?"

"Özel bir nedeni var, hocam."

"Tabii, Sılacığım, özür dilerim."

Sıla'nın annesinin kan kanseri olduğunu ve onun bu nedenle araştırmacı olmak istediğini Dilek'le benden başka kimse bilmiyordu. Yerine oturduğunda Sıla'nın yüzü sapsarıydı. Mualla Hanım bu konunun onu üzdüğünü anlamışçasına hemen Toprak'a döndü.

"Söyle bakalım, Toprak, senden ne haber?"

"Ben hukuk okuyacağım."

"Harika! Neden?"

"Çünkü toplumdaki eşitsizlikler beni çok rahatsız ediyor."

"Ve," diye lafa atladı Melis. "Sen de kılıcını kuşanıp dişi bir Robin Hood gibi zavallıları savunacaksın."

Eee, Melis bu! Az önceki lafın altında kalır mı hiç.

Ama Toprak gayet sakin, "Evet, aynen öyle," dedi. "Tabii ki dişi Robin Hood olmak gibi bir iddiam yok. Melis'in fantezileri beni aşıyor."

Sınıftan, "Ooo," sesleri yükseldi. Bu söz düellosu herkesin hoşuna gitmişti.

Toprak devam etti. "Hukuk okuyup özellikle de haksızlığa uğrayan kadınları savunmak istiyorum."

"Aslan feministim benim," dedi Burak.

Burak'ı da duymamış gibi sözlerini sürdürdü Toprak. "Sanayileşme sürecinde olan toplumlarda en çok ezilenler kadınlar ve gençlerdir. Bilgi toplumuna geçene kadar da bu böyle sürer gider. Ülkemiz bu süreci yaşamakta ve madem bu beni rahatsız ediyor, o zaman toplumun duyarlı bir bireyi olarak ezilenlere yardım ederek kendimce katkıda bulunmak istiyorum."

"Bravo," diye bir alkış koptu. Bu, Toprak'ın söylediklerinden çok etkilenmiş olan Dilek'ti. Aslında ben de Dilek'le aynı fikirdeydim. Gelecekle ilgili, derinlemesine düşünülmüş karar diye, ben buna derim işte. Tabii Sıla'nınkini de yabana atmamak gerek. O da enine boyuna düşünüp yapmıştı seçimini.

Ya sen, Serra Hanım? Eller aya gidiyor, sen yaya... Düşünmeliyim, derhal ve şiddetle düşünmeliyim.

Dersin bittiğini belirten müzik çalmaya başladı.

Mualla Hanım, "Bir dakika çocuklar, bir dakika," dedi. "Kafalarınızı karıştırıp sizi mutsuz ettiğimi biliyorum ama bu konuda son bir şey istiyorum sizden. Önümüzdeki zaman içinde, kendinize dönüp içinizdeki sesi bulmaya çalışın. Bu ses size beklentilerinizi, isteklerinizi, rüyalarınızı söyleyecektir." Ve koşup tahtaya bir şeyler yazmaya başladı. Bir yandan da dönmüş, bize sesleniyordu. "Bunu defterinizin bir köşesine not edin ki, arada bir bakıp düşünesiniz. Bugünlük bu kadar.'"

"Daha ne olsun, sevgili hocam," dememek için kendimi zor tuttum. Ve işte yazdıkları:

*Kendi ayaklarınızın üstünde sağlam basmak istiyorsanız; önce içinizdeki sesi bulun.*

*Bu, kendi yıldızını bulmak gibi bir şeydir.*

*İçinizdeki ses önce çok zayıftır, inceciktir, hatta ilk başta duyamazsınız onu.*

*Ama siz yine de dinleyin.*

*Kendi içinize dönün ve derinliklerde saklı olan gerçek düşünce ve istekleri yakalayın.*

*Ve onları izleyin.*

*İşte bu, sizin yıldızınızdır.*

*Pırıltısıyla, ışıltısıyla size yol gösterecek olan yıldızınız.*

Harika, değil mi?

Yemekte gidip Toprak'ın yanına oturdum. "Hayret bir şeysin!"

"Bu bir övgü mü?"

"Hem de nasıl."

"Teşekkür ederim."

"Toprak?"

"Evet."

"Ne yapacağını, hem de bu kadar ayrıntılı biçimde nasıl bilebiliyorsun?"

Ağzındaki lokmayı yuttuktan sonra, "Düşünerek," dedi.

"Ben de düşünüyorum ama yine de bilemiyorum. Hoş annem biliyor."

"Ne diyor annen?"

"Ekonomi oku diyor."

"Dua et, işletme oku dememiş."

"Niye öyle dedin?"

"Çünkü şimdi aileler bir işletme diye tutturdular da ondan. Geçer akçe diye düşünüyorlar ya, çocukta o işe heves ya da yetenek varmış yokmuş, hiç arayıp soran yok."

"Annem ekonominin çok geniş bir alanı kapsadığını, iş dünyasında bana yararlı olacağını söylüyor."

"Doğru," dedi Toprak. "Tabii ekonomi sana göre bir konuysa..."

"İşte ben de bunu bilmiyorum ya... Ama annemin yanı sıra babamla Murat Enişte de aynı fikirde."

"Bak şöyle de düşünebilirsin."

Bir umut, kulak kesildim.

"Yazın yaptığın çalışmalar var ya..."

"Evet."

"O çalışmalar arasında hoşuna gidenler bir ipucu olabilir ama..." dedi ve benim için duyduğu çaresizliği belirtircesine içini çekerek, "deneyimin de öyle az ki..." diye ekledi.

"Romeo ve Jülyet balesinde yer göstermek hoşuma gitmişti."

"İyi ama, Serra, bu bir meslek değil ki..."

Birden, "Toprak," dedim. "Bilmem bir işe yarar mı?"

"Söyle, söyle."

"Melislerle otellere gidiyordum bir aralar."

Yüzünden alaycı bir gülümseme geçti belirli belirsiz.

"Sonra bazen de dedemlerle gidiyoruz filan..."

"Serra, konuya girer misin?"

"İşte ben o zamanlarda hep, böyle bir yerde çalışmak ne güzel olur, diye düşünmüşümdür."

"İşte sana ipucu," dedi Toprak.

"Ama böyle düşündüğümün farkında bile değildim. Şimdi seninle konuşurken aklıma geldi."

"Konuya yoğunlaştın da ondan."

"Hay Allah, hayret bir şey," deyip duruyordum. "Yani şimdi ben hayattaki beklentimi, mesleğimi buldum mu?"

"Amma da uçtun, dur bakalım. Sen otellerde çalışmanın sana çekici geldiğini anımsadın. Hepsi bu."

"Yani bir otelde çalışabilirim, yani turizm okuyabilirim..."

"Neden olmasın? Eğer istediğin buysa..."

"Düşünmem gerek."

"Hah, şöyle."

Melis yanımıza gelip oturdu. "Neler kaynatıyorsunuz bakalım. Öyle bir kaptırmışsınız ki, dünya yıkılsa farkında olmayacaksınız. İki saattir size el sallıyorum."

"Sınıftaki konunun devamını konuşuyorduk," dedim.

"Aman sus, bir de yemekte aynı şeyleri dinleyemem. Patladım sıkıntıdan. Hem size müthiş bir haberim var."

"Anlaşılan anlatmadığın bir biz kaldık ki, kalkıp buralara kadar geldin," dedi Toprak.

Melis, "İstemiyorsanız, anlatmam," diyerek kalkacak oldu. Hemen koluna yapıştım. "Sen ona bakma, Melis, hadi anlat." En ballı dedikodular ondadır.

"Suphi'nin bunalım nedeni ortaya çıktı."

"Yaa..." demişim hayretle.

"Yaa..." dedi Melis, büyük bir keyifle.

"Gerçi," dedim. "Artık yavaş yavaş sınıfta konuşmaya başladı."

"Sadece konuşmak mı, gülümsemeye ve ıslık bile çalmaya başladı."

"İyileşiyor desene."

"Farkında mısınız bilmem, birkaç gündür Burak'la da arası eskisi gibi. Ben de ilk fırsatta Burak'ın yanına yanaşıp, 'Gözün aydın,' dedim. 'Ne demezsin,' dedi Burak. Yeniden arkadaşına kavuştuğu için çok mutluydu. 'Derdi neymiş?'

diyerek hemen konuya girdim." Bunları söyledikten sonra bir kahkaha attı.

Âlem kız!

"Meğer işin içinde iş varmış."

Ben Melis gibi güzel dedikodu anlatana hayatımda rastlamadım. Bizim Sırma bile onun eline su dökemez. Gözleri fıldır fıldır, gülüşü fıkır fıkır, bazen de kendi anlattıklarına kendi heyecanlanıp ayaklara fırlıyor ve hem taklit yapıyor hem de anlatıyor. Üstelik birini taklit ederken bir köşede duruyorsa, ötekininkini yaparken hemen yer değiştiriyor. Özetlemek gerekirse, sanki bir olay anlatılmıyor, bir piyes sahneleniyor.

"Suphi'nin suratsızlığının nedeni kırık bir aşk hikâyesiymiş."

"Vah, garibim."

"Efendim, Suphi yazın bir kıza aşık olmuş. Kız da buna yüz verir gibi yapmış ya da bizimki öyle zannetmiş, orasını bilemeyeceğim. Sonra kıza çıkma teklif etmiş."

"Yaa..."

"Düşünebiliyor musunuz, bizim Suphicik. Neyse, kıza çıkma teklif etmiş ve..."

"Hadi ama, söyle sonra ne olmuş?"

"Kız onu reddetmiş."

"Hay Allah!"

"Sadece reddetse yine iyi."

"Dahası mı var?"

"Evet; Suphi, neden benimle çıkmak istemiyorsun, diye sormuş."

"Bak salağa... Sana hayır demişler, daha ne karıştırıyorsun."

"Nedenini bilmek onun da hakkı," diyerek Toprak bile bu dedikodu seansına katıldı. "Şahsen ben bilmek isterim."

"Ben canın cehenneme derim," dedim.

Melis, "Eee, dinleyecek misiniz, dinlemeyecek misiniz?" diye çıkıştı bize.

"Tamam, tamam, anlat hadi."

"Suphi, neden benimle çıkmıyorsun, diye sorunca kız ne dese beğenirsiniz?"

"Sen söylersen öğrenebileceğiz."

"Hadi ama..."

"Kız ona, ben sürekli sululuklar yapan, şaklaban tiplerden hoşlanmadığım için seninle çıkamam, demiş."

"Vay be!"

"Çok gaddarmış ama..."

"Ne kızlar var, görün bakın. Herkes biz mi?" diye hemen kendine pay çıkardı Melis. "Şahsen ben olabildiğince insanları kırmamaya çalışırım."

"Demek onun için artık sınıfta ne şaka yapıyor ne de tahtaya yazılar yazıyor."

"Peki, bunları Burak sana nasıl anlattı? Yani eminim Suphi bilinmesini istemez."

"İnsanların ağzından laf almayı bileceksiniz," diyerek çapkınca göz kırptı Melis. Ve... hepimiz toparlandık, çünkü Suphi'yle Burak yemek tepsilerini bırakmak için yanımızdan geçtiler.

"Duydular mı acaba?" dedim. "Duydularsa çok ayıp olur."

"Yok, yok, merak etme. Ben onların gelişini gördüm, duyacak gibi olsalardı susardım. Ama sonuçta Suphi artık bunalımdan çıkmış gibi görünüyor."

"Eh, önemli olan da bu," dedim.

Bu da bugünün öyküsüydü.

*4 Ekim, Pazar*

Bugün ailemi devlet gücüyle otele götürdüm. Hem de Çırağan Oteli'ne...

Toprak'la konuştuklarımızın sonucunda bir kez daha otele gidip yeni düşünceler ışığında, kendimi sınamak istedim. (Öf, ne cümle ama!) Tabii bizimkilere asıl nedenimi söylemedim, öyle ya, ortada fol yok yumurta yok. Bu isteğim karşısında annem biraz şaşırdı ama, "Madem içinden geldi, pekâlâ," dedi ve dedemleri aradı.

"Serra Hanım bu pazar bir otele gitmek istiyormuş." Böylece uzun görüşmelerden sonra çaya Çırağan Oteli'ne gidilmesine karar verildi. Hem yeni bir yer göreceğim, hem de geleceğimle ilgili konuda bir otele alıcı gözüyle bakacağım için bayağı heyecanlıydım.

Çırağan Oteli ne kadar güzel bir yermiş meğer. Ağaç boyundaki bitkilerle bambu koltuklar ve çiçekli yastıkları sera havası vermişti çay salonuna. Geniş teraslar ve yüzme havuzu denizle iç içeydi; oturduğumuz yerden görünen manzaraysa... muhteşemdi.

Dedem sordu. "Bu otele gelme fikri de nerden çıktı?"

Anneannem ise her zamanki gibi, "Çocuk haklı. Arada sırada böyle yerlere de gelmek lazım," diyerek beni kolladı.

Onlar konuşurken, ben çoktan düşünmeye başlamıştım bile. Böyle bir yerde çalışmayı ister miyim, diye sordum kendi kendime. Ve cevap bir yoyo topu gibi, hem de nasıl, şeklinde geldi.

"Ben bir tuvalete kadar gideceğim."

"Kız, daha yeni geldik," dedi dedem.

Ve yine anneannem, "Canım sen de uğraşma şu çocukla," diye onu susturdu.

Aslında tuvalet bahaneydi, oteli kendi başıma gezmek istiyordum. Ağır adımlarla lobiye geçtim. Danışmada çalışanlara baktım, ne kadar da güzel giyimli, havalı kızlardı. Kendimi bir an onların yerine koyarak hayallere daldım.

Bir turist bana bir şey soruyormuş, ben mükemmel bir İngilizce ve çok tatlı bir gülümsemeyle onu yanıtlıyormuşum. Ayrıca saçlarım ve makyajım da kusursuzmuş. Kar gibi beyaz bir bluz, daracık lacivert bir etek giyiyormuşum, boynuma da kırmızı bir eşarp bağlamışmışım. Sonra benimle birlikte çalışan o yakışıklı delikanlı bir espri yapıyormuş ve birlikte gülüyormuşuz.

"Size yardımcı olabilir miyim?"

Öylesine hayallere dalmışım ki, danışmanın önünde salak gibi duruyormuşum meğer. Hemen toparlanıp, "Telefon nerede acaba?" deyiverdim.

Genç kız tam da hayalimdeki gibi bir gülücükle, "İleriden sağa dönün, orada," dedi.

"Teşekkür ederim."

"Rica ederim."

Ay, ne hoş! Tabii telefon filan edeceğim yoktu, o anda aklıma geleni söyleyivermiştim. Ama yine de, hadi oraları da bir göreyim diye tarif edilen yere yöneldim.

Geniş koridorlar, yumuşacık halılar, küçük dükkânlar, bir telaş gidip gelenler... Evet evet, dedim içimden, çalışmak için harika bir yer burası.

Masaya döndüğümde dedem bu kez de, "Kız, nerede kaldın?" dedi. Bazen ne kadar lüzumsuz yere uğraşıyorlar insanla.

Annem, "Çay ve sandviç ısmarladık. Eğer pasta istiyorsan, gidip oradan seçmen gerek," diyerek konuyu değiştirdi. Bu kez de pastaların olduğu bölüme yollandım. Servis yapanlar gencecik kızlar ve delikanlılar. Göğüslerine adlarının yazılı olduğu küçük kartlar iliştirilmiş. Onca nefis görünüşlü pasta arasından seçim yapmakta epeyce zorlandıktan sonra çilekli pastada karar kıldım, ama bu kez de aklım ötekilerde kaldı.

"Anne," dedim. "Bak serviste çalışanların adları yazılı göğüslerinde."

"Onlar stajyerler..."

"Öyle mi?"

"Evet, onların hepsi turizm öğrencisi. Oteller artık stajyerleri de çalıştırıyor ki, bu da hem öğrenciler, hem de otel için çok iyi."

Bak sen şu işe!

Bizim masaya bakan kız çok şirindi. Ufak tefek, esmer, güleryüzlüydü. Anneme fısıldadım. "Ne olur sorsana, hangi okula gidiyormuş."

Annem, "İlahi, Serra," diyerek bana güldüyse de genç kız yanımıza gelince sordu. "Siz hangi okulda öğrencisiniz?"

"Boğaziçi Üniversitesi'nde."

"Ama şimdi okul dönemi değil mi?" Öyle ya...

Kız bir yandan tabakları, çatal bıçakları yerleştiriyor, bir yandan da bana cevap veriyordu.

"Staj dönemimi daha çabuk tamamlayabilmek için kışın hafta sonları da çalışıyorum. Bazı oteller bu konuda anlayışlılar, yani programı esnek tutuyorlar."

Annem, "Sizin okulunuz kaç yıllık?" diye sorulara devam etti.

"İki yıllık ama gelecek sene dört yıllık olacak."

"Bu iş yorucu değil mi, kızım?" diye bir soru da dedemden geldi.

Kız gülümsedi. "Evet, gerçekten çok yorucu."

"Tabii ya, bütün gün ayakta durmak kolay mı! Nasıl dayanıyorsun buna?"

"İşimi seviyorum, efendim."

"Canım onlar genç, ne diye kendinle kıyaslıyorsun," diye anneannem lafa karıştı.

"Başka bir arzunuz var mı, efendim?"

"Hayır, yavrum, teşekkür ederiz. Haydi Allah kolaylık versin," dedi yine dedem.

Stajyer kız, "Teşekkür ederim," deyip masadan uzaklaştı.

Onun arkasından bakan dedem başını iki yana sallayarak, "Ne günlerden ne günlere geldik. Alaylı garsonlardan, okumuş, pırıl pırıl gençlerin eline geçti bu işler de. Konuşmaları bile bambaşka."

"Hepsi doğru düzgün aile çocukları, görgüleri var, bir de eğitim eklenince, işte böyle insanın içini açan görüntüler çıkıyor ortaya."

"Turizm sektörü çok ilerledi, çok. İzmir'de bu konuyu Murat'la konuşmuştuk da, bu yıl her zamankinden çok sayıda turist bekleniyormuş. Ülkemiz güzel, bir de modern oteller yapılıp böyle elemanlar hizmet verince, neden bir İspanya olmayalım. İspanya turizmle kalkındı, bizim onlardan neyimiz eksik."

"Biliyor musunuz," dedim artık kendimi tutamayarak. "Belki ben de turizmci olurum."

"Hoppalaaa..." dedi dedem. "Bu da nereden çıktı şimdi?"

Annem hayretle bana bakıyordu. "Serra, böyle bir niyetin olduğundan bana hiç söz etmemiştin."

"Böyle bir niyetimin olduğundan ben de haberdar değildim, anneciğim. Ama ne bileyim, her otele gidişimde burada çalışmak ne güzel olurdu, diye düşünüyorum. İşte bu nedenle, belki de turizmci olurum, diye düşünüyorum."

"Bense, seninle konuşmalarımızdan sanki ekonomiye yönelecekmişsin gibi bir izlenim edinmiştim."

"Onu da düşünmüyor değilim."

"Hah, işte doğru dürüst bir meslek," dedi dedem.

"Ama dede, ekonomiyi sevip sevmediğimden emin değilim. Annemin, senin ve Murat Eniştenin önerileri doğrultusunda, ekonomi okumanın bana çok yararlı olacağına inanıyorum ama ya dersleri sevmezsem? Neler okuyacağım hakkında fikrim yok ki... Kendimi bir boşluğa bakar gibi hissediyorum. Ayrıca tam anlamıyla ne yapmak istediğimi de bilmiyorum. Oysa sınıfta benden başka herkesin iyi kötü bir fikri var."

"Bak ne yapacağız," dedi annem. "Benim üniversitede ekonomi dersleri veren bir arkadaşım var. Seni onunla tanıştırırım, tüm sormak istediklerini sorarsın."

"Anne," dedim gitgide umutsuzluğa kapılarak. "Ne soracağımı bile bilmiyorum. Bilmediğim bir konu hakkında ne sorabilirim ki..."

"Olsun, yine de ona bir danışalım. Onca öğrencisi var, eminim bize bir yol gösterecektir. Hem sen şimdi söyle bana, az önce söylediklerinde ciddi miydin?"

"Yani turizm konusunda mı?"

"Evet."

Birden içimde çiçekler açtı sanki.

"Evet... Yani yine emin değilim ama Toprak bana bir konuda sonuca varmak için o konuda yoğunlaşarak düşünmem gerektiğini söyleyince, aklıma hemen otellere her gidişimde, burada çalışmak ne güzel olur, diye düşünmüş olduğum geldi. Hem bu konu gözümün önünde, ne yaptıklarını, nasıl çalıştıklarını görüyorum. Sonra hareketli bir iş, ofise kapanıp kalmıyorsun, sürekli insanlarla berabersin. Gelenler, gidenler, turistler, seyahatler... Ne bileyim, çok hoşuma gidiyor."

"Bu iş ne kadar da yorucu, sen onun farkında mısın?" dedi dedem. "Herkes tatil yapar, eğlenirken, turizmciler çalışıyorlar. Bak, az önceki stajyer de işinin yorucu olduğunu söyledi."

"Aynı zamanda da, işimi seviyorum, dedi."

"Onu bunu bilmem," dedi dedem. "Sen git avuçla para dök, yıllarca dirsek çürüt, sonra da ona buna hizmet et. Kahvesini, çayını ayağına götür."

"Ama, dede, daha biraz önce o kızı öve öve göklere çıkarıyordun."

"O benim torunum değil ki..." demez mi...

Mantığa bakar mısınız.

"Tamam, Serracığım," dedi annem, olası bir çatışmayı önlemek istercesine. "Hem ekonomiyi, hem de turizmi araştırırız. Sen de öyle karar verirsin."

"Aslında çabuk karar vermem gerek."

"Neden?"

"Ekonomi okuyacaksam fen puanlarıma, turizm okuyacaksam sosyale ağırlık vermem gerek."

"Sen şimdi bir de dershaneye gitmeye başlayacakmışsın, öyle mi?"

"Evet, dedeciğim. Hafta sonları sabahtan öğleye kadar, hafta içinde de akşamüstü gideceğim."

Dedem anneme dönerek, "Yahu günahtır, parmak kadar çocuk bu kadar yükü nasıl kaldırsın?" dedi. "Hem daha iki sene var, ne bu acele. Annesisin, bir şey söylesene."

"Babacığım, maalesef şimdi üniversite sınavlarında başarılı olmak o kadar güçleşti ki, çoğu öğrenci lise 2'de dershanelere gitmeye başlıyor."

"Kimisi de özel dersler alıyor," diye ekledim. Sonra anneme dönüp, "En çok da neye üzülüyorum, biliyor musun anne?" dedim.

"Neye canım?"

"Mualla Hanımla hafta sonu gezilerimizi, geçen dönemdeki gibi sık sık yapamayacağız."

"Merak etme, hem o, hem de sizler öyle planlı programlı çalışıyorsunuz ki, geçen dönemdeki kadar olmasa da, yine bir şeyler yaparsınız."

"Bana bak," dedi dedem. "Yoksa bu hafta otele gidelim diye tutturmanın altında bu niyetin mi yatıyordu?"

"Senin gözünden de hiçbir şey kaçmıyor, dedeciğim."

"Tabii, kaçın kurrasıyız biz," dedi. Sonra da, "Seni seni," diyerek parmağını salladı bana.

Anneannemle annemin jetonlarıysa yeni düşmüştü. "Seni hınzır seni."

"Ömürsün Serra, ben ne diyeyim sana," deyip duruyorlardı.

Evet, bu pazarki araştırma (!) gezim sonucu gelecekle ilgili kararıma doğru bir adım daha atmış bulunuyorum.

Louisa May Alcott'un *Küçük Kadınlar* adlı kitabına başladım. Kardeşlerden iki numaralısı yani Jo'yu kendime benzettim. Azıcık delişmen, kitap kurdu ve yazı yazmayı seviyor. Abla Meg hem güzelliği hem de anaçlığıyla bana Melis'i hatırlattı. En küçük kızkardeş Amy ise süse düşkünlüğü ve kaprisli halleriyle, duymasın ama, bizim Sırma'ya benziyor. Tam gönlüme göre, şöyle sular seller gibi okuyabileceğim bir kitap. Hay yaşayasın sen, Toprak. Bu üç kitabı bitirdikten sonra geçen yıl aldığım kararı uygulamaya devam edeceğim. Yani oradan oraya sıçramayıp okumalarımı bir çizgide götürerek bizim yazarlarımızın eserlerini okumayı sürdüreceğim.

Az önce babaannem aradı. Sonra babam aradı. Cüneyt a-ra-ma-dı.

### *7 Ekim, Çarşamba*

Bu sabah Toprak sınıfa girer girmez, "Serra," diye seslendi.

Sonra hızlı adımlarla yanıma gelip oturdu, nefes nefeseydi. "Senin için bir iş ayarladım galiba."

"Ne?" Şaşkınlıktan dilimi yutacaktım neredeyse.

"Dur biraz kendime geleyim. Geç kalmayayım diye merdivenleri dörder dörder çıktım."

"Tamam tamam. Önce bir soluk al da, öyle anlatırsın."

Neyse, kendini kısa sürede topladı ve anlatmaya başladı.

"Benim ara sıra çalıştığım bir turizm şirketi var, sahipleri güzel insanlar. Seninle konuştuktan sonra onlar aklıma geliverdi. Hani sen turizm falan demiştin ya, orası da bir turizm acentası ya, şu Serra bir süre orada çalışsa belki bir fikir edinir, diye düşündüm."

"Harikasın, Toprak."

"Sahi, memnun oldun mu?"

"Memnun olmak da ne demek, uçtum. Kızmayacağını bilsem, boynuna sarılır, seni şapur şupur öperdim."

"Abartmayalım," dedi hemen ve ekledi. "Yarın akşamüstü için randevu aldım. Birlikte gideriz, seni tanıştırırım. Sana uygun mu?"

"Uygun uygun! Ay Toprak, bu çok iyi." Sonra ona pazar günü Çırağan Oteli'ne gidip kendimi tartışımı anlattım. Beni dikkatle dinlerken, gözlerindeki beğeniyi görmek, bu kulunuzu çok, çok mutlu etti.

Böylesine göklerde uçarken, Dilek'in gözleriyle Sıla'yı işaret edişi hızımı kesti. Toprak'la konuşmaya bir dalmışım ki, onların yerlerine geçtiklerini fark etmemiştim bile. Teneffüste Dilek'e sordum.

"Hayrola, Sıla'nın bir sorunu mu var?"

"Hem de nasıl."

"Ferit'le mi ilgili?"

"Zeki kızsın vesselam."

"Tartışmışlar mı yine?"

"Hem de ne biçim!"

"Anlatsana Dilek, lafları ağzından cımbızla mı çekmem gerek?"

"Bak, bu uzun bir hikâye, onun için iyisi mi öğle tatilinde kantinden bir şeyler alalım ve gidip bahçede yiyelim."

"Bu soğukta mı?"

"Canım, kara kışta değiliz ki... Hem bahçede bizi kimse rahatsız etmez."

"Bak, o konuda haklısın."

Ve üçümüz öğle tatilinde kantinden birer sandviç alarak ceketlerimizi giyip bahçeye süzüldük. Sıla'nın çok üzgün olduğunu anlamak için kahin olmaya gerek yoktu. Yüzü sararmıştı zavallımın.

"Sılacığım, ne oldu?" dedim. Sıla gibi efendi, akıllı ve iyi huylu bir kızın üzülmesi ne büyük haksızlık. Öte yandan, bol kusurlu Aylin'le Simten gülüp oynuyorlar. Bu tür bir adaleti anlayan beri gelsin.

Gözlerinden ip gibi yaşlar inmeye başladı.

"Canım benim," diyerek sarıldım ona. "Ne olur ağlama."

O da bana sarılarak hıçkırmaya başladı. "Bana vurdu, Serra."

"Ne..." Sıla'yı geriye doğru itip yüzüne baktım. "Sen neler söylüyorsun?"

"Bana vurdu. Tartışırken öyle bir tokat attı ki..." dedi ve yine hıçkırıklara boğuldu.

Donup kalmıştım. Bu tip öyküler duyuyoruz, daha doğrusu gazetelerde okuyoruz ama çevremde, benim çevremde, benim arkadaşlarım arasında böyle bir olayı yaşayacağıma hiç ama hiç ihtimal vermezdim.

Dilek ise, Sıla'nın arkasından bana bakıp başını sallıyordu üzgün üzgün.

"Hayvan herif..." dedim, kendimi tutamayarak.

Sıla bir süre daha ağladıktan sonra anlatmaya başladı.

"Biliyorsun, dershaneye yazıldım. Bunu ona söyleyince kıyametler koptu."

"Ne dedi?"

"Ne lüzumu varmış, evde de çalışabilirmişim. Ben oraya sırf erkeklerle bir arada olmak için gidiyormuşum."

"Ay, inanmıyorum! Peki, sen şimdi de erkeklerin arasındasın, çekip okuldan da alsın bari."

"Zaten okuldakilere de bozuluyormuş ama sabrediyormuş, liseyi bitireyim diye."

"Sağ olsun, ne kadar da anlayışlıymış." Yani öyle abes bir suçlamaydı ki... Sıla kim, karşı cinsle kırıştırmak kim...

"Ben, yine de sakin olmaya çalışarak, 'Feritçiğim,' dedim. 'Biz birbirimizi seviyoruz, benim başkalarına bakmam mümkün değil.'"

"Peki, o zaman ne dedi?"

"'Beni sevsen, bu kadar üzmezdin ve ailemin karşısında küçük düşürecek davranışlarda bulunmazdın,' dedi."

"Ailesi bilmiyor bile ilişkinizi."

"Bu yıl okuldan mezun olunca ailesine söyleyecekmiş. İşini kuracak, ben de liseyi bitirince evlenecekmişiz. Ben bu arada kurslara, hele hele üniversiteye gidersem, ailesi onun bir erkek gibi davranmadığını düşünürmüş."

"İnanılır gibi değil. Bu devirde hâlâ böyle düşünenler var demek."

"Ben de artık kızdım ve kimsenin hayatımızı yönlendirmeye hakkı olmadığını, ayrıca çocukluğumdan beri araştırmacı olmayı hayal ettiğimi ve bundan da vazgeçmeyeceğimi söyledim."

Kendimi tutamayıp, "Aslanım benim," dedim ama Sıla yeniden ağlamaya başladı.

"İşte o zaman, 'Demek sen bana karşı geliyorsun,' diyerek bir tokat attı."

"Eli kırılsın!"

"Öyle şaşırdım ki, Serra, donup kaldım. Böyle bir şeyin benim başıma geleceğini söyleselerdi, dünyada inanmazdım."

"Sonra ne yaptın?"

"Ne yapacağım, kalkıp orayı terk ettim." İpleri kopmuş, zavallı bir kukla gibi orada öylece oturuyor, ıslak mendilini didikleyip duruyordu.

"Onunla ilişkini derhal ama derhal kesmelisin."

Dilek, "Ben de aynı şeyi söyledim," dedi.

Sıla susuyordu, öyle perişan bir hali vardı ki...

"Canım benim," dedim onu kucaklayarak. "Hadi üzme kendini. At bu çocuğu hayatından, rahat rahat okuluna, dershanene git, sonra da oku, esaslı bir bilim insanı ol. Hepimizin senin gibilere gereksinimi var, öyle değil mi, Dilek?"

"Tabii ya," dedi Dilek. "Hem bir erkek için böyle ağlamaya değer mi?"

Ders başlayana kadar Sıla'yı teselli etmeye çalıştık, sonra da hep birlikte içeri girdik. Ne yalan söyleyeyim, öylesine şoke olmuştum ki, öğleden sonra derslerinin hiçbirine aklımı veremedim.

Son ders de bitmiş, Sıla'yla birlikte kapıya doğru yürüyorduk ki, Dilek feryat etti. "Aman Tanrım!"

"Ne var?" diyerek sıçradım olduğum yerde.

"Ferit!"

"Ne olmuş Ferit'e?"

"Gelmiş! Kapıda bekliyor."

Sıla'ya baktım. Benzi kül gibi olmuştu.

"Şunu göstersene bana."

"İşte," dedi Dilek. "Şu uzun boylu, sarışın çocuk."

"Sarı çiyan!"

Sıla, "Şimdi ben ne yapayım, çocuklar?" deyip duruyordu.

"Konuşma onunla," dedim. "İstersen Dilek'le biz gidip onun ağzının payını bir güzel verelim."

Ama Ferit, Sıla'yı görmüştü. Koşaradım bahçeye girdi ve ne olduğumuzu anlayamadan yanımıza geldi.

"Sıla!" Onun da yüzü allak bullaktı. Sıla hiç cevap vermedi. Afferin kızım, dedim içimden. Devam...

"Sıla, affet beni. Ne olursun affet."

Yine Sıla'dan ses yok.

"Lütfen biraz yürüyelim, sana söyleyeceklerim var."

Dilek'le birlikte Ferit'e öylesine öldürücü bakışlar atıyorduk ki, sonunda bizi fark etti.

Uzanıp Sıla'nın elini tuttu. "Sana yalvarıyorum, lütfen beni dinle. İnan ölmek istiyorum, o kadar üzgünüm."

İyi, dedim içimden. Git ve öl. Kimin umrunda.

Sıla, "Konuşacak bir şey yok," dedi.

Dayan Sıla dayan, diye bağırıyordum içimden.

"Lütfen, beni bir kez dinle. Biliyorum, senden hiçbir şey istemeye hakkım yok ama ne olursun beni dinle."

Sıla yürümeye başladı, biz de yanında. Bir an önce servise binsek de gitsek diye dualar ediyordum içimden. Ferit ise sakız mübarek, bizlerle birlikte yürüyor, Sıla'ya yalvarmayı sürdürüyordu.

"Aşkımızın hatırı için. Son bir kez beni dinle, sonra ne karar verirsen kabul edeceğim. Lütfen, Sıla, yalvarıyorum."

"Tamam," dedi Sıla.

Doğru duydum mu, diye dönüp ona baktım.

"Çocuklar, ben Ferit'le biraz konuşacağım."

"Ama, Sıla..."

"Tamam canım, beni merak etmeyin." Ve... Ferit'le birlikte okul kapısından çıkıp gittiler.

"İnanabiliyor musun?" dedim Dilek'e.

"Ee, kolay değil, onca yıllık büyük aşk..." demez mi Dilek de...

"Kızım, sen kimden yanasın?"

"Serra, ben de senin kadar kızgınım ama olaya bir de onların açısından bak."

"Hiç de sevmem şu, olaya o açıdan bak, bu açıdan bak, laflarını. Adam resmen dayak atmış, var mı bunun başka bir açıklaması?"

Dilek sesini çıkarmayınca, hırsımı ondan çıkarırcasına devam ettim. "Ama Sıla ne yaptı, kuzu kuzu onunla gitti."

"Canım sadece konuşacaklar, belki de Sıla bu işi bitirecek."

"Zaten bitiremezse, ona hiç acımam artık. Yesin dayağı otursun aşağı."

"Sen de iyi acımasızmışsın ama..."

"Kim? Ben mi acımasızım? Hayret bir şey, valla. Adam kıza atıyor tokadı, kız ağlıyor, inliyor, sonra da adamı görünce gevşeyiveriyor, tıpış tıpış peşinden gidiyor. Sevgili arkadaşı da buna alkış tutuyor. Ve, bütün bu olaylar içinde acımasız ben oluyorum."

"Tamam tamam, kızma artık," diyerek Dilek beni sakinleştirmeye çalıştı.

Eve geldiğimde hâlâ burnumdan soluyordum. Tam soyunup dökünmüş ders çalışıyordum ki, telefon çaldı. Belki de Cüneyt'tir diye bir koşu kopardım telefona doğru. Arayan Dilek'ti.

"Serra, Sıla bizi evine çağırıyor. Acaba gelebilir misin?"

"Düğün tarihine karar vermişler mi?"

"Bırak dalga geçmeyi. Ferit'le konuştuklarını anlatmak istiyor. Annesine, ders çalışmak için geleceğimizi söyleyecek."

"Dur, bir anneme sorayım. Gecenin bu saatinde ben kendi başıma oralara nasıl giderim?"

"Ben babamla konuştum, o bizi bırakıp sonra gelip alacak. Seni de evine biz bırakırız."

"Dilek, senin harika bir baban var."

"Eh, fena sayılmaz," diye fıkırdadı.

Bir koşu anneme gittim, tabii ona daha önce Sıla'nın öyküsünü anlatmış olduğumdan, Sıla'nın bizimle dertleşmek istediğini ve de Dilek'in babasının bizi götürüp getireceğini söyleyince, izni kopardım.

"Tamam," dedim Dilek'e.

"Geliyorum."

"Harika!"

"Ne zaman gelip beni alacaksınız?"

"Yarım saat içinde orada oluruz."

"Oldu, bekliyorum."

Yolda Dilek bana, "Serra, neler hissettiğini biliyorum ve sana hak veriyorum ama bakarsın barışmışlardır, Sıla'yla konuşurken dilini tut, e mi, canım benim," diyerek gıdıma bir çimdik attı.

"Aman, bana ne," dedim. "Ne haliniz varsa görün."

Böylece ders çalışma bahanesiyle Sıla'nın odasına doluştuk. Gözleri hâlâ kıpkırmızıydı ama yüzü gülüyordu. Hayret bir şey!

"Ferit'le uzun uzun konuştuk."

Aldığım karar gereği, dilimi sımsıkı tutuyordum, "Benden özür diledi. Aşkının büyüklüğünden böyle kıskançlık yaptığını ama hatasını anladığını ve bir daha asla, asla kıskançlık yapıp beni kısıtlamayacağına söz verdi, hatta yemin etti."

Sus Serra, diye yutkundum.

"Ona, okumak istediğimi yineledim. 'Madem o kadar istiyorsun, peki, senin dediğin gibi olsun. Yeter ki, beni bırakma, beni terk edersen kendimi öldürürüm,' dedi."

İçimden geçenleri söylememek için gerçekten büyük savaş veriyordum.

Sonra gülümseyerek, "Yani artık dershaneye de gideceğim, sınavlara da girebileceğim," dedi.

Artık dayanamadım, zoraki bir gülücükle, "Aman ne iyi," dedim. "Peki, sana attığı tokadı nasıl açıkladı?"

Sıla'nın yüzündeki gülümseme soluverdi. Aynı anda Dilek de bana dik dik baktı.

"Çok kötü bir çocukluk geçirdiğini anlattı. Babası onu hep dövermiş, annesi de pek sevecen değilmiş. Ayrıca..." Şöyle bir duraksadı ve alçak sesle, "Babası annesini de dövermiş," dedi.

İdeal aile, dememek için resmen dilimi ısırdım.

"'Bütün bunlar benim üzerimde çok derin izler bıraktı ve farkında olmadan ben de aynı davranış içine girdim. Şimdi düşündükçe, kendimden çok utanıyorum ama senin yardımınla eminim düzelebilirim,' dedi."

Yüzündeki ifade yine yumuşamıştı Sıla'nın. Anlatmaya devam etti. "'Bana lütfen bir şans daha ver. Söz veriyorum, seni bir daha asla üzmeyeceğim,' dedi. İşte böyle, çocuklar..." Bir an durdu ve ekledi. "Onu çok seviyorum ve sanırım ona destek olursam, bu sorunların üstesinden gelebiliriz. Ayrıca o da beni çok seviyor. Hem kusurlarına karşın çok iyi huyları da var. Onu, bir şans vermeden, hayatımdan silip atmayı göze alamadım."

"İyi etmişsin," dedi hemen Dilek, benim bir şey söylememi engellemek istercesine.

"Sen ne düşünüyorsun, Serra?" Sıla o hüzünlü bakışlarını bana çevirmişti.

Ne diyeyim, ben de genel havaya uydum. "Bence de iyi etmişsin ama ya bir daha aynı şeyler olursa..."

"Yok yok, bana söz verdi."

"Öyleyse mesele yok."

Ben bunları söyleyince Sıla ferahlamışçasına içini çekti ve gülümsedi. "Ay, öyle mutluyum ki çocuklar..."

Bilmem neden, o anda arkadaşıma o kadar acıdım ki... Canım Sılacığım, umarım çok mutlu olursun; mutluluğu en fazla hak eden, iyi kalpli, iyi huylu arkadaşım benim, diyerek onu kucaklamak geçti içimden.

Dilek'in babası gelmişti. Sıla kapıda bizi geçirirken, "Geldiğiniz için çok teşekkür ederim, çocuklar," deyip duruyordu. "Hadi yat da, bir güzel uyku çek," diyerek onu öptüm. "Hem de nasıl," dedi. Gözlerinin içi gülüyordu.

Yaa sevgili defterim, işte böyle.

### *8 Ekim, Perşembe*

Sabahleyin kahvaltıda annem, "Neler olup bittiğini bana anlatmayacak mısın?" deyince, içimi dökmek istercesine her şeyi teker teker anlattım. Hele de Ferit'in babasının annesini de dövdüğünü ve Sıla'ya atılan tokadı dinlerken, o da benim gibi kötü oldu. "Aman Tanrım," diye söylendi kendi kendine.

"İnanabiliyor musun, anne," dedim. "Bunlar bizim çevremizdeki insanlar, hallerine baksan uygar kişiler zannedersin. Örneğin, Ferit'i dün tanıdım. Bütün bu olanları bilmesem, onu pekâlâ da bizler gibi bir genç diye düşünür, sevdiği kıza tokat atabileceğini aklımın ucundan bile geçirmezdim."

"Serracığım, aslında bu dayak olayı en ummadığın yerlerde, en ummadığın kişiler tarafından da yapılabiliyor. Benim bir arkadaşım kocasından sürekli dayak yediği için ayrıldı. Üstelik kocası üniversitede öğretim görevlisiydi."

"İnanmıyorum. Hem de bu kadar eğitimli bir insan."

"Evet," diye başını salladı annem. "Kızcağız dayak yediğini yıllarca ailesinden ve arkadaşlarından, utandığı için saklamış. Sonunda canına tak etmiş de boşanmış."

"Neyse ki," dedim. "Sıla'ya bir daha böyle bir şey olmayacağına söz vermiş."

Annem dudağını büktü. "Ben olsam o sözlere fazla bel bağlamazdım. Onda o kafa, o tutum varken..."

"Söz vermiş, yeminler etmiş."

"Keşke sözünde durabilse," dedi annem, ama pek de inanmış görünmüyordu. "Bak, Serracığım, insanlar neyse odur, kolay kolay değişemezler. Bir insanla evlenmeyi düşündüğünde, onu bu haliyle, böylece beğeniyorum, diyorsan ne âlâ. Ama onu değiştiririm diye yola çıkıyorsan, çoğunlukla bunun sonu düş kırıklığı olur."

"Yani şimdi Sıla boşuna mı uğraşıyor?"

"Hiç kimse için kesin konuşulamaz tabii. Ferit çok genç, belki de kendini değiştirebilir. Ama ben yine de, herkes neyse odur, diye düşünüyorum," dedi ve ekledi. "Tecrübe konuşuyor."

"Yani ona bir şans tanımakla hata mı etti?"

"Hayır," dedi annem. "Hem Ferit'e bir şans tanımış oldu, hem de ilerde işler yolunda gitmez de bu ilişkiyi sona erdirmek zorunda kalırsa, en azından kendi kendine karşı, ben her şeyi denedim, diyebilir. Bence arkadaşın Sıla evlenme konusunda acele etmemeli, hele böyle bir durumda çok, çok iyi düşünmeli. Ayrıca yaşı da o kadar küçük ki böyle konular için..."

İşte böyle bir kahvaltı sohbetiyle başlayan günüm, Toprak'la birlikte gittiğim iş görüşmesiyle noktalandı. Gelelim daha iç açıcı haberlere...

Okul çıkışı Toprak'la birlikte Alga Tur'un yolunu tuttuk. Gideceğimiz acentanın ismi Alga Tur'muş, sahibi de Bella isimli bir hanımmış. Bir dolmuşa binip Taksim'e çıktık.

"Yerleri merkezi," dedi Toprak. "Böylece gidip gelmesi kolay oluyor."

Biraz daha yürüdükten sonra üzerinde kocaman harflerle Alga Tur yazılı bir tabela gördüm. "Geldik galiba," dedim.

"Evet."

Kalbim küt küt atmaya başladı.

Toprak büyük, camlı kapıyı itip içeri girdi, ben de peşinden. İnce bir çıngırak sesi geldiğimizi içerdekilere duyurmuştu. Yan yana dizilmiş modern görünümlü masalarda çalışanlardan biri başını kaldırıp bize baktı. Toprak ona yönelerek, "Bayan Bella'yla randevumuz var," dedi.

"Bir dakika, haber vereyim," diyen kız yerinden kalkıp içerlere doğru kayboldu.

"Eğer işe alınırsan, sen de o masada oturup telefonlara bakacaksın," diye ilk bilgileri verdi Toprak. Bense dilimi yutmuş gibi etrafıma bakınıyordum sadece. Diğer masalardakiler, karşılarına oturmuş kişilerle konuşuyor, bilgisayarlarına bakarak soruları yanıtlıyorlardı. Onları işaret ederek fısıldadım. "Ne yapıyorlar?"

"Seyahate gideceklerin rezervasyonlarını yapıp bilet kesiyorlar."

Çalan hafif müzik, duvarlardaki çeşitli ülke posterleri ve büyük yeşil bitkilerle dinamik ve aydınlık bir çalışma ortamı yaratılmıştı. Şimdiye kadar gittiğim ofisler, yani gerek okuldakiler, gerekse bazı belgeleri almak için gittiklerimiz, demir dosya dolapları, tozlu kâğıt yığınları ve boş duvarlarıyla insanın içini karartan asık suratlı yerler ve ben de böyle yerlerde çalışmayı hiç mi hiç istemiyorum. Oysa burası ne güzel. İnsan kendini tatildeymiş gibi hissediyor. Çalışanlar da genç ve güler yüzlü insanlar.

"Ayakta durmayın, buyrun şöyle oturun," diyerek bir başka kız bize karşısındaki boş koltukları işaret etti. Toprak'la hemen yerleştik. Kızın masasının üstünde neler vardı neler. Bir kere bilgisayar vardı, sonra üzerinde Hawaii yazan kupanın içinde renkli ve çeşitli kalemler, küçük bir saksı mor menekşe, masa lambasına tutturulmuş kırmızı papyonlu minik oyuncak ayı ve doğal olarak bir dolu renkli dosya, kâğıtlar... Telefonun ahizesini omzuyla kulağının arasına sıkıştırmış, bir yandan konuşuyor, bir yandan da bilgisayar ekranına bakarak notlar alıyordu.

"O tarihte yer yok, efendim. İsterseniz sizi yedek listeye alalım. Tamam, yer açılır açılmaz ben sizi ararım."

"Bayan Bella sizi bekliyor."

Bu sözler üzerine ayağa fırladık ve yan taraftaki cam bölmeye alındık.

"Hoş geldin, Toprak, nerelerdeydin?" Açık kumral saçlı, mavi gözlü, çok hoş bir hanım yerinden kalkıp

Toprak'ı öptü. Sonra, "Sen de Serra olmalısın," diyerek bana döndü.

"Evet," gibi bir şeyler geveledim ağzımın içinde.

"Buyrun, oturun. Evet, size nasıl yardımcı olabilirim?"

"Arkadaşım Serra turizm sektörüne ilgi duyuyor. O nedenle burada bir süre çalışıp fikir edinmek istiyor."

"Demek turizme ilgi duyuyorsun, Serra?"

"Evet."

"Bak bu harika," diyerek bir kahkaha attı. "Bence dünyanın en güzel mesleği ama sen bana bakma, ne de olsa tarafsız olamam bu konuda." Sonra ciddileşip, "Okullar başladığına göre çalışma saatlerin kısıtlı olacak," dedi.

"Evet," dedim yine baston yutmuş gibi. Ay, neden doğal olamıyorum ben?

"Hangi saatlerde çalışabilirsin?"

"Dershaneye gittiğim için ancak cumartesi ve pazar öğleden sonraları çalışabilirim."

"Emin misin?" diyerek bana doğru eğildi. "Kendine hiç zaman kalmayacak."

"Eminim," dedim kararlı bir sesle.

"Öyleyse başlangıç olarak cumartesileri gel, çok sıkışık olduğumuzda seni pazar günleri de çağırırız."

Oturduğum yerde dimdik durduğumdan mıdır nedir, beni rahatlatmak istercesine gülümsedi. "Senin cumartesileri gelmene, en çok bizim sekreter sevinecek."

"Ben ne yapacağım?" Allaha şükür, aklıma doğru dürüst bir soru gelmişti.

"Şimdilik sadece telefonlara bakıp not alacaksın. Daha sonra başka işler de verebiliriz, örneğin, havaalanına gidip gelecekleri karşılayabilirsin."

"Çok teşekkür ederim."

"Rica ederim, Serra. Bir zamanlar ben de öğrenciydim ve çalışma arzusu içindeydim. Onun için neler hissettiğini biliyorum. Zaten bu nedenle başvuran bir öğrenciyse, elimden geldiğince yardımcı olmaya çalışıyorum. Yakın zamanlara kadar bu tür çalışmaları üniversitelilerle yapardık; ama sizler işi lise düzeyine indirdiniz ki, bence bu olumlu bir aşama."

"Ne zaman başlayabilirim?"

"Sen ne zaman istersen."

"Bu hafta sonu gelebilir miyim?"

"Gayet tabii. Ha, unutmadan, eğer sınavlar nedeniyle sıkışacak olursan, bize önceden haber ver ki, biz de ona göre ayarlayalım."

"Tabii, mutlaka sizi arar, bildiririm."

"Çok güzel, Serrâcığım, anlaştık. Sana ödeyeceğimiz küçük bir maaş da olacak tabii."

O kadar heyecanlıydım ki, parayı marayı unutup gitmiştim. "Her şey konuşulduğuna göre, artık gidebiliriz," dedi Toprak.

İkimizin de elini sıkan Bayan Bella, "Arada sırada uğra, Toprak," diyerek bizleri uğurladı. Tam kapıdan çıkıyordum ki, bir acele geri döndüm. "Saat kaçta burada olmamı istiyorsunuz?"

"Saat iki iyidir." Telaşlı halimle eğleniyor gibiydi Bayan Bella.

Dışarı çıktığımızda, Toprak'ın kolunu çekiştirerek zıp zıp zıpladım. "Artık bir işim var, Toprak, artık bir işim var."

"Sakin ol."

"Aslında haftada bir kez işe gitmek hiç de fena değil."

"Sana söylediğim gibi, onlar güzel insanlar. Kim kalkar da bir öğrenciye bu kolaylığı gösterir."

"Haklısın, Toprak. Ay, inanmıyorum! Annem çok şaşıracak, dedemse, çok yorulacaksın, diyecek."

"Gerçekten de kendine zaman kalmayacak."

"Aman, zamanım olup da ne yapıyorum sanki. Tek üzülebileceğim, Mualla Hanımın programlarını kaçırmak olacak."

"Bu yıl geçen seneki gibi sık ve kapsamlı programlar yapılabileceğini hiç sanmıyorum. Herkes ya dershaneye gidiyor ya özel ders alıyor."

Durağa gelmiştik. "Hadi, iyi günler," dedi Toprak.

"Çok, çok teşekkür ederim, Toprak."

O aldırmaz haliyle, "Yarın görüşürüz," dedi ve ellerini ceplerine sokarak hızlı hızlı yürüyüp gitti.

Bilmem söylememe gerek var mı, annem pencerede dikilmiş beni bekliyordu. "Anlat bakalım," dedi ben içeri girer girmez.

Böylece iş görüşmemi (öhöm) kelimesi kelimesine anlattım.

"Çok güzel. Kutlarım seni, Serra," deyince de bir şişindim, bir şişindim. "Ama bana bir konuda söz vermeni istiyorum," der demez, "Dur anne, sen söylemeden, ben söyleyeyim. Eğer ders çalışmama engel olursa, bu işi bırakacağıma şerefim üzerine söz veriyorum," dedim.

"Maymun seni!"

"Hem, anne. Bayan Bella sınav zamanı, önceden haber verdiğim takdirde, işe gitmeyebileceğimi söyledi."

"Bak, bu iyi."

"Ayrıca sonsuza dek çalışmayacağım ki. Benim istediğim, turizmi sevecek miyim sevmeyecek miyim diye bir fikir edinmek. Zamanım ve koşullar uygun gittiği sürece giderim, baktım sıkıldım ya da zorlanıyorum, o zaman Bayan Bella'ya önceden haber verip işi bırakırım."

"Şimdi oldu," dedi annem, ferahlamışçasına.

"Ah anne, şu dershane olmasaydı, ne güzel tüm hafta sonu çalışırdım," dedim içimi çekerek. "Ama dershaneye gitmesem, bu sefer de herkes çalışıyor, ben geri mi kalıyorum diye içim içimi yerdi."

"Benim bu kızım da her şeyi aynı anda yapmak ister," diyerek gözlerini devirdi annem.

Akşam telefon çaldı, tabii bende yine bir koşturma. Arayan Sırma'ydı.

"Aaa, sen misin, Sırma?"

"Yoksa başka birini mi bekliyordun?"

"Benimle dalga geçme. Hem bak bugün neler oldu," diyerek ona küçük serüvenimi anlattım.

"Bak bu turizm fikrini tuttum."

Sırma kolay kolay bir şeyi beğenmez. Onun için bu sözlere pek bir mutlu oldum. Hemen hayallere daldı Sırma. "Seni görebiliyorum. Bir otelin müdiresi olmuşsun."

"İlahi, Sırma," diye kıkırdadım.

"Çok güzel bir odan varmış, manzarası da göz alıcıymış. Masanın üzerinde ince kristal bir vazo ve vazoda her gün tazelenen bir adet gül bulunurmuş."

İlk kez Sırma'nın düşlerini sinirlenmeden dinliyordum, hem de ağzım kulaklarıma vararak.

"Sen çok şık tayyörlerle işe gidiyormuşsun ve hep yanında taşıdığın dizüstü bilgisayarın varmış. Her sabah saat on birde sekreterin sana incecik bir porselen fincanda neskafeni getiriyormuş."

Tam da bulutların üstünde uçuyordum ki, Sırma'nın, "Tamam anne, kapatıyorum," bağırtısıyla rüyalar âleminden gerçeğin sert zeminine küt diye düştüm.

"Annem, seni ve anneni öpüyor... hadi kapatıyorum," demesiyle, "Dur, dur. Cüneyt aramadı, ne yapacağız?" diye bağırdım.

"Şu anda bir şey söyleyemem. Ben düşüneyim, sen de biraz daha bekle."

"İyi ama kaç gündür bekliyorum."

"Kapatıyorum dedim ya, anne... Hadi Serra, yine görüşürüz. Merak etme, ben mutlaka bir çözüm bulacağım." Ve telefon kapandı.

Cüneyt aramayalı tam beş gün oldu. Cumartesi günüyse tam bir hafta olacak. Öff, öf... Neyse, yeni iş görüşmemin getirdiği keyfi bozmaya hiç niyetim yok.

Ne güzel! Bir turizm acentasında, sadece telefonlara bakmak için de olsa, çalışacağım. Havayı koklayacağım, öbür çalışanları, yani asıl çalışanları izleyip bu meslek hakkında bilgi edineceğim. Ve hafta sonlarım çok daha anlamlı olacak. En azından benim için bu böyle. Hem para da kazanacağım. Acaba ne kadar ödeyecekler? Keşke Toprak'a sorsaydım, ona ne verdiler acaba? Acaba işe giderken nasıl giyinmeliyim?

Şu Cüneyt adam olsaydı, şimdi onu arar, bu büyük sevincimi onunla paylaşırdım. Evet, bugün Cüneyt'i bir kenara bırakıyor, onu düşünmüyoruz. Varsa yoksa Alga Tur. Geç olmasa Sıla'yla Dilek'i arar, onlara anlatırdım. Artık yarın okulda anlatırım.

En büyük Alga Tur!

*15 Ekim, Cumartesi*

Müthiş bir gündü!

Dershaneden gelir gelmez, dolabımın karşısına geçtim. Yeni işime pırtık kotumla gidecek halim yoktu ya... Bir sürü şey denedikten sonra gri eteğime, kırmızı dik yakalı kazağıma karar verdim. Naylon çoraplarımı giyip alçak topuklu pabuçlarımı da ayağıma geçirdikten sonra aynanın karşısında durup kendimi inceledim. Görünüşüm hiç de fena değildi. Özellikle kotlar ve kazaklardan sonra kendimi bayağı şık buldum.

O sırada annem odaya girdi. "Ooo Serra, ne kadar değişmişsin. Bak doğru dürüst giyinince ne hoş oldun. O kadar söylüyorum, dilimde tüy bitiyor ama anneyiz ya, lafımızı kimse dinlemiyor."

"Tamam anne, tamam."

"Yani bir gün senin şu kotlarını alıp çöpe atacağım."

"Eğer öyle bir şey yaparsan, seninle ömür boyu konuşmam."

"Ama bak ne güzel olmuşsun. Ne olur, bari hafta sonları böyle giyinsen."

"Anne, şekilde görüldüğü gibi, gerektiğinde etek giyiyorum, değil mi?"

"Hele şükür."

"Anne?"

"Efendim."

"Acaba kırmızı taşlı küpelerimi taksam mı?"

"Neden olmasın?"

Hemen koşup mücevher kutumu kucağıma boca ettim ve küçük kırmızı taşlı küpelerimi, alıp alıp da takmadığım onca incik boncuğun arasından bulup çıkardım. Kulaklarıma taktıktan sonra anneme dönüp sordum.

"Nasılım?"

"Harika görünüyorsun."

"Hadi, ben gidiyorum."

"Serra!" diye seslendi annem arkamdan. "Gecikecek olursan sakın kendi başına gelmeye kalkma. Bana telefon et, gelir seni alırım."

"Tamam anne," dedim ve daha fazla öğüt dinlememek için kendimi dışarı attım.

Tam tamına saat ikide oradaydım. Yavaşça kapıyı itip içeri girdim. Genç bir hanım, "Hoş geldin. Adın Serra, değil mi?" diye sordu.

"Evet."

"Geleceğini Bayan Bella söylemişti. Şuraya geç," diyerek en baştaki masayı işaret etti. Sonra kalkıp yanıma geldi. O da ne? Hanım kot giymişti, üstünde de bir kazak vardı. Çaktırmadan ötekilere baktım, ne giymişler diye. Aman Tanrım, onlar da kotluydular. İyi ama Toprak'la geldiğimiz gün hepsi daracık etekleri, havalı bluzlarıyla oturuyorlardı yerlerinde. Hepsi ama hepsi kotluydu, bir ben vardım etekli, naylon çoraplı ve alçak da olsa, topuklu pabuçlu olan. Anında her yanımı ter bastı. Sanki birileri bana kötü bir oyun oynuyordu.

"Önce kendimi tanıtayım. Ben Şebnem, şurada oturan Suzy, en sondaki de Eren."

Suzy o sırada telefonda konuşmakta olduğundan bana sadece el sallayabildi. Eren ise, "Kölelerin arasına hoş geldin," dedi. Bu söz üstüne hepsi gülüştüler.

Şebnem Hanım, "Sen onlara bakma, Serra. Cumartesi-pazar çalışanlara aramızda köle adını taktık da..." dedi ve telefona nasıl cevap vermem gerektiğini, hangi numaranın kime ait olduğunu ve nasıl bağlayacağımı gösterdi. Panik içinde dinliyordum. Aman Yarabbim, sanki o anda elimin altında nükleer bombaları harekete geçirecek düğmeler vardı ve ben yanlış düğmeye bastığım takdirde Üçüncü Dünya Savaşı başlayacaktı. İşte duygularımın ve o sırada hissettiğim paniğin derecesi aynen böyleydi.

"Takılırsan bana haber ver," dedi Şebnem Hanım ve yerine geçti.

Ve –telefon çaldı.

Hemen açıp, "Buyrun, Alga Tur," dedim.

Buraya kadar iyi.

"Ankara için bir bilet istiyorum."

Eyvah! Ankara'ya kim bakıyordu. Suzy mi, Eren mi? Bir telaş ahizeyi elimle kapatıp, "Şebnem Hanım, Şebnem Hanım," diye fısıldadım.

"Efendim, Serra?"

"Ankara için bilet istiyorlar."

"Suzy'ye bağla."

"İyi ama o konuşuyor."

"Öyleyse beklemesini söyle, Suzy'nin işi bitince ona bağlarsın."

Tabii bu arada telefondaki hanıma bilgi almakta olduğumu söylememiş olduğumun farkına vardım. "Alo, alo," deyip duruyordu.

"Sizi bağlamam gereken Suzy şu anda telefonda. Lütfen biraz bekleyin," dedim.

"Şunu söylesene, kızım, iki saattir alo diyorum."

Neyse, Suzy'nin konuşması bitti de, ben de bu kadından kurtulacağım için sevinerek, "Suzy şimdi sizinle konuşacak," dedim ve -evet, bildiniz- Eren'in telefonu çalmaya başladı...

Eren ahizeyi kaldırıp dinledi, sonra, "Bir saniye, ben sizi görevli arkadaşa bağlayayım," dedi ve bana Suzy'ye bağla işareti yaptı. Oysa ben Suzy'ye bağlandığımı sanıyordum. Şaşırıp kalmıştım. Kimseler duymasın ama heyecandan koltukaltlarım sırılsıklam olmuştu. Neyse ki, hemen Şebnem Hanım devreye girdi ve bana, "İki numaraya bas," dedi. Ben de robot gibi söylenen tuşa bastım. Ama çok utandım, çok. Ne gerizekâlı kız, diye düşünmüşlerdir. Bu kez Suzy'nin telefonu çalmaya başladı, ben de derin bir nefes aldım.

Suzy sakin bir sesle, "Özür dilerim efendim, herhalde hatlarda bir karışıklık oldu. Buyrun, size nasıl yardımcı olabilirim?" dedi ve bu arada da bana göz kırptı. Utanmasam ağlayacaktım. Eminim yüzüm kazağım gibi kıpkırmızı olmuştu.

Şebnem Hanım bana doğru uzanıp, "Üzülme bu kadar," dedi. Eyvahlar ki eyvahlar, demek duygularım da ayan beyan ortadaydı. "İlk günündesin, olacak o kadar. Yalnız bir dahaki sefere telefonda konuşurken, Suzy ya da Eren yerine, görevli arkadaş veya elemanımız, demen daha uygun olur."

Yer yarılsaydı da, yerin dibine geçseydim. Öyle ya, karşıdaki kadın ne bilsin Sıızy'yi. Görevli arkadaş diyeceğime, sizi bağlamam gereken Suzy şu anda telefonda, demiştim. Ne kadar utanç verici... Ben bir daha buraya gelmem, valla, diye düşündüm.

Tam o sırada içeri hoş bir çocuk girdi. Tabii o da kot pantolon ve kot ceket giymişti. Boynunda da ekose bir atkı vardı.

"Selam köleler..." dedi.

"Selam! Akdeniz'den ne haber?"

"Artık bir tane bile turist görmek istemiyorum."

"Hadi, hadi, uzun etme. Biz burada, aynı masada sabahtan akşama kadar çalışalım, sen Antalya, Alanya, Bodrum gez dur."

"Ne demezsin." Sonra gözü bana ilişti. "Yeni bir köle."

Gülüştüler ve Eren beni tanıttı. "Serra bugün işe başladı."

Delikanlı bana doğru bir adım atarak, "Serracığım," dedi. "Senin gibi bir kızın böyle bir yerde ne işi var?" Gözlerinin içi gülüyordu, belli ki çok şakacı biri. Ben bile kendimi tutamayıp güldüm. Karşıma geçip oturdu.

"Yaşın gereği bilmeyebilirsin ama bu, Yeşilçam filmlerinin en beylik cümlelerindendir." Sonra eğilip alçak sesle, "Öğrenci misin?" diye sordu.

"Evet," dedim kıkırdayarak.

Çok ciddi bir ifadeyle ve yine alçak sesle, "Aferin yavrucuğum, aferin. Bu vatan sizlerin omuzlarında yükselecektir," dedikten sonra Suzy'ye döndü. "Bak, Serra da senin gibi öğrenciymiş."

"Biliyorum."

"Hangi okuldasın, Suzy?" diye sordum. Merak bu ya...

"Alman Lisesi son sınıftayım."

"Ben de lise 2'deyim."

"Çocuklar, keser misiniz bu muhabbeti. Kendimi bin yaşında hissetmeye başladım," diye söylendi şakacı delikanlı. Sonra Şebnem Hanıma dönerek, "Kızım, nedir böyle çoluk çocuğu topluyorsunuz buraya. Bir şey değil, bir daha geldiğimde ilkokul bebeleri bulacağım karşımda," dedi ve gidip onun karşısına oturdu. "Hakan dedenize bir çay ısmarlamak yok mu?" derken gözü Eren'e takıldı.

"Düğün ne zaman? Hakan dedeniz hâlâ davetiyesini bekliyor."

Eren yerinde şöyle bir kıpırdandı. "O iş kaldı, Hakan."

"Siz kızlar böylesiniz zaten. Güvenirsin, inanırsın, sonra da insanı böyle pattadak yarı yolda bırakıverirler." Öyle komik konuşuyordu ki, Eren bile kendini tutamayıp gülmeye başladı.

Çayından bir yudum aldı. "Eee Suzy, bir yandan sınav hazırlıkları, bir yandan bu işler... Böyle gidersen başında saç kalmayacak, bilmiş ol."

"Nereden çıktı bu saç işi şimdi?"

"Farkında değil misin, son gördüğümden bu yana saçların çok seyrelmiş. Özellikle de tepen bayağı açılmaya başlamış."

"Saçmalama Hakan."

"Valla," dedi Hakan masum pozlarda. "Dost acı söylermiş, dikkat etsen iyi olur," Sonra bizlere döndü. "Niye söylemiyorsunuz kıza, bak resmen tepesi açılmış."

"Aman, Hakan," dedi Suzy ama dayanamayıp yerinden kalktı, gidip aynada saçlarını kontrol etti.

Şebnem Hanım, "Anlasana, Suzy, seni dolduruşa getiriyor," dedi.

"Onu dinleyen kim; ama gerçekten de bugünlerde saçlarım çok dökülüyor."

"Gördünüz mü," dedi Hakan kollarını iki yana açarak. "Kızım, ben gördüğümü söylüyorum. Neyse üzülme, her durumun ayrı bir güzelliği vardır. Tepen iyice açıldığında, artık seni yanağından değil, tependen şap diye öperiz. Daha heyecanlı olur."

"Hakan," diye bağırdı Suzy. "Susar mısın!"

Oysa Suzy'nin saçları çok güzel.

"Eee Şebnem, sen nasılsın bakalım?"

"Şimdi de sıra bana mı geldi," dedi Şebnem Hanım. "Asıl sen söyle bakalım. Duyduğuma göre turist kızlar peşini bırakmıyorlarmış, çok sükseliymişsin. Anlayalım."

"Aaa Şebnem, çok ayıp," dedi Hakan ve tıpkı büyüklerin yaptığı gibi, sözümona belli etmeden, gözleriyle bizi işaret etti. "Çoluk çocuğun yanında ne biçim konuşuyorsun." Sonra zıp diye ayağa kalktı. "Evet, sevgili köleler, çayım bittiğine göre artık gidebilirim. Hepinize iyi hafta sonları..."

"Dursana ayol."

"Zengin kalkışı..."

Hakan gitmişti ama biz hâlâ şakalarına gülüyorduk. Meğer o bir rehbermiş, hem de en iyilerinden.

Akşam oluyordu. Telefonlar belki de cumartesi olduğundan çok sık çalmıyordu. Bu arada içersi bayağı sıcaktı ve tabii ki, ben de al renkli kazağımın içinde pişiyordum. Ayrıca topuklu pabuca alışık olmadığımdan, ayaklarım da ağrımaya başlamıştı. Kısaca, giyim açısından tam bir "ıstırap" içindeydim. Bir an önce eve gitsem de, soyunup şöööyle rahat bir şeyler giysem, diye düşünürken Suzy ayağa kalktı.

"Ben çıkıyorum, Şebnem Hanım."

"Tamam canım. Serra istersen sen de Suzy'yle çık, bu saatten sonra pek telefon gelmez. Gelse de, nasıl olsa işlerim var, buradayım, ben bakarım."

"Nasıl isterseniz," dedim sevincimi saklayarak.

"Tabii tabii. Haydi, haftaya görüşürüz."

Böylece Suzy'yle birlikte çıktık. Durağa doğru yürürken, "Bir şey sorabilir miyim?" dedim.

"Tabii." Ne kadar canayakın bir kız.

"Perşembe günü geldiğimde herkes çok güzel giyinmişti, yani etek filan, onları görünce ben de..."

Gülmeye başladı Suzy. "Sen de böyle giyinmek gerek diye süslendin."

"Aynen," dedim. "Ama sizlerin yanında kendimi çok... nasıl söylesem..."

"Hiç canını sıkma. Niye gülüyorum, biliyor musun?"

"Niye?"

"Ben de ilk geldiğimde aynı senin gibi giyinmiştim. Meğer cumartesi-pazar günleri rahat giyime izin varmış. Hafta içi daha özenli giyiniyorlar ama hafta sonu istedikleri gibi geliyorlar."

"Yaa..."

"Neyse, dert etme ve haftaya rahat bir şeyler giy."

"Hem de nasıl... Sanki bayılıyorum da böyle giyinmeye..." Bu sözlerim Suzy'yi güldürdü. "Benim buradan ayrılmam lazım. Haftaya görüşürüz Serra."

"Görüşürüz," dedim ve dolmuş kuyruğuna girdim.

Eve söylediğim saatten biraz önce gelince annem bir sevindi, bir sevindi. Bu annemi bazen hiç anlayamıyorum. "Nasıldı, anlat bakalım."

"Kazakla sıcaktan patladım, ayakkabılar ayağımı vurdu, naylon çorap da oturduğum iskemleye takılıp kaçtı," diyerek son sürat soyunmaya başladım.

Annem de benimle odama gelip yatağımın üstüne geçip oturdu.

"Bütün söyleyeceklerin bu kadar mı?"

"Anlatacak neler var neler."

"Hadi, anlat öyleyse."

Böylece ona günümü anlattım, o da kahkahalar atarak, olayları benimle yaşıyormuşçasına dinledi. Tabii onun tuzu kuru. Ama yine de şöyle geriye çekilip bakınca, ilk günümün çok da kötü geçtiğini söyleyemem. Daha ilk günden bir sürü şey öğrendim. Altı üstü telefona cevap vermek denir değil mi? Değil. Meğer o da bayağı bir işmiş, bilmem gereken neler varmış neler. Bunları öğrendiğime memnunum.

"Oradakiler nasıl insanlar?"

"Çok tatlılar. Hepsi genç, hepsi kafa..."

"Ne demek oluyor şimdi bu 'kafa'?"

"Yani hepsi kafa dengi demek oluyor, anneciğim."

"Zavallı Türkçe..." diyerek içini çekti.

"Tıpkı Mualla Hanım gibi konuştun şimdi. Ama merak etme, sadece arkadaşlar arasında böyle konuşuyoruz, büyüklerin yanında çok dikkatliyiz."

"Ben ne oluyorum?"

"Sen benim vıdı vıdıcı biricik annem oluyorsun," dedim. Hemen yüzü güldü.

"Haydi ben gideyim de, sen derslerine çalış."

Yemeğe kadar çok sıkı çalıştım. Yemekten sonra da yine kapandım ve on ikiye kadar möö'ledim. Ne tuhaf, başka zaman olsa, bu saate kadar çalıştım diye oflar poflardım ama şimdi, işe gidebileyim diye geç saatlere kadar ders çalışmak hiç dokunmadı bana. Demek, insan kendi kararları doğrultusunda hareket edince yaptıklarının bir anlamı oluyor ve bunun bedelini ödemek hiç de zor gelmiyor.

Bu da bugünden çıkardığım ders. İnsan yaşadıkça öğreniyor, azizim.

*11 Ekim, Pazar*

Dershaneden sonra Melis ve Esin'le Akmerkez'deki o güzelim kafede buluştuk. Ne yalan söyleyeyim, Sıla'nın bunalımları, Cüneyt'in vurdumduymazlığı ve yeni iş yaşamımın stresinden sonra Esin, hele de Melis, oohhh, öyle bir iyi geldi ki...

Güzel bir yerde oturuyorum, karşımda da iki hoş kız. İçim açıldı içim. Ne ilginç, millet birbirinin şusunu busunu çekemez, kıskanır, oysa ben hiç öyle değilim. Örneğin, Melis'le Esin güzel kızlar ama onları kıskanmıyorum; tam tersine, onlarla beraber olmak hoşuma gidiyor. Onlara bakmak bana zevk veriyor, daldan dala atlayan konuşmalarıyla eğleniyorum. Melis'in evi muhteşem. Ne güzel, diyorum, o kadar. Ama kendi evimi dünyalara değişmem; orası benim evim, benim odam, kendi dünyamı kurmuşum orada.

Aylin'le Simten bomba gibi sporcular. Ne sükseliler diye bozulmuyorum, huyları iyi olsa onları da seveceğim. Bu ikili spor seviyor; ben de okumayı ve yazmayı, diye düşünüyorum ve hiç de çekememezlik yapmıyor, Aylin gibi ona buna tırmık atmıyorum.

Sıla'nın okul başarısı, Dilek ve Toprak'ın ilginç kişilikleri var. Onların bu özellikleri bana ilginç geliyor, arkadaşlıklarıyla sanki yaşamıma renk katıyorlar. Onlarla sevimsiz yarışlara kalkışmıyorum.

Sevecen bir ailem, sanırım olumlu ve neşeli bir kişiliğim var. Bir şeyler üretmeyi seviyorum. Yazı yazmayı, okumayı, bir işte çalışmayı, müzik dinlemeyi, yeni bilgiler edinerek kendimi yetiştirmeyi seviyorum. Kendi kulvarımda koşmayı seviyorum. Bir keresinde Mualla Hanım, "Başkalarının iyileriyle değil, kendi iyilerinizle yarışın," demişti. Sanırım ben bunu yapıyorum. Kısacası, bu huyumdan çok memnunum, çok.

Melis, "Anlat bakalım," dedi. "Toprak seni nerelere götürdü, neler yaptın?"

Pürheves iş görüşmemi ve ilk günümü anlattım. Genelde benim konularım onları sıkar ve boş bakan gözlerle dinlerler, daha doğrusu dinliyor gibi yaparlar. Bu kez öyle olmadı. İkisi de dikkatle dinlediler.

Sözlerimi bitirince, Melis, "Afferin, Serra," dedi. "Bu çok değişik bir konu. Bence turizm senin için biçilmiş kaftan." Ve hemen ekledi. "Eğer yazın çalışmak istersen, annemin ahbaplarının İzmir'de büyük bir oteli var, orada sana bir iş ayarlayabilirim. Onların tatil köyü de var, bunu da soruşturabilirim."

"Teşekkürler, Melis. Ama şimdilik bakalım buradaki çalışmalar nasıl gidecek. Eğer giderek konuya ısınırsam, yazın da bir otelde çalışıp deneyim edinmek iyi olur."

"Sen bana söyle, yeter."

"Sağ ol! Sahi Esin, sen Mualla Hanımın dediklerini düşündün mü?"

"Aklıma öyle bir şey soktu ki..."

"Peki, sen ne düşünüyorsun?"

"Araştırmaya karar verdim."

"Harika."

"Ama hani birlikte Boğaziçi'nde okuyacaktık?" diye söylendi Melis.

"Henüz hiçbir karar vermiş değilim."

Esin'in huzursuzluğu açıkça belli oluyordu.

"Seni çok iyi anlıyorum, çünkü ben de aynı durumdayım," dedim.

"Ben çok iyi düşündüm," dedi Melis.

"Yaa... Peki, bir sonuca vardın mı?"

"Düşündüm, düşündüm ve... Zengin bir koca bulmaya karar verdim," diyerek bir kahkaha attı Melis.

"Zaten," dedim. "Nedense ben seni hep güzel ortamlarda, şık giysiler içinde düşünüyorum."

"Gördün mü, öyleyse ne diye paralayayım kendimi?"

Şunlara bak... Daha kaç yaşındalar ve şaka da olsa, evlilik konuşuyorlar. Önce Sıla, şimdi de Melis...

"O vakte kadar da güzel bir okulda hem eğlenir, hem de bir şeyler okurum."

Ne diyebilirdim, herkes kendi yolunu çizecekti.

Melis bizlere doğru eğildi ve kıkırdayarak, "Suphi'den sonra şimdi de Serhat'ın başı dertte," dedi.

Dedikodu kokusu almıştım, hevesle beklemeye başladım. Zaten, çocuktan al haberi deyimi, bence Melis'ten al haberi şeklinde değiştirilmeli.

"Serhat âşık."

"Şüpheleniyordum ben zaten," dedi Esin.

"Ama umutsuz bir aşk bu."

"Neden?"

"Kız varlıklı bir ailenin kızıymış, Nişantaşı'nda oturuyormuş, özel bir koleje gidiyormuş ve de çok güzelmiş."

"Bunları Serhat mı anlattı sana?"

"Evet, o bana her şeyini anlatır."

Melis'in öyle bir özelliği var ki, nasıl anlatsam, Aylin'in deyişiyle anaçlığı, bence de yardımseverliği ve insanlara yaklaşımı, herkesin kendini ona yakın hissetmesini sağlıyor. Bu arada da dedikoduya bayılıyor ama kötü dedikoducu değil. Ortalığı karıştırmak, insanları üzmek için yapmıyor. Ağzı sıkılarla bu meraklılığını paylaşıyor. Zorla değil ya, herkesin hayatında neler olup bittiğini merak ediyor kız. Bu da onun kişiliğinin ilginç bir yanı.

"Peki, nasıl tanışmışlar?"

"Kız bunun çalıştığı yere gelmiş. Bir iş için sanırım..."

"Sonra?"

"Sonrası orada konuşurken konuşurken, ahbaplığı ilerletmişler."

"Bak sen şu bizim sessiz Serhat'a."

"Kız çok cana yakınmış, hayat doluymuş. Böyle söylüyor Serhat."

"Desene tam da garibimin tersi."

"Sonra kız Serhat'ı evine davet etmiş."

"Amma da hızlıymış, şuna bak."

"Yok yok, yanlış anlama. İmzalanacak kâğıtlar mı varmış ne. Kız sana zahmet olmazsa eve getirir misin; tekrar buraya gelmek benim için zor olacak, demiş."

"Yersen..."

"Amma da şüphecisin, Serra."

"İyi ama, Melis, kaç kişi iş yaptığı insanı evine çağırır."

"Canım, sadece kâğıtları vermesi için..."

"Yersen..."

"Anlatmam ama bak."

"Tamam tamam, sustum."

"Neyse, bizimki kâğıtları alıp kızın evine gitmiş. Kız ona çay ikram etmiş ve çok nazik davranmış."

"Tam bir 'hanfendi' desene..."

Bu kez Esin de Melis'e katıldı. "Ama, Serra, sen de resmen görümcelik yapıyorsun."

"Ne yazık ki," diye devam etti Melis üzgün bir sesle.

"Evet?"

"Serhat çok rahatsız olmuş ve de çayını içer içmez kalkmış."

"Neden?"

"Onlar çaylarını içerken, kızın annesi içeri girip çıkıyormuş. Serhat bakışlarında beni küçümseyen bir şeyler sezinledim, diyor."

"Serhat'a öyle gelmiş olmasın?"

"Olabilir de, olmayabilir de... Serhat'a sorular yağdırmış, nerede okuyorsun, nerede oturuyorsunuz filan diye. Serhat da buna bozulmuş."

"Belki de boşuna alınganlık yapıyor."

"Olabilir de, olmayabilir de..."

"Melis, sen de takılmış plak gibi konuşmasana," diye lafa girdi Esin.

"Peki, sonra ne olmuş?"

"Ertesi gün kız Serhat'ı işyerinden telefonla aramış."

"Ne kızlar var," dedim, kendimi ve Cüneyt'i düşünerek.

"Ve bu kez de başka bir yerde buluşmalarını önermiş."

"Yandı gülüm keten helva. Nerde Serhat'ta kızı bir yere götürecek para."

"Aynen öyle. Ama bir şey diyememiş tabii ve işte ben bu noktada devreye giriyorum."

"Senin ne ilgin var ki onlarla?"

"Sabredersen anlatacağım."

"Sustum, sustum."

"Serhat benden borç para istedi."

"Ah, zavallım!"

"Nasıl sıkılıyor, ezilip büzülüyordu anlatamam. İçim paralandı. Ne biçim ailesi var bu çocuğun; o kadar çalıştırıyorlar ve bir cep harçlığı bile vermiyorlar. Babası, erkek çocuğun cebine para koyarsan azıtır, diyormuş."

"Serhat'ın hayatıysa okulla işyeri arasında geçiyor, gık dediği yok."

"Hafta sonları bile çalışıyor."

"Neyse, tabii ki istediği parayı hemen verdim. İşte o zaman bütün bunları anlattı ve bana onu nereye götürebileceğini sordu. Çok para harcamasın diye Boğaz'daki çay bahçelerini önerdim."

"İyi etmişsin, hoş yerler oraları."

"Derken..."

"Ay, daha devamı mı var?"

"Tabii," dedi Melis ve sözlerini sürdürdü. "'Çay bahçesinde saatlerin nasıl geçtiğini anlamadım; meğer konuşacak ne çok şeyimiz varmış, sanki yıllardır birbirimizi tanıyorduk,' dedi Serhat."

Aklıma Cüneyt geldi. İlk zamanlarda biz de öyle saatlerce konuşurduk. Sahi, ne olmuştu bize?

"Sonra?"

"Bir iki gün sonra Serhat kızı aramış."

"Yaşasın! Bizimki kabuğunu kırıyor."

"Telefona kızın annesi çıkmış."

"Eyvahlar!"

"Kızının ders çalıştığını, onu bir daha rahatsız etmemesini çok sert bir dille söylemiş. Ve doğal olarak, bizimki yıkılmış."

"Ah, zavallım."

"Birkaç gün daha geçmiş, bu kez kız aramış ve Serhat'a neden aramadığını sormuş. Serhat annesiyle yaptığı konuşmayı anlatınca, kız annesine çok kızmış ve Serhat'a ona aldırmamasını, gerekirse gizli gizli buluşabileceklerini söylemiş."

"Anlaşılan bu kız da bizim Serhat'a tutulmuş."

"Hem de nasıl," dedi Melis, bir ana gururuyla. "Eh, hoş çocuktur doğrusu, ayrıca çok da efendidir. Nerde bu devirde böylesi?"

Gülüştük.

"Peki," dedim. "Durumlar şimdi ne âlemde?"

"Kız onu arayıp duruyor ama Serhat bağrına taş basıp bu işi bitirmek kararında."

"Ama niye?" diye feryat ettim.

"Diyor ki, 'Birbirimizi seviyoruz ama sanki aramızda şeffaf duvarlar var. Annesinin beni beğenmediğini daha ilk gün anladım, eminim o, kızının kendi çevresinden biriyle çıkmasını ister. Bunu da kınayamam. Ayrıca her şeyimiz öyle farklı ki... Örneğin, onun giyimi yanında ben çok döküntü kalıyorum; onun yaşadığı yerle benim yaşadığımın arasında dünya kadar fark var. Onun alışkanlıkları başka, benimkiler başka. Görüyorsun, onu bir yere götürebilmek için bile senden borç aldım. Peki, sorarım sana, bu ne kadar böyle devam edebilir.' İşte böyle düşünüyor Serhat."

Hepimizin üstüne bir sessizlik çökmüştü.

"Biraz daha atılgan ya da vurdumduymaz olsaydı, bu kadar incinmezdi."

"Ama bilirsiniz, Serhat onuruna düşkündür."

"Evet, gerçekten de öyle. Ve bana ne dedi, biliyor musunuz?" Melis'in sesi yumuşacıktı. "'Şunu anladım ki, eğer hayatımı istediğim gibi yönetmek, dilediğim kişiyle görüşmek istiyorsam, kendi ayaklarımın üstünde durmalıyım.'"

"Peki, çalıştığı yer babasının değil miydi?"

"Evet, ama bu işin başına sen geçeceksin, onun için burada çalışıp işi öğrenmen lazım diye çocuğun hayatına ipotek koymuşlar."

"Tıpkı Ferit gibi," diye mırıldandım.

"Ne dedin?"

"Benzer durumda olan birini anımsadım da... Neyse, sen anlat."

"Serhat'ı hiç böyle öfkeli görmemiştim, çocuklar. Bana, 'Şu halime bak, Melis,' dedi. 'Hayatımda ilk kez bir kızdan hoşlandım ve ilişkimizi başlamadan bitirmek zorunda kaldım. Neden? Çünkü ona hiçbir şey veremeyeceğimi anladım, sevgimizin ikimize de üzüntüden başka bir şey getirmeyeceğini gördüm. Ben de istemez miydim, diğerleri gibi, örneğin Burak gibi kız arkadaşımı bir sinemaya, bir yemeğe götüreyim, ona küçük de olsa armağanlar alayım. Ama cebimde beş param yok.'

"'Babama bakarsan eğitimim de olmayacak, çünkü o, yanında çalışmamı istiyor. Yanında çalıştığım sürece dizginler hep onun elinde olacak, benim kendime özgü ne bir sorumluluğum ne param olacak. Onun anlayışı böyle; biz de babamızın yanında boğaz tokluğuna çalıştık, diyor, başka şeyi ne dinliyor, ne de anlamaya çalışıyor. Kendimi ellerimden, ayaklarımdan zincirlenmiş gibi hissediyorum. O nedenle Ebru'nun annesi haklı, benim gibi hiçbir geleceği olmayan biriyle kızı niye arkadaşlık yapsın ki...'"

"Vah Serhat, ne kadar doluymuş çocuk..."

"Dinle bak, sonra dedi ki, 'Her işte bir hayır vardır derler ya, Ebru benim için bardağı taşıran son damla oldu ve oturup uzun uzun içinde bulunduğum durumu düşündüm. O zaman pek çok şey zihnimde açıklığa kavuştu, görüp de görmezlikten geldiğim olaylarla yüzleşmem gerektiğinin farkına vardım; sonra da geleceğimi, kendimi, hayatımı düşündüm ve artık yaşamımla ilgili kesin kararlar alma zamanının geldiğinin ayırdına iyice vardım.'

"'Kendi ayaklarımın üstünde durmalıyım. Bu, en önemlisi. Kendi ayaklarımın üstünde durabilmek için de elimden geleni yapacağım. Şu anda zaten burslu okuyorum; babam ne derse desin, üniversite sınavlarına gireceğim ve meslek sahibi olacağım. Böylece ekonomik özgürlüğümü elde edeceğim ve hayatımı kendimce yönlendireceğim. Ama o vakte kadar evde durumları idare etmek zorundayım. Kavga etmek, kendimi yıpratmaktan başka bir işe yaramıyor. Uygarca konuşamıyor, bir yere varamıyoruz, nasıl olsa. Daha geçen gün babam, Madem bu ev benim, madem karnın benim paramla doyuyor, sırtın benim paramla örtünüyor, o zaman ya benim kararlarıma uyarsın ya da çeker gidersin, dedi.'"

"Aman Tanrım!"

"Yaa, gör bak neler var," dedi Melis. "İşte onun için Serhat çok kararlı. Okuyup, meslek sahibi olup ekonomik özgürlüğünü elde ederek yaşamını kendi kurallarına göre sürdürecek. 'Ebru'dan uzak kalacağım için çok özlüyorum ama şu aşamada başka çıkar yol yok,' diyor."

"Aslan Serhat."

"Bravo çocuğa."

"Ama ne kadar üzgündü, bir görseydiniz."

"Tahmin edebiliyorum," dedim ve ekledim. "Ama bu üzüntüsüne karşın, kendini bu açmazdan kurtaracak gibi görünüyor."

"Kurtarır," dedi Melis emin bir tavırla. "O hem akıllı, hem de çalışkan. Üniversite sınavlarında kesin istediği yeri tutturur."

Şu hale bak! Ben buraya içim açılsın diye gelmiştim, bu kez de Serhat'ın sorunları karşıma çıktı. Bu yıl ne oluyor bize... Bir yandan gelecekle ilgili belirsizlikler, karar verme zorunluluğu, sınavların stresi, bir yandan aileler ve sevgililerle sorunlar...

"Yani şimdi Ebru'yla ilişkisini kesmiş mi?"

"Bu hafta sonu söyleyecekti, belki de söylemiştir bile."

"Zavallı kız."

"Daha az önce atıp tutuyordun kıza," dedi Esin.

"Şimdi acıyorum," dedim, Cüneyt'le kendimi düşünerek.

"Neyse canım," dedi Esin, artık bu konudan sıkılmış gibi. "Nasıl olsa Serhat doğru kararı almış, zaten önemli olan da bu."

"Ama çok acı çekiyor," diyerek içini çekti Melis.

"Savaşmadan hiçbir şey başarılamaz," dedi Esin.

"Esin," dedim. "Bugün de filozofluğun üstünde."

"Yalan mı?"

"Hadi artık biraz da vitrinlere bakalım," dedi Melis.

Vitrinlere bakmayı oldum olası sevmem ama bunalım ortamından çıkacağız diye hemen memnuniyetle kabul ettim.

Akşam eve geldiğimde annem Sırma'nın aradığını söyledi. Tabii hemen telefona koştum.

"Arıyorum, yoksun. Oh, gez bakalım. Annen anlattı, yeni işinde ilk günün bayağı iyi geçmiş."

"Evet, hiç fena değildi."

"Peki, Cüneyt'ten bir haber var mı?"
"Ne bir ses, ne bir nefes."
"Hmm, anlaşılan sana fena bozulmuş."
"Ya benim ona bozulmama ne demeli. Hem bak, tam tamına bir hafta oldu; ne aradığı var ne sorduğu. Sen bir şeyler düşündün mü?"
"Ben diyorum ki..."
"Evet?"
"Sen onu ara..."
"Yani çok yaşa sen, Sırma. Ne kadar da ilginç bir çözüm bulmuşsun."
"Dur hemen lafımı ağzıma tıkama. Sen bu gece bir ara, bakalım ne estiriyor. İyi giderse, ne âlâ, yoksa..."
"Yoksa ne?"
"Yoksa ben onu burada bulup ağzını ararım."
"Bence sen onun ağzını ara, ben ona göre arayayım."
"Fena fikir değil."
"Bence en iyisi bu."
"Pekâlâ, ben onunla bir konuşayım."
"Ama sakın benim bildiğimi belli etme."
"Daha neler. Tabii ki, belli etmeden konuşacağım."
Ve böylece biraz daha konuştuktan sonra telefonu kapattık.
Yaa sevgili kiraz ağacım, işte böyle. Sorunlar, sorunlar, sorunlar... Sıla'nınki bir türlü, Serhat'ınki bir türlü, benimki başka bir türlü. Serhat'ın, aramızda şeffaf duvarlar var, tanımlaması ne kadar düşündürücü. Ben de Cüneyt'le ilgili olarak aynen öyle hissediyorum.

*14 Ekim, Çarşamba*

Bugün Mualla Hanım, "Çocuklar, bir fikrim var," dedi. "10 Kasım'da Anıtkabir'i ziyaret etmeye ne dersiniz?"

Herkes önce bir şaşırdı; öyle ya şimdiye kadar 10 Kasım'da hep okulda program yapmıştık. Sonra bu fikir hepimizin hoşuna gitti.

"İyi olur, hocam."

"Bence gidelim."

"Evet, bence de..." diye sesler yükseldi.

Mualla Hanım, "Her yıl aynı programları yineleyip duruyoruz," dedi. "Bu yıl değişik bir şey yapalım, Ata'ya Saygı Gezisi düzenleyelim. Anıtkabir'i, müzeyi gezelim. Hem duyduğuma göre bu yıl pek çok okul 10 Kasım'da Ankara'ya gidecekmiş. Neden biz de gitmeyelim, diye düşündüm."

"Gidelim, gidelim."

"Üstelik ben Ankara'yı hiç görmedim."

"Tamam öyleyse," dedi Mualla Hanım, "siz evde ailelerinize bir sorun, sonra kaç kişi gidebilecek bana bildirirsiniz; ben de ona göre bir otelde yer ayırtır, program yaparım."

Çok güzel fikirdi doğrusu.

"Buna karar verdiğimize göre, diğer konu hakkında konuşabiliriz."

"Hangi konu, hocam?"

"Hani gelecekle ilgili kararlarınız hakkında düşünecektiniz ya, işte o konu hakkında."

Sınıfta bir sessizlik oldu.

"İçinizde söyleyecekleri olan var mı?"

Yine bir sessizlik ve bir de baktım, elim havada.

"Evet, Serra."

"Hocam, ben ilgi duyduğum alanları araştırmaya başladım."

"Buna çok sevindim, Serra. Seni kutlarım."

"Turizme ilgi duyuyorum. Kendimi sınamak için bir seyahat acentasında hafta sonları çalışmaya başladım."

"Ne kadar güzel, ne kadar güzel." Mualla Hanım öylesine etkilenmişti ki, kendimle pek bir gurur duydum.

"Ayrıca annemin üniversitede öğretim görevlisi olan bir arkadaşı var. Annem ona benim ekonomiyi de düşündüğümü ama hiçbir bilgim olmadığından bocaladığımı anlatmış ve ne yapmamız gerektiğini sormuş."

"Bak bunu bana söylememiştin," dedi Toprak.

"Konu gündeme daha dün geldi de ondan," deyip Mualla Hanıma döndüm, anlatmayı sürdürdüm. "Annemin arkadaşı bu sorumu çok yerinde bulduğunu, çünkü çoğu öğrencinin bilinçsiz seçim yaptığını, dersler başlayınca da konudan hiç hoşlanmadığının farkına varıp düşkırıklıkları yaşayarak başarısız olduğunu anlatmış."

Mualla Hanım sözümü kesti. "İşte benim de sizlere anlatmak istediğim buydu. Konunuzu seçerken sevip sevmediğinizi araştırın demekle bunu kastediyorum. Evet, Serra, kusura bakma sözünü kestim, devam edebilirsin."

"O nedenle benim kütüphaneye gidip ekonomi hakkında bir iki kitap alıp okumamı, ayrıca gazetelerin ekonomi sayfalarını da izlememi önermiş. Böylece bu konuyu sevip sevmediği hakkında derinlemesine olmasa da, en azından bir izlenim edinmiş olur, demiş."

"Çok güzel, Serra. Sadece kendine değil, arkadaşlarına da yardımcı oldun. Duydunuz ya, çocuklar, seçeceğiniz konuları iyice araştırmalısınız."

"Yani şimdi sen bu kitapları ve gazete yazılarını okuyor musun?" diye sordu Toprak.

"Dedim ya, bunları annemle dün gece konuştuk. Onun için bugünden başlayarak ekonomi sayfasını okumaya başlayacağım. İlk fırsatta da konu hakkında bir iki kitap karıştıracağım."

"Seni kutlarım, Serra," dedi Mualla Hanım, hem de ikinci kez. Sonra sınıfa döndü. "Çocuklar, her şeyin bir zamanı vardır. Gülme zamanı, ağlama zamanı; çalışma zamanı, eğlenme zamanı... Şimdiyse..." Söyleyeceklerini iyice algılamamızı istercesine bir an durdu. "Oturup düşünme zamanı. Sizlerin kendi isteklerinizi, beklentilerinizi sorgulama zamanı. Kendinizi tüm kalıplardan sıyırarak düşünmelisiniz. Ben her birinizin çok özel kişiler olduğuna inanıyorum. Sizler bir teksiniz, var mı bir ikinciniz? Var mı bir başka Melis, bir Toprak, bir Sıla? Ve işte bu nedenle ben Serhat'ın, Dilek'in, Serra'nın kendi değerlerini ortaya çıkarmalarını ve kendilerine özgü bir yaşam çizgisi çizerek kendi hayatlarını yaşamalarını istiyorum. Kalıplar sizi bağlamasın. Mesleğinizi sadece para, sadece şöhret ya da aileniz öyle istedi diye değil, kendi istek ve yeteneklerinizi buluşturarak seçmelisiniz. O zaman yaptığınız işte mutlu olursunuz. Severek yapılan bir iş de başarıyı peşinden sürükler. Ve bu getirir sizi, kendi ayaklarınızın üstünde durabilmeye."

Sıraların arasında dolaşmaya devam etti.

"Düşünmeden, araştırmadan kalıpları yaşamak, mutluluğu başkalarının gözlerinde aramaktır. Eğer mutluluğunuz hep bir başkasının beğenisine ya da kendinizin dışında nedenlere bağlıysa, mutsuzluğu garantilediniz, demektir.

Aileniz öyle istedi diye ya da şu anda geçer meslek filanca diye bir seçim yaparsanız, bu sizi kendinizden uzaklaştırır. Başkalarına ya da sizin dışınızda nedenlere bağlamış olursunuz yaşamınızı. Böyle bir davranış sizin kendi hayatınızı yaşamanızı engeller. Size mutluluk vermeyen bir kısırdöngü içinde buluverirsiniz kendinizi." Tahtaya yöneldi, "Şimdi yazacaklarımı da defterinize not edin ve bu sözler hakkında düşünün."

*Mutluluğu başkalarının gözlerinde aramayın.*

Aylin, "Hocam, sinir oluyorum. Annemle babam hep bana karışıyorlar, yok şunu oku, yok bu mesleği seç diye," dedi.

"Bir dakika Aylin, bir dakika! Sakın beni yanlış anlamayın, çocuklar. Ben sizlere körü körüne ailelerinizin önerilerini reddedin demiyorum. Tam tersine, onları dinleyin, hem de çok iyi dinleyin, çünkü bir kere onlar hayatta sizi en derinden, en yoğun seven ve düşünen kişiler. Ayrıca deneyimleri de var."

"Ama hocam..."

"Dur sözümü tamamlayayım, Aylin. Onları dinleyin, öğretmenlerinizin önerilerini dinleyin, hatta arkadaşlarınızı ve konunun dışındaki kişileri de dinleyin. Hiç ummadığınız biri, bir sözüyle sizlere bir ufuk açabilir. Kısaca, herkesi dinleyin, sonra oturup bunları istek ve yeteneklerinizle karşılaştırın. Uyuyorsa, ne âlâ, uymuyorsa, özellikle de ailenizin fikirleriyle uyuşmuyorsa, bunu karşılıklı konuşun, anlatın onlara. Konuşa, düşüne sonuçlara varın. O nedenle, ben istediğimi yaparım gibi bir tavır içine girerek ailenizin önerilerini hemen reddetmeyin. Bu da yanlış olur. Bilmem anlatabildim mi?" dedi Aylin'e bakarak. Sonra sözlerini sürdürdü. "Bir noktaya daha dikkatinizi çekmek istiyorum. Şimdi ben öğretmenliği bırakıp balerin olmak istiyorum desem, bu olacak iş mi? Bir kere o yetenek bende yok, ikincisi, bu yaştan sonra balerin olmak için ne vücudum ne de hareketliliğim yeterli. İsteklerinizle yeteneğinizi buluşturun derken bunu kastediyordum. Seçimlerinizde, yeteneklerinizi göz önüne alarak gerçekçi olun. Aklınız, duygularınızı dengelesin."

"Örneğin, Dilek'ten matematik profesörü olmaz, değil mi, hocam?" dedi Burak.

Bütün sınıf kahkahadan kırıldı. Dilek matematik konusunda aynen benim gibi.

"Değişik zekâ türleri var, Burak," diyerek Dilek'i savundu Mualla Hanım. "Araştırmalar sonucunda zekânın değişik türleri olduğu ortaya çıkmış. Bundan böyle matematiği iyi olanlar zeki, olmayanlar zeki değil fikri geçerli değil. Matematiksel zekâ olduğu gibi, örneğin sanatsal, duygusal ve bilimsel zekâ türlerinden de söz ediliyor artık."

"Evet," dedi Dilek, Burak'a. "Bir şey mi demiştin?" Bu kez herkes Burak'a güldü.

"Şimdi sizlere bu konuyla ilgili olarak, Erdal Atabek'in bir köşe yazısından bazı bölümleri okuyacağım. Birkaç yıl önce okuduğumda, çok beğenmiş, kesip saklamıştım. Ama önce biraz müzik."

"Müzik, müzik!" diye bağırıştık.

"Bu kez dinleyeceğiniz, Rodriguez'in Gitar Konçertosu. Rodriguez klasik gitar için dinlemeye doyamayacağınız parçalar bestelemiştir. Evet, şimdi size Gitar Konçertosu eşliğinde Erdal Atabek'in 'Kendi Değeriyle Buluşamamak' başlıklı makalesinden bir bölüm okuyacağım.

"*İnsan için, hayatı boyunca en acı olan, 'kendi değeriyle buluşamamak'tır. Kendi değerini bulamayıp bu değeri başkalarının gözünde aramak zorunda kalmak, belki de hayatımızın en büyük trajedisidir. İlk çocukluk yaşlarından beri kendi değeriyle buluşmasını önlediğimiz, onlara sadece bizim verdiğimiz değerlerle varolmayı öğrettiğimiz çocuklar, artık kaçınılmaz bir mutsuzluğun adaylarıdır. Kendi değeriyle buluşamayan, başkalarının değerleriyle yaşamayı öğrenen, bunun için de özgüveni olmayan çocuklar, ilerde böyle gençler olacak, daha ilerde de 'yetkinleşmemiş erişkinler' olacaklardır. Artık onlar için varoluş biçimi, 'kendilerini başkalarının gözünde değerli kılma, olacaktır. Bunun için para kazanacaklar, bunun için para harcayacaklar, bunun için unvanların, etiketlerin peşinde koşacaklardır. Ama hiçbir zaman kendilerine güvenemeyecek, hiçbir zaman ruhsal doyuma ulaşamayacak, doğal olarak da mutlu olamayacaklardır.*

"*İşte 'eğittik, eğitiyoruz' dediğimiz, 'orayı kazandı, burayı kazanacak' dediğimiz çocuklarımıza yaptığımızın aslı budur. Buna 'eğitim' demek, gelecek yüzyılda yaşayacak çocuklarımızı tüketmek, kendimizi de kandırmaktır.*

"*İnsan hayatı boyunca mutlu olmak için yaşar. Mutluluğun yolu da 'istediğimiz alanda üretmek, ürettiklerimizi paylaşmak, üretim ve yaratı gücümüzle yaşadıklarımız arasında denge kurmak'tan geçer. Buna hizmet etmeyen bir eğitimin de 'daha iyi bir dünya-*

*daha mutlu bir insan' hedefine katkısı yoktur. Kaygı duymamız gereken asıl konu da bu olmalıdır."*

Okumasını bitirince, "İnsanı düşünmeye iten, ne kadar vurucu bir yazı, değil mi?" dedi.

Kimseden ses çıkmadı, hepimiz dinlediklerimizi özümsemeye çalışıyorduk sanırım.

"Haydi şimdi ders saatinin sonuna kadar müzik dinleyin," dedi Mualla Hanım ve önündeki kâğıtları okumaya başladı.

Akşam eve vardığımda, annem henüz gelmemişti. Fırsat bu fırsattır deyip Sırma'yı aradım.

"Sırma, Cüneyt'le konuştun mu?"

"Konuştum."

"Ne dedi, çabuk söyle."

"Önce havadan sudan konuştuk, sonra da aldırmaz bir tavırla, 'Eee, Serra'dan ne haber?' dedim."

"Çok iyi."

"'Senin Serra'dan haberin yok mu ki, bana soruyorsun?' dedi."

"Ay Sırma, anladı galiba."

"Yok canım, aklı sıra o da benim ağzımı arıyor."

"Sonra?"

"Sonrası, 'Bugünlerde fırsat bulup da konuşamadım, onun için soruyorum,' dedim."

"O ne dedi?"

"'Biz de konuşamadık,' dedi. Ben de, 'Niye aramıyorsun, öyleyse,' dedim."

"Çok iyi, Sırma."

"'Ne bileyim, kurslar, dersler... vakit olmuyor ki,' dedi."

"Şuna bak! İnsan bir telefon etmeye zaman bulamaz mı?"

"Ben de aynen öyle söyledim. 'Bir telefon etmeye nasıl vakit bulamazsın,' dedim."

"Ne dedi?"

"'Serra da sanırım bu yüzden bana kızgın,' dedi."

"Günaydın!"

"Ben de, 'Öyleyse ara onu,' dedim. Yani artık bundan açık nasıl söylenebilir."

"Evet, haklısın. Çok teşekkürler, Sırma."

"Bir şey değil, bebek. Eminim bugün yarın seni arar."

"Ah, umarım."

"Üzme kendini."

"Demesi kolay."

"Merak etme, artık arar. Köşeli jetonu şimdi düşmediyse, hiç düşmeyecek demektir."

O sırada kapının çalındığını duydum. "Sanırım annem geldi. Hadi görüşürüz, çok teşekkürler," diyerek telefonu kapattım. Şimdi yine beklemeleri oynayacağım. Üff, üff...

Akşam yemeğimizi yerken, anneme Mualla Öğretmenin bizleri Anıtkabir'e götürmek istediğini söyledim.

"Güzel bir fikir," dedi. Zaten annemle Mualla Hanımın düşünceleri birbirine çok uyuyor. "Yani ben de gidebilir miyim?"

"Derslerin, işin, programın için bir sakıncası yoksa, gidebilirsin."

"Aslan anacığım benim."

"Hem babaannenle babanı da görmüş olursun."

"Ve de Ayşegül'ü," dedim ama o anda işim aklıma geldi. "Umarım cumartesiye rastlamıyordur," diyerek bir koşu mutfaktaki takvime koştum. Ohh, neyse ki 10 Kasım hafta içine geliyordu. Hoş hafta sonuna denk düşseydi, önceden haber verip izin alabilirdim.

Ay, bu akşam televizyonda, hem de haberlerde çok komik bir olay izledik. Trafik denetiminde alkollü sürücüleri yakalıyorlardı. Adamakıllı sarhoş olduğu her halinden belli olan bir adama soruyorlardı. "Alkollüyken araba kullanır mısınız?"

"Ne münasebet," diye yanıtlıyordu dili dolanarak. "Ben asla alkol alırken araba kullanmam. Dururum, içerim ve yoluma devam ederim."

Annemle iki saat güldük. Annem, "Aslında bu, gülünecek değil, ağlanacak bir durum," dedi. Ve –Cüneyt bu akşam da aramadı.

### *15 Ekim, Perşembe*

Bugün artık ne olacaksa olsun dedim ve onu aradım. "Ooo Serra, nerelerdesin?"

"Ben buradayım. Ya sen nerelerdesin?" dedim en havalı sesimle.

Kavgacı olmamaya, neşeli, şakacı bir tavır takınmaya karar vermiştim. Malum, erkekler neşeli kızları severler.

"Seni hep arayacaktım ama bu dershane ve okul arasında zaman uçup gidiyor."

"Haklısın, benim de durumum aynı. Ayrıca bütün bunlar yetmezmiş gibi, bir de işe girdim."

Ne garip, aynen annemin babamla konuşurkenki tavrına bürünüvermiştim sanki.

"Sahi mi, Serra?" Etkilenmiş bir hali vardı; küçük oyunumu sürdürdüm.

"Evet, bir turizm acentasına girdim, hafta sonları çalışıyorum."

"Müthişsin. Peki, ne yapıyorsun orada?"

"Gelen turistleri havaalanından alıp otellerine bırakıyorum, filan. Bazen de telefonlara bakıyorum."

Bu kadarcık yalandan kim ölmüş? Ayrıca yemin etsem başım ağrımaz; Bayan Bella gerekirse havaalanına göndereceklerini söylemedi mi? Kıh, kıh, kıh.

Cüneyt'in ıslığı kulağıma ulaştı. Takdir belirten bir ıslıktı bu.

Numaramı yapmıştım!

"Eee, sende ne var, ne yok?" diye sordum, onun o sıradan-öğrenci-yaşamını vurgulamak istercesine.

"Hiç," diyerek içini çekti. Sıkıntılı bir hali var gibime geldi.

"10 Kasım'da Ankara'ya gideceğiz, hepsi bu."

"Deme," diye kendimi tutamayıp bağırdım. "Siz de mi Ankara'ya geliyorsunuz?"

"Evet, bu yıl Türkiye'nin dört bir yanından öğrenciler 10 Kasım'da Anıtkabir'e gidecekler. Biz de katılmak istediğimizi idareye bildirince, okul bu geziyi düzenledi."

"Ben de geliyorum," dedim sevinçle.

"Sahi mi, Serra?"

"Evet, evet. Ama doğrusunu söylemek gerekirse, bu fikir Mualla Hanımın. Keşke biz de sizler gibi kendimiz düşünebilseydik. Bu yıl 10 Kasım'ı daha değişik biçimde analım, dedi ve bu fikri ortaya attı. Herkes çok hevesli."

"Desene Ankara'da görüşebileceğiz."

"Ay, evet, Cüneyt. Ne güzel, değil mi?"

"Evet, gerçekten de öyle." Sesinde bir keyifsizlik vardı sanki.

"Neyin var?" diye sordum.

"Nasıl yani?"

"Keyifsiz gibisin, bir şeye canın mı sıkıldı?"

"Yok canım, nerden çıkarıyorsun bunu."

Ters bir laf etmemek için kendimi zor tuttum. Biz onunla ilgileniyor, hatırını soruyoruz, beyimiz bizi paylıyor. Telefonda kavga etme, Serra, dedim kendi kendime. Nasıl olsa onu Ankara'da göreceksin, o zaman rahat rahat yüz yüze konuşursun.

"Üşüttüm galiba," diye devam etti Cüneyt.

Sen kafayı üşütmüşsün, oğlum, dememek için tüm i999demi kullandım. Hastalandıysan, seni ben mi hasta ettim ki bana tersleniyorsun.

"Her tarafım kırılıyor."

Beter ol, dedim içimden.

"Belki de sesim bu nedenle keyifsiz çıkmıştır," diye bu kez alttan aldı.

Hah şöyle, adam gibi konuş.

"Geçmiş olsun," dedim ve ekledim. "Hadi ben artık kapatayım. Sen de kendine iyi bak."

"Sağ ol, Serra, Ankara'da görüşürüz."

Ne? Ankara'da görüşürüz mü demişti? Ankara'ya gitmeye neredeyse bir ay var daha. Hadi bilemedin üç hafta. Yani bu, tam üç hafta süresince beni aramayacağı anlamına mı geliyordu?

Telefonu kapadığımda bir huzursuzluk vardı içimde. Cüneyt... nasıl desem... soğuk değildi ama... uzaktı. İçim üşüdü, resmen içim üşüdü. Ellerim buz gibiydi. Sanki Cüneyt parmaklarımın arasından akıp giden kum tanecikleri gibi, hayatımdan kayıp gidiyordu Ve ben bunu önlemek için hiçbir şey yapamıyordum.

O benim Cüneytim olsaydı, şu yeni işimle ilgili olarak ne kadar sevinir, beni nasıl içten kutlardı. Oysa sanki sıradan bir arkadaşıymışım gibi, işin içine hiçbir duygu katmadan, sadece sorular sormuştu. İnsanı sarıp sarmalayan o sıcak ilgiyi yitirmek meğer ne kadar zormuş. Kendimi güvenli yuvasından atılmış bir kuş gibi hissediyorum.

Ağlamak istiyorum, hüngür hüngür ağlamak istiyorum. Oysa acım öyle taşlaşmışçasına içimde düğüm düğüm ki, ağlayamıyorum bile. Çok üzgünüm, kiraz ağacım, çok. Yazmak bile istemiyorum. Sadece yatağıma sığınıp yorganı başıma çekmek ve kendi kendime kalmak istiyorum. Acımla baş başa olmak istiyorum.

### *17 Ekim, Cumartesi*

Haftanın geri kalan kısmını çok kötü geçirdim. Cüneyt'le yaptığımız konuşmadan sonra okula gidip geldim ama hayalet gibiydim. Ne söylenenleri doğru dürüst dinleyebiliyor ne de aklımı derslere verebiliyordum. Bu konuyu kimseyle konuşmak istemiyorum, o nedenle halimi belli etmemeye çalışmak da ayrı bir zorluk.

Neyse ki, hafta sonu çok doluydu da biraz oyalanabildim. Cumartesi günü işe bu kez rahat pabuçlar, kot pantolon ve kazağımı giyerek gittim. Ohh, dünya varmış.

Annem beni görünce, "Ne o, yine üniformanı giymişsin," dedi ama herkesin hafta sonları nasıl giyindiğini, özellikle vurgulayarak anlatmış bulunduğumdan fazla üstüme gelemedi tabii.

Suzy çok tatlı, cin gibi bir kız. Anladığım kadarıyla, bizim Sıla kadar da çalışkan. Onların okulunda çok sıkı disiplin varmış, hele de Almanca başlı başına dert, diye anlattı. Geçen yaz Almancasını ilerletmek için Almanya'da bir dil kursuna gitmiş.

Boşuna değil, annem yazın, Sırma'yla İngilizce konuşun ki diliniz ilerlesin, deyip duruyordu.

Ben de, "I am'in mayosu ıslak," demiştim de, Sırma yerlere yatmıştı gülmekten.

Sonra, "Don't gül," diye sululuklarımı sürdürünce annem, "Siz adam olmazsınız," diyerek bize kızmıştı.

Bu arada, meğer Alga Tur'un sahibesi sadece Bayan Bella değilmiş, Şebnem Hanımla ortaklarmış. Yaa, bugün de bunu öğrendim. Aslında bu bilgiyi bana Suzy verdi. Ben çok şaşırınca, Şebnem Hanım, "Niye o kadar şaştın, Serra?" diye sordu.

"Ne bileyim, siz burada bizimle çalışıyorsunuz, Bayan Bella ise o odada oturuyor."

Şebnem Hanım bir kahkaha attı. "Ve sen de doğal olarak, onun patron olduğunu düşündün, değil mi?"

"Evet."

"Bak Bella," diye içeri seslendi.

"Ne var, Şebi?"

"Seninle yerlerimizi değiştireceğim artık. Herkes seni patron, beni köle sanıyor."

Bayan Bella yanımıza geldi. "Öyle mi?"

"Serra pek şaştı bu işe."

"Serracığım, biz Şebi'yle üniversiteden arkadaşız. Okuldan sonra ikimiz de ayrı ayrı yerlerde çalıştık ve bir gün, neden kendi işimizi kurmayalım, dedik ve böylece geldik bugünlere..."

"Ne güzel," dedim hayran hayran. Bir arkadaşınla birlikte kendi işini kurmak harika bir şey.

"Şebi ofisi yönetiyor, ben de içerde hesap kitap işlerine bakıyorum."

"Affedersiniz, bir şey sorabilir miyim? Biraz alakasız olacak ama..."

"Sor bakalım."

"Neden Şebnem Hanıma Şebi diyorsunuz?"

Şebnem Hanımla Bayan Bella birbirlerine bakıp gülmeye başladılar.

"Şebnem'in okulda Divan edebiyatını taklit ederek yazdığı hicivler çok ünlüydü. O nedenle hicivleriyle tanınan Nefi'den esinlenerek ona Şebi adı takıldı ve bu isim öyle bir tuttu ki, artık o bizim için hep Şebi olarak kaldı."

Çalan telefonla sohbetimiz sona erdi ve herkes yerine geçti.

Şebnem Hanım, "Yaa, demek öyle. Çok geçmiş olsun, ben senin yerine birini bulmaya çalışırım artık," diyordu. Telefonu kapattıktan sonra, "Çocuklar, hapı yuttuk. Yarın gelecek turistleri karşılayacak olan çocuk hastalanmış, 39 ateşle yatıyormuş," dedi.

"Hakan'ı ara," diye içerden seslendi Bayan Bella.

Şebnem Hanım bir numara çevirdi ve bekledi, bekledi. "Cevap yok. Kesin hafta sonu diye bir yerlere gitmiştir."

Şebnem Hanım onu aradı, bunu aradı, sonunda, "Sanki yer yarıldı, bütün bu insanlar yerin dibine kayboldu," diye söylendi ve geriye yaslandı. "Ne yapacağız şimdi?" Birden gözü bana takıldı.

"Serra?"

"Efendim?"

"Yarın öğleden sonra bir işin var mı?"

"Yok," dedim saf saf.

"Tamam öyleyse, turistleri sen karşılayacaksın."

"Efendim?"

"Gelenleri sen karşılayacaksın."

"Ama..." diye kekeledim. "Ben nasıl yaparım? Beceremem ki..."

"Ne var beceremeyecek. Suzy kaç kez yaptı bunu."

"Öyleyse yine Suzy yapsın."

"Suzy'nin o saatte özel dersi var, o nedenle gelemez." Sonra Suzy'ye döndü. "Serra bu işi pekâlâ da yapar, değil mi?"

"Tabii," dedi Suzy haini. Ve ekledi. "Hiç merak etme, Serra, biz sana yapman gerekeni anlatacağız. Hem bu iş telefonlara bakmaktan daha ilginç."

Hah işte, Suzy haini beni yakalayacağı noktayı iyi bulmuştu. Bu kesinlikle telefonları cevaplamaktan daha ilginçti.

"Pekâlâ," dedim, kendimi yüzme bilmeden denize atlamak üzere olan biri gibi hissederek.

Şebnem Hanım, "Sana güvenebileceğimi biliyordum, Serra," diyerek bana moral verdi ve başladı anlatmaya. "Aslında bu küçük bir grup, sadece on beş kişi."

Eyvahlar! Tam on beş adet insan!

"Senin eline bir tabela vereceğiz. Üstünde Alga Tur yazılı olacak. Atatürk Havaalanı'na gidip uçak inince yolcuların çıktığı kapının karşısına geçip tabelayı onların görebileceği bir biçimde tutacaksın."

Suzy hemen eğildi ve çekmeceden bir tabela çıkarıp havaya kaldırdı. "İşte böyle tutacaksın."

"İyi de..." dedim panik içinde. "Ben Yeşilköy'e nasıl gideceğim?"

"Tabii ki, seni bizim minibüsle yollayacağız. Ayrıca minibüs şoförü bu işi defalarca yaptığından, sana yardımcı olacaktır," diyerek Şebnem Hanım beni sakinleştirmeye çalıştı ve devam etti. "Turistlerin hepsinin uçaktan çıkmasını bekle ve on beş kişilik grup toplanmadan sakın hareket etme."

Ay, karnıma ağrılar girmişti bile.

"Peki, hangi milletten bu turistler, yani onlarla nasıl anlaşacağım?"

Bu kez, Suzy'yle Şebnem Hanım birbirlerine bakıp gülmeye başladılar.

"Gülmeyin yaa..." deyivermişim sanki sınıfta bizimkilerle konuşuyormuşum gibi.

"Turistler Japon," dediler ve yeniden kahkahalar yükseldi.

Oh, ne âlâ, biz burada karın ağrıları çekelim, onlar gülsünler.

"Dünyada gitmem, valla," dedim, ne haliniz varsa görün tavrıyla. Şu bendeki şansa bak! Bula bula Japon turistlerin geleceği gün bana iş veriyorlar.

Şebnem Hanım gözlerinin yaşını silerek, "Ay Serra, insanı öldürürsün sen. Niye bu kadar panik yapıyorsun?" dedi.

"Nasıl paniklemem! Söyler misiniz, onlarla nasıl konuşacağım? Çan çin çon mu diyeceğim?"

"Serracığım, tabii ki İngilizce konuşacaksın. Sadece Japonlar değil, aşağı yukarı her ülkenin insanı derdini anlatacak kadar İngilizce biliyor."

"Ama benim İngilizcem o kadar iyi değil ki..."

"Hiç merak etme, senin İngilizcenle pekâlâ da idare edersin. Sen onlara konferans verecek değilsin ki; hoş geldiniz, diyeceksin, işte oteliniz, diyeceksin, hepsi bu."

"Eh, o kadarını idare edebilirim herhalde," dedim ama yine de pek huzura kavuştuğum söylenemez.

Akşam anneme durumu anlattığımda fırsatı kaçırır mı, hemen lafı sokuşturdu. "Yazın İngilizce çalış, bilenlerle pratik yap, derken boşa konuşmuyormuşum, değil mi? Pratik yapsaydın, şimdi çok daha rahat olurdun."

Bakalım yarın neler olacak.

### *18 Ekim, Pazar*

Dershaneden eve gelip üstümü değiştirdim ve beni alacak olan minibüsü beklemeye başladım. Az sonra kapı çalındı, gelen şirketin şoförüydü. Tabii annem hemen dibimde bitti. Malum, beni kim alıyor, kim götürüyor; kendi gözüyle görecek.

"Hadi anne, akşama görüşürüz," dedim, kurbanlık koyunlar gibi.

Annem parlak bir gülücükle, "Eminim her şey yolunda gidecek ve sen bu işi en güzel biçimde yapacaksın," dedi.

Minibüse kuruldum. "Havaalanına gidiyoruz, değil mi, Serra Hanım?"

"Evet." Ohoo, bu adam daha nereye gideceğimizi bilmiyorsa, işimiz iş, diye düşünmeden edemedim. Hani her şeyi biliyordu da bana yardımcı olacaktı? Ama laf aramızda, bana Serra Hanım demesi pek hoşuma gitti. Kendimi patronmuşum gibi hissettim. Ah Sırma, şimdi sen küçük bir kuş olsaydın da beni görebilseydin, kim bilir yine ne hayaller kurardın.

Uça uça havaalanına vardık. Yani bu adam da çok hızlı araba kullanıyordu ama yavaşla demeye utandığımdan koltuğun kenarına yapışıp oturdum. Şoför minibüsü park edeceğini söyleyip beni ana kapının önünde bıraktı. Tabelam elimde içeri girdim.

Savaş başlıyordu. Önce gidip Suzy'nin öğrettiği gibi, uçağın vaktinde gelip gelmediğini kontrol ettim. Hele şükür, gecikme yoktu. Ve hemen yolcuların çıkacağı kapının karşısında yerimi aldım. Bir de ne göreyim... Benim gibi eli tabelalı bir sürü insan. İnsanı bir itiştiriyorlar ki, ayıp yani.

O sırada sürekli anonslar yapılıyor, inen, kalkan uçaklar bildiriliyordu. Anonsları okuyan kızlar öyle acayip konuşuyorlardı ki, ne dediklerini anlayan beri gelsin. Birden sıkıştığımı hissettim. Hay aksi, zaten hep olmadık zamanlarda tuvalete gitmek isterim ben. Önce, kendimi tutarım, diye düşündüm ama sonra aklıma önümüzdeki uzun yol gelince, hemen gitmenin daha akıllıca olacağına karar verdim. Zaten gelmelerine daha yarım saat vardı. Bir koşu gidip gelebilirdim.

O kalabalıkta sora sora tuvaleti buldum ama bana sanki asırlardır salonda dolanıp duruyormuşum gibi geldi. Acele ediyorum ya... İçeri girdim, ohoo, bir kalabalık, bir kalabalık. Haydi sıraya girdim, beklemeye başladım, bir yandan da saatime bakıyorum. Yine asırlar süren bir beklemeden sonra sıra bana geldi. O küçücük yerde hem ceketimi, hem çantamı, hem de tabelamı idare edebilmek bayağı beceri istiyor.

Neyse, kendimi dışarı atıp bir koşu kapının oraya vardığımda ne göreyim, kapıdan birileri çıkıyor. Aman Tanrım! Aman Tanrım! Üstelik bizim şoför de gelmiş, sağına soluna bakınıyor. Kesin beni arıyor.

"Serra Hanım, neredeydiniz? Yolcular gelmeye başladılar."

"Uçak vaktinde inecek mi diye bakmaya gitmiştim," diye küçük bir yalan kıvırdım. "Ama onların gelmesine daha on dakika var."

"Uçak erken inmiş," demez mi...

"Nereden biliyorsunuz?"

"Az önce danışmadan söylediler."

"İyi ama anons edilmedi ki..."

"Zaten anons edilse de, anlaşılmıyor ki..."

Adam haklı, hem de çok haklı.

Tabelamı kaldırmış, yerimi kaptırmamak için ben de itişmeye başlamıştım ki, ilk çekik gözlü belirdi. Bir an durdu, tüm tabelaları süzdü, sıra benimkine gelince, yüzünde kocaman bir gülücükle bana doğru ilerledi ve eğilerek selam verdi. Ben de tüm şirinliğimle ona gülümsedim. Sonra geriye döndü ve kavga eder gibi bir şeyler söyleyerek oradakilere seslendi. Bu arada eliyle de, gelin, gelin, işareti yapıyordu. Böylece altı, yedi çekik gözlü belirdi. Kadınlı erkekli bir gruptu; ellerinde çantalar, boyunlarında fotoğraf makineleri vardı. Esmer, ufak tefektiler, hepsi de güler yüzlüydü. Her gelen önce hafifçe başını eğerek bana selam veriyor, sonra yanıma geçip duruyordu. Ben de bir yandan onlara gülümsemeye, bir yandan da saymaya çalışıyordum. Sonunda küçük bir grup oluşmuştu etrafımda.

Şoför, "Serra Hanım, sanırım grup tamam," dedi.

İyice emin olmadan oradan ayrılmaya hiç niyetim yoktu. Başladım saymaya. Benim çekik gözlüler bu duruma pek eğlendiler; birbirlerine başlarını sallayarak gülüşüp duruyorlardı.

"OK." dedim. "Let's go."

"OK, OK," diyerek gülüştüler. Ve ben de önde, elimde tabelam, onlar arkamda, kapının önüne çıktık. Şoför de minibüsü getirmiş, bizi bekliyordu. Önce onlar, sonra valizleri derken, bu iş de bitti ve yola çıktık. Ohh, işin en zor kısmı bitmişti.

"Şimdi otele gideceğiz."

"Peki, Serra Hanım."

Buraya kadar işi tamamlayabildim ya, artık kendime güven duymaya başlamıştım. Çekik gözlü yavrucuklarım aralarında yine kavga eder gibi konuşuyor, gülüşüyor, sık sık da pencereden dışarı bakıp bakıp ne görüyorlarsa, birbirlerine gösteriyorlardı. Ne tuhaf dilleri var. Acaba bizim Türkçe yabancılarda nasıl bir izlenim bırakıyor?

İlk gelen adam, "You work hard," dedi, sonra da, "Sunday, sunday," deyince hepsi gülüştüler.

Ben de, "Yes, yes," diyerek muhteşem İngilizcemi sergiledim.

"Ne diyorlar?" diye sordu şoför.

"Bugün pazar ya, çok çalıştığımı söylüyorlar."

"Haa," dedi, sonra başladı o da gülmeye. Bence konuyu komik bulduğundan değil, onlar gülüyor diye ısmarlama gülüyordu.

Neyse, otele geldik. Grubumu lobide oturttum ve danışmaya gidip Alga Tur'un on beş kişilik grubunun geldiğini bildirip oda anahtarlarını istedim. Beklerken dönüp baktım, benimkiler valizlerinin yanında uslu uslu bekliyorlardı. Birbirimize uzaktan gülücükler attık.

"Özür dilerim ama böyle bir rezervasyon göremiyorum." Başımdan aşağı kaynar sular indi.

"Nasıl olur?" diye kekeledim. "Rezervasyon olmasa, burada olur muyduk?"

Danışmadaki kız beni şöyle bir süzdü. Sanki çoluk çocukla uğraşıyoruz, der gibi bir hali vardı. "Burada böyle bir şey yazılı değil," diyerek kestirip attı.

İşte o anda gerçek bir panik yaşadım. Ama bu bir an sürdü, sonra kendi kendime, sakin ol Serra, sakin ol ve düşün, dedim ve böylece ofise telefon etmeye karar verdim.

"Bir telefon edebilir miyim?"

"Telefonlar orada."

Yardımlarınıza çok teşekkür ederim, Bayan Sinir.

Numarayı çevirdim. İnşallah ofisten çıkmamışlardır, diye dua ediyordum bir yandan da. Çalıyor, çalıyor, cevap vermiyordu; tabii ki çıkmışlardı. Birden aklıma Şebnem Hanımın belki lazım olur, diye verdiği cep telefonu numarası geldi. Çantamı paralarcasına açıp cüzdanımı çıkardım. Küçük bir kâğıda yazıp cüzdanıma tıkıştırmıştım. Hadi yeniden jeton aldım ve telefon. Şükürler olsun Şebnem Hanımı buldum ve bir telaş olanları anlattım.

"Tamam canım, sen merak etme. Şimdi danışmaya git ve bekle," dedi.

Tekrar danışmaya gittim. Telefon çalıyordu. Oradaki kız, yani Bayan Sinir, yine mi sen, der gibi bir bakış fırlatarak ahizeyi eline aldı. Bir süre dinledi, bana baktı, sonra, "Bir dakika, efendim, sizi Şükran Hanıma bağlayayım," dedi.

Düellocu kovboylar gibi birbirimize bakıyorduk. Az sonra yine telefon çaldı, kız dinledi, dinledi. "Peki, efendim," dedi ve telefonu kapattıktan sonra bana dönerek, "Özür dilerim, yerleriniz hazırmış. Bir yanlış anlama olmuş," diyerek oda anahtarlarını bana uzattı.

Oh, canıma değsin! Belli ki birileri fırçayı yemişti. Hemen grubuma koşup anahtarlarını dağıttım. "I am sorry," dedim. "No problem," dediler.

Goodbye'lar, thank you'lar arasında vedalaştık ve asansöre binip odalarına çıktılar. Bu da böylece bitti.

Minibüse bindiğimde dayak yemiş gibiydim. Fiziksel yorgunluktan çok, stres beni mahvetmişti. Aslında bir sürü aksilik olmuştu ama hepsinin de üstesinden gelmiştim. Lay-lay-lom!

Annem beni merak içinde bekliyordu. Kendimi koltuğa atıp olan biteni ona anlattım.

"Bak demedim mi sana, başaracaksın diye. Aslan kızım benim," diye beni övdü durdu. Sonra da, "Bugünün şerefine bak sana ne aldım," diyerek mutfağa gitti ve elinde bir kutuyla döndü.

"Dondurma!"

"Evet."

"Yaşasın, hemen yumulalım."

"Yok, yok, şimdi değil, yemekten sonra... Hem o saatte televizyonda eğlenceli bir film var."

Çalışmak ne iyiymiş. Bugün Cüneyt'i hiç düşünmedim, daha doğrusu düşünemedim. Ayrıca sanki her iş gününden sonra kendime güvenim giderek artıyor.

***12 Ekim, Perşembe***

Mualla Hanım gözleri fıldır fıldır, "Çocuklar, sizlere bir program yaptım ki..." dedi ve sustu. Bizi böyle meraklandırıp sonra da karşımıza geçip eğlenmeye bayılır zaten.

"Söylesenize, hocam."

"Hadi ama, hocam."

"Şimdi," dedi ellerini bize doğru uzatarak. "10 Kasım hangi güne geliyor?"

Sınıfta bir mırıltı yükselirken, Burak seslendi. "Salı gününe geliyor."

"Eveeet."

"Peki, ne var bunda, hocam?"

"Salıdan önce hangi gün var?"

"Pazartesi," diye bağrıştık.

"Ondan önce?"

"Pazar."

"Ve cumartesi."

"Yani," dedi Mualla Hanım. "Hafta sonu."

Öylece bakıyorduk.

"Aşkolsun ama, hani siz benim zeki çocuklarımdınız? Bilin bakalım ne düşünüyorum."

"Hocam, yoksa..." dedi Burak.

"Evet..."

"Hocam, yoksa hafta sonunu 10 Kasım'la birleştirmeyi mi düşünüyorsunuz?"

"Evet, Burak," der demez, sınıfta bir kıyamet koptu ki, bu kadar olur.

"Susun, susun, yan sınıflardan yine şikâyet gelecek." Ve devam etti. "Aradaki pazartesi günü için idareden izin alabilirsem, cuma akşamı yola çıkarız, gece yarısı otelimize varırız. Böylece cumartesi, pazar ve pazartesi Ankara'yı gezer, salı günü de Anıtkabir'i ziyaret eder, akşam otobüsüyle yine gece yarısı burada oluruz."

"Harika."

"Çok güzel düşünmüşsünüz, hocam."

"Hocam, başka okullar da geliyormuş."

Bu sözler üzerine yüreğim hop etti, Cüneyt'i göreceğim için. Ama kararlıyım, artık bu aramak-aramamak, kaçmak kovalamak arasında gidip gelmekten bıktım. Okul açılalı beri çektiklerim bana yeter, onunla yüz yüze konuşacağım. Neler oluyor, bilmeliyim. Nedeni her neyse ortaya çıkmalı. Üzülmekten, beklemekten ve düş kırıklığı yaşamaktan bıktım artık.

Birden Sıla'nın sesini duydum. "Hocam 10 Kasım Ata'ya Saygı Gezisi'ni okulumuzun bir geleneği haline getirsek, ne kadar iyi olurdu."

"Bence bu çok güzel bir fikir, Sıla."

"Yani biz her yıl 10 Kasım'da Anıtkabir'i ziyaret edelim, bunu mu diyorsun?" diye sordu Esin.

Sıla şöyle bir duraksadı, onun üzerine Mualla Hanım yine sözü aldı. "Bence her yılın lise 2'leri bunu yapmalı, böylece her sınıf okul yaşamı boyunca bir kez de olsa Anıtkabir'e gitmiş olur. Ne dersiniz?"

"Bence şimdi oldu, hocam," dedi Sıla.

"Bunu idareye önerelim."

"Evet, çocuklar, ben bu teklifi başta Sıla olmak üzere tüm lise 2'lerin önerisi olarak müdür beye götüreceğim."

"Ve bundan böyle her yılın lise 2'lerin Anıtkabir'e gidip Atamızı ziyaret edecek."

"Bir gelenek başlatıyoruz."

"Biz lise 2'ler müthişiz."

Her kafadan bir ses çıkıyordu ama övünmekte haklıydık, çünkü gerçekten iyi bir karar alınmıştı. Umarım bizden sonraki sınıflar bunu devam ettirirler.

Aylin, Simten, Suphi, Burak, Melis, Esin ve Toprak geliyordu. Serhat gelmiyordu. Melis onunla konuşmuş ama gelemeyeceğini kesinkes söyleyince, yapacak bir şey yok tabii.

Sıla'ya, "Umarım idareden bir sorun çıkmaz da, cumadan gideriz," dedim.

"Umarım çıkmaz da gidersiniz," dedi.

"Neden öyle, gidersiniz, dedin?"

"Ben gelmiyorum da ondan."

"Ama Sıla neden?"

"Canım, herkesin her yere gitmesi şart mı?"

"Değil tabii ama bu tam sana göre bir gezi. O kadar ki, kalkıp da bunu geleneksel bir geziye dönüştürelim diyen sendin."

"O iş başka, bu iş başka."

"Canım, anlasana," diye öfkeli öfkeli lafa girdi Dilek.

"Neyi anlayayım? Neler oluyor? Biri lütfen bana anlatabilir mi?"

"Ferit kızar diye gelmek istemiyor."

"Bu doğru mu, Sıla?"

"Aman, Dilek de her şeyi abartır. Sen ona bakma."

"Ne bana bakmaması... Bal gibi o istemiyor diye gelmiyorsun. Söylesene şunu açık açık."

"Hayır, Dilek," diye bu kez Sıla bağırdı arkadaşına. Onu hiç bu kadar öfkeli görmemiştim. "Ferit'e söylemedim bile."

"Dur, Dilek, bırak kız konuşsun," diye önce Dilek'i susturdum, sonra Sıla'ya dönerek onu sakinleştirmeye çalıştım. "Lütfen söyler misin, Sılacığım, neden gelmek istemiyorsun?"

"Ferit'le yeni barıştık, aramız çok iyi. Şimdi bu gezi lafını ortaya atınca yeniden bir tatsızlık çıksın istemiyorum. Hepsi bu."

"Haklı değil miymişim? Bal gibi Ferit kızacak diye gelmiyor."

"Dilek, lüften susar mısın?"

"Anlamıyorsunuz, hiç anlamıyorsunuz!" diye bağırdı Sıla. Sanki bir çaresizliğin çığlığıydı bu.

"Neyi anlamıyoruz?"

"Huzurum bozulsun istemiyorum."

"Onun için de Ferit'in her dediğine, diyebileceğine boyun eğiyorsun." Dilek yine kendini tutamamıştı.

"Lütfen beni rahat bırakır mısınız?"

"Ama Sıla," dedim. "Ona sormadın bile. Belki de bir şey demez."

Sıla sustu, Dilek ise köpürüyordu.

"Sormak da istemiyorum, geziye gitmek de istemiyorum," dedi Sıla ve bir hışım yürüyüp gitti.

"Görüyor musun," dedi Dilek. "Kızı nasıl yıldırmış ki, sırf tartışmamak için her konuda geri çekiliyor. Böyle ilişkiden hayır bekle."

"Bir geziyi bile konuşamadıktan sonra, bu nasıl ilişki?"

"Bana sorarsan, berbat bir ilişki," dedi Dilek ve ekledi. "Çok üzülüyorum, be Serra. Sıla'nın giderek içine düştüğü duruma çok üzülüyorum."

"Haklısın. Hem ne kadar da sinirli. Ben onu hiç böyle görmemiştim."

"Tabii! Bu kadar baskı sonunda insanda sinir mi kalır. Aman şunu yapmayayım, Ferit'le yine kavga ederiz, aman bunu yapmayayım, onunla tartışırız diye sindikçe siniyor. Sanki köşeye sıkışıp kalmış. Bazen içimden onu omuzlarından tutup sarsmak geliyor, kendine gel diye bağırmak istiyorum."

İkimiz de Sıla'ya üzülüyorduk ama elimizden bir şey geldiği de söylenemezdi.

"Üstelik," diye devam etti Dilek. "Ben bunları söyledikçe büsbütün içine kapanıyor ve Ferit'i savunuyor."

"Bence üstüne varma, baksana geri tepiyor."

"İyi ama, sence bu gidiş iyi mi?"

"Değil tabii ama bence bir süre Ferit'in aleyhinde konuşmayalım. Aslında bu konuya hiç değinmeyelim. Bırakalım, kendi görsün. O bize bir şey söylerse, yani Ferit'ten yakınırsa, o zaman biz de fikrimizi söyleriz, çünkü biz üstüne vardıkça, o savunmaya geçiyor."

Dilek başını iki yana salladı. "Belki de haklısın ama elimde değil."

"Biliyorum, Dilek, biliyorum. Sen onu sevdiğin için böyle tepki gösteriyorsun ama Sıla gerçeği görene kadar geride duralım. Kıza bir de biz baskı yapmayalım."

Bu gezi Sıla'sız ve Serhat'sız pek de keyifli olmayacak ama elden ne gelir.

### *30 Ekim, Cuma*

Günler çılgıncasına geçiyor. Dersler iyice yoğunlaştı, neredeyse her gün bir sınav var. Tabii dershane de çok zaman alıyor. Geçen dönem ne güzel kitap okuyabiliyor, arkadaşlarla buluşup gezebiliyordum. Artık hevesimi yaza saklıyorum. Yazın bol bol okuyup gezeceğim. Bana kalan gıdımcık zamanda da işe gidiyorum. Bu nedenle gece geç saatlere kadar çalışmak zorunda kalıyorum.

Aslında bu durumdan ben o kadar şikâyetçi değilim. Benim yerime yakınanlar annem, anneannem ve dedem. Çok çalıştığımı, yorulduğumu söyleyerek, artık yüzünü göremez olduk diye söylenip duruyorlar.

Geçen akşam dedemler bizdeydi. Ben yemeğimi yer yemez odama çekileceğimi söyleyince dedem homurdandı. "Biraz otur da yüzünü görelim."

"Dedeciğim, çalışmam gerek."

"Çalışa çalışa aklını kaçıracaksın."

"Ama, dedeciğim," dedim. "Her şeyin bir zamanı var. Şimdi sıkı çalışma zamanı, bu dönemi atlatınca eğlenme zamanı gelecek, o vakit sizlerle oturur, bol bol konuşurum."

"Bak seni! Bunlar ne büyük laflar böyle."

Bu sözler aslında Mualla Hanımın sözleriydi ama yarattığım etkiyi bozmamak için bir şey demedim. Kıh, kıh...

"Madem böyle sıkışıktın, ne diye bir de şu acenta işine girdin?"

"Ama o da bu çalışmaların bir uzantısı. Geleceğimle ilgili karar almak istiyorsam, düşündüğüm konuları araştırmalıyım. Bir yandan orada çalışırken, bir yandan da gazetedeki ekonomi sayfalarını okuyorum."

"Bu zamane gençleriyle tartışılmaz," dedi dedem. "Biz öyle miydik, büyüklerimiz ne derse o olurdu. Onlar bizden iyi düşünür der, ne söylenirse yapardık."

Anneannem, "Peki, ne düşünüyorsun, yani en azından şimdilik eğilimin hangi yönde?" diye sordu.

"Bir şey söylemek için henüz çok erken ama yine de o acentada çalışmak ve otellerin havası çok ama çok hoşuma gidiyor. Öte yandan, ekonomi sayfasını okurken, belki de konuyu bilmediğim için, içime sıkıntılar basıyor ama inatla okumaya devam ediyorum," diyerek içimi çektim. Şu kararsızlık ne kötü şey.

"Üzülme canım," dedi hemen annem. "Senin bunalıma girmeni istemem. Kesin karar vermek için önünde daha koca bir yıl var. Ayrıca bu konuda bir şeyler yapmaya başladın bile. Önemli olan da bu."

Daha önce ne yapacağımı bile bilmiyordum, oysa şimdi en azından mesleğimle ilgili araştırmalar yapıyorum. Bunu düşünmek beni rahatlattı.

"Haydi canım, sen bize bakma, git çalış," dedi anneannem.

Böylece onların elinden kurtulup odama sığındım. Mozart kasetimi koydum ve çalışmaya başladım. Klasik müzikle daha iyi çalışabiliyorum, pop müzik ne de olsa insanın dikkatini dağıtıyor. Hâlâ *Küçük Kadınlar*'ı okuyorum. Geçen dönem olsaydı, kitap çoktan bitmişti.

Cüneyt aramıyor, zaten aramasını da beklemiyorum artık.

***7 Kasım, Cumartesi***

Ankara'dayız. Ta - taa.

Otelimiz çok güzel. Lobisinde çılgın bir papağan var. Gelip geçene, "Merhaba, baba," diye bağırıyor. Biz Dilek'le aynı odada kalıyoruz. Valizlerimizi boşaltıp yerleşir yerleşmez geçtim telefonun başına ve önce babamı, sonra babaannemi, sonra da Ayşegülümü aradım. Babam bu akşam yemeğini babaannemle birlikte dışarda yememizi önerdi, gelip beni otelden alacak. Onlarla ilk gece buluşmamız iyi oldu, böylece grup programlarıyla aile muhabbeti çakışmamış olacak.

Ayşegül'le yarın öğle yemeğinde buluşacağız. Ve sıra geldi en güç telefona...

Cüneyt o telefon görüşmemizden sonra beni aramadı, üstelik Ankara'da görüşürüz demesine karşın, hangi otelde kalacaklarını, onu nerede bulabileceğimi de söylemedi. Resmen benden kaçıyor! Bense onunla yüz yüze konuşmak, neler olduğunu bilmek istiyorum. Baktım ondan ses çıkmıyor, ben de Ankara'ya gelmeden ajanım Sırma'yı arayıp Cüneyt'in okulunun hangi tarihlerde burada olacağını ve hangi otelde kalacaklarını öğrenmesini istedim. Sırma da tüm bu bilgileri bulup buluşturup anında bana iletti. Meğer onlar da aynı bizim gibi hafta sonunu 10 Kasım'la birleştirip Ankara'da dört gün kalacaklarmış. Başka zaman olsaydı, bu rastlantıya ne kadar sevinirdim.

Çok heyecanlıydım. Aslında ne söyleyeceğimi, onun bunu nasıl karşılayacağını da bilmiyordum. Bir ara aramaktan vazgeçer gibi oldum ama sonra yapılması gereken yapılmalı, diyerek onun otelinin numarasını çevirdim. Belirsizlik beni çok yıpratıyor, derslerimi bile etkiliyor, çünkü aklımı veremiyor, böyle olunca da bir saatte bitirebileceğim bir konuyu iki saatte zar zor tamamlayabiliyorum. Hem nerede durduğumu bilmek benim de hakkım.

Oda numarasını bilmediğim için adını verdim ve kısa bir süre sonra Cüneyt karşımdaydı. Ellerim nasıl titriyordu, Tanrım, nasıl. Dilek ne kadar anlayışlı kız; hemen kendini odadan dışarı attı, rahat konuşabileyim diye.

"Cüneyt, ben Serra."

"Sen misin, Serra?" Nasıl da şaşırmıştı... Tabii beyimiz hiçbir iz bırakmadan kaçmakla meşgul. Yakalanınca fena afalladı.

"Evet, benim."

"Burada olduğumu nasıl bildin?"

"Cüneyt," dedim. "Seni nasıl bulduğum önemli değil. Seninle buluşup konuşmak istiyorum."

Sessizlik...

"Şey..." dedi. "Arkadaşlarla program yapmıştık."

Buz gibi bir sesle, "Sana programını boz diyen yok. Sadece bir ara buluşmak istiyorum, yarım saat, bilemedin bir saatliğine."

Hale bak, resmen panik olmuştu!

"Peki, öyleyse," diye mırıldandı. Son derece isteksiz olduğu o kadar açıktı ki...

"Sana ne zaman uygun, Cüneyt?"

"Bilmem... bir arkadaşlarla konuşup sana öyle haber verseydim..."

Arkadaşlarıyla konuşmak bahanesiyle elimden kurtulacak, sonra da eminim telefonlara çıkmayacaktı. Yine kaçmaya çalışıyordu.

"Hayır," dedim. "Benim de programım var, onun için bir an önce buluşalım, bu iş bitsin." Ve ekledim. "Ne zaman, Cüneyt? Örneğin, bugün akşamüstü bizim otele gelebilir misin? Saat altı nasıl? Tüm gezi programları o saatte bitiyor."

Kaçamayacağını anlayınca, "Peki," dedi bu kez kararlı bir sesle. "Saat altıda senin otelinin lobisinde olurum."

"İyi," dedim ve ekledim. "İnci Oteli'nde kalıyoruz."

"Peki, Serra," dedi. "Görüşmek üzere."

Telefonu kapattım. İçim acıyordu, içim yanıyordu. Cüneyt'le böyle bir konuşma yapacağımı hiç ama hiç düşünemezdim. Beni görmemek için elinden geleni yapıyordu. İnanılır gibi değil.

Banyoya girip yüzüme su çarptım. Yanaklarım alev alevdi. Sonra dışarı çıkıp Dilek'i buldum. Papağanın yanına oturmuş, onu konuşturmaya çalışıyordu. Beni görünce hemen ayağa kalktı.

"Nasıl gitti, Serra?"

Ona Cüneyt'le konuştuklarımızı anlattım.

"Onunla bugün buluşup konuşman iyi olacak," dedi.

"Eğer gelirse..."

"Yok artık, daha neler..."

"Ama, Dilek, bir duysaydın, nasıl da isteksizdi, nasıl da benden kaçar bir hali vardı."

"Boşver! Nasıl olsa neler olup bittiğini bugün öğreneceksin."

"Umarım," diyerek içimi çektim. Gerçeği bilmek ve bilmemek isteği arasında gidip geliyordum.

Dilek, "Mualla Hanım bugün Anadolu Medeniyetleri Müzesi'yle Ankara Kalesi'ne gideceğimizi söyledi," dedi. "Sonrası serbest, isteyenler gruplar halinde kenti gezecekler."

"Haydi çocuklar." Seslenen Mualla Hanımdı.

Bir minibüse doluştuk ve önce müzeye gittik. İlginç bir yer, görecek ne çok şey vardı ve hepsi de akıl almayacak kadar eskilere uzanıyordu. Asırlar ötesi desem, hiç de abartmış olmam. Müzede epeyce kaldık, sonra Ankara Kalesi'ne gittik. Kaleiçi ne kadar güzel, bazı evleri restore etmişler. Burada da tıpkı Antalya'da olduğu gibi, insanlar bu duvarların içinde yaşarlarmış. Hoş bir lokantada yemeğimizi yedik. Minibüsümüze binip otele geldiğimizde saat üç buçuğu bulmuştu.

Mualla Hanım, "Çocuklar, isteyen kenti dolaşmaya çıkabilir. Akşam yemeği saat yedi buçukta... Gecikmeyin," dedi ve biraz dinleneceğini söyleyerek odasına çıktı.

Cüneyt'in gelmesine daha iki saat vardı. Dilek, "İstersen bir çıkıp dolaşalım," dedi. Başka zaman olsa, hemen fırlardım ama kendimi çok, çok yorgun hissediyordum.

"Dilekçiğim, hiç halim yok. Belki de dün gecenin uykusuzluğudur, biraz uyumak istiyorum. Sen çık, dolaş."

"Sen iyi misin?"

"İyiyim, iyiyim, beni merak etme. Biraz uyursam, eminim kendimi toparlarım."

"Hadi öyleyse," diyerek beni öptü Dilekçik. "Sonra görüşürüz."

Odanın sessizliği iyi geldi. Yüzüme biraz daha su çarptım ve olduğum gibi yatağa uzandım. Kalbim küt küt atıyordu. Derin derin nefes alarak sakinleşmeye çalıştım. Bir yandan da, dünyanın sonu değil ya, diye düşünerek heyecanımı yenmeye çalışıyordum. Nitekim yattığım yerde içim geçmiş; uyandığımda kendimi daha iyi hissediyordum, dinlenmek iyi gelmişti. Saat beş buçuğu gösteriyordu. Kalkıp bluzumu değiştirdim, saçlarımı özenle taradım. Bu son görüşmemiz olacaksa, ki içimdeki bir ses bunun böyle olacağını söylüyordu, beni en güzel halimle anımsamasını istiyordum. Ah keşke, ona acı verecek kadar güzel olsaydım...

Altıya çeyrek vardı, artık aşağı inebilirdim. Bir de baktım, Dilek lobide oturuyor.

"Sen ne yapıyorsun burada? Niye odaya gelmedin?"

"Seni rahatsız etmek istemedim."

"Ah, Dilekçiğim..."

"İnsan kafasını toplamaya çalışırken yalnız olmak ister."

"Ne kadar düşüncelisin."

"Eee, demek büyük an geldi," dedi saatine bakarak. Saat altıyı gösteriyordu. Tam, bilmem gelir mi, diyecektim ki, Cüneyt kapıda göründü. Aylar sonra, üstüne üstlük bu koşullarda onu görmek içimi acıyla burktu.

"İşte Cüneyt," dedim Dilek'e.

"Hadi, ben odaya gidiyorum; konuşmanız bitince gel, seni bekleyeceğim."

Arkadaşın bu denli anlayışlısı da az bulunur.

Cüneyt'e doğru yürüdüm, beni görünce o yarım gülüşüyle bana baktı. İçime oklar batıyordu sanki.

"Merhaba, Cüneyt."

"Merhaba, Serra, iyi görünüyorsun."

"Teşekkür ederim, sen de... Şuraya oturalım mı?" diyerek pencerenin kenarındaki kuytu köşeyi gösterdim.

Gidip oturduk. Sessizlik... Hemen konuya girmek yerine, azıcık şundan bundan konuşalım da, aramızdaki gerginlik biraz erisin istiyordum. Ama konuşacak laf bulamıyordum. Cüneyt'in de aynı durumda olduğu huzursuz huzursuz kıpırdanmasından belliydi.

Sonunda, tüm kararlarıma karşın, "Cüneyt, ne var, neler oluyor?" sorusuyla güm diye konuya girdim. "Ne gibi?"

"Nasıl ne gibi? Kaç aydır beni aramıyorsun, ben aradığımda kaçamak cevaplar veriyorsun. Neler oluyor, bana söyler misin?"

"Sana öyle geliyor," demez mi... Beni çıldırtan bir şey varsa, o da olay ortada apaçık dururken tutup sana öyle geliyor demeleridir.

"Saçmalama, Cüneyt," dedim. "Sen de biliyorsun, ben de biliyorum ki, ortada yolunda gitmeyen bir şeyler var. Lütfen bunun ne olduğunu bana söyler misin?"

Sessizlik... Cüneyt'in çaresizlik içinde kıvrandığını görmemek için kör olmak gerekti.

"Yoksa başka bir kız mı var?"

Cüneyt kıpkırmızı oldu.

Yüreğimi kanatırcasına sorumu yineledim. "Birisi mi var, Cüneyt? Söyle bana..."

Ve... Uzaklardan, çok uzaklardan, sanki uzaydan gelen bir sesi duyuyorum.

"Evet, bir kız var," diyor parmaklarına bakarak.

İşte korktuğum, dile getirmeye bile korktuğum başıma gelmişti.

Cüneyt başka bir kızı seviyordu!

Tanrım, Tanrım, diye inildedi içim.

"Ne zamandan beri?" Şimdi sanki yaranın içinde bıçağı döndürüyordum.

"Yaz sonundan beri..."

Cüneyt'in yeni ilişkisi üç dört aydır devam ediyordu demek ki...

"Neden bana söylemedin?"

"Seni üzmek istemedim."

"İşte, bu güzel," dedim hıçkırıkla karışık bir kahkahayla. "Çok güzel! Demek üzülmeyeyim diye aylardır bana acı çektirdin. Beni oyaladın. Bir arayıp bir aramayarak, sorularıma doğru dürüst cevap vermeyerek, boşlukta bırakarak, aklınca beni üzmedin, öyle mi? Asıl bu davranışlarınla bana nasıl azap çektirdiğinin farkında mısın sen? Bütün bunları yapana kadar, neden gelip gerçek nedeni ilk günden mertçe yüzüme söylemedin? Neden biliyor musun? Çünkü sen aslında korkağın tekisin de ondan. Sırf şu konuşmayı yapmamak için benden kaçtın durdun. Yüz yüze gelip dürüstçe bir açıklama yapma yürekliliğini gösteremedin. Aylardır o kızla çıkıyordun ve ben arayıp nen var dediğimde bir şey yok diye geçiştiriyordun. Ben de seninle ilişkimizin hâlâ sürdüğünü sanıyordum. Beni ne durumda bıraktığının farkında mısın? Meğer seni hiç tanıyamamışım, hiç."

Öyle bir öfke boşalışıydı ki, nefes nefese kalmıştım. Cüneyt ise başını önüne eğmiş, öylece beni dinliyordu. Ben susunca, "Ne desen haklısın, Serra. Yalnız lütfen bana inan, hep seni üzmemek ya da incinmeni en aza indirmek vardı aklımda. Telefonda söylemek çok acımasızca, diye düşündüm. Mektup yazmak desen, ne bileyim, o da içime sinmedi. Seninle yüz yüze konuşup anlatmak istedim. Öyle bir fırsat da bir türlü oluşmadı. İnan bana, seni üzmek en son yapmak isteyeceğim şeydir."

Gözlerim doluyordu, ağlamamak için kendimi güç tutuyordum.

"İşte şimdi oluştu," dedim yavaşça.

"Çok üzgünüm."

Yine sessizlik... Sormak istediğim bir yığın soru kafamın içinde dans ediyordu sanki. Çeşme'den bir tanıdık mıydı, okul arkadaşı mı? Neden onu bana yeğlemişti? Kız çok mu güzel, yoksa çok mu akıllıydı? Acaba ben mi davranışlarımda bir hata yapmıştım? Neden, neden?

Ama bu soruları da gözyaşlarım gibi içime gömdüm ve, "Pekâlâ," dedim. "Konuşacağımızı konuştuk, seni daha fazla tutmayayım." Ayağa kalktım.

"Serra, inan seni üzmek istemezdim," deyip duruyordu.

"İyi günler," dedim. Onu daha fazla dinlemek istemiyordum.

Arkamı dönüp odanın yolunu tuttum.

Odaya girip Dilek'in kuşku dolu gözleriyle karşılaşınca tüm gücümü ve irademi yitirip hıçkırıklara boğuldum. Koşup bana sarıldı, ben de ona tutundum ve doya doya ağladım, ağladım. Dilek sırtımı okşuyor, "Ağla canım, ağla, açılırsın," diyerek beni kollarının arasında sallıyordu. Böylece ne kadar kaldık bilmiyorum, sonunda yavaşça kollarından sıyrılıp yüzüne baktım.

"Dilek, başka bir kız varmış. Hem de üç dört aydır çıkıyorlarmış da benim haberim yokmuş. Aptal gibi onca zaman onu düşünüp telefonlarla aradım durdum. Kendimi küçük düşürdüm," diyerek yeniden ağlamaya başladım.

"Hayır, canım," dedi Dilek. "O bunu sana söylemediğine göre, ikinizi de idare etmeye kalkmış. Küçük düşmesi gereken biri varsa, o da sen değilsin, Cüneyt."

"Ama nasıl olur? Yazın aramız o kadar iyiydi ki..." Ne desin zavallı Dilek, içini çekti sadece.

"Güya bana söylemek istemiş, ama bir türlü istediği ortamı bulamamış."

"Laf," dedi Dilek bu kez öfkeyle.

"Onu bir iyi benzettim."

"İyi etmişsin."

"Ama, Dilek, içim acıyor, resmen içim acıyor."

"Geçecek, canım, geçecek. Bir erkek için bunca üzülmeye değmez. Bir süre üzüleceksin ama geçecek, tıpkı bir hastalık gibi. Sonra karşına bir başkası çıkacak."

"Aman eksik olsun! Bir daha mı, tövbe! Erkeklerden yana hiç şansım olmadı ki zaten,"

"Öyle deme, gün doğmadan neler doğar."

"Sen beni teselli etmek için böyle söylüyorsun."

"Valla teselli diye söylemiyorum. Herkes ilk sevdiğiyle kalsaydı, ohooo... Hem ben de böyle senin gibi, birini sevmiştim, şimdi onu görüyorum ve ben bunun için mi bunca üzülmüşüm, diye kendi kendime şaşıp kalıyorum."

"Acaba ben de öyle olabilecek miyim?"

"Elbette olacaksın. Fazla sürmez, birkaç ay sonra, Cüneyt de kimmiş, diyeceksin. Hadi gel, yüzünü yıka, ferahlarsın."

Birlikte banyoya gittik. Ben yüzümü yıkarken, Dilek yanımda bekliyordu. Tekrar odaya dönüp oturduk.

"Kız kimmiş, söyledi mi?"

"Hayır, zaten fazla konuşmadık, ama ben de çok merak ediyorum. Sırma'yı arayıp bunu soruşturmasını isteyeceğim."

"Bu seni daha fazla üzmesin?"

"Bilmek istiyorum, Dilek."

"Peki öyleyse, ara Sırma'yı."

Telefonun başına geçtim, Sırma'yı aradım. Ve ona olanları anlattım.

"Vay sinsi vay," dedi. "Buraya gelsin, ben ona gösteririm."

"Sırma, kız kimmiş, nasıl biriymiş, nasıl tanışmışlar, benim için öğrensene."

"Peki, bunların sana ne yararı olacak?"

"Sadece bilmek istiyorum. Lütfen, Sırma."

"Pekâlâ! Cüneyt gelince ondan öğrenirim."

"Ona sormak doğru olur mu? Ya bunu benim istediğimi anlarsa?"

"Niye öyle söylüyorsun? Ayrıldığınızı bana söyleyeceksin herhalde, bunun aksini iddia etmek saçma olur. Ben de ayrıldığınızı duydum diye lafa girip ağzından tüm bilgileri alırım."

"Sırma, şehirlerarası ilişkileri tutmam, diyordun, meğer haklıymışsın. Yazın ne kadar iyiydik, uzaklaşınca hemen birini buldu."

"Aman, iyi oldu."

"Ne?"

"Tabii ya, gerçekçi olacaksın, kızım, gerçekçi. Öyle telefonlarla çıkmak olur muymuş. Sana da yazık. Şimdi ağlamayı bırak da, hemen orada fıstık gibi bir İstanbullu bulmaya bak."

"Çünkü sıraya dizilmiş beni bekliyorlar da..."

"Etrafına bakınmazsan tabii ki bulamazsın," dedi ve konuşmasını sürdürdü. "Bugüne kadar Cüneyt'e kilitlenmiştin, artık özgürsün. Şöyle giyinir, süslenir, etrafına alıcı gözüyle bakarsan, bak neler çıkar karşına neler. Böylece telefon başında pinekleyeceğine doğru dürüst bir ilişkin olur."

Kendimi tutamayarak güldüm. "İlahi, Sırma."

"Bak lafı bile hoşuna gitti ki, gülmeye başladın."

Âlem kızdır şu Sırma! Hiç güleceğim yoktu.

"Evet, şu andan itibaren," diye emirler yağdırmaya başladı.

"Vahşi cazibeni sergiliyor ve onu hayatından tamamen silmek için etrafına bakınmaya başlıyorsun. Ayrıca git yüzünü yıka, eminim ağlamaktan burnun mosmor olmuştur."

"Yıkadım."

"Aferin, şimdi de makyaj yap."

"Benim makyaj malzemem olmadığını bilmiyor musun? Ben, sen miyim?"

"Birilerinden al. İnan bana, moraline iyi gelecek."

"Bu akşam babamlarla buluşacağız zaten."

"Öyleyse kalsın. Ama yarın mutlaka hafif bir makyaj yap, yemeğe öyle git. Bak, kendini nasıl iyi hissedeceksin."

Sırma ve garip önerileri...

"Sırma, sana bir şey sormak istiyorum."

"Sor, canım."

"Sen o motosikletliyi tamamen unutabildin mi?" Böyle bir soruyu ilk kez soruyordum ama çaresizdim.

Bir an için de olsa sessizleşti Sırma, sonra, "Tamamen demek pek de doğru olmayacak ama o günlerdeki gibi değilim en azından. Onun gelip geçen şiddetli bir yaz sevdası olduğuna inandırdım kendimi," dedi.

"Ne mutlu sana."

Bir şey demedi, sadece içini çekti Sırmacığım. Sanırım kolay kolay unutamayacağı bir yaz sevdası olarak kalacak bu öykü.

Telefonu kapattıktan sonra Dilek'le birlikte hazırlandık, çünkü Dilek de bizimle yemeğe gelecekti. Babama oda arkadaşımdan söz edince, onu da getir, demişti. Dilek önce gelmek istemedi ama ben bastırınca, çaresiz kabul etti.

Saat sekize doğru aşağı indik. Babam gelmiş, bizi bekliyordu. Onu Dilek'le tanıştırdım ve babaannemi almak üzere yola çıktık.

Babam bizi çok şık bir restorana götürdü. Babamı, hele de babaannemi ne kadar özlemiş olduğumu, onları görünce fark ettim. Babaannem hemen beni yanına oturttu, uzun uzun sorular sordu. Tabii aynı dedem gibi, o da bu kadar çalışmanın beni yorduğu konusunda yorumlar yapmaya koyuldu.

"Ne kadar da zayıflamışsın. Yüzün kaşık kadar kalmış."

"Aman babaanne, keşke zayıflamış olsam."

"Zayıflamışsın, zayıflamışsın, öyle değil mi?" diye bu kez babamı işin içine karıştırdı.

Babam beni dikkatle süzdükten sonra, "Evet, Serra, babaannen haklı. Sen kilo vermişsin," dedi.

Onlar buna üzüledursunlar, bugün duyduğum ilk güzel söz, diye geçirdim içimden.

"Demek ekonomi okumaktan vazgeçip turizmi seçmeyi düşünüyorsun," dedi babam.

"Daha kesin bir şey yok. Araştırıyor, düşünüyorum. Siz ne dersiniz?"

Yüzünü ekşitti. "Tabii yine sen bilirsin ama ekonomiye kıyasla turizm bana biraz hafif bir konu gibi geldi."

"Niye öyle söylüyorsun, baba? Turizm yeni gelişen bir meslek."

"Ekonomi sağlam, alanı geniş. Pek çok konunun temeli ekonomiden geçer."

"Turizmin de alanı geniş, ister bir otelde çalışırsın, ister acentada."

Babaannem lafa karıştı. "Hem bak sana söyleyeyim, öyle otellere girip çıkan kızlara iyi gözle bakmazlar."

Al işte!

"Neden iyi gözle bakmıyorlarmış?"

"Oralara her türlü insan gelir. Bunun serserisi var, iti kopuğu var. Böyle insanlar senin gibi kızları tuzağa düşürmeye kalkarlar."

"Aman babaanne," dedim, içime sıkıntı basmıştı. "Hemen her şeyin en kötüsünü düşünürsün. Benim gittiğim otellerde hiç de öyle şeyler görmedim."

"Sen göremezsin," dedi başını sallayıp gözlerini kısarak. "Ben söyleyeyim de sonra uyarmadı demeyin."

İkisi de seçimimi beğenmemişlerdi. Keşke bu konuyu hiç açmasaydım, diye düşündüm. Dilek karşıdan gözleriyle bana, aldırma dercesine bakıyordu.

Babam, "Anne, Serra aklı başında bir kız olduğundan o konuda ben endişelenmiyorum," deyince babaannem, "Serra'ya güvenmiyorum, diyen oldu mu, tabii ki ben de ona inanıyorum. Allahı var, akıllı kızdır benim torunum," dedikten sonra bize doğru eğildi, sesini alçalttı. "Ama etraf kötü, zaman kötü. Neler duyuyoruz, neler."

Babam devam etti. "Kesin bir karar vermeden iyi düşünmeni öneririm, Serra. Gelip geçici heveslere bırakılamayacak kadar önemli bir seçim bu. Bütün hayatın söz konusu."

Zaten sıkıntı içindeydim, bir de bu laflarla büsbütün ruhum karardı. Ne gün ama... Önce Cüneyt'le yaptığım konuşma, sonra da bu sözler...

Babaannemin dikkati bu kez Dilek'in üstünde yoğunlaşmıştı.

"Kızım, senin kardeşlerin var mı?"

"Evet, efendim, iki kardeşiz."

Ah babaanne ah, senin niyetini anladım, rahat bırak arkadaşımı, demek istedim ama tabii ki bir şey söyleyemedim.

"İyi, iyi," dedi babaannem, sonra da o kaçınılmaz soru geldi.

"Ağabeyin var mı?"

Dilek gülümseyerek, "Kendimden beş yaş küçük bir erkek kardeşim var," dedi ve anında babaannemin tüm ilgisini yitirdi. Yani, bu babaannem sanki beni rezil etmeyi görev edinmiş. Ne zaman bir arkadaşımı yakalasa ilk sorusu, "Ağabeyin var mı?" oluyor. Aklı fikri bana şööyle "münasip bir kısmet" bulmakta...

Yemekten sonra bizi otelimize bıraktılar.

"Gitmeden beni ara," diye sıkı sıkı tembih etti babaannem.

Babam da beni öperek, "Hadi Serracığım, ben seni yine ararım," dedi.

Ve odamıza çıktık. Dilek gülmekten kırılıyordu. "Keşke bir ağabeyim olsaydı da seni ona alsaydım. Ne güzel bir gelin görümce ikilisi olurduk ama..."

Cin gibi kız, tabii ki babaannemin numarasını anlamıştı. Ah, babaanne ah...

"Babaannem beni evde kalmış, umutsuz bir vaka olarak gördüğünden, işte böyle her taşa başını vuruyor."

"Ama çok şeker kadın."

"İstiyorsan, onu hemen sana verebilirim."

Sonra oturup Dilek'le uzun uzun konuştuk. Şimdi o uyuyor, ben de bu satırları yazıyorum, sevgili defterim. Çok mutsuzum, çok. Cüneyt'le ayrıldığımıza bir türlü inanamıyorum ve sanki bir faydası olacakmış gibi, Sırma'nın vereceği bilgileri sabırsızlıkla bekliyorum.

***8 Kasım, Pazar***

Bugün hayvanat bahçesine gittik. Kafese kapatılmış hayvanları görmek nedense bana hüzün verdi. En ilginç bölüm, kuşlarınkiydi. Orada papağanlar, bülbüller, kargalar ve kanaryalar vardı. Kanaryalar şakıyıp duruyorlardı.

"Ne güzel ötüyorlar," deyince görevli gülerek, "Onlar kanarya değil, papağan," demez mi...

Bizim şaşkınlığımızı görünce açıkladı. "Hep bir aradalar ya, papağanlar kanaryaları taklit ediyorlar."

Dilek, "Bir papağanımın olmasını ne kadar isterdim," dedi.

"Oteldeki papağanın yanından ayrılmamandan belli oluyor zaten," dedi Esin.

Yılanların olduğu bölüme girmedim bile, kapıdan şöyle bir bakıp geçtim. Sürüngenler bana çok itici geliyor. Diğer kısımları da gezdikten sonra öğle yemeği için Çiftlik Lokantası'na gittik. Ayşegül de gelmiş, bizi bekliyordu. Çığlık çığlığa birbirimize sarıldık, onu arkadaşlarımla tanıştırdım.

"Ankara'daki okuldan en iyi arkadaşım."

"Serra senden öyle çok söz etti ki, hepimiz seni tanıyor gibiyiz," dedi Dilek.

Bol şamatalı bir yemekti. Hava da şansımıza çok güzeldi. Öğleden sonra serbesttik, Ayşegül bizi hoş bir kafeye götürdü. Melis'le Esin, Karum'a gittiler, alışveriş yapmak istiyorlarmış. Aylin'le Simten ise kikirdeyerek ayrıldılar, kesin birilerini bulmuşlardır onlar. Boş dururlar mı...

Kafede Ayşegül'e olanı biteni anlattım. Tabii çok üzüldü ve o da Dilek gibi beni teselli etmeye çalıştı. Can dostlarım benim. Ayşegül'e, "Dilek'i Tunalı Hilmi'ye götürebilir misin?" dedim. İkisi de şaşkın şaşkın bana baktılar.

"Ne o?" dedi Dilek. "Beni başından savmak mı istiyorsun?"

"Ne münasebet," dedim ve yine Ayşegül'e dönerek açıkladım. "Dilek iki gündür başımı bekliyor, oysa o da çarşıları dolaşmayı sever. Eminim ufak tefek şeyler almak istiyordur ama beni bırakmak istemiyor, bense hiç havamda değilim. Onun için sen onu götürürsen, inan çok sevineceğim."

"Peki, sen ne yapacaksın?"

"Ben biraz yalnız kalmak istiyorum."

"Dilek'i memnuniyetle götürürüm ama sen de gelsen iyi olurdu."

"Gerçekten, hiç keyfim yok. Kendi başıma kalmak iyi gelecek."

"Anlaşıldı," dedi Dilek. "Benden kurtulmak istiyorsun."

"Evet, aynen öyle," dedim gülmeye çalışarak. Böylece onlar Tunalı Hilmi'ye gittiler, ben de otele döndüm.

Hemen odaya çıkmak istemedim. Odada kapana kısılmış gibi hissediyordum kendimi, aslında her yer bana sıkıntı veriyor. Duvarlar sanki üstüme üstüme geliyor. Bari biraz lobide oturayım da, öyle yukarı çıkarım, diye düşünüp oradaki bir koltuğa attım kendimi.

Öylesine düşüncelere dalmışım ki, "Bu ne dalgınlık böyle," diyen neşeli bir sesle irkildim. Karşımda Mualla Hanım duruyordu, hemen ayağa fırladım.

"Otur, otur," diyerek beni oturttu, kendisi de karşıma geçip sorular sormaya başladı. "Burada tek başına ne yapıyorsun bakayım? Dilek nerede?"

"Dilek, Ayşegül'le Tunalı Hilmi'ye gitti."

"Hani şu senin sevimli, yeşil gözlü arkadaşınla mı?"

"Evet, hocam."

"Sen niye onlarla gitmedin, bak hava ne güzel."

"Canım istemedi, hocam. Onlar da gitmem için ısrar ettiler ama ne bileyim, canım istemedi."

Eyvahlar... Eyvahlar... Gözlerim dolmaya başlamıştı. "Serra," diyerek bana doğru eğildi Mualla Hanım. "Neyin var senin?"

"Hiç!"

"Hiç olur mu, yüzün allak bullak. Bana her derdini söyleyebilirsin. Hem ben sizi buraya güzel vakit geçiresiniz diye getirdim. Yolunda gitmeyen bir şey varsa söyle, hemen el ele verip halledelim."

Ah, Mualla Hanım ah, keşke el ele çözebileceğimiz bir şey olsaydı. Gözlerim yanıyor, çenelerimse sıkmaktan ağrıyordu. Mualla Hanım elimden tutup beni ayağa kaldırdı.

"Hadi benim odama gidiyoruz. Zaten ben de kafamı dinlemek için otele dönmüştüm. Sizlerle baş etmek göründüğü kadar kolay değil," diyerek göz kırptı. İçeri girer girmez ilk işi oda servisini arayıp iki çay ısmarlamak oldu. Sonra bana dönüp, "Geç şöyle otur, rahatına bak, Serra, ben şimdi geliyorum," dedi ve bir koşu banyoya gitti.

Az sonra çaylarımız gelmişti, karşılıklı oturuyorduk. Mualla Hanım ayaklarını altına almıştı. "Çay her derde devadır. Şimdi bir yudum al ve Serracığımı üzen neymiş, bana anlat."

Yüreğim öylesine ağırdı ki, belki de derdim hafifler umuduyla, sürekli bu konuyu konuşmak istiyordum. Ama ne yalan söyleyeyim, bizlere ne kadar yakın olursa olsun, o yine de öğretmenimizdi.

"Hocam, bunu size nasıl anlatacağımı bilemiyorum."

"Bak okulda değiliz. Şurada iki arkadaş gibi karşılıklı çay içiyoruz. Beni öğretmenin gibi değil, ablanmışım gibi görmeye çalış."

Sessizce inen gözyaşlarımı mendilimle silip ona Cüneyt'i anlatmaya başladım. Çay fincanını iki eliyle avuçlarının içinde tutmuş, ara sıra başını sallayarak beni dinliyordu. Tek söz etmiyordu. Üzerimden ayırmadığı gözlerinden, tüm dikkatinin anlattıklarımın üstünde yoğunlaştığını görebiliyordum.

"İşte böyle, hocam."

"Çok üzüldüm, Serracığım."

Sessizlik içinde karşılıklı bir süre öylece oturduk.

İçini çekip, "Keşke yardımcı olabilsem," dedi. "Ama ne yazık ki, her insan bu tür olaylardan yalnız başına geçmek ve kendi deneyimini, acı da olsa, kendi elde etmek durumunda. Hepimiz aynı yollardan geçtik. Üzülüyorsun, bu çok doğal. Sana üzülme demem abes olur. Seni çok iyi anlıyorum, çünkü ben de senin yaşındayken aynı şeyleri yaşadım. Zaten aşağı yukarı herkes bu dönemlerden geçer.

"Böylesi duyguları insanlar en yoğun olarak sizin yaşlarınızda yaşarlar. Tabii acılar da aynı oranda yoğun olur.

Hele de ilk aşklar hiç unutulmaz, çünkü ilk kez birine gönlünü olanca saflığınla veriyorsun ve ilk ayrılık acısını da böylesine bir derinlikte yaşıyorsun. Daha sonraki aşklar ve ayrılıklarda da acılar yaşanır ama ilk kez bambaşkadır, çünkü ilk olarak böyle bir deneyim yaşanıyordur.

"Ve," dedi gözleri uzaklara dalarak. "Çoğunlukla ilk aşklar bitmeye mahkûmdur, çünkü iki taraf da yaşları gereği değişim yaşadığından er geç ya biri ya öbürü bu ilişkiyi bitirmek ister. Herkes ilk beğendiğiyle kalsaydı hayat ne kolay olurdu değil mi? Onun için, bunu kişisel olarak alma. Bugün bu ilişkiyi Cüneyt bitirmiş ama bunu yapan sen de olabilirdin. Bu, ona sevginin, saygının azaldığı anlamına gelmez, sadece ilginin daha başka yönlere doğru geliştiğini gösterirdi. İşte Cüneyt de bu durumda. Onun sana saygısından, dostça sevgisinden bir şey eksilmediğinden eminim. O, sadece gönül dostluğunu bitirmiş. Dediğim gibi, bunu sen de yapabilirdin. Başka birini beğenip, Cüneyt'i bırakıp onunla çıkmak isteyebilirdin.

"Bu yaşlar sizin çeşitli kişileri tanımak, çeşitli arkadaşlık, dostluk ve gönül ilişkilerini tanıma döneminiz. Her yeni insan ilişkisi sizi olgunlaştıracak, zenginleştirecek birer deneyimdir, o nedenle uzun süre bir kişiye saplanıp kalmak, özellikle de sizin yaşlarınızda sizleri ve gelişiminizi kısıtlar... İşe bir de bu yönden bak."

"Keşke bırakan ben olsaydım, hocam," deyiverdim.

Güldü. "O zaman da vicdan azabı içinde kıvranırdın. Onu üzüyorum, keşke beni bırakan o olsaydı derdin."

"Peki, ben şimdi ne yapacağım?"

"Canım benim, acılarını bir an önce atlatabilmen için kendini zorlamayacaksın. Acıları kendi evreleri içinde yaşayacaksın ki, düzlüğe çıkabilesin. İnsan birini yitirdiği zaman önce inkâr dönemini yaşar. Olamaz, bu bana olamaz, der. Sonra öfke gelir. O insana çok ama çok kızarsın. Öfken küllenince, sona eren ilişkinin yasını tutarsın. Bunu da en son evre olan kabullenme izler. Olayı kabullenince huzura kavuşursun; yaşamın normal temposuna döner ve bu deneyimin ışığında yeni arkadaşlıklara yönelebilme gücünü kendinde bulursun. Eskiden olduğu gibi, hayata gülerek bakabilir, yeni beklentiler içine girersin," dedi ve yerinden kalkıp lambayı yaktı. Kendimi öyle bir kaptırmıştım ki, havanın karardığının farkına bile varmamıştım. Yerine otururken, devam etti Mualla Hanım.

"Bunları bilirsen, acılarını daha bilinçli biçimde göğüsleyebilirsin. Onun için şimdi sen kendini zorlama, bırak Serra her dönemi yaşasın. Yaşasın ki, sonuca sağlıklı bir biçimde ulaşabilsin. Kendini zorlar, duygularını bastırırsan, iyileşmen çok daha uzun zaman alır, yaşam boyu kalacak derin izler bırakır. O nedenle inkârı da, öfkeyi de yaşa. Öfkeni konuş, içini boşalt, sonra da yasını tut. Gerisi de kendiliğinden gelir zaten."

Düşünüyordum da, ne kadar haklıydı Mualla Hanım. Başından beri Cüneyt'ten şüpheleniyordum ama bunu inkâr edip kendi kendime bile itiraf etmiyordum. Olamaz, Cüneyt benden başkasını sevemez, böyle bir şey bize olamaz, diye düşünüyordum.

Sonra dün bana açık açık söylediğinde ona ne büyük bir öfke duymuş, neler söylemiştim. Aslında hâlâ ona kızgındım, elime geçirsem, etlerini didik didik edebilecekmişim gibi hissediyordum kendimi. Demek hâlâ önümde evreler var. Öfkenin bitmesi, yas tutma ve sonunda kabullenme.

Her şeye karşın içimde azıcık da olsa huzur duygusunun giderek uç vermeye başladığını duyumsadım. "Nerede durduğunu bilmek insana yardımcı oluyormuş meğer," diye mırıldandım kendi kendime.

"Öyledir, Serracığım. İnsan, nelerden geçmekte olduğunu, neyle karşılaşacağını bilirse, sorunları daha rahat omuzlayabiliyor."

"Size çok teşekkür ederim, hocam."

"Ben ne yaptım ki... Sadece seninle şöyle karşılıklı kız kıza dertleştik, hepsi bu."

"Kız kıza" sözüne ikimiz de güldük.

Tam o sırada telefon çaldı. Mualla Hanım açtı, öbür taraftan biri telaşlı telaşlı bir şeyler anlatıyordu. Mualla Hanım dinledi, dinledi, sonra muzip bakışlarını bana çevirdi.

"Bilmem, benim de haberim yok. Ama burada size yardımcı olabilecek biri var. Onu sana vereyim, bir de ona sor," dedi ve ahizeyi bana uzattı.

Biraz şaşkın, telefonu aldım. Kime yardımcı olacaktım? Ne soracaklardı?

"Buyrun."

"Serra, yoksa sen misin?"

"Aaa... Dilek."

"Kızım öldük seni aramaktan. Nerelerdeydin?" diye Dilek öyle bir bağırdı ki, Mualla Hanım bile kendini tutamayıp gülmeye başladı.

"İki saattir Ayşegül'le oteli altüst ettik, tüm arkadaşlara sorduk. Sonunda Mualla Hanıma durumu bildirmeye karar verdik. Yani bizi meraktan öldürdün, resmen öldürdün."

"Dilekçiğim, ben burada Mualla Hanımın odasındaydım." Hayret zaman nasıl da geçmiş, dedim saatime bakarak. Kız haklıydı, çünkü saat tam yediyi çeyrek geçiyordu.

"Haydi bakalım," dedi Mualla Hanım. "Şimdi hemen arkadaşlarının yanına koş. Onları daha fazla kızdırmayalım."

Kapıya yöneldim, sonra ani bir kararla geri döndüm. "Hocam?"

"Efendim, Serra."

"Sizi öpebilir miyim?"

"Hem de nasıl."

Ve sarılıp Mualla Hanımı doyasıya öptüm. "Teşekkürler, teşekkürler," diye fısıldayarak.

O saatten sonra Ayşegül'ü bırakmadık tabii. Böylece eve telefon edip yemeğe bizimle kaldı. Sonra onu evine bırakmak için kalktığımızda, her nedense Burak yanımızda belirdi.

"Sizi bu Ankara gecelerinde yalnız bırakmayayım," dedi çapkın Burak, gözü Ayşegül'de. Hep birlikte Ayşegül'ü evine bıraktık ve otelimize döndük.

### *9 Kasım, Pazartesi*

Bugün Türkiye Büyük Millet Meclisi'ni, bakanlıkları ve eski meclisi gezdik. Eski, yani ilk meclis hepimizi etkiledi. O küçük salonda, o sıralarda, o kürsüde bir zamanlar Atatürk ve arkadaşlarının ülkenin kaderini belirlemiş olduklarını düşünmek bile insanı heyecanlandırıyor. *Nutuk*'u da okumuş olduğumdan, uzun bir süre gözlerimi meclis kürsüsünden alamadım.

Hışırımız çıkmış bir vaziyette otele döndük. Tam yataklarımıza serilmiştik ki, kapımız vuruldu. Gelen Melis'ti.

"Bu akşam diskoya gidiliyor, haberiniz olsun."

"Tamam."

"Ben şimdi ötekilere de haber vereyim," diyerek geldiği gibi fırladı gitti.

Akşam yemeğinde herkes heyecanlıydı. "Büyük bir diskoymuş."

"Biliyor musunuz, öbür okullar da gelecekmiş."

"Çok iyi."

"Eee, ne de olsa bu Ankara'da son gecemiz, biraz da eğlenelim."

Böylece yine hep birlikte gırgır şamata diskonun yolunu tuttuk. Mualla Hanım sanki öğretmen değil de bizden biri gibiydi. Nitekim, bizimkilerin öylece oturduklarını görünce, "Bu müzikte oturulur mu, hadi Suphi, Burak, kızları alın da herkese gösterelim dans etmek nasıl olurmuş," diyerek piste fırlamaz mı... Tabii bizler anında, fareli köyün kavalcısını izler gibi, peşinden pistteydik. Doya doya dans ettik ve müzik durunca soluk soluğa masamıza döndük.

Simten'le Aylin'in halleri görülecek bir şeydi. Öbür okullardan oğlanlar var ya, artık bir dans etme, bir dans etme... Bir havalar, bir cilveler... Resmen şov yapıyorlardı. Zaten civarda bir erkek sinek olsa, bunların halleri hemen değişiyor.

Melis ise ayrı âlem. "Etrafa göz attım da, yine en esaslı grup bizimki. Şunlara bak, pek taponlar."

"İlahi Melis, bu karanlıkta ne giydiklerini nasıl görebiliyorsun?"

"Resmen dökülüyorlar," dedi beni duymamış gibi. "Şu kıza bakar mısınız? Öyle mininin altına dize kadar çizme giyilir mi? Bacakları da bacak olsa bari..."

"Tıpkı babaannem gibisin."

"Nasıl yani?"

"O da kimseleri beğenmez, eleştirir durur."

"Kesin haklıdır kadıncağız."

"Ne kadıncağız ama..."

"Niye öyle diyorsun?"

"Zavallı anlamında kadıncağız denecek son kadındır da ondan." Dilek'le bakışıp gülüştük.

"Oğlanlarda da iş yok," dedi Esin.

"Ne kadar şanslı olduğunuzun farkına varmanıza sevindim," dedi Burak şişinerek ve ekledi. "Ama kızlar hiç de fena değil."

"Hadi ordan, daha önce kızların ne kadar tapon olduklarını söylüyordum. Onu duymadın da, oğlanlarda iş olmadığını hemen duydun, değil mi?.."

"Abi, şuradaki kız beni kesiyor," dedi Suphi.

"Yok ya, göstersene."

"Bak, bak, işte karşı köşede oturan pembe kazaklı."

"Ne duruyorsun, dansa kaldırsana, oğlum."

"Ayıp ama," dedi Melis. "Biz neci oluyoruz burada."

"Bırak çocuğu, kızı dansa kaldırsın."

"Hadi izin verdim."

"Sağ ol, Melis."

"Bu iyiliğimi unutma."

Suphi karşı masaya doğru yollandı, tabii hepimiz gözümüzü dikmiş izliyorduk. Suphi pembe kazaklı kıza doğru eğildi, bir şeyler söyledi, kız da ona.

"Eyvah," dedi anaç Melis. "Kız dansa kalkmıyor mu yoksa?"

"Hani kızıyordun, başkalarıyla ilgileniyoruz diye."

"Madem izin verdim, o kız dansa kalkmalı."

"Âlemsin, Melis."

Bir de baktık, bizim Suphi'nin ağzı kulaklarında, yanında da kız, dans pistine doğru yürüyorlar. "Oldu bu iş," dedi Burak sevinçle.

Zaten Suphi de kızın tepesinden bizlere sırıtıp duruyordu.

Derken, o masadan bir delikanlı kalktı, bizim masaya doğru gelmeye başladı. Gözü de Melis'teydi.

"Çocuklar, eğer bu beni dansa kaldırmaya niyetleniyorsa, dünyada kalkmam, bilmiş olun."

"Niye?" dedi Burak.

"Hayatta o kırocukla dans etmem, şunun kazağına bakın. İğrenç!"

"Nesi var çocuğun, yani sen de Melis..." derken Melis sözlerini tamamlamasına fırsat bırakmadan Burak'ın kolundan çekerek, "Çabuk benimle dans et," dedi ve böylece çocuk bizim masaya vardığında, Melis çoktan Burak'la oradan uzaklaşmıştı bile. Bakakalmıştı zavallım. Ama bozuntuya vermedi, bir iki adım attı ve... Esin'i dansa kaldırdı.

Esin eli mahkûm dansa kalktı ama gözlerinden ateşler saçılıyordu. Bizse kırılıyorduk gülmekten. Aksi gibi de slow çalıyordu. Esin'i dansa kaldıran çocuk iki yana sallana sallana dans ediyor, Esin ise baston yutmuş gibi vaziyeti idare ediyordu. Nitekim parça biter bitmez Esin masaya döndü.

"Hadi yine iyisin," diye onu fıştıkladık.

"Hangisine daha çok kızayım bilemiyorum. Teselli mükafatı oluşuma mı, o garip tiple dans etmeme mi?.."

Suphi ise dansa devam ediyordu, ben de onları izliyordum. Birden tanıdık bir yüz görür gibi oldum. Yanılıyor muyum diye dikkatle baktım. Her ne kadar gözüm karanlığa alışmış olsa da, ortalık loştu. Evet, evet, oydu. Cüneyt bir kızla dans ediyordu. O anda sanki tepeme bir yıldırım düştü. Üstelik bayağı da romantik bir biçimde dans ediyorlardı. Kız başını Cüneyt'in omzuna dayamış, Cüneyt ise onun beline sarılmıştı.

Ah Tanrım, o diskodan kaçıp gitmek için neler vermezdim. Başka okullar da gelecekler dediklerinde Cüneyt'lerin de orada olabilecekleri nedense hiç aklıma gelmemişti. Bilseydim, daha doğrusu düşünebilseydim, hiç burada olur muydum.

İlk şoku atlattıktan sonra onları izlemeye başladım, nasıl olsa beni göremezdi o karanlıkta. Arada bir birbirlerine bakıp konuşuyorlar, gülüşüyorlar, sonra kız yine ona yumuluyordu. Bizimki de yüzünde aptal bir ifade, dans edip duruyordu. Salak!

Salak değil süzme salak, ne olacak.

Dilek'i dürttüm. "Şuraya bak."

"Nereye?"

"Şuraya."

"Ne var orada?"

"Kim var desen daha doğru bir soru olurdu."

Dilek gözlerini kısıp baktı, baktı, sonra, "Aaa..." diye feryadı bastı.

"Yaa... Beyimiz eğleniyor."

"Şuna bak, buraya kızla gelmiş."

"Demek ki, kız onun okulundan."

"Kızı da, okulu da batsın," dedi sadık dostum Dilek.

Müzik durmuştu, onlar bir an oldukları yerde durup birbirlerine bir şeyler söylediler, sonra bizim çaprazımızdaki bir masaya gidip oturdular.

"Şunlara bak, birbirlerinin ağzının içine düşecekler nerdeyse."

"Aman, bakma onlara, Serra."

Melis'le Burak gelmişlerdi.

"Artık gelebilirsin, tehlike geçti," dedi Esin.

"Zavallı Esinciğim, beni bulamayınca döner gider diye ummuştum."

"Oysa o kendine bir teselli mükafatı vermeyi yeğledi," diye homurdandı Esin.

O sırada müzik yeniden başladı.

Dilek, "Burak, haydi Serra'yı dansa kaldır," dedi. Burak önce bir şaşırdı sonra, "Emriniz başım üstüne," diyerek elimden tutup beni piste çekti. Aslında ben de şaşırmıştım ama Dilek sürekli çaprazımızdaki masayı işaret edince, ne yapmak istediğini anladım.

Göze göz, dişe diş...

Bunun üzerine tüm maharetimi göstererek Burak'la dans etmeye başladım. Yavaş yavaş Cüneyt'lerin oturduğu masaya yaklaşıyorduk. Tam onların önüne geldiğimizde, Burak'a daha sıkı sarıldım. Göz ucuyla da onlara bakıyordum. Bizim salak başını kaldırıp etrafına bakacağına, kızla konuşuyordu. Baksana, baksana, diye avaz avaz bağırıyordum içimden. Bir laflar bulup Burak'la yüksek sesle konuşup kahkahalar atmaya başladım. Yine göz ucuyla baktım. Evet, bu kez beni görmüştü. Bunu hemen toparlanmasından anladım. Bakışlarını yüzümde hissediyordum. Bir kahkaha daha atıp Burak'a sarıldım, bir süre de öylece sarmaş dolaş dans ettik. Ohh beyim, öyle dans edilmez, böyle dans edilir. Ayrıca o karanlıkta Burak'ı hatırlayacağını da hiç sanmıyorum.

İşte böyle. Elimi sallasam ellisi... Ve yine dans ederek masamıza geldik, bir süre de masadakilerle karşılıklı konuştuk, gülüştük. Ben de kahkahanın biri bin para...

Burak, "Keyfin yerinde bakıyorum," dedi.

"Hem de nasıl," dedim. Önce bir garip baktı bana, sonra omzunu silkip eğlenmeye devam etti.

Yerime oturduğumda, "Nasıldım?" diye fısıldadım Dilek'e.

"Mü-kem-mel. Ya benim fikrim nasıldı?"

"Mü-kem-mel."

Mualla Hanım, "Çocuklar, artık kalksak mı, geç oldu. Yarın uzun bir gün olacak," dedi.

En çok mızıldananlar, tahmin edilebileceği gibi, Aylin'le Simten oldular. Birilerini bulmuş, dans ediyorlardı çünkü.

Oradan ayrılırken, belli etmeden çaprazımızdaki masaya baktım, Cüneyt'le kız yok olmuşlardı. Anlaşılan Cüneyt Bey beni görünce yeni sevgilisiyle diskoyu terk etmişti. Yaa, adamı böyle kaçırırlar işte.

Evet sevgili defterim, bugün de böyle olaylarla dolu bir gündü. Yazdıklarımı şöyle bir okudum da, Cüneyt'e epeyce verip veriştirmişim. Çok ayıp ama Mualla Hanımın dediğine göre ben öfke dönemindeyim ve o öfkenin içimde kalmaması için hiç olmazsa defterim aracılığıyla bunu dile getirmeliyim, öyle değil mi ya...

*10 Kasım, Salı*

Bugün Anıtkabir'deydik.

Orada olmak muhteşem bir duygu.

Aslanlı yoldan sessizlik ve büyük bir ciddiyetle geçtik. Mozoleye çiçeğimizi koyup saygı duruşunda bulunduk.

Saygı duruşu sırasında bir şeyi derinlemesine kavradım. Bu insanın gücüydü. Bir tek insanın davasına inandığı takdirde neler yapabileceğinin kanıtıydı. Atatürk bu işe kalkıştığında, koşullar öyle kötüydü ki, düşünceleri kolaylıkla hayalcilik olarak tanımlanabilirdi. Ama o önce kendine, sonra davasına inanmış, güçlü bir insandı. Bunun yanı sıra, ülke insanlarının kendi güçlerinin farkına varmalarını da sağlayabilmişti. İşin sırrı da bundaydı. Atatürk insanlardaki o gücü bulup çıkarmış, bir tek insanın bile isterse neler yapabileceğinin ayırdına varmalarını sağlamıştı.

Atatürk hayat yolunda bizler için çarpıcı bir örnek. O insanlar, o koşullarda zoru başardılarsa, ben de kendi yaşamımda neler neler yapabilirim, diye düşündüm. O anda kendimi müthiş güçlenmiş hissettim. Dertlerim küçülüverdi, içimde umut tomurcuklandı.

İşte Anıtkabir'den dönerken, bu duygular içindeydim. Sanki dev bir terazi yaşamımın dengelerini önemliler ve önemsizler diye ikiye ayırarak yerli yerine oturtmamı sağlamıştı.

Müzeyi gezerken Melis, Atatürk'ün kıyafetlerine bayıldı. "Ne şık, ne zevkli adammış," dedi. Herkesin ilgi alanı kendine... Çankaya Köşkü'ne de gittik ve böylece "Ata'ya Saygı" gezimiz sona erdi. Doyurucu ve anlamlı bir geziydi.

"Hocam," dedim. "Bu gezimizin geleneksel hale gelmesini şimdi daha da çok istiyorum."

"Küçük sınıflara yaptıklarımızı, gördüklerimizi anlatalım."

"Hocam, isterseniz ben bunu yazıya dökeyim."

"Çok iyi olur, Serra, okulun dergisine koyarız."

Yeniden yazı yazmak... İçim sevinçle doldu derler ya, aynen öyle oldu. Ve otele döner dönmez oturup yazmaya başladım.

"Kızım, acelen ne?" Buna pek şaşmıştı Dilek.

"Sıcağı sıcağına yazmalıyım. Düşüncelerimi unutmadan, şu anki duygularımla kâğıda dökmeliyim."

"Peki, öyleyse," diyerek valizini hazırlamaya başladı. Yazımın başlığı, "Atatürk ve İnsanın Gücü"ydü. Öyle bir yazıyordum ki, kalemimden dumanlar çıkıyordu sanki. Bir oturuşta yazılan yazılardan olmuştu kompozisyonum.

"Bitti," dedim gururla.

"O kadar çabuk mu?"

"Ne yazacağını bilirsen, yıldırım gibi çıkıyor."

"Üstünden geçmeyecek misin?"

"Gerek yok."

"Oh, ne âlâ. Sen bütün yazılarını böyle yazıyorsan hiç sorunun yok demektir."

"Ne yazık ki, hep böyle olmuyor, Dilekçiğim. Bir kere uzun zamandır yazamıyordum, çünkü içimden gelmiyordu. Bazen de masamın başına geçiyorum ama bir türlü istediğim gibi olmuyor. Habire sil baştan yapıyorum, yazdıklarımı hiç ama hiç beğenmiyorum. Bugünkü gibisi çok ender oluyor."

"Valizini toplasan iyi olacak," sözleriyle beni yeryüzüne indirdi Dilek. "Yarım saat sonra otelden çıkacağız."

Kompozisyonumu özenle kitabımın arasına koyduktan sonra neyim var, neyim yok valizimin içine doldurmaya başladım. O sırada telefon çaldı. Babaannem gelmiş, beni aşağıda bekliyormuş. Dilek'le küçük valizlerimizi elimize alıp lobiye indik. Herkes oradaydı.

"Babaanneciğim, niye zahmet ettin, dün telefonda vedalaşmıştık ya..."

"Seni yolcu etmeden olur mu?" dedi, elinde bir paket. "Sana yolluk getirdim, yolda arkadaşlarınla yersiniz."

"Ah, canım benim," diyerek sarıldım ona. Babaannemle atışır dururuz ama yine de onu çok seviyorum.

"Baban da seni çok öptü, iyi yolculuklar diledi. Onun bu saatte bir toplantısı varmış, onun için gelemedi."

"Ziyanı yok, sen geldin ya," dedim yanağına bir öpücük kondurarak. Acaba gören oldu mu diye mahcup mahcup sağına soluna bakındı. Annemin tersine, babaannem uluorta sevgi gösterilerinde bulunmaktan hoşlanmaz. Bu konuda ona takıldığımda da, "Ne yapalım, biz böyle gördük. Çocuk ancak uyurken sevilir, öpülür," diye kendini savunur.

Otobüsümüz hareket ettiğinde o hâlâ orada durmuş, bize el sallıyordu. Canım benim!

Bir süre sonra şarkılar, türküler başladı. Herkes avaz avaz söylüyordu. Ben dayanamayıp Mualla Hanımın yanına gittim. "Hocam, yazımı okumak ister misiniz?"

"Ne çabuk yazdın, Serra," dedi ve kâğıdı elimden aldı.

Konser devam ediyordu. Hele de erkeklerin o kalın sesleriyle yaptıkları çıkışlar çok komikti. Hem gülüşüyor hem söylüyorlardı. Bir süre sonra millet yorgun düştü ve bu kez Mualla Hanım ayağa kalktı.

"Çocuklar bu görkemli konser sona erdiğine göre, size bir yazı okumak istiyorum."

Ve... benim yazımı okumaya başladı. Hele de Anıtkabir'de hissettiklerimi öylesine duyarak okudu ki, tüylerim ürperdi.

"Evet, nasıl buldunuz?"

"Harika, hocam,"

"Çok güzel anlatılmış."

"Hocam, bunu okulun ilan tahtasına asalım."

"Kim yazmış?" diye biri sordu, ön taraflardan.

"Kim olacak, sınıfımızın yazarıdır kesin," dedi cici Suphi. Ve hep birlikte bağırıştılar. "Serra Noyan."

"Evet, çocuklar, bu yazıyı arkadaşınız Serra yazdı. Onu alkışlıyoruz."

Alkışlar, ıslıklar... Öyle mutluydum ki... Tanrım, yeniden yazıyor olmak ne güzel.

"Serra'nın kompozisyonunu ilan tahtasına asıp yanına da bir not düşerek, bu gezinin okulun küçük sınıfları tarafından da benimsenmesi halinde, 'Ata'ya Saygı' gezisinin bir geleneğe dönüşebileceğine dikkatlerini çekeceğim."

"İşte bu çok iyi."

"Eminim onlar da bu geziyi yapmak isteyeceklerdir."

"Sonra da," diye devam etti Mualla Hanım. "Bu yazıyı okul dergisine vereceğim." Alkışlar, alkışlar...

Mualla Hanım kalabalığın üzerinden bana gülümsüyordu.

Yol boyu yüreğimdeki acıya karşın, yazı yazmayı düşündüm, durdum. Kafamda çeşitli konuları evirip çeviriyordum, bu da acımı hafifletiyordu. Boşuna değil, babaannem hep, "Allah bir kapıyı kaparsa, bir kapıyı açar," der.

Gezimiz sona ermişti. Evlerimize dağılmadan önce Mualla Hanım, "Çocuklar, tüm gezi boyunca bana yardımcı olduğunuz, hiçbir sorun çıkarmadığınız için hepinize teşekkür ederim. Gezimiz benim için artık güzel bir anı. Umarım sizler için de hem yararlandığınız, hem zevk aldığınız bir zaman dilimi olarak anılarınızın arasında yer alabilmiştir," dedi.

"Hem de nasıl, hocam."

"Asıl biz size teşekkür ederiz."

Böylece ertesi gün okulda görüşmek üzere herkes evlerine dağıldı.

Annem, "Serracığım, sanki şu dört günde büyümüşsün," dedi beni karşılarken.

Bu dört günde yaşadıklarımdan sonra kim bilir kaç yıl yaşlandım, diye düşündüm. Çok yorgundum ama yine de anneme yaptıklarımızı uzun uzun anlattım. O sırada anneannem aradı, bir posta da ona anlattım ve çenelerim eskimiş olarak odama çekildim.

### *12 Kasım, Perşembe*

Dün okula gider gitmez, Dilek'le ilk işimiz Sılamızı bulmak oldu.

"Gezi nasıldı?"

"Çok iyiydi, bir de sen olsaydın..." dedi Dilek.

"Evet, Sıla, pek çok yerde seni andık."

"İyi geçtiğine sevindim," dedi o sakin gülüşüyle.

"Sen nasılsın?"

"İyiyim."

"Ferit nasıl, yani aranız nasıl?"

"Şimdilik iyi gidiyor."

Dilek hemen "şimdilik" sözcüğüne takıldı. "Neden öyle dedin?"

"Yani demek istiyorum ki, şimdilik ona ters gelecek bir şey olmadığından, ilişkimiz iyi gidiyor ama daha sonra ne olur bilemem."

"Daha sonra ne olacak ki?"

"Gelecek yıl benim üniversite sınavlarına girme zamanım geldiğinde ne olur bilemem."

"Peki, niye böyle düşünüyorsun, Sıla?"

"İçimde öyle bir duygu var ki, sanki üniversite sınavlarına daha bir buçuk yıl var diye sesini çıkarmıyor, çünkü bu arada onu nasıl olsa vazgeçiririm, diye düşünüyor."

Bütün bunları öyle de sakin anlatıyordu ki...

"Peki, nereden bu sonuca vardın?"

"Gelecekle ilgili konulara girmemeye ikimiz de özen gösteriyoruz, çünkü malum, onlar hassas konular. Ama yine de arada sırada geleceğimizle ilgili bir şey söz konusu olduğunda, öyle bir konuşuyor ki, sanki ben üniversiteye gitmeyeceğim, liseyi bitirince evlenip evimin kadını olacağım, çocuk doğuracağım."

"İyi ama bu konuyu çözdünüz sanıyordum, Sıla."

"Evet, Serracığım, o zaman konuşmuştuk ve bana söz vermişti."

"Eee..."

"Bilmiyorum. Yani eskisi gibi açık açık üniversiteye gitmeyeceksin filan demiyor ama benim yüksek eğitimimden hiç söz etmiyor, sadece evliliğimizden, olacak çocuklarımızdan bahsediyor."

"Kızım bu senin beynini yıkamaya çalışıyor, anlasana," diye bağırdı Dilek.

"Onun iyi niyetine inanmak zorundayım. Ona bu şansı vermem gerek."

"Nedenmiş o?"

"Çünkü onu seviyorum."

Bu sözler üzerine üçümüz de sustuk. Tam o sırada Aylin'le Simten itişerek sınıfa girdiler.

"Harika bir geziydi," diye katılmayanlara seslendi Simten. "Keşke gelseydiniz."

Aylin kıkırdadı. "Sorsanıza şuna, neden gezisi bu kadar güzel geçmiş." Hemen etraflarına bir kalabalık toplamayı başarmışlardı.

"Simten, gezide neler oldu?"

Simten çıkıp sıranın üstüne oturdu, bacak bacak üstüne attı. "Ohoo, Ankara'da neler neler varmış da, bizim haberimiz bile yokmuş."

"Neler varmış, hadi anlatsana."

Simten siyah saçlarını şöyle bir geriye attı, sonra Aylin'e, "Ne dersin, kanıtları gösterelim mi?" diye sordu.

Aylin sinir bir biçimde yine kıkırdadı. "Valla, bilmem ki..."

"Göster, göster..."

"Pekâlâ öyleyse," Abartılı hareketlerle çantasından birkaç tane fotoğraf çıkardı. "Bakın bakalım nasıl bulacaksınız."

"Ay, bu çok tatlı."

"Bakayım, ben de bakayım."

"Bence bu daha yakışıklı."

"Peki, nasıl çektiniz bu fotoğrafları?"

"Şuna bakın, objektife el sallıyor."

"Evet," dedi Simten. "İçlerinde en uyanıkları oydu da ondan."

"Anlatsanıza yaa..."

"Şimdi," dedi Simten dizlerinin üstünde ellerini birleştirerek. "Gezerken gezerken, baktık bu yakışıklılara rastlıyoruz. Ben hemen fotoğraf makinemi çıkardım ve sanki o civarda bir şey çekiyormuş gibi yaparak resimlerini çektim."

"Korkulur senden, Simten."

"Hatta şu sonuncuyu da çekebilmek için Aylin'i kullandım."

"Nasıl?"

"Aylin'e, şurada dur da fotoğrafını çekeyim, diye seslendim avaz avaz. Sonra Aylin'i onun yakınına yolladım, tabii çok da yakınında duramazdı ama olsun, bir bahane bulmuştum ya, önemli olan da buydu. Tam resmini çekiyorum, dönüp Aylin'e baktı, sonra da bana ve tabii hemen vaziyeti anladı, çünkü Aylin nerede, ben nereyi çekiyorum. Onun üzerine bana el salladı, ben de nasıl olsa anladı dedim ve fotoğrafını çektim."

Aylin'le birlikte, sanki bu anlattıkları çok komikmiş gibi, bir güldüler, bir güldüler.

"Diskoda olanları da anlatsana," dedi yine Aylin.

"O da ayrı bir konu."

"Anlat anlat."

"İkimiz kendi halimizde dans ediyoruz."

Sevsinler, ne de kendi hallerinde dans ediyorlardı ya...

"Yanımıza bir kız yaklaştı ve arkadaşım sizinle dans etmek istiyor, dedi."

"Yaa..."

"Sen ne dedin?"

"Arkadaşının ağzı yok mu, dedim."

Aylin, Simten'in anlattıklarına, kızıl buklelerini sallayarak gülüyordu.

"Kız bir bozuldu ki... Dönüp gitti."

"Az sonra iki delikanlı belirdi ve karşımıza geçip dans etmeye başladı."

Neyse ki, Mualla Hanım içeri girdi de, hayat hikâyelerine son vermek zorunda kaldılar. Aman ne sıkıcı kızlar bunlar, varsa yoksa erkekler, başka laf yok.

Mualla Hanım bugünkü serbest saatte, "Çocuklar, kendinizi tanımanıza, beklentilerinizi belirlemenize yardımcı olacak kompozisyon konuları vereceğim. Yazılarınızı bu saatte yazacaksınız. Ayrıca onları bana vermenize hiç gerek yok, çünkü bunları siz kendiniz için yazacaksınız," dedi ve tahtaya geçip, "Kimin Yerinde Olmak İsterdiniz? Neden?" yazdı. "İşte kompozisyon konunuz, hadi bakalım."

Sonra çantasından kasetçalarını çıkardı. "Bu hafta dinleyeceğiniz parça, Beethoven'ın 5 numaralı piyano konçertosu. Eserin özellikle giriş bölümü, özgürlüğü için savaşan insanlarca bir simge olarak kullanılmıştır."

Kimi düşünüyordu, kimi yazmaya başlamıştı bile. Mualla Hanım beni yanına çağırdı. "Serra, benimle öğretmenler odasına kadar gelir misin, yazını evde de yazabilirsin."

Şaşırmıştım. Kel alaka?

"Seninle ilgili bir konu hakkında görüşmemiz gerekiyor."

Haydaa... İçimden, hayırdır inşallah, diyerek Mualla Hanımın peşinden sınıftan çıktım.

Birlikte öğretmenler odasına girdik. İçerde son sınıfların Türkçe edebiyat öğretmeni Sevil Hanımdan başkası yoktu.

Gerçi bizim sınıfa girmedi ama onu severim. Aslında tüm öğrenciler Sevil Öğretmeni severler, çünkü öğrencilere karşı çok anlayışlı ve sevecendir.

"Nasılsın, Serra?"

"Teşekkür ederim, hocam," dedim ayakta dikilerek.

"Otur şöyle, seninle konuşacaklarımız var."

Aman Tanrım, neler dönüyordu. Meraktan ölecektim. O sırada çaycı içeri girdi. Sevil Hanım, "Bize üç ıhlamur getirir misin," dedi.

İzzet ikram dehşetti.

"Bak Serracığım," diye söze girdi Sevil Hanım. Mualla senin 'Ata'ya Saygı' gezisiyle ilgili kompozisyonunu okumam için bana verdi."

Ay, demek konu buydu. Harika!

"Dün gece okudum."

Ne diyecek acaba, ne diyecek, diye merakla soluğumu tuttum.

"Ve çok beğendim."

Yaşasın, diye çığlıklar atmak geliyordu içimden. "Teşekkür ederim, hocam."

"Çok güzel yazılmış. Akıcı bir üslubun var, Türkçeyi de iyi kullanmışsın."

Anne, anne, gel de duy ne diyorlar kızının Türkçesi için. "Ama en önemlisi, fikirlerin..." dedi ve susup bana baktı.

"Bu yaşta böylesi bir gözlemci olman ve sentez kurabilmen gerçekten şaşırtıcı. Yani Atatürk'le insanın gücünden yola çıkarak yazdıkların beni de, Mualla Öğretmeni de çok etkiledi."

Aman Allahım, neler duyuyordum. Artık ölsem de gam yemem. Bu arada ıhlamurlar da gelmişti.

"Onun için," diye devam etti Sevil Hanım. "Senin bu kompozisyonunu, Mualla Öğretmen'le birlikte bir yarışmaya göndermeye karar verdik. Ne dersin?"

Allah derim, dememek için kendimi zor tuttum.

"Evet, Serra, ne diyorsun?"

"Hocam," dedim, dilim tutulmuştu sanki. "O kadar şaşırdım ki..."

"Yarışmaya katılma konusunda hemen karar vermek zorundasın, çünkü başvuru süresi gelecek pazartesi sona eriyor. Yani önümüzde sadece üç gün var. Katılmayı istiyor musun, istemiyor musun?"

Benim duraksamamı isteksizlik olarak algılamışlardı herhalde.

"İstiyorum, hocam, hem de çok istiyorum," dedim bir telaş. Bu kez de ya vazgeçiverirlerse diye korkuya kapılmıştım.

Mualla Hanım güldü. "Biliyorum, Serracığım, bu çok ani oldu. Ama ben senin yazını o kadar beğendim ki, Sevil Hanıma göstermeden edemedim; ne de olsa Türkçe edebiyat öğretmeni o. Nitekim, Sevil Hanım da senin yazını çok beğendi ve Serra mutlaka yarışmaya katılmalı, dedi. İşte, kısaca olup bitenler..."

Ağzım açık dinliyordum. İyi de, neyin nesiydi bu yarışma. "Hocam," dedim. "Bu yarışmayı kim düzenliyor?"

"Haa bak, o da ayrı bir konu... Onu sana Sevil Öğretmen anlatsın."

Sevil Hanım ıhlamurundan bir yudum aldı. "Sizlerin gittiği Evrim Dershanesi var ya..."

"Evet, hocam."

"Evrim Dershanesi'nin aynı zamanda dil kursları da var."

"Biliyorum, hocam, bazen dil kursuna gelenlerle karşılaşıyoruz."

"Evet, işte ben de ondan söz ediyorum. Evrim Dershanesi, Amerikan Kültür Derneği'yle birlikte her yıl bir yazı yarışması düzenliyor. Konuyu dershane yöneticileri saptıyor ve yarışmayı kazananı, kış tatilinde Amerika Birleşik Devletleri'ne, on günlük bir kültür gezisine gönderiyorlar."

Kulaklarıma inanamıyordum. Ben ödülü ABD'ye gitmek olan bir yarışmaya mı giriyordum?

"Kazanan öğrencinin yol masrafları Evrim Dershanesi ve Amerikan Kültür Derneği tarafından karşılanıyor. Orada Amerikalı ailelerin yanında kalıyor; böylece hem ülkeyi gezip görme, hem de ülke insanlarını yakından tanıma fırsatını elde etmiş oluyor."

Kalbim duracaktı, resmen kalbim duracaktı. Düşünülemeyecek kadar muhteşem bir fırsattı bu.

Mualla Hanım araya girdi. "Ve senin şansına, bu yılın yarışma konusu neymiş biliyor musun?"

Tamamen şaşkın bir haldeydim. "Neymiş, hocam?"

"Atatürk ve 10 Kasım."

"Olamaz!"

İkisi birden bana gülmeye başladılar.

"Evet, Serracığım, ben senin kompozisyonunu Sevil Hanıma götürdüğümde, o da okuyup beğendikten sonra bu konuda bir yarışma olduğunu söyleyince, bu fırsatı hemen değerlendirmemiz gerek, diye düşündük."

"Ne ilginç bir rastlantı, değil mi?" dedi Sevil Hanım. "Aslında ben öğrencilerim için bu tür yarışmaları izlemeye çalışırım. Okulların yanı sıra çeşitli ülkelerin konsoloslukları dernekler, hatta basın kuruluşları bile yarışmalar düzenliyorlar. Öğrenciler için bunların her biri bir fırsat ama senin katılacağın yarışma bambaşka."

"Düşün, Serra," dedi Mualla Hanım heyecanla. "Kazanırsan, Amerika'ya gideceksin."

Hayali bile güzeldi ama birden bir umutsuzluk çöktü içime.

"Ama hocam, kim bilir kimler katılacak..."

"Öyle söyleme, Serra," dedi Sevil Hanım. "Bence senin kazanma şansın çok yüksek, çünkü sen çok değişik bir yorum getirmişsin. Öğrenciler genelde 10 Kasım'la ilgili olarak hep yinelenen konuları işliyorlar, oysa sen olaya çok daha başka bir açıdan bakmışsın. Atamız öldü, diye ağıt yakacağına, Atatürk'le insanın gücünü birleştirerek, çok sağlam ve olumlu, heyecan veren bir sentez kurmuşsun. İşte bu nedenle, ben umutluyum."

"Sevil Hanım boşa konuşmaz," dedi Mualla Hanım. Sanki o, benden heyecanlıydı. "Hem Sevil Öğretmene bu on gün içinde gideceğin kentleri sorsana..."

"Hangi kentleri göreceğim, yani kazanırsam, hocam?"

"Önce New York, sonra Washington, sonra da Florida'da Tampa kenti..."

"Ay, inanmıyorum! İnanmıyorum!"

Mualla Hanımın gözleri ışıl ısıldı.

"Artık dönünce bizlere gezilerini anlatan yazılar yazarsın, biz de onları okul dergisinde yayınlarız."

"Anlaştık mı?" dedi Sevil Hanım, konuyu toparlamaya çalışarak. "Ben bugün Serra'nın adını yarışma adayı olarak yazdırıyorum."

"Ama, hocam," dedim. "Ben o yazıyı bir oturuşta yazmıştım, doğru dürüst üstünden geçmedim bile. Acaba bir kez daha elden geçirsem, iyi olmaz mı?"

"Bence yazıyla hiç oynama," dedi Sevil Hanım. "Böylece çok güzel."

"Madem öyle düşünüyorsunuz."

"Evet, evet. Her şeyiyle gayet güzel."

"Sonuçlar ne zaman belli olacakmış?"

"Sanırım yılbaşından önce. Çünkü bilet ve vize işlemlerinin yarıyıl tatiline yetişmesi gerek."

Mualla Hanım, "Son başvuru tarihi 16 Kasım olduğuna göre, okumaları da bir ay sürse, 26 Aralık'ta sonuçları açıklamaları gerek."

"Evet, bence de en geç bir ay sonra sonuçlar belli olur," dedi Sevil Hanım, bana bakarak.

"Yani sadece bir ay mı var önümüzde?"

"Evet," dediler ikisi aynı anda.

"Hem çok uzun, hem çok kısa bir zaman," deyiverdim, kendimi tutamayarak.

"Haklısın, Serracığım, böylesi bir geziye hazırlanmak için çok kısa, ama sonuçları beklemek açısından çok uzun."

"Haa, unutmadan," dedi Sevil Hanım. "Oraya giden öğrenciden, lise düzeyindeki okullarda konuşma yapması da bekleniyor. Başka bir deyişle, kazanan öğrenci, Amerikalı öğrencilere Türkiye ve Atatürk'ü anlatacak."

"İşte bu çok kötü."

"Niye öyle söylüyorsun, Serra?"

"Ama hocam kazanırsam, yani varsayalım kazandım, benim İngilizcemle o konuşmaları nasıl yaparım?"

"Hadi hemen paniğe kapılma. Bizim okulun İngilizcesi pek çok okulunkinden iyi. Ayrıca gitmeden önce hazırlanacaksın, oturup Atatürk hakkında kısa, sade ve anlaşılır bir yazıyı İngilizce yazacaksın. Konuşma yaparken, kâğıdın önünde durur, gerektiğinde bakarsın. Sonra, hepimiz senin hazırlanmana yardımcı oluruz, iş ki, yarışmayı kazan."

"Kazanacak, kazanacak," dedi Sevil Hanım.

Ay ne kadar da eminler. Böyle emin olmaları hiç de hoşuma gitmiyor. Kazanamazsam, ne olacak?

"İç şu ıhlamurunu, buz gibi oldu," dedi Mualla Hanım. Benim ıhlamuru görecek halim mi kalmış. Kafam kazan gibiydi, bir yandan çılgınlar gibi sevinmek istiyor, bir yandan da sevinemiyordum. Garip duygular içindeydim. Şaşkındım! Tek kelimeyle şaşkın! Onlarsa aralarında bu konunun ayrıntılarını konuşuyorlardı.

Ve teneffüsü bildiren müzik çalmaya başladı. Ayağa kalktım, ne diyeceğimi bilemiyordum. Sadece, "Teşekkür ederim, çok teşekkür ederim," deyip duruyordum.

Mualla Hanım, "Ben gidip sınıfımı toparlayayım," dedi ve rüzgâr gibi odadan çıkıp gitti.

"Hadi bakalım, Serra," dedi Sevil Hanım. "Bir işe giriştik, umarım başarılı oluruz."

"Umarım, hocam."

"Başarılı olacaksın, bak görürsün," diyerek omzumu okşadı. Ve ben, bulutların üstünde yürüyerek sınıfıma ulaştım. Arkadaşlarsa hâlâ kompozisyon konusunu tartışıyorlardı.

"Abii yaa, bir türlü kimin yerinde olmak istediğimi bulamadım," diyordu Suphicik.

"Demek ki, kendi halinden memnunsun."

Gülüşmeler...

Melis; "Ben, Leyla Alaton'un yerinde olmak isterdim," diyordu. "Ne hoş, ne şık, ne alımlı... Üstelik çok da başarılı bir işkadını."

Toprak, "Ben, Duygu Asena'yı beğeniyorum," diyordu.

Toprak'ın seçimini beğenmişti Melis. "Bak, o da hoş kadın."

"Ben onu güzel olduğu için seçmedim."

"Ya neden seçtin?"

Toprak sabırlı olmaya çalışarak başını iki yana salladı. "Kafasının içinde beyin taşıdığı ve kadınlarla ilgili konularda duyarlı olup bunun savaşını verdiği için onu düşündüm."

"İyi, iyi," dedi Melis, konuyu kapatmak istercesine.

"Ben Türkan Saylan gibi bir doktor olmak isterdim," dedi Sıla. "O da sadece iyi bir doktor olmakla yetinmeyen, sosyal sorunları da kendine iş edinen idealist bir insan."

Dilek, "Ben Betül Mardin olmak isterdim," dedi.

Ve Esin, "Ben Jale Yılmabaşar'ın yerinde olmak isterdim," deyince herkes bir şaştı, bir şaştı. Anlaşılan, Esin de benim gibi düşünmeye başlamış. İşi zor, azizim.

Öyle bir kaptırmış konuşuyorlardı ki, benim geldiğimi fark etmediler bile. Bir tek, çok lazımmış gibi, Aylin görmüştü kapının önünde durduğumu...

"Öğretmenin yavrusu geldi," diye bağırdı. Kıskanç, n'olucak.

Sıla hemen kolumdan tutup beni çekti. "Haydi, dışarı çıkıyoruz zaten." Kendimi tutamayıp bir laf etmemden çekiniyordu besbelli. Bir iki adım attıktan sonra, "Aldırma şuna, diyorum sana," dedi ve hemen ekledi. "Hadi anlat. Mualla Hanım seni neden öğretmenler odasına götürdü?"

"Meraktan öldük," dedi Dilek.

"Ay çocuklar, inanılır gibi değil, inanılır gibi değil."

"Bırak bozuk plak gibi aynı şeyleri tekrarlamayı da anlat."

"Hadi ama, Serra."

Böylece onlara öğretmenler odasında konuştuklarımızı anlattım. Bir sevindiler ki...

"Harika bir şey bu, Serra."

"Kesin bu yarışmayı sen kazanacaksın."

Son derse kadar Dilek haberi tüm sınıfa yaymıştı bile. Oysa o kadar da tembih etmiştim, aramızda kalsın diye. Çenesini tutamaz ki...

Eve geldiğimde, annem daha gelmemişti. Bu müthiş haberi vermek için evin içinde dört dönüyordum. O da bir türlü gelmek bilmiyordu. Sırma'yı arasam mı, diye düşündüm ama annem herkesten önce öğrenmeliydi.

Kapıda dönen anahtar sesini duyunca, ok gibi fırladım. "Anne, anne, müthiş haberlerim var."

"Önce bir selam sabah yok mu?"

"Bu haber selam sabahı bekleyemeyecek kadar önemli." Bu kez o da meraklanmıştı. Çantasını, kabanını hemen oracığa bırakıp sordu. "Neymiş, anlat bakalım."

"Anne, bir yarışmaya giriyorum."

"Ne yarışması?"

"Yazı yarışması."

"Ne kadar güzel, Serracığım," dedi ama sesinde bunu bu kadar büyütecek ne var, der gibi bir ifade seziliyordu.

"Bu yarışmayı Amerikan Kültür Derneği'yle, bizim Evrim Dershanesi düzenliyormuş."

"İş giderek ilginçleşiyor," deyip koltuğuna yerleşti.

"Konu, 'Atatürk ve 10 Kasım.'"

"Güzel."

"Ve bendeniz de, şu rastlantıya bakınız ki, Atatürk ve 10 Kasım'la ilgili bir yazı yazmış bulunuyorum."

"Ne zaman yazdın böyle bir yazıyı? Bana hiç söz etmemiştin."

"Ankara'da Anıtkabir'i ziyaretimiz sırasında, çok duygulanmış ve oturup yazmış, sonra da bunu Mualla Öğretmene vermiştim. Ama o kadar da önemsemediğim için kimseye bir şey söylememiştim."

Annem yüzünde olayları tam olarak kavrayamamış olanların ifadesiyle bana bakıyordu.

"Vee... Mualla Hanım yazımı çok beğendiğinden, tutup bunu Türkçe edebiyat öğretmeni Sevil Hanıma veriyor. Vee... Sevil Hanım da tam bu sırada, bu konuda bir yarışma düzenlendiğini söyleyerek ve de tabii ki benim yazımı çok beğenmiş olduğundan, Serra'yı bu yarışmaya sokalım diyor."

"Ay Serra..." dedi annem. Giderek durumun önemini kavramaya başlıyordu.

"Anne, şimdi sıkı dur, çünkü asıl bomba kısım bundan sonra geliyor."

"Meraklandırma beni ama..."

"Yarışmayı kazanan öğrenci, yarıyıl tatilinde ABD'nin New York, Washington ve Tampa kentlerine gönderiliyor. Yani ödül ABD'de bir kültür gezisi!"

Annem, "Ne diyorsun, Serra, ne diyorsun," diye bağırıyordu.

Hah işte, o da istediğim kıvama gelmiş, benim gibi uçmaya başlamıştı.

"Tüm yol masrafları onlara ait; kazanan kişi Amerikalı ailelerin yanında kalacak, onun için otel masrafı da yok. Kaldığı kentlerdeki liselerde de Türkiye ve Atatürk hakkında konuşmalar yapacak."

"Serra, bu harikulade bir şey."

"Evvet, canım anneciğim, aynen öyle."

"Şu yazını bir okusaydım."

"Ne yazık ki, okuyamayacaksın, anneciğim, çünkü pazartesi son başvuru günü olduğundan yazı Sevil Hanımda."

"Ay başvuru tarihi bu kadar yakın mı?"

"Evvet, işi ucu ucuna yakaladık."

"İşte rastlantı diye ben buna derim."

"Gerçekten öyle. Sonuçlar da bir ay sonra bildirilecekmiş."

"Ne diyorsun, Serra, vallahi karnıma ağrılar girdi."

"Sevil Hanım benden çok umutlu. Kazanacaksın diyor da başka bir şey demiyor."

"Elbette benim kızım kazanacak. Ankara'daki okulda da yazıların ne kadar beğenilmişti, hatırlasana."

"Yüksekten uçmak istemiyorum, bunun sonunda kazanamamak da var."

"Canın sağ olsun," dedi hemen annem. "Bence en önemlisi senin yeniden yazı yazmaya başlaman ve bu yarışmaya katılman. Gerisi de, olursa ne âlâ, olmazsa pekâlâ."

Annemin bu tutumuna bayılıyorum, çünkü o böyle konuşunca üzerimdeki baskı uçup gidiveriyor sanki. Karşılıklı birbirimize baktık, sonra annem, "Serra, haberin gerçekten müthişmiş. İnan şaşırdım kaldım. Çok güzel bir şey bu, çok," dedi.

Bense sırıtarak ona bakıyordum. Öğleden sonra yaşadıklarımı o, şimdi yaşıyordu. Sonra yerinden fırladı. "Bu haberi mutlaka anneannenlere vermeliyim."

"Ben de Sırma'ya."

"Önce ben," dedi ve birlikte telefona bir koşu kopardık. Yarışı o kazanmıştı. Numarayı çevirdikten sonra onlara her şeyi uzun uzun anlattı, sonra ahizeyi bana uzattı. Dedem benimle konuşmak istiyormuş.

"Kız," dedi dedem. "Eğer bu iş olursa, kuyruğunla balık tutmuş olacaksın."

"O da ne demek, dedeciğim?"

"Kedi deniz kenarında kuyruğunu sallayıp oturmuş ve bir balık gelip oltaya tutulur gibi kuyruğuna takılmış. Yani hiçbir zahmete girmeden bir şeyi elde edenlere denir."

"Aşkolsun, dedeciğim, o kadar yazı yazdım."

"Canım tabii ki, yazdın, o açıdan söylemiyorum. Demek istediğim herkes kolay kolay ABD'ye gidemez. Hem uzak, hem çok masraflı, oysa bak senin karşına hop diye böyle bir fırsat çıkıverdi. Bu anlamda söyledim ben, hemen de alınırsın."

"Hele bir kazanayım da..."

"Kazanırsın kazanırsın," dedi, sonra da anneannemle konuştum, beni tebrik etti ve başarım için dua edeceğini söyledi.

"Aman anneanneciğim, sıkı sıkı dua et."

Sonra Sırma'yı aradım. Tabii yine çığlık, kıyamet. Bu kez ne oluyor, diye Defne Teyzem telefonu onun elinden kaptı. Haydi, bir posta da ona anlattım. Bu kez teyzemle annem konuştular. Sanki evimizde düğün vardı, öyle bir neşe, öyle bir kutlamalar... Ama bu kadar sevinç olunca korkmaya başladım. Saçma ama sanki çok sevinirsem, olmayacakmış gibi geliyor. Böyle bir duygu işte.

Yaa sevgili kiraz ağacım, bütün gün o kadar heyecan yaşadım ki, sakinleşebilmek için burada, mutfakta senin yanında olmam gerekiyordu. Sana bakarak yazdığımda içime huzur doluyor.

Kiraz ağacı, ister misin bu yarışmayı kazanayım. Birincilik ve Amerika gezisi... Yıldızlar kadar uzak bir hayal... Olacak iş değil.

Ama ya olursa... ya olursa...

***14 Kasım, Cumartesi***

Bugün Alga Tur'da bana yine bir transfer işi verdiler. Turistleri karşılama işine transfer deniyormuş. Bunu da öğrenmiş bulunuyorum. Heh heh...

Bu kez havaalanına Sami Beyle gittik. Sami Bey şirketin en kıdemli şoförlerinden... Sürekli gazete okuduğundan, ülkede olup bitenleri biliyor. Güzel giyinen, efendi bir insan.

Bu kez gelecek olanlar Avustralyalılardı. Tabii ilk iş ışıklı panoya koştum. Hay aksi, uçak tam bir saat gecikmeliydi. Ofise haber verdikten sonra Sami Beyle oturup beklemeye başladık. Uzun yıllar Hollanda'da yaşamış, orada yaptığı işlerden filan söz etti, sonra da trafikle ilgili başından geçen komik bir olayı anlattı.

Efendim, Hollanda'da trafik kuralları çok katıymış, herkes de bu kurallara uyuyormuş. Bu denli kuralcılık, Türkiye'den gitme Sami Beyin, özellikle de ilk günlerde çok tuhafına gitmiş.

"Gecenin bir vakti, in yok cin yok, yine de kırmızı ışıkta duruyorlar. Bense daha oraya yeni gitmişim ya, bir sağıma baktım bir soluma, kimsecikler yok. Bastım gaza, kırmızı ışıkta geçtim. Aman, o da ne, anında arkamda bir polis arabası belirip kenara çekmemi işaret etmez mi... Çaresiz durdum. Polis yanıma geldi, 'Kırmızı ışıkta geçtin,' dedi. Bense, Türk aklımla hâlâ düşünüyordum, nasıl sıyırırım diye. Sonra polise dedim ki, 'Kırmızı ışıkta geçilmeyeceğini gayet iyi biliyorum, kırk yıllık şoförüm şunun şurasında. Ama ben bunu sizleri sınamak için yaptım. Dur bakalım, kırmızı ışıkta geçeni gerçekten yakalıyorlar mı, bir göreyim,' dedim."

Bu sevimli öyküye çok güldüm. "Peki, sonra ne oldu, Sami Bey? Polisin elinden kurtulabildiniz mi?"

Gülerek başını iki yana salladı. "Ne münasebet! Bu sözlerimin üstüne bana şöyle bir bakıp ceza yazmaya devam etti. Zaten onların polisi ne bağırır, ne çağırır; tıkır tıkır cezayı yazar, gider."

Sami Beyle sohbet ederek bir saati tamamlamıştık. Yine ışıklı panoya koştum, şükürler olsun, başka bir gecikme yoktu, vaktinde ineceklerdi. Alga Tur tabelamı kaptığım gibi kapının karşısındaki yerimi aldım.

Bu kez gelenlere kesinlikle "yavrucuklarım" diyemeyeceğimi, boylarını boslarını görünce anladım. Ne iri yarı adamlar ve kadınlar... İngilizceleri de bir hoş. Anlayana aşk olsun! Ama çok neşeliydiler, bir şamata, bir kahkaha, beni ve tabelamı gösterip yanıma geldiler. Kendimi devler diyarındaki Güliver gibi hissettim onların arasında. Şakacı tavırlarla sırtıma vurarak, "Hello," dediler ve ardından yine kahkahalar...

Sami Bey eğilip kulağıma fısıldadı. "Bunlar kafayı bulmuşlar." Neyse hepsini minibüsümüze doldurduk ve hareket ettik. Bir süre sonra bir tanesi, "Beer, beer," demeye başladı. Ne diyor bu, dercesine Sami Beye baktım.

"Bira istiyorlar," demez mi...

"Olmaz öyle şey," diye yaptığım kesin çıkış, Sami Beyi güldürdü.

"No," dedim ve ekledim. "In the hotel."

Sizi otelinize teslim edeyim de, sonra ne haliniz varsa görün. Minibüste bira içildiği de nerede görülmüş. Ama adamlar hâlâ gülüşüp, "Beer, beer," diyorlardı.

Birden aklıma babaannemle yaşadığım bir olay geldi ve kendimi tutamayıp güldüm. Onlar kendilerine gülüyorum zannedip yine anlaşılmaz İngilizceleriyle bir şeyler söyleyerek, ha ha ha, diye güldüler.

Beni güldüren olaya gelince... Bir seferinde babam bir arkadaşıyla babaanneme yemeğe gelecekti. Ben de her nasılsa o gün babaannemdeydim. Babam, yemekte içki içeceklerinden, babaannemden sofraya içki kadehleri de koymasını istemişti.

Babaannemin hali görülecek şeydi. Kendisi şiddetle alkole karşı olduğundan, bir yandan büfeden içki bardaklarını çıkarıyor, bir yandan da, "Zıkkım içsinler," diye söyleniyordu. Onun bu haline ne gülmüştüm ama.

Turistler içki isteyince, işte aklıma bu gelmişti. Şimdi babaannem burada olsaydı, görürdünüz siz, diye düşündüm ve yeniden gülmemek için kendimi zor tuttum.

Neyse, salimen otele vardık. Rezervasyonda da bir sorun çıkmadı, böylece odalarına yerleştiler. Ayrılmadan bana bol bol teşekkür ettiler. Aslında tatlı insanlardı, sanki birer yetişkin değil de, iri kıyım çocuklardı. Durmadan eğilerek selam veren nazik ve ufak tefek Japonlarla ne büyük bir tezat oluşturuyorlardı.

Turizmde çalışmanın benim için bir başka keyifli yanı da çeşitli ülke insanlarını tanımak. Değişik kişilerle bir arada olmayı, başka ülkeleri tanımayı, havaalanlarının ve otellerin hareketliliğini çok seviyorum. Seçimim giderek turizmden yana ağır basıyor gibi. Hele bir de iş için dış ülkelere gidersem, ne harika olur. Hem sevdiğim bir işte çalışmış, hem de dünyayı görmüş olurum.

### *15 Kasım, Pazar*

Öğleden sonra kapanmış ders çalışıyordum ki, telefon çaldı. Sırma arıyordu. Onun sesini duyar duymaz kalbim küt küt atmaya başladı.

"Selam, bebek."

"Selam, Sırma. Yeni haberler var mı?"

"Var canım."

"Hadi anlat."

"Cüneyt'i Ankara dönüşü yakaladım. 'Gezi nasıl geçti,' diye lafa girdim. 'Çok iyi gitti,' deyip bir şeyler anlattı."

"Sonra?"

"Dur, patlama. Anlatıyoruz işte."

"Tamam, tamam." (Annem haklı. Ne kadar çok, tamam, diyorum.)

"Baktım senden söz etmiyor; 'Duyduğuma göre Serra'yla ayrılmışsınız,' dedim."

"Hangi yüzle benden söz edecek ki..."

"Sözümü kesme, aklım karışıyor."

"Haklısın! Sustum."

"'Serra'yla ayrılmışsınız,' dedim. 'Evet, ne yazık ki öyle,' dedi. 'Peki, neden Cüneyt?' diye sorgulamaya başladım."

Soluğumu tutmuş dinliyordum. İşin en can alıcı noktasına gelmiştik.

"'O, İstanbul'da, ben İzmir'deyim. Bu bir yerde ikimize de haksızlık,' dedi."

"Sevsinler!"

"'İkimizin de yaşı küçük, başka başka insanlarla tanışmak, onlarla çıkmak hakkımız,' dedi."

"Ne kadar da haksevermiş."

"'Uzakta olduğumuz halde birbirimizi bağlıyoruz, bir süredir kendimi evli gibi hissetmeye başlamıştım. Serra'yı severim, çok tatlı bir kız, beni yanlış anlama ama hoşlandığım biriyle gezmek benim de hakkım. Oysa o uzakta, sadece telefonla konuşabiliyoruz. Bu daha ne kadar böyle sürebilirdi,' dedi."

"Karşıma bir kız çıktı, ben de feleğimi şaşırdım, demiyor da, böyle süslü lafların arkasına saklanıyor."

"'Sebep buysa, neden bunu baştan Serra'ya söylemedin?' dedim."

"Afferin, Sırma! Çok güzel bir soru."

"'Ne bileyim, aklımda evirip çeviriyordum, onu kırmadan nasıl söylerim, diye düşünüp duruyordum. Bu arada haftalar geçip gidiyordu,' dedi."

"Bana da aynı şeyleri söyledi."

"Sus ama, Serra, onun söylediklerini sırasıyla hatırlamaya çalışıyorum."

"Affedersin, Sırma, kendimi tutamıyorum."

"O böyle deyince, 'Peki, beğendiğin biri mi var, seni bu tür düşünmeye iten?' dedim."

Kulak kesilmiştim.

"Duraksadı, kızarıp bozardı. 'Söyle, söyle,' dedim. 'Nasıl olsa ortaya çıkacak.'"

"Aslanım benim."

"'Şey...' diye kekeledi, sonrada, 'aslında beğendiğim biri var,' diye itiraf etti."

"Alçak!"

"'Onunla çıkıyor musunuz?' diye sordum. Yine kem küm etti ve sonunda, 'Evet, çıkıyoruz.' dedi."

"Daha önce söylediklerinin hepsi palavra, Sırma. Bir kız, gördü, beğendi ve onunla çıkmaya başladı. Gerisi boş laf."

"Bence de öyle, Serra," dedi Sırma ve derin derin içini çekti.

"Benim için sakın üzülme," dedim. "Artık o umrumda bile değil. Değil üzülmeye, üzerinde düşünmeye bile değmezmiş. Baksana bana ne biçim kazık attı."

"Aman bence böylesi daha iyi oldu," dedi Sırma. "Sana daha ilk günden söylemiştim zaten. Şimdi sen de özgürsün artık. Neydi o telefonun başında beklemeler..."

"Haklısın," dedim ama yine de içimdeki ağrı dinmiyordu.

"Peki, kızı sordun mu, kimmiş?"

"Haa, evet, sordum tabii. Kendi sınıfından bir kızmış."

"Tabii, o her dakika gözünün önünde, bense uzaklarda..."

"Sanırım o kızla daha önce de çıkmışlar."

"Yaa..."

"Bir iki yıl önce mi ne..."

"Aşkları depreşmiş desene."

"Aman, Serra, ne halleri varsa görsünler."

"Sırma?"

"Efendim."

"Sen kızı tanıyor musun, nasıl bir şey?"

"Adını söyledi, anımsayabildiğim kadarıyla sıçan gibi bir şey. Cılız, bozbulanık saçları var, yani sokakta görsen, dünyada dönüp bakmazsın."

"Dönüp bakmazsın ama bak malı götüren o oldu."

"Kızım, erkeklerin işine akıl sır erer mi? Hepsi Serpil'i eleştirir ama şöyle bir bakmasıyla hemen yanına koşarlar. Peki, bu ne perhiz, bu ne lahana turşusu..."

Sırma pek bir dertli konuşmuştu. Yaz aşkını kalbine gömünce, Bora'ya ilgisi yeniden canlanmıştı sevgili kuzinimin. O nedenle sordum.

"Bora nasıl?"

"Aman nasıl olacak," diyerek içini çekti. "Haftalardır yüzünü görmüyorum, kim bilir o da neler karıştırıyordur."

"Ama sen değil miydin, gezsin, tozsun, hevesini alsın, ondan sonra Bora'yla çıkarım, çünkü onunla ciddi bir ilişkim olsun istiyorum diyen."

"Evet ama..."

"Kendini üzme, Sırmacığım," diye bu kez ben onu teselli etmeye çabaladım. "Sen nasıl olsa, en azından şimdilik onunla çıkmayı düşünmüyorsun. Öyleyse bırak, ne yaparsa yapsın."

"Ama ya bu arada birine tutulursa..."

"Tutulmaz tutulmaz, hiç merak etme. O gezip dolaşacak, sonra da gelip benim sevgili kuzinimin önünde diz çöküp ona evlenme teklif edecek ve dillere destan bir düğünden sonra onlar ermiş muradına, diyeceğiz hepimiz."

Hiç sesi çıkmadı.

"Hadi hadi, amma da moralin bozuk bugün. Moralin neden bozuk, biliyor musun?"

"Neden?"

"Çünkü bana üzüldün. Cüneyt'le aramızda olup bitenlere senin de çok canın sıkıldı. İşte bunun için her şeye aramsar bakıyorsun," dedim ve sahte bir neşeyle, "Haydi artık, bu erkekleri düşünmeyeceğiz, başka şeylere bakacağız. Bak sana neler anlatacağım," diyerek ona transfer olayını tüm komiklikleriyle anlattım. Kısa süre sonra kıkırdaşıyor ve doğal olarak hayaller kuruyorduk.

Ben turizm alanında çok başarılı oluyormuşum ve Sırma'yı da yanıma alarak seyahatlere çıkıyormuşum. Çin'e, Hindistan'a, Hawaii'ye gidiyormuşuz. Hatta o vakte kadar Sırma telli duvaklı bir gelin olmazsa, onunla birlikte kendi seyahat acentamızı kuruyormuşuz, tıpkı Şebnem Hanımla Bayan Bella gibi.

Ne garip, insan başkasını neşelendirmeye çalışırken kendi derdini unutuyor. Ona söylediğin sözlerle bir yerde kendini teselli ediyorsun. Sırma'nın moralini düzeltmek için yaptığım gevezelikler bana da yaramıştı. Telefonu kapattığımda kendimi çok daha iyi hissediyordum.

### *22 Kasım, Pazar*

Öyle bir haftaydı ki, nefes alamadım, resmen nefes alamadım. Dershaneye koş, çalış; okula koş, çalış. Bu yıl böyle olursa, gelecek yıl ne yapacağım ben?

Bu arada ekonomi sayfalarını okumaya vakit bulamıyorum ya, annem bazı yazıları kesip başucuma koymuş. Dün şöyle bir okuyayım dedim, daral geldi. Ayrıca okuduklarımdan da hiçbir şey anlamıyorum; bir kez daha okuyayım diyorum, bu kez de aklım başka yerlere kayıp gidiyor, haydi al baştan. Galiba sevemeyeceğim şu ekonomiyi...

Mualla Hanımın bu hafta verdiği kompozisyon konusu, ömrünüzün sona ermesine üç ay kalsaydı, neler yapmak isterdiniz idi.

Cuma günü öğle tatilinde, Melis'le Serhat kafa kafaya vermiş konuşuyorlardı. Tabii ilk teneffüste Melis'e yanaştım.

"Serhat'la neler konuşuyordunuz öyle?" Serhat'ın ne yaptığını çok merak ediyordum.

"Zavallı çocuğa moral vermeye çalışıyordum."

"Ebru'ya söylemiş mi?"

"Evet."

"Ebru ne yapmış?"

"Çok üzülmüş ve Serhat'ı kararından döndürmek için yalvarmış durmuş."

"Zavallı kız."

"Ama Serhat kıza, 'Ne olur durumumu güçleştirme, ben sana hiçbir şey veremem. Önce kendi ayaklarımın üstünde durmalıyım; bunun için de çok çalışıp üniversite sınavlarını kazanmam gerek,' demiş."

"Ebru ne demiş?"

"'Ben seni beklerim,' demiş."

"Anlaşılan, bu kız Serhat'ı gerçekten seviyor."

"Evet, bence de öyle. Ama Serhat, 'Hayır, Ebru, senden bunu beklemeye hakkım yok. Lütfen ısrar etme, bana yardımcı ol,' demiş."

"Serhat'ta da amma irade varmış."

"Kız ona ilginç bir soru sormuş."

"Ne demiş?"

"'Seninle üniversiteden sonra karşılaşsaydık, yani sen kendi ayaklarının üstünde duruyor olsaydın, bana karşı nasıl davranırdın?' diye sormuş."

"Gerçekten ilginç bir soru."

"Serhat da, 'O zaman bir şansım olduğuna inanarak seninle çıkardım,' demiş ve de eklemiş, 'Ama şu anda öyle bir durum yok, onun için izin ver de bu şansı yaratayım.'"

"İkisine de çok acıdım, Melis."

"Sorma, Serra, ben de üzülüyorum ama Serhat çok kararlı."

"Ebru onu bekleyeceğini söylediğine göre, hem çalışır, hem de pekâlâ ilişkiyi sürdürebilirdi."

"Öyle deme, Serra, bence çocuk haklı. Bir yandan ailelerin baskısı, bir yandan parasızlık, bir yandan da babasının karşı durmasına rağmen üniversite sınavlarına hazırlanmak ne demek, bir düşünsene. Önce kendini kurtarmalı. Bu da ancak tüm enerjisini ve zamanını amacına yoğunlaştırmasıyla gerçekleşebilir. Durumuna üzülmeme karşılık Serhat'a saygı duyuyorum. Ne istediğini biliyor ve onca zorluğa karşılık bunu elde edebilmek için savaş veriyor. Bizlere ailelerimiz destek oluyor, gerekli her masrafı karşılıyorlar, yine de sınavları düşünüp bunalıma giriyoruz. Oysa zavallı Serhat, bütün bu mücadeleyi kendi başına vermek zorunda. Bazıları için hayat gerçekten zor."

Serhat'ın başarılı olmasını bütün kalbimle istiyorum, sevgili kiraz ağacı.

*28 Kasım, Cumartesi*

Bu hafta da hep çalışmakla geçti. O kadar ki, Alga Tur'a bile gidemedim. Neyse ki, çok anlayışlılar.

*7 Aralık, Pazartesi*

Bugün doğum günüm! Artık tam on yedi yaşında bir genç kızım, inanılır gibi değil. Ben ve on yedi yaş!

Annem, "Doğum günün kutlu olsun, tatlı kızım," diyerek beni karşıladı, kahvaltıya indiğimde. Masanın üstünde kocaman bir paket duruyordu; hemen açtım. Vitrinde görüp de hayran olduğum deri ceket tüm görkemiyle karşımdaydı.

"Anne, inanmıyorum!"

"Haydi bir giy de bakalım nasıl duracak."

Ceketi son sürat sırtıma geçirip aynaya koştum. Harikaydı! "Çok teşekkür ederim, anneciğim," diyerek sarıldım ona.

Nasıl da yumuşacıktı yeni deri ceketim. "Anne, bugün okula giyebilir miyim?"

"Nasıl istersen."

"Arkadaşlarım bayılacaklar."

"Haydi önce kahvaltını et; sonra ceketini giyer, okulda sükseni yaparsın," dedi cici kadın.

Gerçekten de ceketim okulda çok beğenildi. Kaybolur maybolur diye onu her yere yanımda taşıdım. Öğle tatilinde yemeğimi bitirmiş, tam masadan kalkıyordum ki, Sıla, "Dur Serra, bir dakika bekle," dedi.

"Ne var?" dememe kalmadı, bir de baktım, Dilek elinde koca bir pastayla bana doğru geliyor. Üstü mumlarla doluydu; iki yana sallanan minicik alevleriyle öyle hoştu ki pastam. Tabii bu arada şaşkınlıktan olduğum yerde öylece kalmıştım.

"Nereden bildiniz bugünün doğum günüm olduğunu?"

"Biz biliriz," diye bağırıştılar.

"Ama sabah bir şey söylemediniz."

"O zaman sürpriz bozulurdu," dedi Melis.

O kadar duygulanmıştım ki, söyleyecek söz bulamıyordum. Böyle bir şeyi hiç ama hiç beklemiyordum. Bu arada Mualla Hanım, Esin, Sıla, Suphi, Serhat, Toprak, Burak, Melis, Dilek ve de hayret ki hayret, Simten'le Aylin etrafımı çevirmiş, 'İyi ki doğdun, Serra,' diye doğum günü şarkısını söylüyorlardı. O anda onlara bakarken, içimde duyumsadığım sevgi dev bir dalga gibi yükselerek tüm benliğimi kapladı.

Geçen dönem buraya gelirken ne kadar üzülmüş, arkadaşsız kalacağımı düşünerek ne çok acı çekmiştim. Oysa şimdi her şeyimi paylaştığım arkadaşlarım var. Doğum günümü bilip bana sürpriz yapacak kadar beni düşünen, seven dostlar arasındayım. Eski okulumdaki Selin Abla, "Merak etme, yeni okuluna alışır, zamanla orada da seveceğin arkadaşlar edinirsin," derken ne kadar haklıymış. Meğer boşu boşuna üzülmüşüm.

Öylesine düşüncelere dalmışım ki, "Mumları söndürsene," diyen bağırışlarla toparlandım.

Nefesimi içime çektim, tam o sırada Melis bağırdı.

"Bir dilek tut."

Nefesimi tutarak bir an düşündüm. Dileğim ne olmalıydı?

Ne olmalıydı? Evet, evet, bulmuştum. Bu yılın dileği, Mualla Hanımın dediği gibi, kendi ayaklarımın üstünde durabilmem için kendi yıldızımı bulabilmek olmalıydı. Bir de... şu yarışmayı kazanmak.

Dileğimi tuttum ve bütün gücümle üfledim. Yine bağırıyordu Melis. "Bir tanesi yanık kalsın, bir mum kalsın."

Gerçekten de bir mum sönmemişti. Herkese pastamdan ikram ettim ve... bu kez Sıla bir elinde bir sepet, karşımda duruyordu.

"Bu senin," diyerek uzattı, o telaşsız haliyle. Sepetin içinde çeşit çeşit paketler vardı.

"Bunlar da ne?"

"Doğum günü armağanların..."

"Ay çocuklar, çok teşekkür ederim," dedim, sesim çatallaşarak. Neyse ki, o sırada çalan müzik, ağlayıp da kendimi rezil etmeme fırsat bırakmadan bizi derse çağırdı.

Akşam eve geldiğimde anneannemle dedem bizdeydiler. Tabii armağanlarıyla birlikte...

"Aç bakalım, beğenecek misin?" dedi dedem.

"Bayılırım paket açmaya," diyerek merakla kâğıdı yırttım. "Dedeciğim, teşekkürler, çok teşekkürler..."

Bana bir walkman almışlardı. "Ne güzel, bundan sonra yürüyüşe çıktığımda bunları kulaklarıma takacağım ve müzik dinleyerek yürüyeceğim." İkisini de bol bol öptüm.

"Hadi üstünü değiştir, bu akşam senin şerefine Hilton Oteli'ne gidiyoruz."

"Hilton'a mı gideceğiz?"

"Evet, böylece otelleri biraz daha inceleme fırsatı bulmuş olursun, diye düşündük," dedi dedem, bana yine takılarak.

"Harika! Harika! Hemen geliyorum." Tam fırlıyordum ki, annem, "Arkadaşlarının hediyelerini bize göstermeyecek misin," dedi. Annem de benim gibi paket açmaya bayılır.

"Tabii," deyip hemen sepetimi getirdim. "Armağanları bu sepetin içine koymuşlar, böylece verdiler," diye bir açıklama yaptım, arkadaşlarımla gururlanarak.

"Ne güzel fikir," dedi anneannem.

"Evet, başlıyorum. Bir *Sinir Bilmeceler* kitabı, Suphi'den. Rodriguez'in Gitar Konçertosu, Mualla Hanımdan."

Annem hemen araya girdi. "İşte bu güzel, bir kasetin daha oldu."

"Bir kolye, Melis'ten ve takım küpeleri Esin'den. Dilek'ten, Don Kişot Balesi'ne bir bilet."

"Bu çocuklar ne güzel armağanlar düşünmüşler böyle," dedi yine anneannem.

Açık artırmacılar gibi armağanlarımı havaya kaldırıp göstererek devam ettim. "Aylin'le Simten'den iki basket maçına bilet; Sıla' dan bir kitap, *Sofi'nin Dünyası*; Burak'tan pembe pelüş bir kedicik ve Serhat'tan gelecek yılın masa takvimi..."

Dedem, "Aşkolsun bu çocuklara," dedi. "Hem güzel, hem de işe yarayan hediyeler düşünmüşler."

"Şimdiki gençler bambaşka," diyerek memnun memnun içini çekti anneannem.

Hediyelerimi toplamış, odama gidiyordum ki, telefon çaldı.

Annem, "Telefona bakıver, Serra. Herhalde baban arıyordur," diye seslendi.

Oysa arayan Cüneyt'ti. Evvet, Cüneyt arıyordu. Sesini duyunca içim hop etti, ne yalan söyleyeyim.

"Doğum günün kutlu olsun, Serra."
"Teşekkür ederim."
"Nasılsın?"
"İyiyim, ya sen?"
"Ben de iyiyim. Nasıl gidiyor?"
"Bugün arkadaşlarla okulda doğum günümü kutladık, akşam da yemeğe çıkıyoruz." (Akşam yemeğine kimlerle çıkacağımı söylemeyerek, arkadaşlarla çıkıyormuşuz izlenimini vermek istedim. Ee, artık izin verin de bu kadarcık bir hınzırlık yapayım.)
"Çok iyi," dedi.
Susuyorduk.
"Seni tutmayayım," diyerek bu huzursuz sessizliği bozdu Cüneyt, "haydi kendine iyi bak."
"Teşekkür ederim, sen de..."
Telefonu kapatırken ellerim titriyordu. Ne de olsa yaralarım henüz kapanmamıştı. Orada öylece dururken yine telefon çaldı, bu kez de arayan babamdı. Onunla ve babaannemle konuştum, onlar da doğum günümü kutladılar.
"Haydi kız," diye bağırdı dedem. "Hazırlan da bir an evvel çıkalım, yoksa bu telefonlarla bütün gece burada kalacağız."
Gerçekten de çıkana kadar Sırma, yani teyzemler ardından da Ayşegül aradı. Meğer ne çok sevenim varmış. Kendimi birden çok ama çok şanslı hissettim. İnsan yaşamında sevmek ve sevilmek kadar önemli bir şey olmasa gerek.
Aileni sevmek ve onlar tarafından sevilmek...
Arkadaşlarını sevmek ve onlar tarafından sevilmek...
Yazı yazmayı, okumayı, çalışmayı, müziği sevmek... Bahçemizdeki kiraz ağacını sevmek, okulun bahçesindeki sarmaşıkları, emeğimizi sevmek...

Otelleri, havaalanlarını, turistleri, dış gezileri, işyerindeki arkadaşları sevmek...

Kısaca hayatı sevmek...

Kısaca "sevmek"...

Sanırım her güzelliğin başı bu.

Ve... insan, bir şey beklemeden sevince, sevgisini verince, geriye mutlaka bir şeyler dönüyor.

***13 Aralık, Pazar***

Dün işe gittim ve Suzy'ye yarışmaya katıldığımı anlattım. O kadar heyecanlandı ki, hemen Şebnem Hanıma anlattı.

"İstersen, bilet konusunda sana yardımcı oluruz, Serracığım."

"Daha yarışmayı kazanmadım, Şebnem Hanım."

"Öyleyse şöyle söyleyeyim, yarışmayı kazandığında bize haber ver, bilet işini biz halledelim. Sana güzel bir yer ayarlar, belki küçük bir indirim bile yaparız."

"Teşekkürler," dedim ve ekledim. "İş üç nalla bir ata kaldı."

Bu lafa hep birlikte gülüştük. Suzy'nin pek bir güzelliği üstündeydi bugün. Bunu ona söyleyince güldü. "Herhalde sabahlara kadar ders çalışmak iyi geliyor." Ve ekledi. "Geçen yıla kadar ne çok şeye vakit buluyordum. Örneğin, önceki kış, Tüyap Kitap Fuarı'nda çalışmıştım."

"Sahi mi? Kim bilir ne ilginçti."

"Hem kitapları, hem de fuarın o hummalı havasını sevdiğimden, bir fırsat yakaladım mı hemen gidiyorum."

"Ne güzel!" diyerek içimi çektim. "Ben Tüyap'ın kapısının önünden bile geçmedim henüz."

"Üzülme," dedi Suzy. "Gelecek yıl seninle gideriz."
"Söz mü?"
"Söz."
İşte buna çok sevindim.
Akşam herkese iyi geceler dileyip çıkıyordum ki, Bayan Bella, "Serra, bir dakika bakar mısın?" diye seslendi.
Bir koşu ofisine gittim.
"Buyrun, Bayan Bella."
"Serracığım, bizimle birlikte dört hafta sonu çalıştın. Bu senin emeğinin karşılığı," diyerek bana beyaz bir zarf uzattı ve gülümsedi. "Aslında çok küçük bir şey, sembolik de diyebiliriz."
"Teşekkür ederim," dedim zarfı ne yapacağımı bilemez halde. Para işlerine öyle kayıtsızım ki, maaş alma zamanı geldi mi, gelmedi mi farkında bile değilim. Oysa Sırma öyle mi ya, her telefonda sana ne zaman maaş verecekler, diye sorar durur.
Dışarı çıktığımda meraktan ölüyordum, acaba kaç para verdiler diye. Ama orada açıp bakamayacağıma göre zarfı çantama atıvermiştim. Neyse, dolmuş geldi de, ben de kendimi içeri atıp dolmuş parası arıyormuş gibi yaparak zarfı araladım ve baktım. Parmaklarımla şöyle bir saydım. Yani şimdi bana bu kadar çok para mı vermişler? İnanmıyordum!
Ben şimdi bu parayla neler alırım neler... Ne biçim harcarım bu parayı... Keyfimden ölecektim. Bir kere yaptığım işi seviyorum, yeni şeyler öğreniyorum ve üstüne para alıyorum. Lay-lay-lom.
Bebek'te indim, doğru Divan Pastanesi'ne gittim ve annemin en sevdiği çikolatalı pastadan aldım. Oradan da yü-

rüye yürüye eve geldim. İçeri girer girmez, "Ben geldim," diye seslendim.

"Ben de tam seni merak etmeye başlamıştım."

Başka zaman olsa sinir olduğum bu sözleri duyunca kesin terslenirdim. Ama bu gece keyfim yerinde olduğundan sesimi çıkarmadım. Pasta kutusunu götürüp annemin önüne koydum.

"Buyrun Derya Hanım, bu sizin."

"Serra, bu da ne böyle?" Bu arada karton kutuyu aralayıp içine bir göz atmasıyla bağırması bir oldu. "En sevdiğim pasta!"

"Ta kendisi."

"Serra, çok teşekkür ederim canım ama nereden esti şimdi bu?"

"Bu pasta benim doğru dürüst ilk maaşımla alınmıştır," dememle birlikte, "Ah canım benim," diyerek bana bir sarılması vardı ki, görülmelere değer. Gözleri doldu, sesi titredi.

"Abarttın ama, anne," dedim.

"Nasıl abartmam! Bu senin ilk maaşın ve sen beni düşünüyorsun. Bir anne için bu ne demektir, bilemezsin."

Ay, böyle duygusal sahneleri de hiç sevmem, ama bir yandan da gururlanmadım desem yalan olur.

"Bak ne yapalım."

"Ne yapalım?"

"Bu gece anneannenlere yemeğe gidiyoruz ya..."

"Tamamen unutmuştum," dedim.

"Pastayı da yanımıza alalım, orada yemekten sonra kızımın bizlere ilk maaşıyla aldığı pastayı hep birlikte yiyelim."

"Yiyelim!"

Tabii bu olay dedemler tarafından da alkışlandı. Pasta binbir merasimle ortaya getirildi ve şapırt diyerek yendi. Dedem, "Kız, sana neler oluyor bugünlerde?" dedi. "Ne gibi, dedeciğim?"

"Yok yarışmalar, yok Amerika'ya gitmeler, yok çalışıp para kazanmalar..."

"Bir kere daha yarışmayı kazanmadım, onun için o seyahat olur mu, olmaz mı belli değil. Çalışmama gelince, sadece hafta sonları yarımşar gün, yani o da tam anlamıyla bir iş değil."

"Olsun," dedi dedem, büyük bir ciddiyetle. "Bunları yapmaya çalışman, gayret etmen çok güzel."

"Ben de öyle söylüyorum, babacığım," diyerek annem hemen lafa atladı. "Bu yarışmayı kazansa da kazanmasa da önemli olan katılması."

Bugünse, sabah dershanedeydim, öğleden sonrayı da ders çalışmakla geçirdim. Dilek aradı, o da benim gibi ders çalışmaktan bunalıma girmiş.

"Bir stresteyim bir stresteyim ki sorma," diye sululuk yaptı.

Onunla uzun uzun çene çaldık. Bu, ikimize de iyi geldi.

***16 Aralık, Çarşamba***

Serbest saatte Mualla Hanım, "Kendinizi anlatan bir kompozisyon bekliyorum sizlerden," dedi.

Suphi yakındı. "Hocam, yani artık başka bir şeyler yapsak. Kaç haftadır kompozisyon yazıyoruz."

"Fena mı, bu kompozisyon konuları sayesinde kendini tanıyorsun," dedi Toprak.

"Ben kendimi zaten tanıyorum, Toprak Hanım."

"Sen öyle zannet."

"Çocuklar, çocuklar, lütfen tartışmayın," dedikten sonra Mualla Hanım, Suphi'ye döndü. "Bu konuları seçmemin nedeni kendinizi ve beklentilerinizi sorgulamanız. Sorgulayarak düşünmeye alışmanızı istiyorum. Ancak bu şekilde gelecekle ilgili kararlarınızı sağlıklı verebileceksiniz. Şimdi bu konular size sıkıcı gelebilir ama inanın, sonra bana teşekkür edeceksiniz."

Gerçekten de verdiği konular insanı düşündürüyor, insanın kendini tanımasına yardımcı oluyor. Hocamız haklı.

Akşam bir de baktım, annem eve ayağında -dikkat dikkat- lastik ayakkabılarla geldi.

"Anne," dedim. "Hayrola?"

"Ne varmış?"

"Ayağında lastik ayakkabı var."

"Evet, ne olmuş?"

"Hani senin yaşında kadın bunları giymezdi?"

"Aştım bunları Serracığım, aştım," diye bana laf attı. Sonra birden ciddileşerek, "Dün ayaklarım çok ağrıyınca, senin önerini uyguladım ve bir rahat ettim ki..." dedi.

"Sakalımız yok ki..."

"Hadi oradan maymun, hemen övünme," dedi ve ekledi. "İnsan çocuğundan da bir şeyler öğrenebiliyormuş demek ki..."

Yaa, işte böyle...

Şu yarışmanın sonuçlarını artık bir bildirseler...

*20 Aralık, Pazar*

Bu hafta ilginç bir şey olmadı. Hep sınavlar vardı; ders çalışmaktan neredeyse fıtık olacağız. Hafta sonunda işe gittim.

Annem, "Bunca dersin var, artık şu işi bıraksan," diyor.

Oysa ben işte dinleniyorum. Derslerden şişmiş kafam, orada boşalıyor sanki. Okulun ve derslerin dışında bir yer ve konu insanı dinlendiriyor. Ama gel de bunu aileme anlat. Dinlenmek için sanki odamda kalıp yatmalıyım. Bazen çok bunalıyorum.

Yarışma sonuçları da herhalde yakında açıklanır... Bir bildirseler de, şu bekleme bitse...

Aynı Dilek gibi, ben de feci stresteyim.

*25 Aralık, Cuma*

Bugün okula giderken içimden bir ses yarışmanın sonuçlandığını fısıldıyordu sanki. Öyle heyecanlıydım ki, doğru dürüst kahvaltı bile edemedim. Öte yandan, bunca sınav ve sıkı çalışma sinirlerimi bozmuş da olabilirdi, insanda can mı kalıyor.

Okula vardığımda bizimkiler nerede diye bakınırken, Mualla Hanımı gördüm. Kapıda durmuş, birini bekliyor gibiydi. İçimdeki ses, Mualla Hanım seni arıyor, sonuçlar belli olmuş, dedi bu kez. Ona doğru yürüdüm. Beni görünce, el sallayıp, "Serra, Serra," diye seslenerek yanına çağırdı.

Yarışma sonuçlandı ve ben kazanamadım. Şimdi bunu bana uygun bir biçimde söyleyecek, düşüncesi yıldırım gibi geçti aklımdan.

Kendini topla, Serra, dedim bir başkasıyla konuşur gibi, güçlü olmalısın. Annen ne demişti, "Olursa ne âlâ, olmazsa pekâlâ." Ve ağır adımlarla ona yönelirken, önemli olan katılmandı, diyerek için için telkinlerimi sürdürüyordum.

Mualla Hanım benim bu ağır çekim yürüyüşüme dayanamamış gibi koşaradım yanıma geldi. Gözlerinden ışıklar saçılıyordu.

"Kutlarım seni, Serracığım, kutlarım! Yarışmayı sen kazandın! Birincilik ödülünü kazandın," dedi bir solukta.

Böyle bir durumda kim olsa sevinir, değil mi? Oysa ben donmuş kalmıştım. Hiç ama hiç sevinemiyordum. Ne tuhaf! Sanki tüm duyguları tüketmiştim. Ne ağzımdan bir söz çıkıyor, ne de hareket edebiliyordum.

"Serra," diyerek beni sarstı Mualla Hanım. "Duymadın mı beni, kazandın diyorum sana."

"Şey... hocam..." dedim ve başladım ağlamaya. Ama ne ağlamak... Bu arada da sanki tüm bu yaşananlara, yabancı biriymişim gibi dışardan bakıyor ve ağlamama pek şaşıyordum. Herhalde aklımı kaçırıyorum, diye düşündüm bir an. Benim sevinmem gerek, öyleyse neden ağlıyorum?

Etrafımız doluvermişti. Mualla Hanım bana sarılmış, "Sinirleri bozuldu, ah canım," diyordu. Sıla'yla Dilek de yanımızdaydılar.

Dilek yavaşça, "Yoksa yarışmayı kazanamadı mı?" diye sordu.

Arkalardan biri bunu duymuş, "Serra niye ağlıyor?" diye sorana, "Katıldığı bir yarışmayı kazanamamış da ondan," diyordu avaz avaz.

"Üzülme be Serra," diyordu bir başkası. "Dünyanın sonu değil ya..."

Sonunda Mualla Hanım bu curcunayı, "Çocuklar, bir dakika susun, bir dakika," diyerek sona erdirdi. "Arkadaşınız Serra katıldığı yazı yarışmasını kazandı. Kaybetmedi, kazandı ve birincilik ödülünü aldı."

Bu kez alkışlarla, ıslıklarla bir kıyamet koptu.

"Öyleyse niye ağlıyor, hocam?"

"Sinirleri bozuldu da ondan." Mualla Hanım göğsüne dayadığı başımı okşuyordu.

"Strestendir," dedi birisi.

"Tabii, kolay mı..."

"Canım, ne var bunda..."

"Ne var olur mu, sen de yarışmaya katılsaydın, sen de strese girerdin."

Her kafadan bir ses çıkıyordu.

Mualla Hanım, "Serra, haydi git yüzünü yıka, sonra da öğretmenler odasına gel," diyerek beni Sıla'yla Dilek'e emanet etti.

Tuvaletlere doğru giderken mırıldandım. "Ay çocuklar, ne kadar aptalca davrandım. Herkesin önünde rezil oldum."

"Ne münasebet," dedi Sıla. "Sinirlerin nasıl gerilmiş olmalı ki, sonucu duyunca boşaldın."

"Bunlar sevinç gözyaşları, kızım."

"Ama çocuklar, hayret bir şey! Hiç sevinemiyorum, oysa beni yarışmaya yazacaklarını söylediklerinde havalara uçmuştum."

"Anti-klaymeks," dedi, o sırada yanımıza gelen Toprak.

"Ne, ne?" diye sordu Dilek. "Şunu ufalasan da, biz de anlasak."

"Yani doruğa ulaşmanın getirdiği bir tür depresyon." Sonra da bana döndü. "Kutlarım seni, Serra, güzel şeyler yapıyorsun."

"Sağ ol Toprak."

"Haydi sınıfta görüşürüz," deyip uzaklaştı. "Ohoo, Toprak'tan böyle övgüler kolay kolay gelmez, bilmiş ol Serra."

"Bilmem mi..."

"Kendini biraz toparlayabildin mi, Serra?"

"Evet, Sıla, şimdi çok daha iyiyim," dedim ve ekledim. "Biliyor musunuz, bunun nedeni sadece yarışma sonucunu duymam değil, son haftalarda o kadar gerilmiştim ki... Dersler, dershane ve belki de işe yetişme çabalarım; ayrıca Cüneyt meselesi... Hepsi çok üst üste geldi."

"Evet, evet," dedi Sıla başını sallayarak. Stresi ondan iyi kim bilebilir ki... Zavallı arkadaşım benim.

"Bence de asıl neden, üst üste pek çok şey yaşamış olman. Birikti, birikti ve sonunda patlak verdi."

"Ama bak," dedi Dilek. "Bir güzel hüngürdedin ve ferahladın. İyi bir ağlama gibisi yoktur." Dilek'in bu sözlerine hep birlikte güldük, sonra onlar sınıfa, ben de öğretmenler odasına yollandım.

Sevil Hanım, Mualla Hanımla birlikte beni bekliyordu. "Sana bir ıhlamur ısmarladım. Başarılı öğrencimizi böyle kızarmış gözlerle görmeyi hiçbirimiz istemeyiz, değil mi, Mualla?"

"Otur da konuşalım."

Karşılarına geçip oturdum ve ıhlamurumdan bir yudum aldım. Ohh, çok iyi geldi.

"Sonuç dün açıklanmış. Beni Evrim Dershanesi'nden arayıp bildirdiler, çünkü her hafta telefon edip sonuçlar belli oldu mu diye soruyordum."

"Teşekkür ederim, hocam."

"Tam da tahmin ettiğim gibi üslubunun akıcılığının yanı sıra yorumun onları etkilemiş. Olaya değişik ve taze bir bakış açısı getirmen senin yazının seçilmesinde belirleyici etken olmuş. Seni tebrik ederim, Serra."

"Teşekkür ederim, hocam."

"Şimdi senden bir fotoğraf ve özgeçmişini istiyorlar."

"Neden?"

"Dershanenin ilan tahtasına asacaklarmış."

"Sahi mi?"

"Tabii. Bu, diğer öğrencilere de bir dürtü olsun diye duyurmak istiyorlar. Sonra da, pasaportunu alıp konsoloslukta vize işlemlerini yapman gerek. Şunun şurasında yarıyıl tatiline ne kaldı."

"Ay hocam, ben bu işlerin nasıl altından kalkacağım?"

"Merak etme, pek de güzel yaparsın. Pazartesi sabahı ilk iş Emniyet Müdürlüğü'ne gidip pasaport almak için ne yapman gerektiğini öğrenirsin, sonra da o doğrultuda hareket edersin."

"Biletimi onlar mı alacak?"

"Niye sordun?"

"Ben hafta sonları Alga Tur diye bir seyahat acentasında çalışıyorum da, onlar eğer kazanırsan bilet işinde yardımcı olabiliriz demişlerdi."

"Bunu da sorar, sana bildiririm."

Mualla Hanım araya girdi. "Bu arada oradaki okullarda yapacağın konuşmayı da hazırlamaya başlasan iyi olur. Son dakikaya bırakma."

"Yapacak ne çok şey var," diye inledim.

"Aman yine strese girip ağlamaya başlama sakın," dedi Mualla Hanım gülerek. "Hepimiz sana yardımcı olacağız.

Ayrıca bu işleri yapmaya başlayınca gerisi kendiliğinden gelir."

"Haydi artık sınıfına gidebilirsin, Serra," dedi Sevil Hanım. "Haa, az kaldı unutuyordum. Yarın Evrim'de senin için küçük bir tören düzenlenecek, haberin olsun."

Ve ben tüm bu duyduklarımdan sonra zombiler gibi sınıfa gittim. Tabii çoktan ders başlamıştı. Kapıdan içeri süzülmeye çalışırken, ders kaynatmaya meraklı olan Suphi'yle Burak, "Oo, yazarımız geldi. Hocam, biliyor musunuz, Serra büyük bir yarışma kazandı," diye şamata yapmaya başladılar.

Coğrafya öğretmenimiz Fatma Hanım benim sınıfa geç geldiğimi görünce kaşlarını çatmıştı. Ama bu duydukları üzerine yüzünde önce şaşkınlık, sonra da memnuniyet ifadesi belirdi.

"Ne yarışması, neymiş bu, anlatın bakayım," dedi.

Neyse ki, Suphi lafı bana bırakmadı da, ben de yerime geçip oturabildim. Suphi uzattıkça uzatıyor, anlattıkça anlatıyordu.

Sonunda, "Tamam Suphi, aynı şeyleri yeterince tekrarladın," diyerek Fatma Hanım onu susturdu ve bana da, "kutlarım kızım seni," dedi.

Teneffüslerde gelip gelip beni tebrik ettiler. Melis hemen, "Gideceğin kentler harika," diye atıldı. "Sana orada mutlaka görmen gereken yerleri yazıp vereceğim."

Esin, "Amerika'da spor giysiler hem güzel, hem de buraya kıyasla ucuz. Kendine mutlaka bir şeyler al," diye salık verdi.

Burak, "Bana da şöyle fıstık gibi bir mektup arkadaşı bul," dedi.

Bu işe sevinemeyenlerse Aylin'le Simten'di. Başka türlü olsaydı şaşardım zaten. Ama kıskandıkları o kadar açıktı ki, yani bu kadar olur. Bir tebrik bile etmediler!

"İçleri kaldırmamıştır," dedi Dilek.

Öğle yemeğinde Sevil Hanım yanıma gelerek, "Senin bilet işin için onları aradım. Biletini istediği yerden alabilir ama mutlaka bir fatura kestirsin, dediler. Bir de ödemeyi banka havalesiyle yapabilmeleri için hesap numarası vermelerini istediler."

Bir telaş bunları not ettim. Bana ne kadar yabancı sözcükler bunlar. Yok fatura kesme, yok banka havalesi...

Bayrak töreninden sonra müdürümüz, "Bir dakika çocuklar," dedi. "Sizlere güzel bir haberim var."

Acaba... beni mi söyleyecekti. Etrafıma baktım, herkes merakla bekliyordu.

"Lise 2 öğrencilerimizden biri, Evrim Dershanesi'yle Amerikan Kültür Derneği'nin düzenlediği, Atatürk ve 10 Kasım konulu yazı yarışmasında başarılı olarak birincilik ödülünü kazanmıştır. Bu, öğrencimiz için olduğu kadar okulumuz için de bir övünç kaynağıdır. Öğrencimiz, yarışmanın ödülü olan ABD kültür gezisinde çeşitli kentleri ziyaret edecek ve oradaki lise dengi okullarda Atamızı tanıtıcı konuşmalar yapacaktır. Şimdi, bu başarılı öğrencimizi buraya davet ediyorum. Serra Noyan..." dedi ve alkışlamaya başladı.

Tüm okul alkışlıyordu. Bense yine donup kalmıştım.

Dilek beni itekleyerek, "Hadi kızım, gitsene..." dedi de kürsüye doğru yürümeye başladım. O ara gözümün ucuyla Aylin'i gördüm. Simten'e, "Öff, sıktı ama," dedi gözlerini devirerek. İşte bunu görmek beni öylesine sinir etti ki, gösteririm ben size, diyerek yürümek yerine koşmaya başladım.

Kürsüye vardığımda Müdür Bey beni yanına çağırdı. Çıkıp yanında durdum. Yüzüme de, sırf Aylinlere inat, kocaman bir gülücük oturttum.

"Seni tebrik ederim, Serra," dedi müdür bey ve mikrofona doğru eğildi. "Senin bizleri orada da en güzel biçimde temsil edeceğine inanıyoruz."

Aslında gülümseyip kürsüden inmem gerekirdi, ama Aylinlere öyle kızmıştım ki, sırf onları deli etmek için ben de mikrofona eğildim ve, "Elimden geleni yapacağım," dedim havalı bir biçimde ve beni alkışlayanlara coşkuyla el sallayıp kürsüden indim. Benim bu el sallamama öğretmenler hoşgörüyle gülümsediler, öğrencilerse büsbütün coşarak alkışlamaya devam ettiler. Aylin'le Simten'in yanından koşarak geçerken, onlara da anlamlı bir gülücük atmayı tabii ki ihmal etmedim. Mor oldular, mor...

"Hah şöyle," dedi Melis. "Neydi o sümsük halin?"

Servis arabasına bindiğimde olan bitenin bir bölümünü görmüş olan Mükremin Ağabey sordu. "Hayırdır, Serra, bir durum mu var?"

Ve tabii minibüsteki gönüllüler "durumu" ona da açıkladılar.

"Afferin sana," dedi Mükremin Ağabey. "Göreyim seni, göster o conilere Türk kızı nasıl oluyormuş."

Bu kez, "Tür-ki-ye se-nin-le gu-rur du-yu-yor," diye bir ağızdan tempo tuttu sulular.

Eve gelir gelmez telefonun başına geçtim ve önce annemi işinden arayıp müjdemi verdim. Eve gelmesini bekleyemezdim doğrusu. Sonra anneannemleri ve babaannemi aradım.

Babaannem hemen olaya kendi yorumunu getirdi. "Yani şimdi sen, kız başına oralara gideceksin; annen de buna izin veriyor, öyle mi? Ne diyeyim, Allah akıl fikir versin."

"Babaanne, bu okulların düzenlediği bir kültür gezisi."

"Ben onu bunu bilmem! Parmak kadar kız yaban ellere gönderilir mi hiç."

"Tamam, babaanne, tamam."

"Sen de iyice asi oldun, hiç laf söylenmez oldu sana."

O sırada annem geldi de, beni bu konuşmadan kurtardı, çünkü hemen telefonu ona uzattım. Zavallım, paltosunu bile çıkarmaya fırsat bulamadan, babaannemle boğuşmak zorunda kaldı. İki saat tartıştılar. Ne uçakların okyanusun derinliklerine saplandığı kaldı, ne de benim uyuşturucu satıcılarının eline düşme olasılığım... Annem nasıl da sabırla babaannemi ikna etmeye çalışıyordu, görülmeye değer. Telefonu kapatınca, bir, "Öff..." çekti ve paltosunu çıkarıp kendini koltuğa attı.

"Yani anne, sende de iyi sabır var."

"Kızım babaanneni olduğu gibi kabullenmeliyiz, ayrı bir dönemin kadını o. Yenilikler onu ürkütüyor, hepsi bu. Yoksa çok iyiniyetli." Sonra, "Hem artık bırak bunları da, bugün olup bitenleri anlat bana," dedi.

"Sen gelene kadar çay suyunu koymuştum. Bize birer çay koyayım da, öyle anlatayım," deyip mutfağa koşarken, arkamdan, "Hay Allah senden razı olsun, öyle de yorgundum ki, bir sıcak çay çok iyi gelecek," diye sesleniyordu.

Böylece çaylarımızı içerken ona günümü, Aylin'le Simten bölümü dahil, tüm ballı ayrıntılarıyla anlattım.

Sözlerim sona erince, bana şöyle bir baktı. "Vay Serra, vay," dedi. "Demek benim akıllı kızım, bunu da başardı."

"İkimiz el ele verince başaramayacağımız şey yok, değil mi anneciğim?"

"Evet, canım," dedi gözleri buğulanarak. "Sen yanımda olduktan sonra, en azından benim üstesinden gelemeyeceğim şey yok."

"Benim için de sen öylesin."

"Canım kızım benim," dedi yumuşacık bir sesle, sonra bu duygusal havayı değiştirmek istercesine, "Sırma'yı aradın mı?" diye sordu.

"Şimdi arayacağım."

Sırma haberimi duyunca önce bir çığlık attı, sonra da Defne Teyzeme sesinin son perdesinde müjdeyi verdi. "Annemin elleri yapmakta olduğu pasta nedeniyle hamurlu olduğundan telefona gelemiyor ve seni tebrik ettiğini iletmemi istiyor."

"Mesaj alınmıştır."

"Serra, çok şanslı kızsın."

"Ne demezsin!"

"Ne güzel gezeceksin, bizim filmlerde gördüğümüz o kentlerde dolaşacaksın. Ah ah... Hem belli mi olur, belki de uçakta yanına çok hoş biri düşer."

"Aman Sırma, hemen hayallere dalma."

"Nedenmiş? Olamaz mı?"

"Kızım, sen başka bir şey düşünmez misin?"

"Ya da belki o okullarda birini tanırsın, şöyle yakışıklı biri..."

"Uzak mesafe ilişkilerine yeni son verdim, eğer unuttuysan..."

"Canım, bu pekâlâ da orada okuyan bir Türk öğrenci olabilir ve yazın tatil için İstanbul'a gelince..."

"Ölme eşeğim ölme."

"Aman, Serra, ne kadar olumsuzsun."

"Hadi Sırma, daha Ayşegül'ü arayacağım."

"Peki canım, öpüldünüz."

Ayşegül de çok sevindi ve eski okulumdaki arkadaşlarıma, özellikle de Türkçe öğretmenimiz Vildan Hanıma bunu anlatacağını söyledi. Eminim Vildan Hanım sevinecek, çünkü ben okuldan ayrılırken, "Serra, sakın yazılarını ihmal etme," diye sıkı sıkıya tembih etmişti.

Bu satırları yazarken, başardığıma hâlâ inanamıyorum. Öte yandan, yavaş yavaş da olsa, artık sevinmeye başladığımı duyumsuyorum. Sanki içimdeki düğüm azıcık gevşedi ve incecik de olsa sevinç sızıntıları başladı.

Ne gündü ama...

Artık yatmalıyım, çünkü yarın yine yapılacak çok iş var.

Ya-şa-sın!

Ba-şar-dım!

***26 Aralık, Cumartesi***

Dershaneye gittiğimde Gelincik Hanımı görmemi söylediler, idari işler sorumlusuymuş. Sarışın, çekik yeşil gözlü, çok güzel bir hanım.

"Kutlarım seni, Serra," diyerek gülümsedi bana. Ona fotoğrafımı ve özgeçmişimin yazılı olduğu kâğıdı verdim.

"Saat on ikide, kurslar sona erince, senin için küçük bir toplantımız olacak. Sakın hemen ayrılma."

Böylece dersler bitince, İngilizce bölümüne gittim. Tabii orada kimsecikleri tanımadığım için öylece durup bekledim. Sonra o bölümün başkanı olan Şükran Hanım geldi. Kulağında çok ilginç gümüş küpeler vardı.

"Serra sensin, değil mi?" diye sordu, yüzünde kocaman bir gülücük.

"Evet, efendim, benim."

"Seni kutlarım, kompozisyonun çok güzeldi."

Bu sözler üzerine, o güler yüzlü hanımı daha da sevdim. Sonra sınıfa döndü. "Çocuklar, sizlere bu yılın yazı yarışmasını kazanan arkadaşınız Serra Noyan'ı tanıtmak istiyorum."

Kibar bir alkış...

"Bildiğiniz gibi arkadaşınız ABD'ye bir kültür gezisine gidip orada bazı okullarda konuşmalar yapacak. Amerikalı ailelerin yanında kalarak, onların toplumsal dokusunu yakından görecek ve döndüğünde bu izlenimleri bizlere aktaracak," dedi ve bana gülümsedi. "Ve şimdi, Serracığım, bu yarışmanın anısına sana küçük bir armağanımız var."

Gelincik Hanım, kırmızı bir kadife kutuyu açıp önce öğrencilere, sonra da bana gösterdi. İçinde bir plaket vardı. Plaketin üstünde Evrim Dershanesi'nin amblemi çiziliydi, altında da,

"*Serra Noyan*
*Birincilik Ödülü*
*Başarılarınızın devamı dileğiyle.*"

yazılıydı.

Şükran Hanım bana plaketi verdi, sonra yanaklarımdan öptü. Ardından da Gelincik Hanım elimi sıkıp o da yanaklarımdan öptü. Ve yine kibar bir alkışla tören sona erdi.

Plaketimi bağrıma bastığım gibi, uça uça Alga Tur'un yolunu tuttum. İçeri girer girmez, "Bilin bakalım, ne oldu," diye seslendim.

Suzy, "Yarışmayı kazandın," demez mi...

"Yani bu kadar cin olmak zorunda mısın?"

"Kutlarım, Serra, kutlarım," diyerek boynuma sarıldı.

Şebnem Hanım, "Afferin kız sana," dedi ve hemen telefona sarılıp karşıki pastaneden bizlere çörek ve çay ısmarladı. Bayan Bella da gelmiş, işin ayrıntılarını Suzy'den dinliyordu, çünkü Suzy olup biteni anlatmaya benden hevesliydi. Cennet canıma minnet, aynı şeyleri yineleye yineleye bay geldi.

Şebnem Hanıma biletle ilgili bana söylenenleri aktardım. "Sen merak etme, biz her şeyi usulüne göre yaparız," dedi ve ekledi. "Çocuklar, bizde bir yerlerde vize formları olması gerek."

Suzy hemen çekmeceleri karıştırdı ve bulup çıkardı. "Gerçi daha pasaportunu almadın ama hazır bu formlar elimizin altındayken birlikte doldurmaya başlayalım da sana kolaylık olsun."

Şebnem Hanım, "Sen davetiyeyle gidiyorsun, değil mi," diye sordu.

"Evet. Gelincik Hanım, Amerikan Kültür Derneği'nin bunu konsolosluğa bildireceğini söyledi."

"İyi, o zaman sorun yok."

İşler sakin olduğundan rahat rahat çöreklerimizi yiyip çaylarımızın tadını çıkardık.

Bu aydınlık ofisi ve içindeki aydınlık insanları çok seviyorum.

*28 Aralık, Pazartesi*

Sabah annemle Emniyet Müdürlüğü'ne gittik. Sora sora Pasaport Dairesi'ni bulduk. Etrafımıza bakınırken, sırada bekleyenlerden biri bize karşı duvarda asılı bir kâğıdı gösterdi. Kâğıtta pasaport almak için gerekli evrak yazılıydı. Ben not alırken, annem de doldurmamız gereken formları buldu. Bir köşeye çekildik ve kafa kafaya vererek formumu doldurduk. Sonra kasaya pasaport harcı yatırmamız gerekiyormuş, sıraya girip bu işi de hallettik. Ve elimizde tamamlanmış evrakla asıl sıraya girdik. Epeyce bir bekledikten sonra camlı bir bölmenin arkasındaki polis memuruna elimdekileri uzattım. Bir şeyler söyledi ama o camlardan ne dediği duyulmuyordu ki... Eğilip neredeyse kafamı o yuvarlağın içine sokarak, "Ne dediniz, duyamadım," dedim.

"Bir hafta sonra gelip pasaportunuzu alabilirsiniz."

Böylece pasaport serüvenimiz şimdilik sona ermişti.

Emniyet Müdürlüğü'nden çıktığımızda saat on bire geliyordu. Annem beni okula bırakıp işine gitti. Okula vardığımda bizimkiler yemekteydiler. Hemen bir tepsi kaptığım gibi bir şeyler aldım. Kurt gibi acıkmıştım.

Yemekten sonra Mualla Hanımı bulup bilet ve pasaport işlemlerime başladığımı rapor ettim. "Çok iyi, Serra, ben de senin işine yarayabilecek bazı şeyleri toparlamaya çalışıyorum."

"Ne gibi, hocam?"

"Şimdi sen okullarda konuşma yapacaksın ya..."

"Hiç hatırlatmayın, hocam."

"Konuşma yaparken, arkandaki tahtaya büyük boy bir Türk bayrağı ve Atatürk'ün güzel bir fotoğrafını assan, bence bu konuşmanı daha ilginç kılar."

"Haklısınız, hocam. Bu bir parça bizim dönem ödevlerimizi piyesleştirirken uyguladığımız yönteme benzeyecek."

"Evet, Serra, böyle ayrıntılarla onların dikkatini koruyabilirsin. En azından hakkında konuşma yapılan kişinin fotoğrafını ve o ülkenin bayrağını görmek, dinledikleri konuyu daha iyi kavramalarını sağlayacaktır. Haa, bir de..."

"Hocam, bu kez ne geldi aklınıza?" Yani bu bizim Mualla Hanım fikir küpü.

"Bir de dünya haritası bulacağım ve orada Türkiye'yi kırmızıya boyayacağım. Böylece, bunu da astın mı, Türkiye'nin dünyanın neresinde olduğunu görecek ve unutmayacaklardır. İnsan gördüğünü daha iyi anımsıyor."

"Ay hocam, ne güzel olur. Bir tarafta dünya haritası, öbür tarafta Türk bayrağı, ortaya da Atatürk'ün resmini asarım. Ve... konuşmamı yaparım."

"Güzel," dedi ve ekledi. "Ben yine de biraz daha düşüneyim."

Derslerden sonra tam servisime gidiyorduk ki, Melis koşa koşa yanıma geldi. "Serra, yılbaşı gecesi ne yapıyorsun?"

"Jetime atlayıp Paris'e gideceğim, orada yemeğimi yedikten sonra New York'ta diskoya gidip sabahlara kadar dans edeceğim."

"Aman sen de..."

"Melisçiğim, ben yılbaşı gecesi ne yapabilirim ki, ailemle olacağım tabii. What a question, yani."

"Ay, İngilizceni sevsinler..."

"Tabii, özellikle de şu Amerika işi çıkalı, annemin öğüdüne uyup pratik yapıyorum."

"Biraz gecikmedin mi?"

"Zararın neresinden dönülse kârdır. OK?"

"Sulu sen de... Bak şimdi, yılbaşı gecesi evimde bir parti veriyorum. Kaan Amerika'dan geliyor, bu biraz da onun şerefine olacak."

"Ne güzel."

"Sen de davetlisin. Lütfen gelemem deme."

"Bilmem ki..."

"Canım ne demek bilmem ki, sadece bizler olacağız."

"Ama biz hep ailece yemek yeriz yılbaşında."

"Yemeğini ye, ondan sonra gel o zaman."

"Valla uzun sözün short'u, düşünmem ve bazı görüşmeler yapmam gerek."

"Haydi göreyim seni."

Mükremin Ağabeyin kornası acı acı yankılandı. "Eyvah, bu bir kızgınlık belirtisidir. Hadi yarın görüşürüz," dedim ve koşmaya başladım.

Melis ise arkamdan bağırıyordu. "Seni mutlaka bekliyorum, ona göre."

Akşam yemekten sonra annemin kahvesini içmesini bekledim. Özel bir izin alacağım zaman uyguladığım bu taktik genellikle iyi sonuç verir. Karnı doyup kahvesini içtiği zaman daha bir uyumlu oluyor.

"Anneciğim," dedim. "Melis beni kendisinin düzenlediği yılbaşı partisine davet etti."

Ortaya yeni bir konu geldiğinde yaptığı gibi, oturduğu yerde huzursuz huzursuz kıpraştı.

"Nerede olacak bu parti?"

"Evinde."

"Annesiyle babası da olacaklar mı?"

"Herhalde. Aslını istersen bilmiyorum ama sorabilirim. Ayrıca Melis, Aylin'le Simten gibi değildir, o konuda rahat olabilirsin."

"İyi de..." dedi ve durup düşündü.

"Ne düşündüğünü biliyorum, anneciğim, aslında bu beni de rahatsız ediyor. Biz yeni yılı hep ailece kutluyoruz. Hem ailemden vazgeçemiyorum, hem de parti cazip geliyor. Ayrıca ilk kez bir yılbaşı partisine davet ediliyorum."

Ben konuyu böyle açıkyüreklilikle ortaya koyunca, annemi de kendi safıma çektiğimi hissettim. Karşılıklı derin derin düşünüyorduk.

"Bana göre hava hoş," dedi annem. "Gideceğin yer güvenli olduktan sonra senin eğlenmeni isterim. Üstelik bu yıl o kadar çok çalıştın ki, biraz eğlenmek senin de hakkın. Ama ya annemler alınırsa..."

"Ben de aynı şeyden korkuyorum."

Bir süre daha arpacı kumruları gibi düşündük. Sonra annem, "Ben bir ağızlarını arayayım, bakalım ne diyecekler," dedi. "Tabii bir de o saatte nasıl gidip eve nasıl döneceğin meselesi var."

Aklımdan, acaba Melislerin şoförü beni alıp bırakabilir mi, diye bir soru geçti ama ona bunu soramazdım. Neyse, bakalım...

Anneme, Mualla Hanımın konuşmamla ilgili fikirlerini söyledim, çok beğendi.

"Ben de, şu yılbaşı geçsin, seninle bir çarşıya çıkalım, diyecektim. Seyahat için eksiklerin neyse tamamlayalım."

"Her şeyim var."

"Ufak tefek armağanlar almamız lazım."

"Neden?"

"Yanında bulunsun, bakarsın gerekir."

"Aman anne, iş çıkarma başımıza."

"Canım, küçük şeylerden söz ediyorum. Nazar boncukları, kenarı oyalı yemeniler filan..."

"Ben şu anda yapacağım konuşmadan başka bir şey düşünemiyorum."

"Sahi, bir de onu hazırlaman gerek."

Oturduğum yerden dışarı baktım. Kiraz ağacı karın altında yine muhteşemdi. O, evimizi kucaklayacakmış gibi duran güçlü dallarıyla pencereden bize bakıyor, bizi dinliyordu sanki.

Annem düşüncelerimi okumuşçasına, "Kiraz ağacı ne kadar güzel değil mi Serra?" dedi.

"Karlar Kraliçesi," dedim.

Annem güldü. "Gerçekten de bir kar kraliçesine benziyor." Kar taneleri sessiz, sakin düşüyordu. Toprağa, evlere, kiraz ağacına... Bir süre daha kar yağışını seyrettik, sonra odalarımıza çekildik.

***29 Aralık, Salı***

Sabah Melis hemen yakama yapıştı.

"Ne oldu? Sordun mu? Geliyor musun?"

"Valla Melis, annem dedemlerin bir ağzını arayacak. Bakalım ne diyecekler. Birde..."

"Bir de, ne var?"

"Bir de o saatte sana nasıl geleceğim, sonra eve nasıl döneceğim? Belki dedem..."

"Hiç dedeni karıştırma bu işe," diye lafımı kesti Melis. "Bizim şoför gelir seni alır, sonra da evine bırakır."

"Ama olur mu?.."

"Neden olmazmış, bal gibi olur. N'olur biraz daha dene."

"Başka kimler olacak, Melis?"

"Tabii ki Esin. Dilek gelebilirim dedi. Onu Burak alıp getirecek, evleri yakınmış."

"Ya Sıla?"

"Sıla isteksiz göründü. Anladığım kadarıyla, onlar ailece kutluyorlarmış ve bu konuda da oldukça katılarmış."

Ah, dedim içimden. Kızcağızın durumunu bir bilsen. Bir kere annesi hasta. Hem de ölümcül hasta. Sıla ister istemez, bu belki de birlikte son yılbaşımızdır, diye düşünüyordur. Üstüne üstlük hödük bir adamı seviyor. O hödük de onun her şeyini kısıtlıyor; hiç getirir mi senin partine?

Tabii bunların hiçbirini söyleyemediğimden, "Eğer durum böyleyse, hiç ısrar etme, Melis," dedim.

"Suphi gelirim dedi ama ona da güvenilmez, bilirsin. Gelirim der, kalkar başka yere gider. Serhat'a çok ısrar ettim ama onun da durumu umutsuz. Üstelik onun ailesi yeni yıl eğlencelerine karşıymış."

Sırf dalına basmak için sordum. "Aylin'le Simten'i çağırmıyor musun?"

"Şaka yapıyor olmalısın," deyince kahkahaları koyverdim.
"Zaten onları çağırsaydın, ben gelmezdim."
"Sadece sevimsiz olsalar yine bir derece ama Ankara'ya gittiğimizde gördün hallerini..."
"Tabii canım! Ben zaten bakalım ne diyeceksin diye öyle söyledim."
"Seni hınzır... Ha, bir de Rana diye yazlıktan bir arkadaşım vardı ya... hani bir kez beraber olmuştuk. Anımsıyor musun?"
"Evet, o hoş kız."
"İşte o da gelecek ve yine yazlıktan birkaç kişi olacak."
Böylece tüm bilgileri aldıktan sonra akşam anneme hepsini aktardım. Özellikle arabayla alınıp eve bırakılmama pek memnun oldu.
"Peki," dedim. "Sen dedemlerle konuştun mu?"
"Deden bize küçük, sempatik bir restoranda yer ayırtmış. Ben daha önce oraya gitmiştim. Dekoru çok hoş; her taraf ahşap, masalarda küçük kırmızı lambalar var, tam senin beğeneceğin türde bir yer."
"Yaa... Demek bir de yer ayırtmış, nasıl söyleyeceğiz."
"Ben biraz çıtlattım."
"Ne dedi?"
"Sordu, soruşturdu, sonra da, 'Artık o, on yedi yaşında bir genç kız; anlaşılan gitmek de istiyor, yoksa sen bütün bunları bana anlatmazdın,' dedi."
"Dedem bu. Hiç gözünden bir şey kaçar mı..."
"Ben de şöyle söyledim, Serra."
Dikkat kesilmiş dinliyordum.
"'Serra bizlerle yemek yiyip yeni yıla birlikte girmek, sonra da arkadaşlarıyla buluşmak istiyor,' dedim. İyi demiş miyim?"

Gerçi kararı ben değil, annem vermişti ama ben de olsam aynı öneriyi getirirdim. "Çok iyi demişsin, anneciğim," diyerek boynuna sarıldım. Sorun harika bir biçimde çözülmüştü.

"Melislerin şoförü seni restorandan alır, çünkü gideceğimiz yer Etiler'de."

"Harika! Melislerin evi de o civarda."

"Sonra da seni getirip eve bırakacak değil mi?"

"Kesinlikle."

"İyi! Artık gazetelerimi okuyabilir miyim?"

"Elbette."

Tam okuma gözlüklerini takıyordu ki, "Anne, neden lens kullanmayı denemiyorsun?" dedim.

"Sen de çok oluyorsun artık."

"Ama bak lastik pabuçlardan ne kadar memnun kaldın."

"Hadi hadi, git başımdan."

Yılbaşı programım lokum gibi oldu. Şıkıdım, şıkıdım!

***1 Ocak, Cuma***

Sevgili kiraz ağacım, saat sabahın üçü...

Az önce eve geldim, annemin ışığı yanıyordu. Ona kendimi gösterdim (salimen geldim diye), sonra da pijamamı giydim ve işte şimdi senin karşındayım.

Düşünüyorum da, şu bir yıl içinde ne çok şey olmuş. Geçen yılbaşını Ankara'da kutlamıştık. O zamanlar Cüneyt'le aram çok iyiydi. Sonra annemin tayini çıktı, arkadaşlarımdan ayrılacağım için ne kadar üzülmüştüm. İstanbul'a taşınışımız, yeni okul, yeni arkadaşlar... Hiç arkadaşım olmayacak diye ne kadar korkmuş, sırf arkadaşsız kalmayayım diye herkesi memnun etmek için nelere katlanmıştım. Yine sırf yalnız kalmayayım diye Aylin ve Simten gibilerle arkadaş olup boyumun ölçüsünü almıştım. Ama bütün bunlar bana kendi başıma ayakta kalmayı öğretti. Kişiliğinden ödün verince, insanın ne kadar mutsuz olabileceğini gösterdi. Kendi kişiliğim doğrultusunda davranınca, ona göre arkadaşlar edindim. Artık bir tek arkadaşa bağlı değilim, çeşit çeşit arkadaşlarım var. Sıla ve Dilek'le her konuda anlaşıyorum, onlarla konuşabiliyorum. Melis ve Esin'le hoşça vakit geçiriyor, Toprak'tan çok şey öğreniyorum. Her biri bana ayrı şeyler veriyor, ben de onlara. Arkadaşlık hakkında bir yerde çok güzel bir şey okudum.

*Üç çeşit arkadaşlık vardır:*

*Birincisi ekmek gibidir, her zaman ihtiyacınız vardır. İkincisi ilaç gibidir, lazım olursa ararsınız. Üçüncüsü mikrop gibidir, o gelir sizi bulur.*

Bu yılsa, gelecekte kendi ayaklarımın üstünde durabilmenin yollarını öğrenmeye çalışıyorum. Geleceğimle ilgili kararlar hakkında düşünüyor, araştırıyor, soruşturuyorum. Hatta çalışarak kendimi deniyorum. Kendi yıldızımı arıyorum; çizeceğim hayat yolunu alışılmış fikirlerin değil, kendi yıldızımın ışığı aydınlatsın istiyorum. Mutluluğu başkalarının gözlerinde değil, kendi içimde arıyorum.

Bu yıl bir büyük acı, bir de büyük sevinç yaşadım. Cüneyt'ten ayrıldım. Bu beni hâlâ üzüyor. Ama geçecek, bu da geçecek.

Bir yarışma kazandım. Bu da bana yeteneğim olan alanda çaba gösterirsem, sonuç alabileceğimi gösterdi. Kazanmasaydım da mutlu olurdum, çünkü yeniden yazmaya başladım ve bir yarışmaya katıldım; kendimi denedim ve deneyim kazandım, diye düşünürdüm. O yazıyı da başkaları için değil, kendim için yazmıştım zaten.

İşte bir yılın dökümü...

Evet, gelelim bu gecenin nasıl geçtiğine... Anneannemlerle çok tatlı bir restorana gittik. Her yer balonlarla, yaldızlı kâğıtlarla süslenmişti. Dedem müziği kendi zevkine uygun bir yer seçmişti, yani teypten hafif müzik çalıyordu. Canlı müziği sevmiyor, kafam şişiyor diyor. Yemekler de nefisti ama birbiri ardına öyle çok yiyecek getirdiler ki, sıra hindiyle pilava geldiğinde kimsede yer kalmamıştı.

Gece yarısına doğru, içinde şapkalar, düdükler ve kâğıttan kolyeler bulunan paketler dağıttılar. Herkes şapkaları giydi, boynuna kolyeleri taktı ve düdükleri öttürmeye başladı. Koca koca adamlar, başlarındaki yaldızlı sivri külahlarla o kadar komiklerdi ki... Ve –saat on iki! Hepimiz birbirimizle kucaklaştık, öpüştük, birbirimize iyi yıllar diledik.

Böyle anlarda çok duygulanıyorum. Ailemin her bir bireyinin, hele de annemin, benim için ne kadar değerli olduğunu derinlemesine anlıyorum sanki. Allahım, onlara çok uzun ömür ver.

Derken bir garson masamıza gelip Serra Hanımı sordu.

Melis'in şoförü gelmişti anlaşılan.

Dedem, "Haydi canım," dedi. "Git, eğlenmene bak."

Melis evi bir süslemişti ki, bu kadar olur. Üzeri kırmızı fiyonklarla bezeli kocaman bir çam ağacı salonun bir köşesini kaplamıştı. Alışılmış yılbaşı topları ve süsler yerine bu kırmızı fiyonklar çok şık duruyordu.

Yemek masasını ise yeşil çam dalları ve kırmızı mumlarla renklendirmişti. Masanın üstünde pastalar, kurabiyeler ve çeşitli meyvelerle doldurulmuş tabaklar vardı. Beyaz peçeteleri rulo yapmış, kırmızı kurdelelerle bağlamıştı. Şöminenin içinde kalın beyaz kumlar yanıyordu.

"Sen dekoratör olmalısın," dedim Melis'e.

"Demek beğendin," dedi ve ekledi. "Ama sabahtan beri uğraşıyorum, n'aber." Omuzlarını açık bırakan pembe giysisinin içinde çok hoştu.

"Merhaba, Serra." Kaan o rahat tavrıyla bana doğru geliyordu.

"Kaan," dedim. "Hoş geldin, nasılsın?"

"İyiyim, hele burada sizlerle olunca, çok daha iyiyim."

"Seni görmek ne güzel."

"Benim için de sizleri görmek çok güzel," dedi ve Melis'e bakarak gülümsedi. "Eksik olmasın Melis bu partiyi düzenledi de bir araya gelebildik."

Melis, Kaan'ın koluna girdi. "Biliyor musun, Serra on beş gün sonra Amerika'ya gidiyor."

Kaan şaşırmıştı. "Sahi mi?"

"Neden gidiyor diye sormayacak mısın?"

"Neden?"

"Bir yazı yarışması kazandı da ondan. Ödülse ABD'de on günlük bir gezi. Yaa, Kaan Bey, bak ne cevherler var bizde."

"Ona ne şüphe," dedi Kaan hemen. "Seni kutlarım, Serra, bu büyük bir başarı."

"Haydi siz oturup konuşun, benim biraz dolaşmam gerek," diyerek Melis bizi baş başa bırakıp diğer konuklarına yöneldi. Bir süre Amerika'dan söz ettik. Kaan yarışma hakkında sorular sordu. Gerçekten ilgilendiği sorduğu sorulardan belliydi, epey sohbet ettik. Öyle huzur veren bir kişiliği var ki, insan yakın akrabasının yanındaymış gibi hissediyor kendini.

Bizimkiler dans ediyorlardı. Tanımadıklarım, Melis'in yazlıktan arkadaşları olmalıydı. Müziğin temposu hızlanınca, Melis yanımıza geldi. "Haydi oturmak yasak, herkes dans edecek." Böylece hep birlikte dans etmeye başladık. Dilek ortalarda dolaşıyor, ona buna sataşıyordu. Neşe küpü bu kız. Burak bir köşede Rana'yla konuşuyordu. Rana alev kırmızısı giysisinin içinde pek göz alıcıydı.

"Suphi nerede?" diye sordum Melis'e.

Omzunu silkti. "Belki beş kez aradı. Bir geliyorum, dedi, bir yoldayım, bir galiba arkadaşlarla burada kalıyorum. Aman, ne hali varsa görsün."

Saat ikiye geliyordu. Rana ve ötekiler kalktılar. Melis, "Ama niye gidiyorsunuz," diye mızıklandı.

Rana, "Biz daha karşıya geçeceğiz. Bak saat kaç oldu, ancak varırız," dedi. Böylece büyük bir grup halinde ayrıldılar. Yanlarında da Burak...

Biz de kalktık. Melis, bu kez bizi oturtmaya çalıştı.

"Melis," dedim. "Bu benim ilk gece çıkışım. Abartırsam, annem bir daha izin vermez."

"Amaan siz de," diye somurttu ama sonra gülerek, "pekâlâ, nasıl isterseniz, şoföre söyleyeyim de Dilek'le seni evlerinize bıraksın," dedi.

Kaan'la vedalaştık. "İyi yolculuklar ve konuşmalarında başarılar..."

"Teşekkür ederim, sana da iyi yolculuklar," dedim ve Melis'i bu güzel parti için kutladım. Birbirimize iyi yıllar dileyerek oradan ayrıldık.

İşte bu yılbaşım da böyle geçti. Gerçekten çok güzeldi. Hem ailemle, hem de arkadaşlarımla bir arada olabildim. İnsanın anlayışlı bir ailesi olması ne iyi.

Kiraz ağacı, gözümden uyku akıyor. Sana da harika bir yeni yıl diliyorum ve yatağıma gidiyorum.

Lay-lay-lom.

### *3 Ocak, Pazar*

Hafta sonunu yapacağım konuşmayı hazırlayarak geçirdim. Önce Türkçe yazdım, sonra İngilizceye çevirmeye çalıştım. Bir zorlandım, bir zorlandım. Sonunda o kadar moralim bozuldu ki, kalkıp annemin yanına gittim.

"Anne," dedim. "Olmuyor, olmuyor. Bir türlü konuşmamı hazırlayamıyorum."

"Dur hemen telaşa kapılma. Ver şu kâğıdı, bir de ben bakayım."

Ona müsveddeyi verip karşısına oturdum.

Annem çabucak okudu sonra, "Ama, Serracığım, bu hiç de sade bir konuşma değil. Tabii moralin bozulur."

"Üff," dedim. "Ne yapayım, elimden bu kadar geliyor."

"Hadi hadi somurtma da, şunu seninle beraber kısaltıp sadeleştirelim."

Ve annem pek çok yeri çizerek konuşmamı kuşa çevirdi.

"Ama şimdi de çok basit oldu," dedim bu kez ağlamaklı bir sesle.

"Hiç de değil! Bir kere bunu İngilizceye çevirmen çok daha kolay olacak. İkincisi, dinleyenleri sıkmamış olacaksın. Uzun konuşmalardan nefret ettiğini söylemez misin hep?"

"Evet."

"İyi ya işte. Sen de kısa konuşmalısın ki, kendini dinletebilesin."

"Yani şimdi bu çocuk konuşması gibi yazı iyi mi, beğenirler mi?"

"Bence, senin ilk hazırladığından çok daha iyi. Sade, net ve kısa."

"Peki öyleyse," dedim ve bu kez sadeleştirilmiş konuşmamı İngilizceye çevirmek için odama kapandım. Gerçekten de, bu kez o kadar zorlanmadan İngilizcesini yazdım. Ama yine de bir saatimi aldı.

"Anne, anne, oldu," diyerek yanına koştum. "Oku bakayım."

Yazdıklarımı tane tane okuyup sordum. "Nasıl olmuş?"

"Bence gayet iyi. Türkiye'yi ve Atatürk'ün önemini çok güzel anlatmışsın."

"Ama cümleler çok kısa ve çok basit."

"Kızım, kaç kere söyleyeceğim sana, sen orada bir edebiyat panelinde konuşma yapacak değilsin ki... Senden beklenen, Türkiye nerededir, nüfusu ne kadardır, nasıl bir ülkedir önce bunu anlatman; sonra da Atatürk'ü onlara tanıtman."

"Öyleyse bu konuşma idare eder."

"İçini ferah tut, gayet iyi olmuş."

"Ohh, şükürler olsun, bu da bitti. Bundan böyle bütün yapacağım, ara ara üstünden geçmek olacak."

"İyi fikir."

Tekrar odama çekilip konuşmamı bir güzel temize çektim.

Ve bunu Mualla Hanımın konuşmalarım sırasında kullanmam için bulduğu Atatürk portresi, bayrak ve dünya haritasını sakladığım dosyaya yerleştirdim.

Şu yazı bitti ya, kendimi büyük ölçüde hazır hissediyorum artık.

Yarın pasaportumu alacağız.

*4 Ocak, Pazartesi*

Bu sabah annemle yine Emniyet Müdürlüğü'ne gittik ve hiçbir sorun çıkmadan pasaportumu aldım. Ohh, bir iş daha aradan çıktı.

Artık benim de bir pasaportum var. Lay-lay-lom.

*6 Ocak, Çarşamba*

Sabah annemle Amerikan Konsolosluğu'na gittik. Eyvah ki eyvah, o ne kuyruk öyle. Hafiften hafiften kar da atıştırmaya başlamaz mı...

"Anne," dedim. "Bize hayatta sıra gelmez."

"Buraya kadar gelmişiz, bekleyelim bakalım."

Ve ister inan ister inanma sevgili kirazı ağacı, tam bir saat sonra sıra bize geldi. Neyse ki, içeri girebildik. Kimisi bekliyor, bekliyor, tam sıra ona gelince, vakit dolduğundan kapılar kapanıyormuş.

Ona dert anlat, buna dert anlat, sonunda benim konumdan haberi olan biri geldi de gıcır pasaportumla evrakı teslim edebildim. İki gün sonra; öğleden sonra gelmemizi söylediler.

Okula geldiğimde saat on ikiye geliyordu. Mualla Hanım, konuşmamı yazıp yazmadığımı sordu. Hazır olduğumu öğrenince rahatladı. "Bir ara getir de göreyim," dedi. Bana bu kez de minicik bir kitap verdi, içinde Türkiye'yle ilgili her türlü bilgi varmış.

"Bunu aslında turistler için hazırlamışlar ama bence senin de işine yarayabilir. Örneğin, sana soru sorabilirler, yanıtını bilmiyorsan bu kitaba bakar, cevap verirsin."

"Ülkem hakkındaki soruları yanıtlayamamak ne kadar utanç verici olur ama."

Mualla Hanım, bir an düşündü, sonra, "Bence sen bu kitabı bir karıştır," dedi. "Temel konuların üstünden geç ama bir ayrıntıyı bilemezsen de, bunda utanılacak bir şey yok, her şeyi aklımızda tutamayız ya... Özür dilerim, bu konuda bilgim yok dersin ve kitabı açar, oradan cevabını verirsin. Yeter ki, kitabı iyice elden geçir, hangi konu nerede, onu bil."

"Çok teşekkür ederim, hocam."

Bu Mualla Hanımın aklına neler de geliyor. Küçük kitapla şimdi kendimi daha güçlü hissediyorum. İnsan her konuyu aklında tutamaz ki... Bu lafa bayıldım!

***8 Ocak, Cuma***

Bugün öğleden sonra bahtı kara anacığımla konsolosluğa gittik. Kadıncağız benimle birlikte oradan oraya koşuyor. Konsolos yardımcısı çok tatlı bir adamdı, vizemi verirken beni tebrik etti. Yaa azizim, böyle özel muamele görmek hoş bir şey.

Akşam babaannem aradı. "Yani şimdi sahiden gidiyor musun?"

"Tabii babaanne, kaç gündür boşuna mı koşuşturuyoruz."

"Aman, sanki madalya verecekler de..."

Ne dersin... Böyle söze ne dersin...

"Serra?"

"Efendim."

"Dikkatli ol, e mi kızım." Giderek kabulleniyordu galiba. "Babaanne, beni merak etme, hem orada hep ailelerin yanında olacağım."

"Madem öyle..." dedi isteksiz isteksiz.

"Bak, babaanneciğim," dedim bu kez onun çaresiz sesine acıyarak. "Bunu dershane düzenliyor, onlar cadılar gibi her gittiğim yeri denetliyorlar. Boşuna üzme kendini..."

"Peki, haydi annene selam söyle."

"Onunla konuşmayacak mısın?"

"Ben dün gece karışık rüyalar gördüm de, onun için bir sesini duyayım dedim, yoksa söyleyecek önemli bir şey yok."

"İlahi babaanne, ömürsün."

"Senin de torunların olsun, bak o zaman beni nasıl anlayacaksın."

İşte bu da böyle bir konuşmaydı.

***9 Ocak, Cumartesi***

Şebnem Hanım biletimi hazırlamıştı.

"Çok teşekkür ederim," dedim ve çekinerek sordum. "Bir de hesap numarası verecektiniz."

"Merak etme, Serracığım, dershaneyi arayıp Gelincik Hanımla görüştüm. Her şey hallolmuştur."

Suzy, "Vize alırken bir sorun çıkmadı, değil mi?" diye sordu.

"Tam tersine," diye böbürlendim. "İşimizi çabucak yaptılar ve beni tebrik bile ettiler."

"Oo, iyisin, Serra."

"Evet," dedim derin bir nefes alarak. "Pasaportum, vizem, biletim ve konuşmam hazır."

"Gördün mü bak," dedi Şebnem Hanım. "Nasıl yapacağım onca şeyi diye dövünüp duruyordun."

"İşe girişince, gerisi geliyormuş,'" dedim Şebnem Hanıma hak vererek.

Suzy bana bir deste broşür verdi. New York, Washington, Tampa hakkında bilgiler ve insanın ağzının suyunu akıtan fotoğraflar vardı, bu broşürlerde.

"Ay, ben buralara mı gideceğim?"

"Al oku da, fikrin olsun."

"Suzy, beni çimdikle de rüya görmediğime inanayım." Suzy halime gülüyordu. "Düşünsene, Suzy, ilk kez yurtdışına gidiyorum, hem de tek başıma. Kendi başıma..."

"Ben de geçen yıl Almanya'ya giderken aynı senin gibi heyecanlanmıştım. Gerçekten büyük bir deneyim, insan her şeyini kendi düşünmek zorunda kalıyor."

"Eyvahlar..."

"Yok yok, öyle deme. Pekâlâ da idare ediyorsun, ne gerekliyse onu yapıyorsun. Ve bu insana müthiş bir güven duygusu veriyor. Örneğin, ben artık kendime güveniyorum."

"Umarım ben de senin gibi hissederim bu yolculuk sonunda. Bazen, benim işim ne oralarda, diye düşünüyorum."

"Git gel, bana hak vereceksin."

"Umarım," dedim yine.

*10 Ocak, Pazar*

Dershaneden sonra annemle Akmerkez'de buluştuk. Annem yanlarında kalacağım aileler için armağan almamız gerektiğini söyleyip duruyordu. Böylece ayaklarımıza karasular inene kadar dolaştık, sonunda üzeri nakışlı üç adet örtü aldık.

Örtüleri aldık, bu iş bitti, diye sevinirken, annem bu kez de başka bir dükkâna sürükledi beni. Mavi boncuklu bir sürü ıvır zıvır aldı. Mavi-boncuklu bilezikler, küpeler, anahtarlıklar...

"Ne gerek var," diye söylenip duruyordum.

"Yanında bulunsun, bakarsın lazım olur. O zaman çıkarır verirsin."

Üç kutu da lokum aldık. Yine ailelere... Sonra bana yeni bir gecelikle sabahlık aldık. Sırma kulakların çınlasın. Malum, o süslü çamaşırlara bayılır.

Akmerkez'de çilem doldu sanmıştım. Meğer eve gelince, devam edecekmiş. Annem, "Hem kış, hem yaz mevsimini yaşayacaksın. Onun için şu yazlıklarını bir çıkaralım da bakalım, yanına neler alman gerek," demez mi... Bak bu hiç aklıma gelmemişti. Benim orada bulunacağım tarihlerde, New York ve Washington'da kış, Tampa'daysa ılık bir bahar havası olacakmış.

Haydi dolaplar açıldı, giysiler ortaya döküldü. Onu mu koysak, bunu mu alsak, resmen içime fenalıklar geldi. Sonunda annem bana sinirlendi. "Yardımcı olmayacaksan, bari homurdanarak ayak altında dolaşma da, ben rahat rahat valizini hazırlayayım," diye bana çıkıştı.

"Gitmeme daha tam bir hafta var."

"Sanki hafta içi çok vaktimiz var da..."

Doğru söze ne denir, ikimiz de hafta içinde deliler gibi koşuşturuyoruz, yemek yemeye zor vakit buluyoruz.

Böylece akşam saat ona kadar uğraştık ve sonunda nelerin gideceğine kesin karar verildi. Şimdi her şey misafir odasındaki yatağın üstünde yığılı. Bu arada benim odam da altüst olmuş durumda tabii ve bu saatten sonra ders çalışacağım. İyi mi...

***15 Ocak, Cuma***

Bugün okulda veda günümdü.

Sevil Hanımla Mualla Hanım bana şans dileyip gezimin çok başarılı geçeceğinden emin olduklarını söylediler.

Melis'le Esin işin renkli tarafını vurgulayıp bol bol gezmemi ve alışveriş yapmamı öğütlediler.

Suphi ise, "Abi yaa, kızdaki şansa bak," deyip duruyordu.

Toprak, "Vahşi kapitalizmin göbeğine gidiyorsun, dönünce neler anlatacağını merak ediyorum," dedi.

Burak, "Bana bir mektup arkadaşı bulmayı unutma. Güzel olsun ama..." deyince Dilek lafı yapıştırdı. "Sanki yüzünü göreceksin de..."

Sıla bana sarıldı. "Güle güle git, güle güle gel, Serracığım." Serhat ise, "Kendine iyi bak," diyerek hafifçe sırtıma vurdu. Böylece kapı önü vedalaşmamız sona erdi. Ben de, "Hepinize bomba gibi bir yarıyıl tatili diliyorum," dedim. "Görüşmek üzere..." sesleri arasında herkes kendi servis arabasına yöneldi.

Gideceğime hâlâ inanamıyorum. Bütün bu hazırlıklar sanki benim için değil de, başka biri için. Şaka değil, gitmeme bir gün kaldı.

Pazar sabahı uçacağım.

Düşündükçe yüreğim hop ediyor.

### *16 Ocak, Cumartesi*

Babam aradı ve bana iyi yolculuklar diledi. Benimle ne kadar gurur duyduğunu ve orada da başarılı olacağıma inandığını söyledi.

Sonra babaannem aradı. "Oraya varınca bizi hemen ara," dedi. Başka bir şey söylese şaşardım.

Sırma Hanım aradı. Siparişleri varmış. Göğüsleri büyük gösteren sutyenler varmış da, acaba onlardan bir ten rengi, bir beyaz, bir de siyah getirebilir miymişim?

"Kızım," dedim. "Oraya alışverişe değil, kültür gezisine gidiyorum. Kapı kapı dolaşıp sutyen aramamı beklemiyorsun herhalde."

"Canım hep okulları gezecek değilsin ya, mutlaka seni çarşılara da götürürler. N'oluuur..."

"Üff ama, Sırma..."

"Aman, peki peki. Kırk yılda bir şey istedik..."

Hay Allah, şimdi de bana, kendimi suçlu hissettirmeyi becermişti. Bu kızla başa çıkılmaz.

"Pekâlâ, ver bakalım şu beden numaranı."

"Canımsın," diye cıvıldadı.

"Ama bak, Sırma, söz vermiyorum ona göre. Rastlarsam, görürsem, ne âlâ."

"Kabul, canım benim. Benim için yorulmanı istemem."

Yalaaaan...

Ve devam etti. "Şöyle bir bakınırsın, gördün ne âlâ; bulamazsan, canın sağ olsun."

Yalaaaan...

Böylece Sırma ve teyzemlerle de vedalaşmış oldum.

Anneannemle dedem geldiler; annem onları bize yemeğe davet etmişti. Ama dedem, "Şimdi sizin işiniz başınızdan aşkındır onun için bırak yemek hazırlamayı da, ben sizi bir yere götüreyim," dedi. Böylece, dedemin o çok sevdiği salaş balık lokantalarından birine gittik. Şu dedem ne anlayışlı adamdır.

Şimdilik allahaısmarladık, Karlar Kraliçesi. On gün sonra görüşürüz. Bana dua et de, gezim güzel geçsin, hiçbir aksilik olmasın.

***17 Ocak, Pazar***

Sabah anneannemle dedem erkenden gelip bizi aldılar. Havaalanına hep birlikte gittik.

Valizimi teslim edip çıkış kartımı aldıktan sonra "Good Bye Cafe" adındaki yerde oturduk. Hepimiz pek bir sessizdik.

Dedem, "Ne oluyorsunuz yahu, yüzünüzden düşen bin parça. Şunun şurasında on günlük bir seyahat, göz açıp kapayana kadar geçer," dedi de, azıcık yüzümüz güldü.

Gideceğim için çok seviniyorum ama işte, ayrılık anı gelince insanın içine ister ister istemez bir hüzün çöküyor. Böyle durumlarda zaman geçmek bilmiyor, ciklet gibi uzuyor da uzuyor.

Sonunda hoparlörden, "Türk Hava Yolları'nın New York'a giden..." şeklindeki yarı anlaşılır, yarı anlaşılmaz anonsunu duyunca kalkıp pasaport kuyruğuna girdik. Sıra bana gelince, ailemle teker teker öpüşüp kapıdan geçtim. Üçü de orada durmuş, beni bir kez daha görmek için bekliyorlardı. Onlara son kez el salladım.

Artık kendi başımayım!

Uçakta yerimi bulup yerleştim. Şebnem Hanım bana pencere kenarında yer ayırtmış. Kendimi ne kadar da büyümüş hissediyorum. Tek başıma dünyanın öbür ucuna uçacağım, şaka değil.

Acaba yanıma kim gelecek?

Sonunda gele gele yaşlı bir bey geldi. Kader utansın! Ama pek şıktı. Başında siyah bir bere, boynunda fular, elinde de piposu vardı. Piposuna baktığımı görünce, içi boş dercesine avcuna vurup gülümsedi. Bir süre sonra da minik bir viski şişesi ve bir paket fıstık çıkardı çantasından. Su isteyip keyifle viskisini içmeye koyuldu, bu arada bana da fıstığından ikram etti.

Yemek servisi başlayınca da şarap ısmarladı. Tam ehlikeyf, anlayacağınız. İngilizmiş, Amerika'da bir düğüne gidiyormuş. Benim kolam gelince, şerefe diye kadeh kaldırdı ve bardaklarımızı tokuşturduk. Tonton, tatlı bir adam.

Yemekten sonra tam uyuyacaktım ki, film başladı. Oldukça eğlenceli bir komediydi. Biraz dalar gibi oldum ve yine yemek... Bu uçak yolculuğunda, masallardaki gak deyince su, guk deyince yiyecek verilen zümrüdüanka kuşundan pek bir farkım yoktu.

Az önce uçak alçalmaya başladı, tekerlekler yere vurdu, müthiş bir gürültü ve işte New York'tayım.

Artık defterimi kapatıp hazırlanmalıyım.

*18 Ocak, Pazartesi*

Az önce uyandım. Kafam kazan gibi.

Dün sekiz saatlik bir uçuştan sonra New York'a vardım.

Aman Tanrım, o ne büyük ve kalabalık havaalanı öyle. Labirent gibi koridorlardan geçip upuzun gümrük kuyruğuna girdim. Pasaportuma bakan, dev gibi bir zenci kadın polisti. Pek de haşin görünüyordu. Peş peşe sorular sordu, İngilizcesini anlamakta epeyce zorlanarak yanıtlamaya çalıştım. Onların İngilizcesi de tıpkı Avustralyalıların ki gibi bir garip. Zaten kafam basmıyor, kekeledim durdum. Sonunda tatmin olmuş olacak ki, güm diye damgayı vurdu pasaportuma, sonra da benim hâlâ orada dikilip durduğumu fark edince, haydi yürü, dercesine eliyle işaret etti ve tam ben geçerken göz kırpıp iyi tatiller dileyiverdi. Öyle şaşırmıştım ki... O haşin yüzden bunu beklemiyordum doğrusu. Öte yandan, göz kırpışı ilginç biçimde beni rahatlatmıştı. Gümrüğü atlatmıştım, şimdi sıra gelmişti, o kalabalıkta beni almaya gelenleri bulmaya.

Valizimi yerleştirdiğim arabayı iterek dışarı çıktım, sağa sola bakındım. Hava da iyice kararmıştı. New York kenti hakkında öyle çok uyarılmıştım ki, içim korkuyla ürperdi. Özellikle geceleri ortaya çıkan kapkaççılar ve uyuşturucu bağımlılarının saldırılarını anlatma konusunda herkes birbiriyle yarışa girmişti sanki. Kaldırım kenarında beni almaya gelecekleri beklerken, gözüm yaşlı ve iyi yüzlü bir siyahiye ilişti. Hamal olduğu üzerindeki üniformadan belliydi ve o sırada boşta olmalıydı ki, duvara dayanmış duruyordu. Müşteri bekliyor herhalde, diye düşündüm ve ondan yardım istemeye karar verdim. Öyle ya, bizde bu tür yardım pekâlâ da istenebilir.

Yanına yaklaşıp, "Beni almaya gelecekler. Onlar gelene kadar benimle birlikte bekler misiniz?" dedim en kibar halimle.

Adam önce çok garip bir şey söylemişim gibi hayretler içinde bana baktı, sonra yüzüne kocaman bir gülümseme yayıldı ve, "Darling," dedi. "Gördüğün gibi, ben çalışmak zorundayım." Ve başını iki yana sallayarak uzaklaştı, bir yandan da gülüp duruyordu. Bu kez ben şaşırmıştım. Söylediklerimde ne vardı bunca gülecek? Çok mu komikti? Yoksa yanlış bir şeyler mi söylemiştim?

Tam o sırada, "Serra? Serra?" diye soru tınısı taşıyan bir seslenme bana ulaştı. Kumral, canayakın görünüşlü bir kadındı seslenen.

Hemen, "Buradayım," diyerek can simidi bulmuşçasına, o karanlık gecede yanına seğirttim.

"Aman Tanrım, seni bulmak için George'la bir o yana, bir bu yana koşturup duruyoruz şu son yarım saattir. Nasılsın? Ne zamandan beri burada bekliyorsun? Çok oldu mu geleli?"

George kır saçlı, gözlüklü biriydi. Sakin bir sesle, "Ruth," dedi. "Bırak da önce bir hoş geldin diyelim bu genç bayana." Sonra bana dönüp başını iki yana sallayarak, "Nasıl biriyle yaşamak zorunda olduğumu görüyor musun, Serra," dedi şakacı bir gülücükle ve ekledi. "Ülkemize hoş geldin."

Ruth bir kahkaha atarak, "Sen ona bakma, beni çekiştirmeden duramaz," dedikten sonra sarılıp beni öptü. "Hoşgeldin, haydi arabaya gidelim de yolda rahat rahat konuşuruz."

Ruth ve George Thoukis çiftinin evinde kalacağım. Yani onlar benim buralardaki ilk ailem. Ruth konuşkan, sevecen bir kadın, George'un insana güven veren, sakin bir tavrı var.

George meğer Kıbrıs Rum kökenli değil miymiş? Hayretlerim şaştı.

"Son yıllarda Kıbrıs'ta olup bitenlere öyle üzülüyorum ki... Benim çocukluğumda Türkler ve Rumlar bir arada, bir aile gibi yaşardık. En sevgili dostlarımız, komşularımız Türklerdi. Ama işin içine siyasi çıkarlar girince, ilişkiler bu hale geldi. Hem sana çok şaşacağın bir şey söyleyeyim mi, Serra," diyerek dönüp bana baktı. "Benim kan kardeşim bir Türktür, adı da Alp. Onunla California Üniversitesi'nde okurken tanışmış ve birbirimizi çok sevmiştik. Bunun üzerine de kan kardeşi olmuştuk. Dostluğumuz yıllardır sürüp gidiyor, hatta iki yaz önce onun kızının düğünü için İstanbul'a gitmiştik, Ruth ve kızım Elena'yla."

"Demek siz İstanbul'a geldiniz," dedim kendimi tutamayarak.

"Evet," diye başını salladı. "Hem de birkaç kez. İstanbul'u çok severim. Her köşesi tarihle yoğrulmuş bir kent."

Şu işe bak! Dünya küçük, azizim. Sen tut İstanbul'u bilen birinin evine konuk ol.

Bu arada söylediklerini anlayayım diye tane tane konuşuyorlar, anlamadığım sözcükleri sabırla açıklamaya çalışıyorlardı. Ayrıca İngilizceleri Avustralyalılar ve siyahlarınki gibi değildi, ne dediklerini anlayabiliyordum.

Ruth, "Şu küçük Türkçe şarkını Serra'ya söylesene, George," dedi.

George araba kullanmaya devam ederken, daha önce hiç duymadığım bir türküyü söylemeye başladı. Öyle de şirin söylüyordu ki...

"Nasıl buldun?" diye sordu bitirir bitirmez.

"Çok güzel söylediniz."

Memnun bir şekilde gülümsedi. Bu insanlarla günlerim güzel geçeceğe benzer.

"Adımı söylemek size zor geliyor mu?" diye oldukça alakasız ama çok da merak ettiğim bir konuyu sordum onlara.

"Hayır," dedi Ruth. "Bizde de Sarah diye bir isim var. Serra... Sarah... Bak ne kadar benziyor."

Sohbetimiz sürüyordu. Gerard ve Elena adında iki çocukları varmış. "İkisi de başka kentlerde, üniversitede okuyorlar. Anlayacağın, kuşları yuvadan uçurmuş bir çiftiz; o nedenle Türkiye'den bir öğrenci geleceğini benim çalıştığım kültür derneği aracılığıyla duyurduklarında, hemen talip olduk. Birkaç gün için de olsa, evimizde bir gencin, hele de Türkiye'den bir gencin olması, yaşamımıza neşe katacak, diye düşündük."

Ruth çeşitli kültür derneklerinde gönüllü olarak çalışıyormuş, George ise iki yıl öncesine kadar Amerika'nın en ünlü şarapçılık şirketlerinden Gallo'nun genel müdürüymüş.

"Jetlag'i göz önüne alarak, yarın için bir program yapmadım. Evde dinlenmeyi yeğlersin diye düşündüm."

"Jetlag?"

"Okyanus aşınca, saat farkı nedeniyle insanın bünyesi altüst oluyor. Buna da jetlag diyorlar."

Demek kendimi böyle garip hissetmemin nedeni jetlag'miş. Bunu da öğrenmiş bulunuyorum.

Sonra yolculuğumun nasıl geçtiğini sorarak, "Hep biz konuştuk, biraz da sen anlat," dediler.

Yolculuğumun iyi geçtiğini söyledikten sonra, onları beklerken yaşlı hamalla yaşadığım olayı anlatarak, neden bana güldüğünü anlayamadığımdan söz ettim.

Bu kez onlar gülmeye başladılar.

"Sen, kendi ülkeni düşünmüşsün. Türkiye'de insanlar yabancılara ve birbirlerine çok yardımcı olurlar. Burada büyük kentler dışında bizde de öyledir, insanlarımız güleryüzlü ve yardımseverdirler ama metropollerde, hele de New York'ta, ne yazık ki, kimse kimseye pek yardımcı olmuyor. Yaşamın hızlı temposu içinde insanların birbirlerine ayıracak zamanı yok. Ve bu öylesine kural olmuş durumda ki, senin sorun adama bu bakımdan saçma gelmiş, onun için gülmüştür," diye bir açıklama getirdi George.

Böylece birbirimizle adamakıllı tanışmış olarak eve vardık. Evleri çok güzel. Bana kızları Elena'nın odasını hazırlamışlar; pembeler içinde tam bir genç kız odası. Çok sevdim. Ruth yerleşmeme yardımcı oldu. Onca yorgunluğa karşın hiç uykum yoktu.

"Jetlag," dedi Ruth ve bana bir bardak süt getirdi. "Uykunun gelmesine yardımcı olur." Sonra da annemi aramamı söyledi. Tabii bu sözü ikiletmeden telefonun başına geçtim. Annem de benden haber bekliyormuş. Yolculuğumun iyi geçtiğini, şu anda çok tatlı insanların yanında olduğumu, lafı fazla uzatmadan anlattım. Tekrar konuşmak üzere telefonu kapattığımda sanırım artık içi rahattı.

Onlara armağanlarını verdim, içimden anneme teşekkürler ederek. Örtüyü pek beğendiler, Ruth onu televizyon odasındaki masanın üstüne serdi. George ise, "Ah çocukluğum," diyerek ağzına bir lokum attı.

Hem deliler gibi yorgundum, hem de uykum yoktu. Garip bir durum. Neyse sonunda yattım tabii ve yatış o yatış... Bir de uyandım ki, öğlen olmuş, evde kimseler yok. Ruth da işe gitmişti ama bana kahvaltımı hazırlayıp bir not bırakmış.

"Rahatına bak, burası senin evin. Yiyecekler buzdolabında. Akşama görüşürüz."

Bu satırları Elena'nın pembe odasında yazıyorum.

***19 Ocak, Salı***

Dün günün geri kalan kısmını evdeki kitapları inceleyerek, dergilere bakarak ve televizyon izleyerek geçirdim ve... kendime geldim. Program yapmamakta Ruth çok haklıymış.

Bu sabah Ruth beni kendi yaşıtlarımla tanıştıracağını söyledi. Onların okuluna gidecekmişiz ve ben orada konuşmamı yapacakmışım. İnsan bunu dün söylemez mi... Bütün gün evde boş boş dolanacağıma, konuşmamın üstünden geçerdim. Neyse ki, kızlar hemen gelmediler de, odama kapanıp dosyamı ve kendimi bu duruma az buçuk da olsa hazırladım. Ruth beni çağırınca, kabanımı ve dosyayı kapıp aşağı indim.

"Çocuklar, işte Serra."

"Hello," diye bağırıştı kızlar.

"Serra, bunlar da Rosanna ve Elizabeth, komşularımızın kızları."

Rosanna minyon yapılı bir esmer güzeliydi. Elizabeth ise kızıl saçlıydı ve ufacık, kalkık burnunun üstü çillerle kaplıydı.

"Haydi sizi okula bırakayım," dedi Ruth ve hep birlikte evden çıktık.

Tatlı kızlardı ama bana göre hızlı konuşuyorlardı. Her dakika da, ne dediniz, anlayamadım, diyemeyeceğime göre başımı sallayarak vaziyeti idare ediyordum. Tatlı olmasına tatlılardı da, giyimlerine şaşmadım desem yalan olur. Kot giymişlerdi, buraya kadar tamam. Ama o giysilerin üstüne neler takıp takıştırmışlardı, neler. Rosanna kazağının üstüne giydiği kot yeleğin önünü rozetlerle donatmıştı. Öyle böyle değil, silme donatmıştı. "Don't worry be happy" rozetleri mi; Madonna, Micheal Jackson rozetleri mi; artık aklına ne gelirse kızın yeleğinin üstünde vardı. Ve sallantılı küpeler ile bilekte ince, pembe, plastik bilezikler...

Elizabeth'e gelince, o da nesi var nesi yok takmıştı. Ama beni asıl şaşırtan, bu takıların yanı sıra tırnaklarını cadılar gibi uzatmış ve her bir tırnağını ayrı bir renge boyamış olmasıydı. Bir tırnak yeşil, öteki mavi, sonra pembe... Melis görseydi kesin, "iğrenç," derdi. Onun gibi şık bir kızın aklının alacağı şey değil, her tırnağı ayrı renge boyamak.

Nasıl bakmış olmalıyım ki, Elizabeth ellerini havaya kaldırarak, "Ne güzel, değil mi?" dedi. "Dün Rosanna'yla öyle eğlendik ki..."

Rosanna, Elizabeth'in elini tuttu. "Bunu, bunu ve bunu ben boyadım. Bak, Serra, üstüne de minik benekler yaptım."

Ohoo, bunlar işin cıvığını çıkarmışlar. Yaptıklarının manikür sonrası oje sürmekle hiç ilgisi yok. Hani bizler küçükken boyama kitaplarımızı boyardık ya, bu kızlar da tırnaklarını öyle oyun niyetine boyuyorlar anlaşılan. Acaba onlarla ben aynı yaş grubunda mıyım, diye düşündüm. (Şaka, şaka.)

Bununla kalsa ne iyi. Makyaj da yapmışlardı. Gözlerine kalemle çizgi çekmişler, pudra ve açık renk ruj sürmüşlerdi. İyi de okula bu kılık ve makyajla mı geleceklerdi?

Bu sorunun yanıtını okula varınca aldım.

Okul sarmaşıklar içinde tuğla bir binaydı, kocaman pencereleri vardı. Tuğlaların kırmızısıyla sarmaşığın yeşili birbirine ne kadar yakışıyor. İçeri girdik. Aman Tanrım, tüm öğrenciler Rosanna'yla Elizabeth gibi giyinmişlerdi. Demek buralarda bizdeki gibi üniforma yok. Allar morlar, süsler püsler, takılar gırla...

Yürüdüğümüz aydınlık koridora bayıldım. Koridor boyu ilan tahtaları ve tahtaların üstünde öğrencilerle ilgili çeşitli notlar, yazılar, resimler vardı. Bildiri kâğıtları bile renkliydi ve bazılarının altına bir de karikatür çizilmişti. Derslerle ilgili olmasına karşın bayağı eğlenceli panolardı bunlar.

Sınıf kapısını tıklattı Rosanna. "Come in," diye bir ses gürledi ve biz içeri girdik. Öğretmenleri ayaktaydı ve... elinde bir kupa tutuyordu.

Rosanna benden söz edince, öğretmen uzanıp elimi sıktı.

"Hoş geldin, Serra, bugün sınıfta bir konuşma yapacakmışsın."

"Evet," dedim ama sesim zor çıktı.

Türkiye'deyken bu konuşmayı yapmak sanki o kadar zor olmazmış gibi gelmişti. Oysa şimdi... Bu depdeğişik öğrenci grubu karşısında, bu bana tamamen yabancı öğretmenin yanında, nasıl kalkacaktım işin altından. Ah, o anda şu sınıftan başka bir yerde olmak için neler vermezdim.

Elizabeth bana, "Bu, Mr. Eggars, sınıf öğretmenimiz," diyerek biraz gecikmeli de olsa öğretmenlerini tanıttı. Mr. Eggars gözlüklü, sakallıydı; saçları da ensesine kadar iniyordu. Bir zamanlar sarışınmış herhalde, çünkü beyazla sarı karışımıydı saçlarının rengi.

Kupasından bir yudum kahve alarak, "Sınıf senin," diyerek gülümsedi. Yalvaran gözlerle Elizabeth'le Rosanna'ya baktım ve tahtaya asmam gereken malzemem olduğunu fısıldadım. Bunun üzerine Elizabeth bana zaman kazandırmak amacıyla sınıfa döndü.

"Bugün sizlere Türkiye'den gelen bir öğrenciyi, Serra'yı tanıtmak istiyorum..." İşte bu noktada aynı bizdeki gibi sesler, alkışlar, ıslaklar yükseldi. Yemezler... Bu alkışların ders kaynatmak için olduğunu kim olsa anlar.

Terbiyesizin biri de, "Glu, glu," diye bağırıyordu ki, Mr. Eggars, "Danny..." diye gürleyince glu glular anında kesildi. Neymiş, Turkey'nin bir başka anlamı da hindi ya, aklı sıra dalga geçiyor benimle. Salak!

Ah, ah, şu sınıfı, başta da glu glucuyu vereceksin bizim hocaların eline, bak nasıl mum oluyorlar, mum.

Neyse o arada Rosanna bana yardım ediyordu. Birlikte dünya haritasını, bayrağı ve Atatürk'ün resmini astık. Tahtaya asılanlar ilgilerini çekmiş, gürültü azalmıştı.

"O.K." diye bağırdı Mr. Eggars. "Susun ve dinleyin." Ama hiç de ürkütücü değildi hali. Sonra da ön sıraya geçti, kupasından bir yudum daha aldı ve, "Seni dinliyoruz, Serra," diyerek beni yüreklendirmek istercesine göz kırptı. Biraz garip ama tatlı bir öğretmen.

Böylece elime değneğimi alıp başladım anlatmaya. Önce dünya haritasında Mualla Hanımın boyadığı Türkiye'yi göstererek, "Türkiye işte burada," dedim. Hepsi ilgiyle bakıyorlardı. Hay aklınla bin yaşa Mualla Hoca. Sonra bayrağı göstererek, "Bu da bayrağımız," dedim ve başladım anlatmaya. Sıra Atatürk'ten söz etmeye gelince, kenara çekilip Ata'nın fotoğrafını gösterdim. Ve şükürler olsun, konuşmamı böylece orada düşüp bayılmadan bitirdim.

Başta Mr. Eggars, tüm sınıf beni alkışladı. Artık gırgır geçmek için mi, yoksa gerçekten beğendikleri için mi, bunu bilemeyeceğim ama alkış alkıştır, öyle değil mi...

Mr. Eggars başıyla tahtaya astıklarımı işaret ederek, "İyi hazırlanmış bir konuşmaydı," dedi, sonra da başparmağını yukarı kaldırarak, çok başarılı anlamına gelen bir işaret yaptı. Aslında ben bunu filmlerde görmüştüm de, öyle anladım ne demek istediğini. Tabii, pek bir mutlu oldum.

Yine Rosanna'nın yardımıyla eşyalarımı topladım. Sonra Elizabeth'le birlikte bana okullarını gezdirdiler. Kocaman pencerelerden gelen günışığı ve okul bahçesinde yükselen ağaçların görünümü kış olmasına karşın sınıflara bir aydınlık, bir ferahlık vermişti.

"Nasıl buldun okulumuzu?"

"Çok beğendim."

Yüzlerinden okullarının beğenilmesine memnun oldukları belli oluyordu. Birden başka bir dille konuşmaya başladılar aralarında hararetli hararetli... Onlara baktığımı fark edince, "Sorry," dediler. "Boy problem."

Anlaşıldı, anlaşıldı, dedim içimden. Erkekler burada da sorun oluyorlardı demek ki... Kim bilir kimin derdini konuşuyorlardı.

Rosanna, "Yanlış anlamanı istemem," dedi. "İspanyolca ne de olsa anadilimiz; evde büyükler hep İspanyolca konuştuklarından bazen İspanyolca konuşmak sanki daha kolay geliyor."

"Siz İspanyol musunuz? Sen ve Elizabeth?"

"Hayır, biz Amerikalıyız."

"İyi de..."

"İspanyol asıllı Amerikalıyız."

"Anladım, şimdi anladım."

George gibiler bunlar da... George Kıbrıs Rum asıllı, Rosanna'yla Elizabeth İspanyol asıllı. Aslında, ABD'nin çeşitli ülkelerden gelen kişiler tarafından kurulduğunu biliyordum ama işte kitaptan okumak başka, kendi gözlerinle görmek bambaşka.

Dersler bitmiş, öğrenciler dışarı fırlamışlardı, aynen bizdeki gibi. Rosanna'nın annesi kapıda bekliyordu. O da rahat bir kadın, bana yol boyu bir sürü soru sordu. Sonunda, "Nasıl buldun bizim çocukları?" dedi, sonra da eliyle kaçık işareti yaptı. "Bunlar deli mi ne, diye düşünmedin mi?"

Hep birlikte öyle güldük ki...

Beni eve bıraktılar. Rosanna, "Seni yarın biz gezdireceğiz ama bu akşam işimiz var," dedi ve ekledi. "Boy problem."

Haydi yine hep birlikte güldük. Üstelik, o ne biçim laf öyle, diye kızacağına, annesi de bizimle birlikte güldü.

George'la Ruth daha gelmemişlerdi. Anahtar verdikleri için gidip gelmem sorun olmuyor. Çıktım Elena'nın odasına, soyunup döküldüm, duşumu yaptım, sonra aşağı inip dolaptan bir şeyler alıp televizyonun karşısına geçtim. Onlar geldiklerinde saat neredeyse sekiz olmuştu.

"Günün nasıl geçti?" dediler.

Onların misafir ağırlaması bizlerden ne kadar değişik. Yani ne başımı beklediler ne merak ettiler. Programına yardımcı oluyorlar; evde ne nerede gösteriyorlar, eline rahatça girip çıkman için anahtar veriyorlar, sonra da seni kendi haline bırakıyorlar. Hiç de fena bir sistem değil.

Onlara günümü anlattım, beni ilgiyle dinlediler, sorular sordular. Sonra George mutfağa girip bize yemek hazırladı. Şiş kebap ve pilav. Meğer bu onun özel yemeğiymiş. Gerçekten de çok lezzetliydi.

"Öğrencilik günlerimizde ne partiler verirdik," dedi. "Alp'le birlikte şiş kebap ve pilav yapardık, herkes bayılırdı. O partilerin gülüydük biz, ikimiz."

O bunları anlatırken Ruth sofrayı topluyordu. Anlaşılan bu evde tam bir işbölümü var. Tabii ben de yardım ettim, sonra oturup biraz televizyon izledik.

İlk konuşmanın iyi geçmesine çok seviniyorum. Bakalım yarın nereleri gösterecekler bana.

### *20 Ocak, Çarşamba*

Ruth, Rosanna'yla Elizabeth ve beni New York'un en ünlü, en canlı bölgesi olan Manhattan'a bıraktı.

"Seni Beşinci Cadde'de gezdireceğiz," dedi Elizabeth. "Beşinci Cadde, New York'un kalbidir. Önce Metropolitan, sonra da Guggenheim müzelerine gideceğiz."

Böylece bir otobüse bindik ve şık butiklerin, hoş restoranların sıralandığı Beşinci Cadde'yi boydan boya katederek Guggenheim Müzesi'nin önünde indik. Yusyuvarlak bir yapı. İçinde hiç merdiven yok, hafif bir meyille sanırım sekiz, dokuz kat çıktık. İçi dışı bembeyaz bu yapının içinde daha çok modern sanat eserleri sergileniyormuş. Çok ilginçti.

Müzenin hoş bir kafesi vardı, orada birer kahve içtik. Ben hemen, "Bir broşür alabilir miyim?" diye sordum. Broşür koleksiyonuma, New York müzelerinden birininkini de katmak doğrusu çok havalı olacak. Broşürümü kapıda aldık.

Ve... oradan dünyanın en büyük müzelerinden Metropolitan'a gittik. O kadar kocaman ki, burayı gezmek için bir hafta gerek. Elime müzenin iç planını ve neyin nerede olduğunu belirleyen bir broşür tutuşturdular. Çok hoşuma giden bir başka ayrıntıysa, danışma ve koridor başlarına yerleştirilmiş olan dev çiçek aranjmanlarıydı.

Şöyle kabaca bir fikrim olsun diye biraz dolaştık, sonra Elizabeth, "Şu anda iki önemli sergi var, istersen onları gezelim," dedi. Müzeleri yaşayan, canlı bilgi merkezleri haline dönüştürmek için sürekli ilginç sergiler düzenleniyormuş.

Çin'den gelen sanat eserlerinin sergilendiği bölüme gittik. Kapıda elimize walkman'ler tutuşturdular. Bu walkman'lerin içinde sergideki eserleri anlatan kasetler var. Kaseti dinleyerek geziyorsun ve her eser hakkında bilgi alıyorsun. Diyelim, bir tabloyu bir süre seyretmek istiyorsun, kaseti durdurup rahat rahat baktıktan sonra yine çalıştırıp turuna devam ediyorsun. Ne pratik bir yöntem.

Böylece Çin imparatorlarının giysilerinden, sarayda kullanılan eşya ve mücevherlere, yazı ve resim sanatına kadar pek çok parçayı görmüş oldum. Çok, çok değişik ve güzeldi.

Öğle yemeğini müzenin kafeteryasında yedik ve bu kez bir Fransız modacının giysilerinin sergilendiği bölüme geçtik. Salon 1900'lerin evleri gibi düzenlenmişti. Pencerelere ağır kadife perdeler asılmış, salonun bir köşesineyse o döneme ait eşyalar yerleştirilmişti. Bir yandan da o günlerin sevilen parçaları çalıyordu, içeri girince 1900'lerde yaşıyormuş gibi oluyor insan. Mankenlere modacının çizdiği gece kıyafetleri giydirilmişti. Minicik incilerle işlenmiş giysiler, zarif ayakkabılar, boncuklu gece çantaları sergilenmişti. O dönemlerde ne kadar da süslüymüş giysiler.

"Bugünlük bu kadar," dedi Rosanna ve oradan ayrıldık. Yine otobüse binip bu kez büyük bir katedralin önünde indik. Sen Patrik Katedrali'ymiş. İçini görmek istediğimi söyleyince girdik. Muhteşem heykeller, görkemli tablolar, duvar süslemeleri ve kalın mumlarla aydınlatılmış mihrap çok etkileyiciydi.

Bizden önce girenler, ince mumlar alıp yakıyor ve kutuya bağış parası atıyorlardı.

"Ben de yapabilir miyim?" diye sordum.

"Tabii," dediler ve mumları nerede bulacağımı gösterdiler.

Dileklerimi sıralayıp mumları yaktım.

Hava iyice soğumuştu, akşam oluyordu. Metroya binip eve döndük. Çok güzel bir gündü; Rosanna'yla Elizabeth'e tekrar tekrar teşekkür ettim.

Eve vardığımda Ruth çoktan gelmişti. Ona yaptıklarımızı anlattıktan sonra beraberce sofrayı hazırladık. George gelince de hep birlikte yemeğimizi yiyip videoda Titanik filmini izledik. Ruth, Titanik kasedinin yanı sıra, karamelli dondurma da almıştı. Böylece bir yandan Leonardo'yu seyredip bir yandan dondurma yiyerek günüm sona erdi.

Yarın bir konuşma daha yapacağım.

***21 Ocak, Perşembe***

Konuşmam iyi gitti. Yardımcı meleklerim Rosanna ve Elizabeth yine yanımdaydılar. Bu kez epeyce soru sordular ama sorular ülkeden çok, kız-erkek arkadaşlıkları üzerineydi. Elimden geldiğince yanıtladım.

Öğleden sonra Rockefeller Center diye çok hoş bir yere gittik. Ortada buz pateni için geniş bir alan vardı, buz pateni yapanlar dönüp duruyorlardı. İçlerinde çok güzel kayanlar olduğu gibi, ikide bir düşenler de vardı. Epey bir süre izledik ve güldük.

Rosanna, "Denemek ister misin?" diye sordu.

Kesin bir dille deneyemeyeceğimi söyledim. Bir yerimi kırıp gezimi rezil etmeye hiç niyetim yok. Sonra Empire State Binası'nın en üst katına çıkıp oradan kenti seyrettik. Bu bina yakın zamana kadar dünyanın en yüksek binasıymış, sonra daha yükseği yapılınca bu unvanı kaybetmiş. Oradan yürüye yürüye (parmaklarım dondu) tiyatroların olduğu bölgeye gittik. Broadway karmakarışık bir yer, bana biraz bizim Beyoğlu'nu hatırlattı.

Rosanna cebinden biletler çıkararak, "Sürpriz," dedi. Meğer gece tiyatroya girecekmişiz. Ay bir sevindim, bir sevindim. Cats adında kedileri anlatan bir müzikalmiş ve yıllardır oynuyormuş. Bu "yıllardır" lafına pek şaştım. Bir piyes bunca yıl sahnede kalabildiğine göre, acayip seyircisi olmalı.

Tiyatrolar bölgesi Broadway'de, bir kafeteryada sosisli sandviç yedik ve tiyatronun kapısında Rosanna'nın annesiyle buluştuk. İçeri girince çok şaşırdım. Salon çöplüğe dönüştürülmüştü; dekor, sahneden salona taşmıştı sanki. Kediler çöplüklerde dolaşıyorlar ya, sahne dekoru bunu vurguluyordu işte. Sonra müzik başladı. Ah Tanrım, ne güzel bir müzikti. Ve dansçılar sadece sahnede değil, localara sıçrayarak, seyircilerin arasından geçerek dans etmeye başladılar. Her biri makyajı ve kıyafetiyle mükemmel birer kedi olmuştu. Tekiri, Sarmanı, kabadayısı ve prensesiyle tüm kediler oradaydı sanki.

Ara verildiğinde dışarı çıktık. Büfede yiyeceklerin yanı sıra kahve ve şarap (!) servisi vardı. Hayretlerim şaştı! Rosanna'nın annesi bir kadeh şarap içti, biz de kola içtik.

Oyun o muhteşem müzikle sona erdi. Çok etkilenmiştim, hem danslar, hem müzik öylesine güzeldi ki... Haa, az kaldı unutuyordum, ara verildiğinde, fuayede hediyelik eşyalar satılıyordu. Rosanna'nın annesi bana pirinç bir anahtarlık aldı. Anahtarlık aynı bir tiyatro bileti şeklindeydi ve üzerinde *Cats Müzikali* yazıyordu. Çok beğendim. Rosanna'nın annesine teşekkür ettim ve ona da bir nazarlık armağan etmeyi zihnimin bir köşesine not ettim.

Eve geldiğimizde George yatmıştı, Ruth oturuyordu. Ona günümü anlattım, müzikalin broşürünü gösterdim.

"Yarın bir konuşma daha yapman gerekecek, tabii senin için bir sakıncası yoksa."

"Hiçbir sakıncası yok. Nerede konuşacağım?"

"Bir arkadaşımın kızının okulunda. Seni ve Türkiye'yi çok merak ediyorlarmış."

"Memnuniyetle," dedim. Artık deneyimliyim ya...

"Yarın seni ben gezdireceğim. Önce okula gideriz, oradan gemiyle bir tur atarız, Özgürlük Anıtı'nı görürsün. Akşama da George'la birlikte Radio City'deki gösteriye götüreceğiz seni."

"Çok teşekkür ederim, beni ne güzel yerlere götürüyorsunuz."

"Biliyor musun, Serra, gideceğin için bayağı üzülüyorum. Sana öyle alıştık ki..." dedi Ruth.

"Sahi," dedim. "Cumartesi yola çıkacağıma göre, bir günüm kaldı, yani bir tek yarınım var. Zaman ne çabuk geçmiş."

"İşte ben de onu söylüyorum ya... Biz seni çok sevdik, nazik ve çok tatlı bir kızsın. Seni evimizde ağırlamak bir zevk oldu bizim için."

Bu iltifatlar karşısında ne diyeceğimi bilemedim. "Ben de sizleri çok sevdim," dedim tüm içtenliğimle.

"Bize yazar mısın?"

"Seve seve."

"Haydi artık yatalım. Yarın yüklü bir program bekliyor seni," dedi Ruth ve odalarımıza çekildik.

*22 Ocak, Cuma*

Sabah annemi aradım, ona New York haberlerini verdim. Gezimin iyi gitmesi onu çok sevindiriyor. "Washington'dan ararım," diyerek telefonu kapattım.

Ruth'la okula gittik. Artık iyice alıştım ya, çok rahat bir şekilde konuşmamı yaptım. Üstelik bu kez sınıfta değil, toplantı salonunda konuşturdular beni. Ruth ön sırada oturuyordu, konuşma bitince diğerleriyle birlikte hararetle alkışladı.

Sonra küçük bir gemiyle nehirde gezdik. Bir zamanlar Amerika'ya göçenlerin ilk durak yeri olan Ellis Adası'nı ve elinde meşalesiyle Özgürlük Anıtı'nı gördüm. Hava çok soğuk olduğu için gezi boyu burnum aktı durdu.

Sıcacık eve dönmek bayağı iyi geldi. Derken George göründü ve hep birlikte tekrar çıktık. Radio City'deki gösteri müthişti, hele de o bilmem kaç tane kızın aynı anda bacak sallamaları... Hepsi de aynı kalıptan çıkma gibiydiler, öylesine boyları bosları birdi. Bu kızlara "Roketler" diyorlar ve gösteri yıllardır böylece sürüyormuş. Tabii ki kızlar yenilenerek (herılds yani). Oradan da broşür aldım.

Eve dönerken George ben göreyim diye Madison ve Park Avenue'lerden geçti. Bunlar Beşinci Cadde'ye paralel caddeler. Geniş yolların iki yanındaki ağaçlar tümden ışıklandırılmıştı, masalsı bir tünelden geçiyorduk sanki.

Eve gelince valizimi hazırladım. George'la Ruth'a bir teşekkür kartı yazıp ben gittikten sonra bulmaları için Elena'nın masasının üstüne koydum.

Evet, artık yatacağım.

*23 Ocak, Cumartesi*

Bu sabah Rosanna'yla Elizabeth bana iyi yolculuklar dilemek için geldiler. Bu kadar kısa sürede onlara ne kadar da alışmışım. Birbirimize adreslerimizi verdik; bu arada Rosanna'ya cüzdanımda taşıdığım sınıf fotoğrafını ve Burak'ı gösterdim.

"Hmm," dedi. "Yakışıklı çocuk."

"Benden ona bir mektup arkadaşı bulmamı istemişti. Onunla yazışmak ister misin?"

"Neden olmasın," diyerek kıkırdadı.

"Bana mektup arkadaşı yok mu?" dedi Elizabeth.

"Sen istedikten sonra olmaz mı hiç."

Burak, Rosanna'nın fotoğrafını görünce göklere uçacak. Onlara birer tane mavi boncuklu bilezik armağan ettim, bayıldılar ve hemen taktılar, süslüler. Son bir kez daha birbirimize sarıldık ve mektuplaşmak vaadiyle yola çıktım.

George ve Ruth'la vedalaşırken, Ruth'un gözleri doldu, ben de bayağı duygulandım. Ruth arkamdan, "Kendine iyi bak, oraya varınca telefon et," diye bağırıyordu. Onları gerçekten sevdim; bu ailemle geçirdiğim günleri ve bana gösterdikleri yakınlığı hiç unutmayacağım.

Aşağı yukarı üç saatlik bir uçuştan sonra Washington'a vardım. Yeni ailem beni bekliyordu. Cecile (Sesil diye okunuyormuş) ve Bill Thompson üniversitede öğretim görevlisi olarak çalışıyorlarmış.

"Yorgun değilsen, seni kenti gezdirerek eve götürelim," dediler.

Ne kadar yer görsem kârdır, diye düşünerek yorgun olmadığımı söyledim. Onların üç çocuğu varmış, ikisi erkek, biri kız ve onların çocukları da aynı Ruth'larınki gibi başka bir kentte okuyorlarmış.

Washington, New York'a kıyasla daha küçük bir şehir. Evlerin çoğu tuğladan ve sarmaşıklar içinde. Derli toplu ve temiz. Ne de olsa ABD'nin başkenti.

Akşam bir balık lokantasına götürdüler beni. Her taraftan sular akıyor, akvaryumlarda da çeşitli balıklar yüzüyordu. Bir balık büfesi yapmışlar ki, yok yok.

Eve geldiğimizde ne kadar yorgun olduğumun farkına vardım, bu satırları zor yazıyorum. Sabaha görüşmek üzere, sevgili defterim.

Bu arada, annemle ve Ruth'la konuştum; Thompson'ların armağanlarını verdim.

***24 Ocak, Pazar***

Sabah beni Corcoran Müzesi'ne brunch'a götürdüler. Müzelerde neler düzenleniyor, bakar mısınız.

Cecile anlattı. Pazar günleri insanları müzeye çeksinler diye brunch yapıyorlarmış, ayrıca bir de konser veriliyormuş. Şansıma çok ünlü gospel şarkıcıları varmış bu sabah. Biz oraya vardığımızda, altı kişiden oluşan bir zenci grup şarkı söylüyordu.

Zencilerin ABD'ye ilk geldikleri zamanda, yani köle oldukları dönemde söyledikleri, dinsel ağırlıklı şarkılarmış bunlar. Güzel ama hüzünlü bir müzik. Eh, insan köle olursa, neşeli şarkı söyleyecek değil ya...

Konserden sonra gidip bir şeyler yedik ve müzeyi gezdik. Burada da hediyelik dükkânları vardı. Anneme üzerinde ünlü ressamların tablolarının baskıları olan bir mutfak önlüğü, kendime bir çift küpe, dedemlereyse içinde yine ünlü tabloların fotoğraflarının olduğu bir telefon defteri aldım. Böylece ailemin hediye faslını tamamlamış bulunuyorum. Buradaki dükkân, New York'takine kıyasla çok daha zengindi, neler vardı, neler.

Yarın bir okula gideceğim. Öğleden sonra da yine beni gezdirecekler.

### *25 Ocak, Pazartesi*

Beni okula Cecile götürdü. Konuşma iyi geçti, sorular sordular ama bu kez sorular Türkiye'yle ilgiliydi. Neyse ki, kitaba bakmama gerek kalmadan hepsini cevaplayabildim.

Sonra Cecile'le yemeğe çok şirin bir yere gittik. Eski bir tren istasyonunu alışveriş merkezine dönüştürmüşler. Küçük küçük dükkânlar vardı; bu butiklerde de, beni al, beni al dercesine yüzlerce güzel nesne, insan nereye bakacağını şaşırıyor.

Yemekte Cecile bana kendi öğrencilik günlerini anlattı, çocuklarından söz etti. Tatlı bir kadın. Yemekten sonra arabayla Amerika başkanlarının yaşadığı Beyaz Saray'ın etrafında bir tur attık. Filmlerde ve televizyonda gördüğüm Beyaz Saray'ın ta kendisinin karşısında duruyordum. Ne kadar heyecan verici.

Cecile, "Buraya baharda gelmeliydin," dedi. "Beyaz Saray'ın bahçesindeki kiraz ağaçları ünlüdür. Herkes buraya çiçekler açtığında gelir."

"Bizim de bahçemizde bir kiraz ağacımız var."

"Sahi mi? Ne kadar güzel."

Ve tutup ona uzun uzun mutfak penceresinden bizi gözleyen kiraz ağacımızı anlattım. Sonra da kızdım kendime, yani ne vardı bir tek kiraz ağacını bu kadar uzatarak anlatacak diye. Anlaşılan evimi özlüyorum.

Turumuza devam ederek George Town Üniversitesi'nin (çok eski ve ünlü bir eğitim kurumuymuş), Smitsonian Enstitüsü'nün (burası Amerikan tarihi ve diğer bilimsel konular bakımından çok zengin bir araştırma ve bu bilgileri koruma merkeziymiş) ve diğer müzelerin olduğu bölgeye gittik ama zaman öylesine kısıtlı, hava da öylesine soğuktu ki, gezimizi kısa kesmek zorunda kaldık.

Eve zor güç döndük, çünkü sokaklar resmen buz tutmuştu. Cecile bütün gücüyle direksiyona asılmış, "Dua et de kimse yolumuza çıkmasın," deyip duruyordu. Fren yapmasına olanak yoktu. İşte öyle kaya kaya eve geldik ve arabadan indikten sonra da el ele verdik ve (inanabiliyor musunuz) yine kaymamak için bahçe duvarına tutuna tutuna içeri attık kendimizi. Boşuna değil, haberlerde hep okuyoruz, ABD'de kış zorlu geçiyor, falan yerde nehirler dondu, filan yerde seller oldu diye. Baksanıza iki adımlık yeri ne zorlukla geldik. İstanbul'da da kış oluyor ama böylesine, en azından ben, rastlamadım.

Neyse ki, yarın gidiyorum buradan.

### *26 Ocak, Salı*

Sabah beni havaalanına yine Cecile götürdü. Bill'in o saatte dersi olduğundan gelemedi, onunla evde vedalaştık.

Cecile, "Bu çok kısa oldu, Serra," dedi. "Umarım Washington'dan memnun kalmışsındır."

Bana gösterdikleri konukseverlik için teşekkür ettim. Gerçi sadece bir hafta sonu birlikte olabilmiştik ama şu küçücük zaman diliminde bir şeyler gösterebilmek için ellerinden geleni yapmışlardı.

Ve... Tampa'ya geldim! Ohh, Washington'dan sonra ballı bir hava. Ilıcık! Her tarafta mis gibi kokan çiçekler, pırıl pırıl bir güneş, güler yüzlü insanlar... Her göz göze geldiğinde sana gülümsüyor ve merhaba diyorlar. New York'lularla, hatta Washington'dakilerle bile ilgisi yok buradakilerin. George'un ne demek istediğini şimdi daha iyi anladım.

Buradaki son ailem ötekilerden çok farklıydı. Bir kere hem karısı hem kocası bermuda şort giymiş, ayaklarına da pırtık lastikler geçirmişlerdi. Dünya umurlarında değil gibi bir halleri vardı. Uzun boylu, kısacık saçlı kadının adı Florance, kızıl sakallı kocasınınkiyse Julius'tu. (Annesi İtalya'daki Floransa kentini çok sevdiği için kızına Florance adını takmış. Annem de onun annesi gibi düşünseydi, kesin benim adım İstanbul olurdu...)

Döküntü bir arabaları var. İçine doluştuk. Yolda yanımızdan vız vız Ferrari'ler, Porche'lar geçiyor. Kızıl sakal, bu sükseli arabaları işaret ederek bana baktı. "Ama benim arabamın da 'kişiliği' var," dedi ve göz kırptı. Çok şakacı bir adam.

Tabii yol boyu onların da hayat hikâyelerini dinledim. Tam dört oğulları varmış. Babaanne kulakların çınlasın! Ve... kader utansın, hepsi de başka kentlerde ya çalışıyor ya okuyorlarmış. Sonra Julius, yani kızıl sakal başladı beni Osmanlı tarihi hakkında sorgulamaya. İstanbul'un fethi ona en ilginç gelen konu olmalıydı ki, durup durup oraya geliyordu.

"Fatih Sultan Mehmet, İstanbul'u fethettiğinde kaç yaşındaydı?"

Ben, "Yirmi yaşındaydı," der demez, karısına dönüp, "Bak senin oğulların çoktan yirmisine gelip geçtiler; değil koskoca bir kenti, bir elma şekeri bile alabilmiş değiller henüz," diye takıldı. Diyorum ya, çok şakacı bir adam.

Önünde durduğumuz, bahçe içinde düzayak bir evdi. Geniş salonu arka bahçeye açılıyordu. Bahçeye bakan bölüm tümden cam olduğundan salonla bahçe bütünleşmişti sanki. Çimenlerin üzerine de heykeller serpiştirilmişti. Kalacağım odaya giden koridorun üstü de boydan boya camdı.

"Ne güzel bir koridor," deyince Florance gülümsedi. "Gece, yıldızlar çıkınca daha da güzel oluyor."

"Tahmin edebiliyorum."

"Burası konuk odamız." Florance bir kapı daha açarak, "Burası da banyo," dedi.

Ağzım açık kaldı. Banyo yere gömülüydü ve onun da bahçeye bakan duvarı camdandı; yani bahçenin içinde yıkanıyor gibi olacaktım.

"İyi ama," dedim. "Etraftan görmezler mi?"

"Duvar var, ayrıca ağaçlardan içerinin görünmesi mümkün değil."

Gerçekten de tüm bahçe yan yana dikilmiş yüksek ağaçlarla çevrili, bahçe duvarıysa sarmaşıklar içindeydi. Yemyeşil bir cennetteydim sanki.

"Ne kadar ilginç bir eviniz var."

"Biz bu evi bir kadın heykeltıraştan aldık. Burayı o yaptırmış, ayrılırken bahçedeki heykelleri de bize bıraktı."

"Ben tenis oynamaya gidiyorum," diye içerden seslendi Julius.

Florance, "Artık emekli olduğumuz için ikimizin de en büyük eğlencesi tenis. Vakit olursa seni de götürebilirim. Tabii istersen..." diyerek yaşamları hakkında bir küçük açıklamada daha bulundu.

Odama yerleştim ve hemen yazlıklarımı çıkardım. Washington'da buz tutmuş caddeler, burada bermuda şortla tenis oynayanlar... Bunları peş peşe yaşamak da varmış...

Florance da tıpkı Ruth gibi bana evin anahtarını verip evle ilgili bilmem gerekenleri anlattıktan sonra, "Az sonra bir düğün armağanı almak için çıkmam gerekiyor. İstersen sen de gel ama dinlenmek istiyorsan, o başka," dedi. Onunla gitmeye karar verdim. Görmek, görmektir, azizim.

Birlikte evden çıktık. Önce bir bankaya uğradık. Hiç böyle banka görmemiştim; ne yalan söyleyeyim, çok şaştım. Bir kere çalışanların çoğu bir güzel yanmışlardı... Sonra canlı renklerde kısa kollu gömlekler giymişlerdi, masalarının üstünde de çiçekler vardı. Bankada değil de, bir tatil yerindeydim sanki. Bizimle şakalaşarak Florance'ın işini yaptılar, tatlı tatlı sohbet ettiler.

Bankanın dışı da tıpkı içi gibi çiçekler içindeydi. Arabaya binerken, "Florida'yı ve Tampa'yı sevdim," dedim. "Ne güzel, her taraf çiçek dolu."

"Buraya ilk ayak basanlar İspanyollarmış. Doğayı, hele de bu rengârenk çiçekleri görünce, buraya çiçek anlamına gelen 'La Florida' adını vermişler."

"Çok da iyi etmişler."

Girdiğimiz mağaza çok büyüktü; biz mutfak ve yemek takımları bölümüne geçtik. Masaların üstünde çeşitli tabak takımları sergilenmişti. Florance üzerinde kart olan masaya yaklaştı ve, "İşte evlilik armağanları," dedi ve biraz düşündükten sonra masanın üstüne yerleştirilmiş takımın sürahisini seçti.

Mağazada bir süre daha dolaştık. Florance saatine baktı. "Haydi artık gidip Julius'u alalım."

Julius başında beyaz bir kep, bağıra çağıra tenis oynuyordu. Bizi görünce, "Şimdi bitiyor," diye seslendi. Oturup biraz onu seyrettik. Dörtlü oynuyorlardı. Her vuruştan sonra ya kendini savunacak ya da övündüğünü belirtecek sözler ediyordu.

Florance bana doğru eğilip, "Konuşmak için harcadığı enerjiyi oyununa yoğunlaştırsa, belki biraz başarılı olurdu," diyerek bir kahkaha attı, ardından da, "aman beni duymasın," dedi. Dönüşte yol boyu Julius tüm vuruşlarının savunmasını yaparken, Florance bana anlamlı bakışlar atıyordu.

Akşam Julius bahçede barbekü yaptı. Şortunun üzerine önlük bağlamıştı. Kalın, kıllı bacakları önlüğün altından öyle komik görünüyordu ki...

***27 Ocak, Çarşamba***

Sabah konuşma yapacağım okula beni Florance götürdü. İyi geçti, epeyce soru sordular.

Öğleden sonra bir kitap fuarı varmış, ilgilendiğimi söyleyince oraya gittik. Bu fuarda Florida bölgesi yazarlarının katılımıyla imza günleri, söyleşiler ve kitap okumaları yapılıyormuş. Çok sevindim, çok. Kırk yıl düşünsem, yabancı bir ülkenin kitap fuarında bulunacağım aklıma gelmezdi.

Önce sergilenen kitaplara baktık, sonra da programa. Üç yazar kitaplardan bölümler okuyacaklarmış, hemen okumaların yapılacağı salona koştuk. İlk iki yazar kitaplarını özetledikten sonra içinden bazı bölümleri okudular. Sonra da soruları cevapladılar.

Ama üçüncüsü... İşte o, bambaşkaydı. Kitap Florida hakkındaydı. Kitabı yazarın kendi değil, bir tiyatro sanatçısı okudu. Kadın oyuncu sahneye gelince ışıklar azaltıldı, arkasında dev bir ekran belirdi ve hafif bir müzik tüm salonu sardı. Ekranda Florida'nın nefis doğa görüntülerini gözler önüne seren dialar belirmeye başlamıştı. Böylece konuşmasını örtmeyen hafif bir müzik ve arka plandaki diaların eşliğinde, oyuncu kitaptan bölümler okumaya başladı. Kuru kuru okuma yapanlara karşın, bu tür bir okuma öylesine etkileyiciydi ki, hiç bitmesin istedim.

Sonra bir kitap alıp imza kuyruğuna girdim. Adımı yazarken, yabancı olduğumu anlayan yazar, ülkemi sordu ve bana iyi tatiller dileyerek kitabımı imzaladıktan başka, "eğlenmene bak" yazdı ve altına da bir Florida palmiyesi çizdi.

Kitap fuarına gittiğim, o ilginç okumayı dinlediğim ve kitap imzalattığım için çok mutluyum.

Annemi aradım ve yaptıklarımı rapor ettim.

***28 Ocak, Perşembe***

Bugün beni Epcot Center diye bir yere götürdüler. Daha

çok çocuklar için ama aslında herkes için ilginç. Çeşit çeşit gösteri yerleri, lokantalar ve bahçeleriyle bir başka dünya sanki.

Benim en çok ilgimi çeken, gelecekle ilgili yapılan gösteriydi. Adı "Geleceğin Dünyası." Her gösteri ayrı bir binanın içinde yer alıyor. Gelecekle ilgili olanda, sanki gelecek yüzyılda yaşıyor gibi oluyor insan. Örneğin, bir aile alınmış. Bir oğul uzaydaki uydu kentte yaşıyor, işi orada. Diğer oğul denizin derinliklerinde kurulmuş yapay kentte yaşıyor. Kızlarıysa dünyada ama çöllerde tarımla uğraşıyor. Çölün ortasındaki camdan bir yönetim odasında düğmelere basarak yağmurlama yöntemiyle çölü suluyor ve orada ziraat yapıyor. Yani gelecekte tarım da bilgisayarlarla yapılacak mesajı veriliyor.

Derken annenin doğum günü geliyor. Anneyle baba bir masa başındalar, masanın üstünde de doğum günü pastası. Telefonla aramak yerine, düğmelere basarak dev ekranlarda çocuklarıyla buluşuyorlar. Uzaydan, denizin dibinden oğulları ve çöllerden kızları, odada insan boyutlarında beliriveriyorlar. Bu arada kardeşler de birbirlerini görebiliyorlar. Böylelikle sanal bir doğum günü kutlaması yapılıyor. (Tüm bu müthiş buluşlara karşın, ben yine de gerçek anlamda bir arada olmayı yeğlerim.)

Yemek yemek için Meksika restoranına gittik. Kayalıkları, kayalardan akan suları ve restoranın ortasından geçen nehri ve kayıklarıyla, öylesine bir dekor hazırlanmıştı ki, sanki bir Meksika köyündeydik. Hasır şapkalı garsonlarla gitar melodileri bu dekoru tamamlıyordu.

Julius üst üste üç Margarita içince, Florance, "Artık yeter," diye onu azarladı. Aklıma yine babaannem geldi ve kendimi tutamayıp kıkırdadım. Florance onlara gülüyorum zannedip, "Bazen çocuk gibi oluyor," diye kocasından yakındı.

Eve döndüğümüzde, onlara beni böyle ilginç bir yere götürdükleri için teşekkür ettim.

Adamakıllı yorgunum ama günüm çok, çok güzel geçmişti.

Yeni yerler görmeye bayılıyorum.

### *29 Ocak, Cuma*

Bugün sabah erkenden yola çıktık, çünkü Orlando'daki Disneyland'e gidecektik.

Disneyland! Hep duyduğum, hakkında yazılar okuduğum Disneyland'i görecektim. O kadar heyecanlıydım ki...

Disneyland tamamen kendine özgü bir dünya. Öylesine büyük ki, içinde trenlerle tur yapıyorsun. Yine çeşit çeşit gösteri yerleri, oyuncaklar, çiçeklerle, bayraklarla donatılmış sokaklarda dolaşan Mickey Mouse'lar, diğer çizgi film kahramanları...

Öyle çok yere girdik, çıktık ki... Aklımda kalanlara gelince, en başta Hortlaklar Şatosu ve duvarlardaki tablolar... Sözümona bir zamanlar orada yaşayanların portreleriymiş bunlar. Gözleri ürkütücü bakışlarla nereye gitsek bizi izliyordu. Her odasında, özellikle de mahzeninde korku dolu sürprizleri vardı.

Oradan çıkıp sandallarla bir yeraltı mağarasına girdik ve korsanların arasına karıştık. Esir aldıkları elleri zincirli kadınlar, çaldıkları hazineler, kutular dolusu mücevherler... Duman ve alevlerin arasında dövüşen korsanlar... Kimi tek kollu, kimi tek gözlü, kimi tahta bacaklı...

Sonra Alis Harikalar Diyarı'na gittik. Alis'in çay partisi dev fincanlarla anlatılmış. Her fincana iki çocuk oturabiliyor ve fincanlar dönüp duruyordu.

Oradan korku tüneline girdik. Burada da hortlaklar, iskeletler çıktı karşımıza, yüzümüze bir şeyler değince çığlık çığlığa bağırıştık Florance'la.

Mickey Mouse'la fotoğraf çektirdim. Arkadaşlarıma da Disneyland'e özgü armağanlar aldım.

Bu arada bol bol abur cubur yediğimizi itiraf etmeliyim. Julius bizlere habire dondurma, mısır patlağı, cips taşıyordu.

Bütün gün oradan oraya gezmiştik ama daha görülecek, gezilecek dünya kadar yer vardı. Öte yandan yolumuz uzun olduğu için hava kararırken Disneyland'den ayrılmak zorunda kaldık.

Çok, çok eğlenmiş, masalsı diyarlara gitmiştim sanki. Keşke bizde de böyle bir yer olsa, diye düşündüm. Hoş gidenler söylüyor, Tatilya da bayağı eğlenceliymiş.

Yolumuzun üstünde durup kocaman birer hamburger yedik, o yorgunlukla kimsenin mutfağa girip yemek hazırlayacak hali yoktu. Kimbilir bu gezide kaç kilo aldım. Neyse, neyse, bunu Türkiye'ye dönünce düşünürüm.

Bugün buradaki son günümdü. Gezim bütünüyle harika geçti. Tam beş konuşma yaptım; güzel insanlarla tanıştım. New York, Washington ve Tampa kentlerini gördüm; benim için tamamen yabancı olan bir ülkeyi tanıdım. Çok, çok mutluyum.

Artık valizimi toplamalıyım, sabah erkenden yola çıkacakmışız.

*30 Ocak, Cumartesi*

Havaalanında Julius'la Florance'a bir kez daha teşekkür ettim.

Florance, "Örtümü özenle saklayıp her baktığımda seni hatırlayacağım," dedi ve ekledi. "Arada sırada bir kart at da nasıl olduğunu, neler yaptığını bilelim."

"Bana da o lokumdan yolla," dedi Julius.

İkisine de sarılıp öptüm. Ne tatlı insanlar, onları gerçekten özleyeceğim.

Böylece uçağa bindim ve yol boyu uyudum. Sanki on üç günün yorgunluğu birden üstüme çökmüştü.

İstanbul'da annem, anneannem ve dedem beni karşıladılar. Yolda anlattım, anlattım, anlattım. O kadar ki dedem, "Kız, nefes al biraz," dedi.

Eve gelince armağanlarını verdim, pek beğendiler.

Annem, "Aldığımız hediyeler işine yaradı mı?" diye sordu.

"Hem de nasıl."

"Ben sana demedim mi..."

Dedemler az önce gittiler. Pazartesi sabahı ilk iş filmleri vereceğim. Çektiğim fotoğrafları görmek için ölüyorum. Tam üç film bitirmişim. Bir de kocaman albüm alıp bu fotoğrafları yerleştireceğim. Üzerine de "Amerika Gezisi" yazacağım.

Lay-lay-lom.

*31 Ocak, Pazar*

Bütün gün uyumuşum. Uyandığımda saat üçe geliyordu.

Kalktığımı görünce annem hemen çay koydu. Ona konuşmalarımdan, oradaki öğrencilerden, yanında kaldığım ailelerden söz ettim.

Sonra birdenbire, "Anne," dedim. "Sanırım ben artık kararımı verdim."

"Ne hakkında?"

"Geleceğim hakkında. Hani ne okuyayım, diye düşünüp duruyordum ya..."

"Evet?" Annem merakla bana bakıyordu.

"Ben turizm okumaya karar verdim."

"Emin misin, Serra? Bu biraz ani olmadı mı?"

"Hayır, anneciğim. Aslında hep zihnimin gerisindeydi, hep tartıyordum. Ama bu gezi tüm kararsızlıkları silip süpürdü. Ben hareketli, renkli, değişik insanlarla iç içe çalışabileceğim bir işte mutlu olacağımı anladım. Bir ofiste kapanıp çalışmak bana göre değil. Ayrıca o ekonomi sayfalarını okurken sıkıntılar basıyor. Oysa gerek Alga Tur'da çalışmak, gerekse bu gezide yeni insanlarla tanışmak, yabancı ülkeleri görmek beni çok mutlu etti. Ben böyle bir ortamda severek çalışacağıma inanıyorum."

Annem beni dikkatle dinliyordu.

"Çok emin görünüyorsun."

"Evet, artık ne istediğimi biliyorum."

"Hayat senin hayatın, Serracığım. Bense sadece ve sadece senin seveceğin bir işte çalışmanı ve mutlu olmanı istiyorum."

"Ama dedemlerle babam bu kararımı hiç beğenmeyecekler."

"Hayır canım, onlar da senin mutlu olmanı isterler. Yeter ki, sen iyi düşünmüş ol, kararından emin ol."

"Eminim anneciğim."

"Aslını istersen, bence de turizm güzel bir meslek. Senin gibi insanları seven biri için biçilmiş kaftan."

"Sahi, böyle mi düşünüyorsun?"

"Evet canım," dedi annem, sonra da sarılıp beni öptü. "Haydi bakalım, yeni kararın hayırlı, uğurlu olsun, benim tatlı kızım."

Annemin böyle konuşması beni çok rahatlattı.

Ve bu küçük ama çok önemli konuşmadan sonra defterimin son sayfalarını yazmak için odama geldim.

Ohh, kararımı verdim ve bu kararın doğru olduğunu ta içimden hissediyorum. Tüm benliğimi bir sevinç ışığı sardı sanki.

Kendi ayaklarımın üstünde durmamı sağlayacak yıldızımı bulmuştum.

Bu yıldızın ışığında kendi yolumu görebiliyorum. Bundan sonrasıysa, amacıma ulaşabilmek için çalışmak, çok çalışmak...

Sevgili defterim, seninle vedalaşma zamanı geldi. Şöyle bir karıştırdım da, ne güzel şeyler yaşamışım.

Akdeniz gezisi, yazı yarışmasını kazanmam ve ABD gezisi... Bunlar bana ne çok şey kattı, deneyim kazandım. Hem gönlüm, hem de kafam zenginleşti sanki.

Cüneyt'e gelince... Hayret! Tüm gezi boyu aklıma bile gelmemiş.

Elveda demiyorum, sevgili dostum.

Yeni defterlerde buluşmak üzere diyorum.

## İPEK ONGUN

1961 yılında Amerikan Kız Koleji Edebiyat Bölümü'nden mezun oldu. Yazı yaşamına lise yıllarında Doğan Kardeş dergisine çeviriler yaparak başladı. 1980 yılında ilk çocuk romanı *Mektup Arkadaşları* yayınlandı. *Yaş On Yedi* gençlik için yazdığı ilk romandır. Bundan sonra kalemini hep gençler için romanlar ve yine gençler için kişisel gelişim ve yaşam kültürü alanındaki çalışmalarında kullandı. 1991 yılında Tüyap'ta 'Altın Kitap Ödülü'nü aldı. Gençler için yaptığı çalışmalar nedeniyle kendisine Toros, Akdeniz ve Tarabya Rotary Kulüpleri tarafından 1995-1996, 2003-2004 ve 2006 yıllarının "Meslek Hizmeti" ödülleri verildi. 1998 yılında Oriflame firmasının 250.000 kişilik halk jürisine yaptırdığı anket sonucunda "Yılın En Başarılı Kadın Yazarı" seçildi. 2009 yılında İçel Soroptimist Kulübü tarafından 'Başarılı Kadın' ödülüne layık görüldü. 2010 yılı Türk Kütüphaneciler Derneği'nin araştırması sonucundaysa, kütüphanelerde kitapları en çok okunan yazar ilan edildi. 2012 yılında 'Uluslararası Çukurova Sanat Ödülü'nü aldı. 2014 yılındaysa Lions Kulübü tarafından verilen 'Melvin Jones Yaşamboyu Hizmet Ödülü'nün sahibi oldu. Ongun'un çıkış noktası gence hizmet, önce kitabı ve okumayı sevdirmek, sonra da gençlik döneminin karmaşık sorunlarını, yine gençlerle el ele vererek aşmaya çalışmak. Evli ve iki genç kadın annesi olan İpek Ongun, yazı yaşamını çok sevdiği Mersin'de sürdürmektedir.

# Kendi Ayakları Üstünde



## Bir Genç Kızın Gizli Defteri 3

Lise yılları sona eriyor...
Gelecekle ilgili doğru kararlar almak gerek.
Hangi meslek? Hangi üniversite?

### *Büyümek seçim yapmak demek...*

Kendi ayaklarının üstünde durabilmek için sorular sormak, düşünmek gerek. Serra ile arkadaşları bu zor dönemi yine kâh gülerek kâh hüzünlenerek ama hep birbirlerine omuz vererek sürdürüyorlar. Ya ilkgençlik aşkları? Onlar ne olacak?

ISBN 978-605-4560-86-8
9 786054 560868
ARTEMİS
Kapak İmgesi: photoRepublik 2017

**"BİR GENÇ KIZIN GİZLİ DEFTERİ" Koleksiyonu**